奔跑的岁月

杨斯华 著

中国出版集团 现代出版社

图书在版编目（CIP）数据

奔跑的岁月 / 杨斯华著. -- 北京：现代出版社，2021.10
ISBN 978-7-5143-9573-0

Ⅰ.①奔… Ⅱ.①杨… Ⅲ.①文学作品–中国–当代 Ⅳ.①I217.2

中国版本图书馆CIP数据核字（2021）第212536号

奔跑的岁月

著　　者　杨斯华
责任编辑　刘　刚
出版发行　现代出版社
地　　址　北京市安定门外安华里504号
邮政编码　100011
电　　话　010-64267325　64245264（传真）
网　　址　www.1980xd.com
电子邮箱　xiandai@cnpitc.com.cn
印　　刷　成都现代印务有限公司
开　　本　710mm × 1000mm　1/16
印　　张　22.5
版　　次　2022年1月第1版　2022年1月第1次印刷
书　　号　ISBN 978-7-5143-9573-0
定　　价　68.00元

谨以此书敬献

中国共产党建党一百周年

CONTENTS ◎ 目 录

第 一 卷

播 种 希 望

在生命世界里，特别是人的生命世界里，最重要最激烈的就是求得生存，只有生存下来的生命才有可能去求得发展，才有可能去完成自己的使命，才有可能去追求生命的辉煌和思想的不朽。

/ 摘自创作手记

一

　　一切又平静下来，唯一让人感到不安和胆怯的是，漂浮在空气中那血腥味儿。嗅着这些血腥味儿对储国荣来说，像刀插进自己的心脏一样地痛。让他最不能忍受的是，他分不出哪些味儿是死去战友的血腥味儿，哪些是死去敌人的血腥味儿。其实，他也很清楚，敌人的血和战友的血早混在一起了，但从情感上他总想把它们分清楚。他总想如果这些全是敌人的血的味儿那是多好呀。面对湘江两岸八十多万国民党军的进攻，要保障中央纵队安全度过湘江，对只有六万多战斗人员的红军来讲，任务是多么的艰巨，困难是难以想象的多。

　　储国荣躺在战壕边的地上，望着天上的星星乱七八糟地想着。他已三天没有休息过了，他叫三营长王林峰监视着阵地上的情况，自己躺在地上休息，但是他怎么也睡不着，他总想着昨晚二营的阵地被敌人偷袭，副团长张天晓牺牲的事。

　　"敌人上来啦——快顶住，顶住，机枪手榴弹……"突然间，头部受重伤躺在战壕里的三班长刘兴元大叫起来。

　　"三班长，敌人没有上来，你好好休息。"站在战壕前的王林峰这样安慰着三班长。

　　"敌人没上来就好，没有上来就好……"躺在战壕里的三班长反复地说着这句话。

　　储国荣听着三班长刘兴元那有些疯癫的话，心里非常的难受。刘兴元是两年前他当连长时从江西招收来的新兵，人非常的聪明勇敢，当兵半年就当上了班长。在去年的一次战斗中，连队突然被敌人包围，他带领全连突围时，刘兴元手持大刀冲进敌群，一人砍杀了十三个敌人。敌人被刘兴元的大刀吓退后，全连才冲出敌人的包围圈。这几天在湘江边的阻击战中，刘兴元带领班的阵地，敌人从未突破一次。团里正考虑提拔刘兴元当排长的，可是在昨天上午的战斗中，不知从什么地方飞来一个弹片打到刘兴元的头部。他在昏迷了几小时醒来后，就不停喊："敌人冲上来啦，快！机枪手榴弹……"

　　让储国荣不安的是，刘兴元在八连当排长的哥哥在前天的阻击战中牺牲了……

"难道弟兄俩都要在这湘江阻击战中……"储国荣在内心里问自己，他总觉得眼前的现实太残酷了些。他很难想象，如果刘兴元的父母知道了，他们的两个当红军的儿子在两天内负伤牺牲的事后，会是怎的悲伤和痛苦呢？他不敢想。

实在睡不着，储国荣从地上爬起来，他走到离他不远始终在阵地前来回走动着的三营长王林峰面前说："三营长你去休息一会儿吧，我来看着。"

"好的，我也真想躺几分钟呀。"王林峰这样回答储国荣。

储国荣用手摸了摸腰间的驳壳枪，然后去检查几个岗哨。这些天，战斗都非常激烈，战士们既紧张又疲倦，有时站在那里都睡着了。敌人晚上来偷袭首先是搞掉岗哨，必须重视。

让储国荣感到欣慰的是，每个连排的岗哨警惕性都很高。这几天，副团长副政委团参谋长，都下到每个营的阵地上，协助指挥战斗。他负责的是三营。让他有些放心的是，他自己曾经就是三营的营长，现在的王林峰营长，就是他当营长时的连长，相互都很熟悉，合作也很融洽。在这样的关头，相互配合理解，是非常重要的，特别是大敌当前……

天快亮了，储国荣静静地站在战壕里，本来他很想站在战壕前稍高一点的地方观察一下前方的情况，但他怕敌人晚上打冷枪。一营的副营长前天晚上就是站在战壕外被敌人的冷枪打死的。阻击战才三天，全团就牺牲了十多个干部，三百多战士。

储国荣望着这黎明前的黑夜，他不知道新的一天敌人又会发起多少次冲锋，又有多少敌人的飞机来轰炸。似乎连黎明前的黑夜也感受到了储国荣满脸的愁容和无奈。虽然微风呼呼地吹了过来，但储国荣感受不到黎明前的新鲜与清晰。微风里依然夹杂着那让人感到恐惧不安和窒息的血腥味儿。储国荣感到更加担心的是，这湘江两岸明明潜伏着数十多万大军，随时可能像潮水般向对方发起攻击，但此刻，却显得死一般地寂静，这种寂静更让人感到胆颤心惊。

是的，这是一个令人不安的黎明，它让人不敢去想象，不敢去展望天亮后的美好清晨。甚至，潜伏在这湘江两岸的数十万大军，都希望这黎明前的黑暗永远保持下去，这样就免去了他们的相互厮杀。三天来，他们双方都早已感到精疲力竭了。可是，敌我双方都还没有完成自己的使命，再次的厮杀流血，年轻的士兵瞬间倒下失去生命，是无法避免的。储国荣就这样来回地在战壕里走动着，他那双夜鹰般的眼睛，随时都注视着战壕前的一切，只要前面任何地方出现一丁点的晃动，他的手马上就会下意识去抓到驳壳枪的手柄上，嘴里似乎马上会喊出："注意！有情况……"这些都成了储国荣下意识的举动和反应。

天慢慢地开始亮了，三营长走到储国荣面前说："参谋长，你也要注意休息呀，中央纵队还没过江，这阻击战还不知要拖多久呀？"

储国荣微微地点了点头说："中央纵队现在连影子都还没有，真不知他们要拖到哪天才能过江。敌人的进攻越来越猛，部队的伤亡越来越多，我怕的是我们团的阵地拖不到那一天呀。团里要求，尽量减少伤亡，保存实力。"

"敌人的进攻那么猛，我们的武器又差，不用人去拼，有什么办法呢？"王林峰这样回答储国荣。

储国荣无可奈何地摇了摇头说："为了党，为了我们红军的生存，要尽一切的可能，一切的……"

"敌人恐怕有好几十万，而我们红军只六七万呀。"王林峰说。

储国荣听着王林峰的话，望着早晨还有些朦胧的远方，若有所思地说："一切尽力而为吧。也许，奇迹会发生在我们红军队伍中。"

远处，隐隐约约地响起了枪炮声。"敌人又要开始进攻了。"王林峰站在那里似乎是自言自语，又似乎在对储国荣说。

"大家注意，敌人进攻的时候，等他们走近些才开枪，这样才节约子弹。"七连连长钟大洪站在战壕里望着战士们说。

"报告连长，三班长刘兴元死了。"听到说三班长刘兴元去世了，储国荣马上走了过去，他蹲在已经平放在地上的刘兴元身边，他拉着刘兴元的手说："三班长，你就安心地休息吧，我和战友们一定会狠狠地打击敌人，为你和你哥哥报仇。如果革命胜利的那一天我还活着，我一定来这湘江边看望你们兄弟俩。"

储国荣站起来对一排长说："趁敌人还没有进攻，抓紧时间挖个坑把他埋了吧。"

"参谋长，三班长的这些东西怎么处理？"一排长李文中问。

"有些什么东西？"储国荣问李文中。

"有两套单衣，五个银元，一个金戒指。"李文中说。

"哦，这些都是出发前部队发的吧？"储国荣问。

"是的，我们穷人家哪有这些东西呢？"李文中说。

"两套单衣给他穿一套，另一套用来把他的头包上，以免泥土掉到他脸上了。五个银元和那个金戒指让他随身带着，到地府里哥俩见了面，也有钱到阎王爷的酒店去喝一杯。如果在阴曹地府里，有女人看上了我们三班长，这金戒指就是他们的定情物吧。"

李文中转身望着躺在地上的刘兴元说："三班长，我就按储参谋长的安排给你办理了，你就放心吧。"

李文中带着几个战士，在离战壕不远的一块平地上挖了一个坑把刘兴元埋了，在这块平地上已经埋了好几十人了。三营牺牲的干部战士大都埋在这地。这是一块又大又平的好地方，听说这是当地一家大地主的土地。本来，储国荣不主张把牺牲的干部战士埋在这里的，理由是怕以后这家人把这些干部战士的遗骸挖出来甩到河里，使他们在阴曹地府里也生活得不安宁。可是三营长王林峰就主张，要找块好地方安埋这些为革命牺牲的干部战士，而这地方就是三营长觉得最好的。他对储国荣说："将来谁也没胆量来挖这些坟，谁挖了，张副团长就带着他曾经的旧部去攻击谁家，看谁有这胆量，这里班排连营团都有，就是一个团的完整建制。"

李文中刚把三班长刘兴元埋进土里，战壕那边就有人喊："敌人上来啦。"

李文中带着几个战士回到阵地上时，看见远远地有一股敌人往阵地上奔来，储国荣和王林峰正在那里一边观察来犯之敌，一边商讨对策。就在这时。阵地上空出现了十多架敌人的飞机，三营长王林峰大声喊道："快，卧倒，卧倒。"

飞机在三营的阵地上，丢下几十枚炸弹后就飞走了。

三营的阵地上又是一片狼藉一片火海。虽然这些天来，团营对敌机的轰炸都有些防范，但仍有两名战士被炸死，十多名战士被炸伤。虽然损失不算很大，但要命的是紧接着飞机的轰炸之后，就是大批的步兵往三营阵地上冲。让三营长王林峰和团参谋长储国荣，感到有些措手不及的是，冲上来的敌人比阵地上的我军多很多。

这时，在三营的周围隐隐约约地，又传来了激烈的枪声和炮弹的爆炸声。天空是一片灰蒙蒙的景象，空气里弥漫着火药爆炸燃烧后，让人难受的呛人味儿，在湘江两岸数十公里的战场上空，双方战死人员漂浮在空气中那让人胆颤心惊的血腥味儿，像毒气一样刺激着敌我双方战斗人员的神经。常常它让那些意志比较薄弱的人失去理智，做出一些对正常人来说不可思议的事。

"等敌人靠近后，先是手榴弹和机枪，再近了就是大刀。"三营长王林峰咬牙切齿地对储国荣说。

"今天，这第一道防线可能守不住了，我们要提前做些准备，怕退往第二道防线时队形被打乱，一时组织不起阻击力量，你到每个连安排去一下。一旦队伍被冲散，以排为单位往第二道防线撤，到第二道防线后马上组织反击。"储国荣对王林峰说。

"好的，我马上去安排。"说完王林峰朝战壕跑去。

"等敌人冲到三十米左右才开枪和投手榴弹，另外准备好大刀。"各连连长站在战壕里大声地对战士们说道。

"同志们，敌人马上就要冲上来了。虽然今天来的敌人比昨天多，大家也不要紧张。我们红军战士都是钢铁铸就的，对付国民党那帮草包，犹如砍瓜切菜一般。"储国荣站在战壕前的一个大石头上，大声的鼓动着战壕里的士兵们。

"参谋长，快下来，那里危险。"连长钟大洪边喊边跳上储国荣站的那个大石头，把储国荣拖了下去。

"敌人的狙击手正找不到目标，你就上去了。"三营长王林峰望着储国荣半开玩笑地说。

敌人排山倒海地朝三营的阵地上扑来，冲锋号声、喊杀声响彻云霄。可是，三营的阵地上却惊人的安静，战壕里的干部战士早已做好了一切准备。红军战士不是用号声和吼声就可以吓退的。

"开枪——"三营长王林峰大声喊道。

十多挺机枪同时发出了怒吼，手榴弹像雨点般落到敌群里，瞬间就有几十个敌人倒在三营的阵地前。但是同时冲上来的敌人太多，很大一分部已冲到了三营的战壕边。战士们抓起大刀冲出了战壕，一场力量与意志的搏杀开始了！

喊杀声、惨叫声、刀枪的碰撞声，还有那些意志薄弱者的哭诉声，在三营的阵地上此起彼伏。

命运把这些意志薄弱的人，无情地推上了这血淋淋的搏杀战场，老实说是不公平的。他们的血液里就没有那些推动他们去与别人搏杀的物质，他们注定是被他人枪杀或者砍死的对象而已。

他们碰上了这无情的时代，这就是这些人的悲剧，也应该说是这个时代的悲剧。在一个正常的社会，这些人是应该受到保护的，可是今天他们被无情地推上了战场，结果那是可想而知的。

在三营的阵地前进行的这场搏杀，前后进行了一个多小时，反反复复的追杀，让人心惊肉跳。敌人两个营的兵力，气势汹汹的来，似乎决心一定要把三营斩尽杀绝，才愿后辙的架势。但在两个连长战死营长负重伤的情况下，不得不抬着重伤的营长，丢下六十多具尸体辙了回去。可以想象撤退回去的敌军内心是多么的不甘和无奈。

而我们的红军三营，除了守住了阵地之外，损失也是惨重的，七连连长和指导员双双牺牲，另有三个排长和四十多个战士战死，另有六十多人负伤。敌人撤退后，储国荣站在阵地前望着敌我双方的一百多具尸体，流着泪说："大家休息后，抓紧时间把我们自己的人埋了，也就是老百姓常说的入土为安吧，也是我们对这些战友的一份责任。"

手握大刀满身血迹的三营长王林峰累得躺在地上睡去了。就在这时电话班班长周中贵边跑边喊："营长—电话。"

储国荣给周中贵摆了摆手说："让他睡睡，他太累了，今天没有你们王营长，不知还要死多少人呀。他举着大刀冲到那里，那里的敌人就往后退，真不愧是大刀王呀。"

"参谋长，团长叫你接电话。"周中贵望着储国荣说。

储国荣走到战壕前一个较隐蔽的地方，电话班就设在这里。储国荣拿起电话："团长好！"

"你们三营那里的情如何？"杜志强团长问。

"刚把敌人赶下去，但伤亡有些重，七连连长指导员和三个排长四十一名战士牺牲，轻重伤六十二人。"

杜志强团长听完储国荣的电话后，沉默了好一会儿才说："这个仗不知怎么打了，全团的情况都不理想呀。趁现在敌人没冲锋，你和王林峰都到指挥所来开个会。"

储国荣跑去把王林峰从地上拉起来说："团长叫我俩马上去指挥所开会。"

王林峰用双手揉了揉脸说："我太累了，敌人再不撤退，我就要倒下了。"

"老王今天全靠你的领带，你举着刀往那里冲，那里的敌人就潮水般往后退。"

"敌人来得太多了，今天至少有一千多人，我们才三百多人，还有些伤员。我们一个人要对付敌人三个人，真是不敢想后果呀。今天我也危险了几次，一个大个子敌人的刺刀向我刺来的瞬间，我躲闪时把衣服都刺破了，晚半秒钟就被他刺死了。我们就靠两百多把大刀的气势把敌人压倒了，今天我至少砍翻了十五六人。"

说到这里王林峰突然转身对身后的九连长钟大洪说："钟连长，你去安排一下，必须在一个小时内，把我们那些牺牲的人埋完。一个班埋一至二牺牲的同志，下午敌人可能还要组织进攻，另外叫大家抓紧时间休息。"

安排完阵地上急需处理的事后，王林峰对储国荣说："我们走吧。"

团指挥所设在三营阵地后面，五六百米远的一个山包上的几棵松树下。站在那里全团所有营的阵地，一眼就看得清清楚楚。

踏进团指挥所第一眼看见团长杜志强时，储国荣感到大吃一惊，怎么才三四天团长就变得骷髅一般呢？

"团长，你怎么两三天就变成这样了呢？"储国荣望着杜志强有些忧虑地问。

"这几天我的疟疾病又发了，不是冷就是热，晚上又睡不着觉。再加上这些天敌人的疯狂进攻，整个团的伤亡都很大呀。军团指挥部说大约明天中央纵队才开始过江，我们在这里至少还得阻击两天呀。"在杜志强同储国荣说话时，两个副团长和营长们都到了。

"把大家叫来开个短会，现在形势非常严峻，敌人的进攻只会越来越凶猛，我们要作好各种准备，包括我们自己的牺牲，这是今天我说的第一个问题。第二个问题是，大家想尽一切办法，在打退敌进攻的同时，减少伤亡，不然我们就完不成军团交给我们的任务。如果敌人从我们团的阵地上突破，从而影响了中央纵队过江的话，我们就对不起中央和军团。好了，下面请钱政委讲话。"

"时间紧我就不多说，下去后按团长讲的执行就好了，但要强调一点，大家一定要随时鼓舞战士的士气，这就是我们每次以少胜多的秘诀。大家已经做得很好了，但一定要保持和加强。"政委钱斯美只说了这两点。

远处又不停地传来隐隐约约的枪炮声。杜志强望着大家说："敌人又要开始进攻了，大家马上回去做准备。"

二

营长王林峰和储国荣到团指挥所开会去后，连排长们就组织各班掩埋牺牲战士的尸体。就在大家把四十一位战友掩埋完回到战壕不久，一个被击毙躺在战壕前五六十米地方的敌人，突然从地上站了起来。就在这时，坐在排长李文中旁边的战士牛前进抓起身边的步枪，准备举枪射击，被排长李文中阻止了。

"不要开枪，看他要干什么？"李文中说。

这个从地上爬起来的敌人，他没有去找武器，而是双手举得高高地往战壕前走来。

让战壕里的人更为不解的是，他大声说道："大家不要开枪，我不是来同你们打仗的，我是来找我哥哥的。"

战壕里的人听到那句话后都笑了起来，排长李文中说："这应该是国民党兵里最奇葩的俘虏吧。"

七连五班班长马胜利站起来望着朝他走来的国党士兵说："当俘虏就当俘虏，没什么丢人的，我们红军不虐待俘虏，不抢你的东西。看样子，你也是个穷人家出生的人，以后就跟着我们打国民党，打蒋介石吧！"

"大家别笑，我的确是来找我哥哥的。"那个穿着一身国民党制服，全身的衣裤上都沾满了泥浆和血迹的国民党士兵依然固执地这样说。

五班长马胜利又有些好奇地问："你躺在那里那么久，你的伤严重吗？"

听了马胜利的问话后，那个国民党士兵沉默了一会儿说："我没有受伤。这是我很久前就想好了的，只要我参加打红军的仗，冲到前线我就倒在地上装死，等他们走后我就起来找你们。我向你们保证，我没有打死过你们的人，我的枪都是往天上放的，我不会朝着我哥哥的部队开枪。"

看着眼前这个国民党俘虏兵说得那样认真，李中文也很认真地问他："你叫什么名字呀，你那个在我们部队的哥哥又是什么名字呢？"

"我在家叫罗二娃，保长把我卖给国民党当兵后，我的班长说连里有好几个二娃，就把我的名字改成了罗开明，现在我就叫罗开明。我的哥哥在家时就叫罗老大，到了红军队伍里听说新起了一个名，但他写信没告诉我，信的最后只写了个'哥哥'两个字。"

"你哥哥说他在红军的什么部队吗？"李中文又这样问。

那个国民党的士兵想了想说："他写了的，他说他在红三军团，司令员叫彭德怀，他在一八九团五连三班当班长。"

"五连三班的班长不姓罗，他是我的老乡周长乐呀。"战壕里一位战士这么说道。

"你说你哥在一八九团五连三班当班长是哪一年的事呀？"李文中又这么问。

"两年多前他给我写信时，在信上说的。"他想了想后这样回答李文中排长。

突然李文中拍着自己的大腿惊奇地说："九连副连长罗明亮三年前不就是五连三班的班长吗？快去把他叫来看看，这小子是不是他弟弟。"

罗明亮正在给各班讲解如何在下一次阻击战中，击退敌人的战法和如何利用大刀与敌人进行砍杀。就在这时七连的一排长李文中风风火火地跑来说："罗副连长，我们那里有个姓罗的俘虏他说三年前他的哥哥在五连三班当班长，三年前五连三班的班长不就是你吗？你去看看那人是不是你弟弟？"

听到李文中的这番话后，罗明亮感到大吃一惊，一年多前家里来信说，弟弟被村里的保长骗去卖给国民党当兵，难道今天在这生死难分的战场上相遇了吗？罗明亮在心里问自己。

"大家把这几个问题讨论一下，我跟着李排长去看看马上回来。"罗明亮跟在李文中后面来到到七连的战壕前，远远地他就看见了罗开明，他飞一般地冲过去抱着罗开明，哭着说："二娃，你怎么跑到这要命的地方来啦？"

就在这时储国荣和三营长从团指挥所开会回来了。听了罗明亮兄弟俩传奇般的事后，三营长王林峰用手拍打着罗开明的肩头说："你小子命大呀，没被我的大刀砍死。看来你的身体也不错，在我们红军队伍好好干。你哥哥当兵四年就当上副连长了，你将来也一定有出息的。等革命胜利了，你们村那个干坏事的保长会受到惩罚的。"

王林峰转过身望着储国荣："把小罗放在那个连好呢？"

储国荣笑着说："这件事我们就让罗连长来定吧，我们红军也应该有点人情味呀！"

"罗连长，你这个小弟你把他带回你们连呢？还是放在其他连，你一句就行啦！"储国荣问。

"参谋长、三营长还是按我们红军的规矩办吧，我这小弟的事，一切听组织安排。"

"很好，那就安排在七连李文中那个排吧。"储国荣一锤定音。

"把连排干部都通知到在这里来，开个短会。"王林峰对身边的通信员说。

敌人的飞机又来轰炸了，各连排尽量藏在炸弹炸不到的地方，现在部队的任务就是把敌人阻击在第一道防线上。

时间还没有到上午十一点，敌人组织的第二次进攻又开始了，人数似乎比早上的进攻还要多。

王林峰把望远镜递给储国荣说："你看看，来势很凶呀！"

储国荣边看边对王林峰说："早上他们没有大刀，吃了亏，这次他们背了不少大刀呀！赶快通知各连排，说这次敌人也背了很多大刀，大家要高度重视。"

储国荣望着王林峰说："这次我们的开枪时间应该在五十米左右，太近了机枪发挥的作用不充分，你看怎样？"

王林峰点点头说："我也在想这个问题。"

"马上通知各连排：一这次进攻的敌人背有大量大刀，各连排要高度重视。另外这次敌人到五十米左右就开枪，要尽量发挥轻重机枪的威力。"王林峰对通信员说。

"这次你在阵地的左边，我在阵地的右边，有什么情况便于处理。"储国荣对王林峰说。

"四个通信员你那边两个，我这边两个，有紧急情况好相互通报。"王林峰对储国荣说。

储国荣和王林峰各带了两个通信员朝自己的位置走去。

敌人蜂拥般地又冲到了三营的阵地上，虽然机枪子弹和手榴弹仍是雨点般落到敌群中，但敌人人数太多，很大一部分依然冲到了三营的战壕前。储国荣和王林峰各带一帮大刀队砍进砍出，也仍没把敌人赶下阵地。

经过两个多小时的反复搏杀后，全营死伤过半，这时接到全团撤到第二防线的命令。阵地上留下八十多具尸体。这是让后撤的官兵们十分痛心。

撤到第二道防线后，团长杜志强和政委钱斯美马上召集连营干部开会，决定晚上凌晨三点，用偷袭的方式，把阵地夺回来。各营回去马上组织力量待命。

同时特务连派出四十人的侦察队，准确搞清晚上敌人的哨兵所在的位置和人数，流动哨的口令是什么。

晚上一点，储国荣、王林峰带着偷袭阵地的人出发了。他们要潜伏在距第一道防线五十米的地方，全团准时在凌晨三点全线发起攻击。

凌晨一点，储国荣、王林峰带着三营最精干的两百个突击队员，悄悄地潜伏在第一道防线前五十米左右的地方。让他们感到吃惊的是，敌人的警惕非常的高，阵地前随时有端着枪巡逻的士兵。有时，还有干部来查哨。这些情况同他们出发前，特务连的侦察员们给他们介绍的情况差不多。

到达指定位置后，储国荣看了看时间，凌晨一点五十。

大家躺在地上等时间，远处的阵地上敌人烧起几堆火，好些士兵都围在火堆旁边烤火，说着笑话开着玩笑。好像在他们的心目中，并没有几小时后的决死战斗，他们似乎更没有想到在几小时后，他们中的很多人将在激烈的战斗中死去。也许，他们早已麻木了，对自己的生死早已置之度外。早死晚死都一样，反正一切都控制在别人手中，想、焦虑和痛苦，都无济于事，不如顺其自然，听天由命。可能他们也知道，下一个的死亡可能就是自己，但又能怎样呢？

储国荣和其他两百多潜伏的战士一样，趴在湿乎乎的地上。贴在地上的那一部分衣裤全都湿了，天气很冷，身体较差的人，早在那里瑟瑟发抖。但为了很好地完成任务，他们个个都咬牙坚持着。三营长王林峰在潜伏队伍的另一端，三个连长和指导员平均地分配在各突击小组中。这样发起攻击时队伍才不会乱，形成压倒式的威力才大，才能给敌方强大的心理威慑，只有这样才能使敌方的抵抗决心崩溃瓦解。

夜静悄悄地，很远很远的地方，隐隐约约地传来几声显得有些凄凉的狗叫声，整个湘江两岸，一片地寂静。唯一让人感到难受的是，空气中漂浮着的那浓浓的血腥味儿，这是储国荣最不想嗅到的味儿。但他无法避开这种血腥味儿，有如命定一般地不能避之。从七年前的四一二大屠杀开始，这种味儿就天天漂浮在他的周围，漂浮在他的心中，漂浮在他的梦境里……

发起攻击的时间快到了，储国荣和王林峰约定，到达攻击时间后，先悄悄地投一排手榴弹到敌群里，然后才开始冲锋，这样杀伤的敌人才会更多。

一切都如储国荣和三营长王林峰所料，慌乱中的敌人，有的找不到自己的枪在哪里，有的不知如何解开手榴弹的盖子。但那些久经沙场的老兵和胆大的人，抓起大刀就朝突击队冲来，一场大刀的混战开始了，天仍是黑乎乎的，不能完全看清对方的面目，一切都是凭着自己的感觉来判断敌我，来进行砍杀。只要你向我冲来，我的大刀就朝你砍去。

平静的黑夜，突然间又是一片杀声震天，哭嚎遍野。

混乱地砍杀进行了一个多小时，因红军的偷袭太突然，太猛烈，国军没有组织起有效地反击，人虽然多，但各处都是一片混乱，除了近距离的肉搏战外，轻重机枪发挥不了很好的作用。随着前面那些用大刀砍杀的人倒下，国军的势气一下就崩溃了，随之而来的就是潮水般的败退。

在黑夜中，敌人又丢下数十具尸体退下去了。夺回阵地的三营，在清点人数后也有五人牺牲，十多人受伤，与敌人相比，损失算是非常小的。

在三营清理战场时，更让他们惊喜万分，除了六挺机枪和七十多支步枪外，还有成箱的子弹和手榴弹。

团长杜志强和政委钱斯美到阵地上转了一圈，叫大家抓紧时间清理战场。根据侦察得到的消息，天亮后敌人又要大规模发起攻击。另外叫大家把昨天遗留在战场上牺牲的人员，挖坑埋了。

鉴于目前战场上的紧张气氛，储国荣和王林峰决定每个排抽出一人，作为流动哨，在阵地周围巡逻，发现情况马上鸣枪示警。其他人挖坑掩埋牺牲人员，任务是，每个班掩埋两个牺牲人员。在这期间枪一定要背在身上，如果出现情况，能马上投入战斗。完成任务后回到战壕里持枪休息。

天亮了，阵地上还在忙着挖坑埋死去的战友，储国荣、王林峰、钱斯美站在那里用望远镜观察敌情。

就在这时，三人后面有个士兵哇哇地哭叫起来，储国荣转身望见昨天才从敌营里过来的罗开明，坐在一名早已死去的敌军尸体旁哭诉。

"罗开明，你怎么啦，他是你什么人？"储国荣问。

"报告参谋长，对不起，我错了。"罗开明胆怯地这样说道。

"我问你，他是你什么人？"储国荣再次这样问。

"报告参谋长，他是我在国军里的班长，他曾经对我很好，帮助过我很多，他也是穷人家出生，被抓到国军里去的。"

听了罗开明的话后，储国荣心里酸酸的，他的眼眶湿润了。他往前走了一步，用手拍了拍罗开明的肩头说："很好，你是个有情有义的人，我们红军队伍里就要你这样有情有义，懂得报答感恩的同志。"

说着储国荣转身去找到了一排长李文中，他把罗开明的事给他讲了一遍，然后说："你们去帮罗开明把他曾经的班长埋了，了却他一庄心事吧。"

李文中带着几个人找到罗开明，他们中的陈品国就是罗开明现在的班长。

见到罗开明后，陈品国笑着对他说："你怎么不早点给我们说呢？说了我们挖个坑帮你把他埋了，不就完了吗。"

"我怕你们说我通敌。"罗开明怯生生地说。

"人都死了，还通什么敌呀。"李文中站在旁边笑着说。

"你这班长是哪里人呀？"陈品国问。

"他说他是江西九江人，长江边上长大的，他很会游泳，长江他可以游两个来回。"

"哎呀，我们俩还是老乡呀，看来你同我们江西很有缘分。"陈品国望着罗开明说。

"你这班长，叫什么名字你还没告诉我们呀。"李文中问。

"他叫唐文军，他说是按他们家的辈分排行取的。"

李文中他们把坑挖好后，谁备把唐文军抬到坑里，可是他手里紧紧握着一把大刀，怎么也不松开。

"唐老弟呀，你把这刀握着也没用了，你看，你的背上被敌人砍了一刀，你的心都砍出来了。"陈品国费了好大的力气才那把大刀从唐文军手中取下来。

"他特别爱惜他这把大刀，他说有很多次救了他的命。"罗开明站在旁边为他的班长解释道。

"唐老弟你舍不得你这大刀，我就给你放在你身边了，没事的时候，你拿着它去给阎王爷舞几下，让他老人家见识见识你的刀法。"听了陈品国这话后，在场的人都笑了。

把罗开明的班长埋进土里后，李文中说："你们回到战壕里去休息，敌人可能就要上来啦。"

三

储国荣几乎是用小跑去找王林峰的。本来，他可以让身边的通信员把自己的想法告诉王林峰的，但这一个带决策性的问题，他要自去告诉王林峰。

王林峰看见储国荣朝自己跑来，一定有重大事情同自己商量，他也迎着储国荣跑了过去，并说："敌人马上就要攻上来了，有什么事你叫通信员告诉我就行啦，你这样跑过来太危险了！"

储国荣气喘吁吁地说："这是个决策性问题，我必须同你商量后执行。我认为我们不能像昨天那样打，我们一定要先用机枪、步枪、手榴弹来大量杀伤敌人。直到敌人完全冲到战壕边，而且局面难以控制的情况下，才用大刀与敌人拼。不然今天我们的伤亡比昨天还惨，今天向我们团进攻的可能是一个师的兵力！"

"参谋长，你讲得很有道理，今天就按你这个想法去打，我马上去通知各连排。你马上回去，敌人上来后就非常危险了。"

储国荣转身往回跑去。他边跑边对身边的通信员说："你马上去把刚才我和王营长定的打法通知各连排，要他们严格执行这种打法。"

敌人上来了，一片黑压压的，储国荣走进战壕，就大声地对战壕里的人讲："同志们，今天上来的敌人很多，大家一定不要被敌人的人数和嚎叫吓倒，没有命令任何人不得离开战斗岗位，我们一定要充分用好手中的武器，我相信我们三营的每位同志都是杀敌的能手！"

战前对部队进行动员和鼓舞对作战有非常重要的作用，而储国荣把这一套用得非常的好。他从上海大屠杀逃到解放区后，先是当通信员，后到战斗班当战士，两个月后就当了班长，一年后当了排长，后来就当连长营长直到今天的团参谋长。他做事胆大心细，而且打仗非常勇敢。

敌人的第一波冲锋被打下去了，而且还在阵地前留下了几十条枪和二十多具尸体，三营也有多人负伤一人牺牲。

但退下去的敌人马上就组织起了第二次冲锋，而且比第一波更加凶猛。端着轻机枪的敌人，都冲到离战壕只有四五米远了。

虽然敌人第二波的冲锋仍被三营打退了。但给三营造成的损失是巨大的，八连连长和三位排长，二十一名士兵阵亡。

更为让人担忧的是，全团的阵地上出现的情况都差不多，敌人的策略是，用不断地冲锋来消耗你的战斗力。如果这样的冲锋再来四五次，整个团不就完全瘫痪一了吗？

杜志强已经在指挥所里待不住了，他直接跑到阵地上来找储国荣和几个营长。

"大家说怎么办？像这样的冲锋再来三次，全团的阵地肯定瘫痪，而军团首长说今天晚上中央纵队才开始过江，要我们至少坚持到后天早上八点。"团长杜志强望着几位营长问。

储国荣找到李文中排长："你组织两三个人，在敌人冲上来的时候，专门去攻击他们的机枪手。我们的机枪已经打坏了三挺，能否这次从敌人手中抢几挺回来？"

"好的，我去争取。"李文中回到自己的战斗位置。

敌人的又一次进攻开始了，喊杀声，枪炮声夹杂着敌人的咒骂声，铺天盖地得像狂风暴雨般朝三营的阵地上卷来。三营的阵地上却是静悄悄的，每个人都睁着大眼死死地盯着，朝阵地冲来的敌人，双手紧紧地握着自己的枪把，有的已解开了四五个手榴弹的盖子，他们都在等敌人冲到五十米左右，此刻所有的人心中只想一件事，如何多杀一个敌人。

瞬间战壕里的枪响了，手榴弹又是雨点般飞入敌群爆炸，一大波敌人倒下了，但更多的人依然在往前冲，有的敌人已冲到了三营的战壕里。当然这些胆大鬼的结果是可以想象的，被战壕里的人，一刀就结束了生命。对这些敌人来讲，他们用飞蛾扑火的方式结束自己的人生，我们无法知道他选择的是瞬间的辉煌，还是对自己的人生感到完全的绝望。

混战又一次开始了，敌我双方完全混在了一起，相互的扭打，相互的追赶……有用大刀相互砍的、有用刺刀互相捅的、有抱在一起互相用牙齿咬的，总之，只要能置对方于死地的方法和手段都用上了。对敌我双方来讲，这都是无奈地选择。

三营阵地上的惨象，一般普通人是不忍睁眼看看的。两个多小时的厮杀，追逐和扭打，最终以敌人的撤退宣告结束，但留在前沿阵地上的伤员和尸体不计其数。敌人撤退时，三营没有官兵去追击，不是他们不想去追击敌人，而是他们人人都已精疲力竭。在敌我双方完全停止攻击后，阵地上又出现了一些零星的枪声，这些枪声不是敌我双方狙击手的冷枪，而是国军留在阵地上的伤员自杀的枪声。红军是不枪杀对方已放下武器后的伤员的。而国军就显得非常的残暴，他们只要见到红军的伤员，基本全部枪杀。

"参谋长，九连副连长罗明亮受重伤，听说马上不行了。"通信员对储国荣说。

"走，去看看。"储国荣对通信员说。

储国荣跟着通信员来到了罗明亮躺着的地方，罗明亮连里的几个战士围在他身边，悲痛地望着罗明亮。

储国荣蹲下抓着罗明亮的手说："罗连长没大问题吧？"

罗明亮喘着粗气吃力地说："参谋长，我不行了，你们要多保重呀！革命的路还长啦。"罗明亮两眼浸满了泪水，眼神里流露出无限的遗憾和不甘。

储国荣含着泪水说："不要担心，你的伤会好的。"

"快去，把七连一排的罗开明叫来。"储国荣对通信员说。

"我正在同一个敌军砍杀的时候，一颗子弹从我背后打了过来，我把那个敌人砍死了后，就倒下了。再努力也爬不起来，心里急得很，但没办法就是起不来呀。"罗明亮吃力地给储国荣讲他负伤时的经过……

"你为革命做了很多工作，你对革命是有功的。"储国荣含着泪水望着显得非常痛苦的罗明亮。

罗明亮微微地闭上了眼，过了一分多钟后他睁开眼望着储国荣说："革命是为了我们穷人能翻身，能不受他们的剥削，我们穷人自己的事，我们不干谁帮我们干呢？哎，就是这颗子弹来得太早了点，还有很多敌人等待我去消灭他们呀！"

"连长你放心，我们会为你报仇的。"身边的一个小战士望着罗明亮说。

罗明亮轻轻地转过头望着说话的小战士说："你是六班的张海洋吧。"

站在那里流着泪的小战士点了点头说："是的，我是去年参加红军的，我是孤儿，我的名字就是你给我取的呀!"

听到小战士张海洋这番话后，罗明亮欣慰地笑了笑后说："跟着党，跟着红军好好干。不要说为谁报仇，我们干革命不是为谁报仇，而是推翻剥削穷人的那个阶级，国民党军队就是他们的代表。所以他们与我们是不共戴天的。"

就在这时李文中带着罗开明到了。

"哥，你怎么呢?"看见躺在地上的罗明亮，罗开明马上双膝跪地双手抓着罗明亮的手问。

"我被敌人打了一枪，打到要命的地方了，我不行了，你要好好跟着党，跟着红军，跟着储参谋长他们好好干!能在我离开这个世界之前，见到一个我日思夜想的亲人，对我来说是一个最大的满足和安慰!我在想是谁把你送到我面前的呢?这几天，在这湘江两岸，敌我双方每天都有上万人死去，他们中有谁在死去之前见到了家里的亲人呢?可能只有我吧!"说到这里他那浸满泪水的眼神里闪烁着一丝安慰神情。

"哥，你的伤会好的，别担心。"显得六神无主的罗开明，实在找不出安慰哥的话。

"哎，储参谋长刚才也这么说，我想也许真的会好吧!"

这时，罗明亮抬起了右手，准备伸到胸前的一个衣包里取什么东西，但是他似乎已经没有力气把包里的东西取出来了。

"胸前衣包里有个东西，你帮我取出来。"罗明亮给他的弟弟罗开明说。

罗开明伸手从他哥哥的上衣胸前的包里，拿出了一个用一小块布包着的什么东西。罗开明把那一小块用布包着的东西放在了罗明亮的手里。

罗明亮轻轻地把那个用布包着的东西解开，原来，里面包的是一块银元。

他艰难的笑着对周围的人说："这可不是一颗普通的银元呀!"他随手递给站在他身边的储国荣参谋长看，原来这颗银元被枪打了一块洞，大家看后又把这银元放到了罗明亮手中。

接着罗明亮说："这是第二次反"围剿"前一天，部队发给我的津贴，我就放在这包里。第二天在冲锋的时候，不知从哪里飞来的一颗子弹，把我打翻在地，我想这下完了，在地上躺了一两分钟，我觉得全身都没事呀，爬起来就往前冲，晚上休息时，我才发现那颗子弹刚好打在这枚银元上，我从包里拿出来时，那颗子弹还卡在这银元上，就是这枚银元救了我的命。"

"哎呀，今天的运气就没那么好了。"罗明亮有些自嘲地说。

罗明亮似乎太累了，他呆呆地拿着那枚有弹孔的银元不说话了。两颗晶莹的泪珠慢慢地从他的脸颊流了下来。他吃力地把拿着银元的手移到弟弟罗开明的手上说："拿着吧！就当我送给你的礼物吧！"

这是罗明亮又吃力地把头微微地挪动了一下，无限深情地望着储国荣想说一句什么。让人遗憾的是，他没有把想说的话说出口，就永远地闭上了双眼。

储国荣走过来用手拍了拍坐在那里痛哭的罗开明说："革命就是这样，经常面临着牺牲，要坚强起来。"

这时，王林峰营长赶了过来，储国荣对他说："刚刚去世。"

王林峰蹲下来，用手拍了拍罗明亮的胸部说："罗连长，王林峰送你来啦。你一路走好，我们不知还要折腾成什么样呀。"

储国荣对站旁边的几个战士说："快给你们连长换上一件好衣服。"然后他转身对九连二排排长朱大朋说："你就负责把你们连长的事办好，我们到前面去看看敌情。"

储国荣边走边问王林峰："敌人有什么动静？"

"还是同我们对峙着，这次他们死伤的人比我们多得多，估计要下午才能组织起进攻。"

"团长政委情况怎样？"储国荣又这样问。

"政委在二营，团长在一营。一营的情况最糟糕，伤亡达六成多，听说别的团比我们惨呀。"

"我们还是去一营，看团长有什么想法。"储国荣对王林峰说。

走着走着，储国荣转过身来问王林峰："因罗连长的事我忘记问李文中，我要他办的事，办得如何？"

"他给我讲了，他组织了一个小组，在同敌人周旋中抢回了四挺轻机枪。"王林峰讲道。

储国荣边走边自言自语地说："这小子点子多，胆子大，是个带兵打仗的好料。"

到了一营，团长杜志强正在同一营长马西南在地上比划着讨论什么，望见储国荣和王林峰后，杜志强说："我正准备叫通信员来通知你们过来开会。"

"我们不是自己来了嘛。"王林峰对杜志强说。

当全部人员到齐后，杜志强说："开个短会。阵地前敌人还虎视眈眈地盯着我们，随时都有可能冲上来与我们拼个你死我活。现在的情况是我们不能与敌人硬拼。据侦察，我们的阵地前，敌人放了一个师的兵力。他们死两个，我们死一个，最后都是我们输。因敌人人多呀！要耐心地同敌人周旋，一人顶他三个四个用。在完全不得已的情况下，才能举着大刀同敌人拼。军团要我们还要至少守一天一夜。现在全团的作战人员已不足百分之四十，平均每个营就二百人左右。"

"钱政委，你有什么要说？"杜志强望着钱斯美问。

"没什么，回去就按团长讲的打。"钱斯美说。

"好，回去把对面的敌人给我牢牢地盯着。"

"回去找李文中，把他上午组织攻击的方法总结一下，在全营推广。"储国荣对王林峰说。

"是的，我也觉得他那种战法有推广的价值。"王林峰说。

"他是怎么组织攻击的？"储国荣问王林峰。

"具体的攻击方法是如何实施的，因时间紧他没有给我讲。"

"我们赶快回去找他。"说着储国荣就小跑起来。

"他在前沿监视敌人。"在后面跑的王林峰说。

"我们直接去前沿找李文中。"储国荣说。

"参谋长，这里危险，敌人不断地在打冷枪。"李文中说。

"李排长，你上午组织抢机枪的方法很好，我们想在全营推广，你具体的实施步骤是怎样的？"储国荣问。

"其实方法很简单的、三个人一组，一个狙击手，两个机枪射手。当发现敌人的机枪位置后，两个机枪射手端着一挺轻机枪，慢慢接近敌人的机枪位置，这时狙击手将敌人的机枪射手击毙。当发现敌人的机枪手被击毙后，我们的两个机枪手，一个端着机枪掩护，另一人就冲上去抢敌人的机枪。"李文中讲道。

"你组织了几次这样的行动？"王林峰问。

"组织了六次，四次成功，两次失败。"李文中说。

"好好找下那两次失败的原因。"储国荣对李文中说。

"通知全营排以上干部到七连的战壕里开会。"王林峰对通信员说。

三营的干部刚到七连的战壕里，敌人就开始进攻了。储国荣和王林峰把团长的作战方案与李文中偷袭抢敌人机枪的方法，给大家讲了一遍后，储国荣说："敌人又开始进攻了，各位马上回到自己的岗位。要求只有一个，保存实力，尽可能多消灭敌人。好了，散会。"

在储国荣讲话时，王林峰把自己和储国荣冲锋枪的六个弹夹，都灌得满满的。

各连的连排干部走后，王林峰把已装满子弹，显得有些沉甸甸的子弹带递给储国荣，储国荣从王林峰手中接过子弹带，马上挂在胸前系好了带子。然后他用手拉了几下冲锋枪的枪栓，并望着王林峰说："我这支枪有时有些卡。"

"用的时间太久了，打完这一仗换支新的吧。"王林峰这样回答储国荣。

战场上的枪炮声又密集起来。

"哎，今天又是一场恶战呀。"说完这话后，储国荣和王林峰相互会意地望了对方一眼后，转身朝各自的战斗岗位走去。

四

天黑了，整个湘江两岸又恢复了平静，储国荣站在第二道防线上，痛苦、失望又是那么无奈地望着第一道防线。今天下午的阻击战，整整持续了四个多小时，全团拼尽了一切，仍被敌人赶出了第一防线。在最后关头，团长杜志强、政委钱斯美也举着大刀砍进杀出，七连连长、指导员双双阵亡。八连连长、三位排长牺牲，九连副连长指导员和所有排长全部牺牲，牺牲的战士就不用提了。

"明天是中央纵队通过湘江的最关键时刻，我们要做到决不让敌人从我们的阵地上，冲到中央纵队前面。另外，想要重新夺回第一防线是不可能了，明天唯一的办法就是在第二道防线上，跟敌人拼，想尽一切办法拖住敌人。"这是团长杜志强在撤到第二防线时对所有干部的要求。明天一定要把敌人阻止在第二防线上，办法各营连自己去找。

"……办法自己去找。"团长的这句话始终在储国荣的脑际回响，只有那点兵力，你怎么去拖住众多的敌人不往前冲呢？储国荣找到王林峰营长商量也没商量个结果。

储国荣是那种没把事情想好就寝食难安的人，他就在黑夜里来回地走着，他冥思苦想地想设计一种一个人就能拖住敌人五个人甚至十个人的方法。就在这时，李文中带着卫生队队长何晓秋来找储国荣："储参谋长，何队长找你。"李文中小声地这样叫了一声。

储国荣转过身来，望着何晓秋说："你来这里干么呀！"

"仗打得这么激烈的，我不放心来看看你呀。"

这时李文中望着储国荣说："参谋长，我回去了。"

"好的，你要小心点。"储国荣望着李文中说。

李文中离开后，何晓秋一下抱着储国荣说："国荣啊，我快崩溃了，天天都有几十多人死掉，有的伤员忍受不了长时间痛苦开枪自杀，我整天就是安排人拖尸体去埋，有时埋人的还没回来，家里又死人了……"

储国荣紧紧地抱着何晓秋说："现在是革命最困难的时候，我们没有别的选择，唯一的选择就只有坚持。作为个人，对革命只要做到尽心尽力就够了，战场上比你那里还残酷。我督战的三营每天的死亡也是好几十呀！现在我们团伤亡已超过百分之六十，今天第一防线彻底失守，就连团长和政委都举着大刀砍进杀出的，你可以想象情况到了何等的严重呀。"

储国荣和何晓秋走到一个大石头边坐下，俩人背靠着大石头，手拉着手，望着黑乎乎的夜。前面不远处就是湘江，为了不让敌人靠近这条江半步，这些天来有上万红军官兵献出了年轻的生命。

"为什么这一年多来情况越来越糟糕呢？"何晓秋问储国荣。储国荣没有马上回答何晓秋的问话，而是长长地叹了一口气，又沉思了很久才说。

"哎，现在中央高层领导不知是怎么决策的，他们的很多做法都让人不解。这给我们这些基层工作的人带来了很多的麻烦。我们的很多同志是不该牺牲的，可是他们牺牲了，多可惜呀！"

夜静悄悄的，何晓秋把头靠在储国荣的肩上，若有所思地问储国荣："我们在南京读书参加地下党，到上海组织工人运动，四一二大屠杀，我们又跑到江西瑞金，今天又在这湘江边血战，国荣啊，我们要跑到什么地方革命才能胜利呀！"

听了何晓秋的问话后储国荣心里感到有些吃惊，他真不知如何回答女友的话。他们是在江苏水产学校认识的，而且他们俩都是南京人，当时杜志强团长就是他们的老师。一年级的时候，杜志强老师介绍他们俩秘密加入了中国共产党，那时杜志强借给他们看的一本小书叫《共产党宣言》，他把这书读了四五遍，好些篇章他甚至能背诵。因这本书很难买到，他用了三天时间，抄写了一本《共产党宣言》。后来他同何晓秋恋爱后，何晓秋也很喜欢《共产党宣言》，他就把手抄的《共产党宣言》送给了何晓秋，作为他的定情物。他们决心为共产主义奋斗终生，他们俩商定在革命成功的那一天举行婚礼。

何晓秋觉得储国荣变了，变得没有以前直率。现在问他什么事，要么绕了无数圈才把问题说出来，要么总是吞吞吐吐的。

"我送你回去吧？"储国荣小声地问何晓秋。

"晚上也没敌人进攻，我想多陪陪你，说不定那一天你想找我陪你也找不着了。"何晓秋这样回答储国。

"不会的，我俩能走到革命胜利的那一天。"储国荣这样安慰何晓秋。

实际上储国荣比何晓秋还要悲观得多。他觉得自己是男人，不应该把内心的悲观情绪带给女友。特别是到处漂浮着血腥味的时候，最需要的是鼓励，说实在的何晓秋说自己快崩溃了，其实储国荣随时都感到自己快崩溃了。特别是举着大刀在敌群里砍杀的时候，那种快要崩溃的感觉最为强烈，只是他不敢把它们说出来。

国荣呀，我坐在这里感觉到非常的幸福！好不容易享受到这样的安宁啊！我天天处在不是呻吟就是死亡的环境里，内心里有一种难以向人诉说的痛苦和悲伤。

晓秋我是理解你的，但革命还得往前走，我们不单要鼓起勇气往前走，同时我们也要在心理上鼓励自己。

就在这时，不知什么地方传来了两声枪响。储国荣抬起左手看了看表，哦，都四点过了，走，我马上送你回去。储国荣显得有些着急了。

何晓秋也马上站了起来并说："在你这里时间怎么跑得这么快呢？"

储国荣没有回答何晓秋的话，拉着他的手就往前走。卫生队离这里并不远，设在离第二防线一公里外的一个农家小院里。走到离卫生队还有一百多米的地方，何晓秋突然转身紧紧地抱住储国荣，无限深情地说："我知道天亮后又是一场力量悬殊的恶战。那些受伤的战士给我讲了，所以我今晚特地抽时间来陪你，我希望……我希望明天你依然这样站在我的面前，而不是……你知道这些天我是怎么过的吗？每当抬一个伤员进来时，我第一反应就是看是不是你，当我看清伤员的面孔，当我辨认出抬进来的伤员确实不是你时，我的心里才会有短暂的安宁。"

储国荣用手擦去何晓秋脸上的泪水后说："我的内心也常常同你一样，充满了焦虑与痛苦，但是我们选择了以推翻剥削为目标的革命；我们选择了为大多数人谋求幸福生活的工作目标；我们选择了推翻有钱有权，手中还掌握着国家军队和财富的敌人，需要无数人的努力奋斗；需要无数人的忍耐等待和牺牲。"

储国荣和何晓秋在黑夜中紧紧地拥抱着。夜很黑，就是人们常说的伸手不见五指的那种黑夜。让储国荣非常痛恨的风又吹过来了，因为风中那浓浓的血腥味，又让他想起了白天那疯狂的搏杀，最让他不敢回想的是，那疯狂搏杀后的尸横遍野和满地的痛苦呻吟。

储国荣松开手对何晓秋说："晓秋你看，前面就是湘江。"

"这么漆黑的夜，你怎么会看见湘江呢？"何晓秋说。

"我是用心灵去看的，因为在这数十公里的湘江两岸，我数万红军面对的是数十万国民党军队的追杀呀！"

"这些我当然知道。"何晓秋说。

"比起每天数千人，乃至万人的牺牲，我们内心的那点焦虑和不安就算不了什么了，你说对吗？"储国荣问。

储国荣在黑夜中看见何晓秋微微地向他点了点头。他似乎还看见了她脸上显现的，让他感到欣慰和幸福的微笑。

何晓秋转过身，用手轻轻地摸了摸储国荣的脸后说："我得回去了，屋里不知又有多少事等着处理。"

他们拥抱在一起相互亲吻了一下就转身各自走了。

储国荣没有回过头，他直接就朝三营的阵地上走去。而何晓秋就不同，她没走多远就转身望着储国荣去的那个方向，直到她自己认为储国荣已安全到达了三营的阵地上，才依依不舍地转身往卫生队走。天还是一片的漆黑，路仍不太看得清楚。不过参加革命后就经常走夜路，可以说红军战士走夜路有一整套的方法。

回到卫生队后，何晓秋马上去值班室找今晚值班的医生赵邦任。赵邦任比她晚一年参加革命，以前在上海一家药铺抓药。

"回来了呀？"走进值班室，赵邦任医生就热情地主动这样问何晓秋。

"回来了，有没有急需处理的事？"何晓秋问赵邦任。

"没什么特别重要的，那三个重伤员都死了，离天亮还有一个多小时，你先去休息一下吧，这些天你很少休息呀。"

"好的，我去躺个把小时，就起来换你。"说着何晓秋就转身出去了。

当何晓秋睁开眼睛时，天完全亮了。她马上起来去找了点水，洗了一下脸，这是她的习惯，如果早上起床后不用水洗个脸，她总觉得全身都不舒服，这个习惯让她参加革命后吃了不少苦头。她很想改掉它，像别人那样两三天不洗脸也无所谓。可是她没法做到，最后她就放弃了这个念头，一切顺其自然。当然这个坏习惯在后来的行军打仗中，慢慢地被她忘掉了。

何晓秋正在院子里查看伤员时，护士朱文兰急匆匆地跑了过来说："何队长，赵医生叫你去一下。"

走到几个医生面前，何晓秋还没开腔，赵邦任医生就说话了。

"何队长，你去劝劝一营三连那个连长吧，他那条腿必须马上截肢，不然就有生命危险。"

"你们给他谈过了吗?"何晓秋问。

"谈了,他宁愿死掉也不截肢。"

"好,我去给他谈谈。"何晓秋朝另一个小院走去。

"何队长,你别来劝我,我已经作好了死的准备。"那个一营三连连长钟加祥,见到何晓秋走来,就非常坚决地这样对何晓秋说。

何晓秋温柔亲切地说:"我们谈几句好吗?"

"可以,但不谈截肢的事。"钟加祥仍是如此强硬。

何晓秋随手拖了一条小凳,坐在钟加祥的病床前。她还没想好如何来说服钟加祥,钟加祥却先开口了。

"何队长,你和我们储参谋长一样,都是非常好的领导。但是你们想过没有,明天阻击战可能就结束了,部队又要往前开进。前有敌人阻击,后有敌人追杀,天上还有飞机轰炸,部队抬着这么多伤员如何前进呢?把这些伤员寄养在当地老乡家,国民党的兵一来,就是乱枪打死,尸横荒野。与其被国民党兵乱枪打死,不如今天我死在这里,还有自己人把我抬去埋掉,这样的结局不是更好些吗……"

钟加祥躺在那里,长长地叹了口气,内心里显得极端地不甘和无奈,他用双手擦去脸上的泪水后说:"何队长,你去忙把,不要把时间浪费在我这个已经没用的人身上了。转告储参谋长,谢谢他对我的关心和培养,请他帮我多杀几个国民党的混蛋,我在九泉之下就知足了。"

钟加祥把话说到这个份上,让何晓秋实在找不到劝他截肢的话语和理由,她流着泪站起来,从衣服包里摸出一张洗得干干净净的手巾,上前为钟加祥把脸上的泪痕擦干净后,小声地说:"钟连长,我尊重你的选择!"

钟加祥微微地点了点头,然后就痴痴地望着何晓秋。就在何晓秋准备转身离开时,钟加祥突然喊道,"何队长,谢谢你,为我擦脸上的泪水,这是我这一生中第一次女人为我擦脸上的泪水。你使我感受到了红军队伍的温暖,感受到战友之间的温暖,我会把她牢记在心,再次地谢谢你,何队长。"

望见何晓秋出来后,赵邦任医生急切地走上来问:"马上准备手术吧?"

何晓秋非常无奈地说:"算了,尊重他的选择吧。"

"那就不做了?"赵邦任有些不解地问。

"不做了,大家去忙别的吧,反正我们卫生队有忙不完的事。"何晓秋也显得无可奈何。

这一天中,钟加祥的话总是在何晓秋的脑海中回荡,她觉得这些红军战士太可爱了，他们的心中的确永远装着的是党和红军的生存发展，他们很少从个人的角度去想问题。

听说又来了几个三营的伤员，何晓秋又跑去看了看。三营来的伤员何晓秋必须去看的秘密，卫生队里的人是不知道的，她也不会讲给他们听，这是她的个人私情。她觉得不管在什么组织里，都应该让人有一点个人秘密。她不是社会学家，她没有能力把这个问题上升到理论上把它讲出来，但她觉得应该允许每个人都保有一些个人秘密。

下午，何晓秋刚给一个从战场上抬下来的伤员清理完伤口敷上药，就有一个新来不久的小护跑来报告说："何队长，二十九床自杀了。"

听到这一消息后，何晓秋感到大吃一惊，二十九床就是上午不愿截肢的三连连长钟加祥。她站在那里愣了好几秒钟，然后对小护士说："走，带我去看一下。"

何晓秋跟在小护士后来到了钟加祥的病床前，钟加祥静静地躺在那里，神情显得非常的安详。何晓秋查看了一下，原来他是用一根小绳子，套在自己脖子上自杀的。

何晓秋用手轻轻地解下套在钟加祥脖子上的绳子，然后自言自语地说："哎——你又何必这么急呢？"

在钟加祥的枕头边叠放着两三套衣服，上面放着一封信和六个银元，信是这么写的：

"团长、政委、参谋长、我连还在战斗的各位战友，今天上午我拒绝了卫生队给我截肢的手术。因为截了肢我就不是一位为共产主义奋斗的战士了，同时还需要战友们抬着我走，前有敌人阻击，后有敌兵追杀，天上还有蒋该死的飞机轰炸，想着这些我心里就难受，活着也是个废人了。团长、政委、参谋长、我的战友们，对不起，我就先行一步了。"

"枕边放着的这些，就是我参加红军八年来积攒的全部财产，三套单衣六枚银元，这三套单衣两套交给连队，看哪个战士没衣服穿，就送给他穿吧，另一套就麻烦卫生队的战友们帮我穿上，穿件新衣服到了地府里，也免得别人骂我们穷鬼。"

"另外，我有两把战刀，在这里我请求组织批准我随身带走一把，因为在这七八年的战斗中，我击毙砍死的敌人在百人以上，如果到了地府里，这帮死鬼给我找麻烦，我手边也应该有个家伙。以免受他们的欺凌。"

"那六枚银元就作为党费交给支部。"

"领导们，战友们请多保重……"

看完钟家祥留下的遗书后，何晓秋已是满面泪痕，这些年在卫生队负伤后自杀的伤员也有好几个了，像钟加祥这样理智清醒深情而义无反顾的自杀的伤员，她是第一次见到，对她的内心冲击和震撼是前所未有的。

何晓秋擦干脸上的泪水后，用有些沙哑的声音，对身边的小护士说："快去把那几个帮助埋尸的人叫来。"

然后她又去通知分管钟加祥的赵邦任医生。

作为分管钟加祥的医生，赵邦任对病人的自杀感到非常的惋惜和痛心。

在给钟家祥穿衣时，大家主张三套衣服全部给他穿上。但何晓秋坚持尊重死者的意愿，所以只给他穿了一套，然后从床下拿出他的两把战刀，一把重些一把轻些，大家望着何晓秋问："队长让他带重的还是轻的呀？"

何晓秋随口说："他个子大，可能喜欢重的，就让他带重的吧，为革命冲杀了七八年，送他一把刀算什么呢！"

因人死的太多了，红军没钱买那么多棺材，全都是软埋的。

就是把尸体的头用一块布包裹起来就抬去埋了。

人们正准备包裹死者的头时，何晓秋说："等一下，她从衣服包里，摸出早上为钟加祥擦泪水的那个花手巾，然后亲手将花手巾盖在钟加祥的脸上，才让其他人用布包裹钟加祥的头。在场的人问何晓秋为何要这样做？她把早上她与钟加祥的对话给大家讲了一遍，听完何晓秋的解释后，在场的人都感动得落下泪来。"

何晓秋和卫生队的人把钟加祥埋葬后，又去忙其他的事去了。

五

储国荣他们已在第二防线上混战了大半天了。上午敌人就发起了四次攻击，虽然，每次都没有彻底把敌人赶出第二防线，但储国荣他们组织的反击力量，每次都打乱了敌人的进攻态势，使之形成混战。在混战中红军战士完全是各自为阵，往往一个战士就吸引十多个敌人的围攻与追杀，这时候就显示出手榴弹的威力了。只要这个战士抛出一个手榴弹，敌人就会倒下好几个，在硝烟和混乱中又是一阵举着大刀的乱砍乱杀。这一下来，一个战士就可能干掉好几个敌人。当然，这一战士也有可能被敌人干掉。杜志强团长带头，就这样在敌群里杀进砍出，他给全团的命令是："战到最后一个人，也决不允许退出第二防线！"

杜志强团长带领的三八九团的三百多人，在一公里左右的阵地上，与一千多敌人厮杀混战了近一天时间。让敌人困惑不安的是，死了一千多人竟然没有突破红军的第二防线。

太阳缓慢地靠近了那遥远的地平线，快要掉到地下面去了。那即将退却谢幕的万丈光芒，是那样的绚丽夺目。杜志强轻松地在夕阳下走着，虽然阵地上的硝烟还没有散尽，但是经过一天激烈的混战，现在敌我双方都精疲力竭，谁也没有能力组织有效的进攻了。而军团给三八九团的任务是，阻击到明天早上八点就撤退。杜志强最担心的是今天，但是今天有惊无险，虽然牺牲了八十一名战士。三位排长，两位连长，可是敌人死了一千多。杜志强心里想，今天自己应该算是赢家了。他肩扛着那把还没有擦去斑斑血迹的大刀，从一营的阵地上往三营的阵地上走，有一个通信员手持冲锋枪跟在杜志强后面，如果在死人堆中发现了一名牺牲的红军战士，他就走上前在牺牲的红军战士躺着的地方，站上十多秒钟，嘴里还小声地念着什么话。

刚走到三营的阵地上，储国荣和王林峰就走向前来迎接杜志强。

"你们在那里商量什么呀?"杜志强问。

"我们两正在商量，如何尽快把牺牲的人员埋掉的事。这样，明天早上撤退的命令来了，我们就能马上撤走。"储国荣说。

"你们这想法很好，我怎么没想到呢? 周班长，你马上通知各营，今晚一定要把牺牲人员收集来安埋完，做好明天撤退的准备。"通信班长周中贵转身就朝二营跑去。

通信员离开后，杜志强望着储国荣和王林峰带点欣慰地说: "哎——我们终于把这一天拖过来啦，我真担心我们全团在第二防线上全军覆没呀!"

就在杜志强储国荣王林峰三人，站在那里感叹今天来之不易的险胜时，在他们身后不远处的死人堆里，一个昏迷的国民党士兵苏醒过来，他把压在身下的一支步枪，拖了出来，举枪朝站在那里谈笑风生的三人开了一枪。

正在说着话的杜志强突然倒在了地上，听到枪声后猛然转身的储国荣，朝坐在那里正在瞄准的国民党兵士猛扑过去，并顺势拖出腰间的手枪，朝那个国民党士兵头上开了两枪。然后储国荣站起身来又在四周搜查了一遍，确定再无危险时，才回到杜志强和王林峰身边。

"快，团长受伤了。"王林峰说。

"伤势如何?"储国荣问。

"很严重，子弹是从背部打进的，从胸前穿了出来。"

"你留在阵地上，我带几个人马上送团长到卫生队。"储国荣对王林峰说。

王林峰很快就叫来了七连五班班长马胜利，两人背着杜志强就往卫生队跑。刚到卫生队小院门前，储国荣就大声喊道："晓秋——晓秋——"

何晓秋从另一间房里跑出来问"出什么事了？"

"你们快准备一下，团长受伤了。"储国荣急切地说。

"人呢？还在阵地上？"何晓秋问储国荣。

"马班长背着，马上就到了。"储国荣说。

何晓秋叫来了两个外科医生，在一个简易的手术台前，正在做准备时，人就背了进来。当医生们解开杜志强的衣服时，就有些失望了。

"不知伤到心脏没有？赵邦任医生自言自语地问。"

站在赵邦任对面的梁朝光说："心脏是没有伤到，如果伤到心脏早就没命了，但这里也是十分危险的。"

"还有液体吗？"梁朝光问。

"没有了，昨天就用完了。"赵邦任说。

"打一针止血的药，然后把前后的伤口清洗消毒后包扎起来，躺着观察。"梁朝光对杜志强的治疗作了以上安排。在卫生院只有梁朝光是正规外科医生，赵邦任是他的助手。

手术只进行了一个多小时，就把杜志强抬到三十九床上了。让他躺好后梁朝光弓下腰对杜志强说："团长，你要尽量少动，减少出血。"

杜志强点了点头，小声地说："谢谢！"

在梁朝光和赵邦任就要转身离开的时候，杜志强问："梁医生，我可能没救了？"

梁朝光马上转身过来对杜志强说："杜团长，你的伤不是很严重，只要控制少出血，就没大问题。"

听完梁朝光的话后，杜志强没有任何的表情。显然他觉得梁朝光给他说的是假话，他自己感觉他的伤是很严重的。

望着何晓秋进来，杜志强亲切地说："晓秋啊，能否熬一碗稀饭给我喝呀？"

何晓秋马上走到杜志强的床头前，弓下腰小声地问："团长，你想喝稀饭？"

杜志强点了点头说："如果有米，就给我熬碗稀饭吧，很久就想喝碗稀饭了。"

"团长有米，我马上就去给你熬。"何晓秋亲切地对杜志强说。

杜志强微笑着点了点头。

这时储国荣站了起来，他望着杜志强说："团长我出去一下。"

杜志强小声地说："去吧，我马上是死不了的。"

储国荣走到梁朝光的办公桌前问："梁医生，团长这伤严重吗？有没有生命危险呀？"

梁朝光把身边的一条凳子往储国荣面前推了推说："储参谋长，团长这伤非常严重，应该马上输血输液，可能还有点希望，但你知道现在我们这条件。如果今晚出血不多，可能能还有点希望，怕的就是十二小时内。"

"我问的意思是，严重呢，我就留下来陪陪他，不严重呢，我就回阵地上去。"储国荣望着梁朝光说。

"你留下来陪他几小时，因为我们现在的条件太差，这种伤势不输血，输液是很难有希望的。"

储国荣站起来对梁朝光说："梁医生我听你的，因我十八岁就跟随他到现在。"

"是的，你和何队长都是有情有义之人。"梁朝光对储国荣说。

回到杜志强的病床前时，何晓秋已经在给杜志强喂稀饭了。吃完稀饭后，杜志强半开玩笑地说，想吃的稀饭也吃到了，死了也没遗憾的了。

这时，何晓秋也半开玩笑地对杜志强说："团长，你的要求好低呀，能喝碗稀饭就满足了。"

"晓秋呀，这个要求不低呀，那些死在战场上的战友，有多少人死前想喝杯水，也没有喝到呀！"说到这里他的两眼就流起泪来，然后就躺在病床上自言自语地说："他们打死了多少敌人，流了多汗？多少血呀？他们死时水都没喝上一杯，水都没有喝上一杯呀！将来革命成功后，你们可不能忘记他们呀！"

"我怎么啦，我是不是在说胡话啦？"杜志强望着储国荣问。

"团长，你没有说胡话，你说的是真话。"储国荣很认真地对杜志强说。

"国荣呀，你回去吧，我想，明天真的撤退命令来了，如果组织不好，出现混乱，就会出大事的呀，我又不在，政委一人忙不过来的。"

"现在几个营连领导都很得力，不会有事的。我们有好几年没有坐下来聊过了，今天有机会我们好好聊聊这些年的得失，不是很好吗。"储国荣对杜志强说。

"好！好不容易晓秋和你一起陪我呀！"

"国荣呀，你说谈谈这些年的得失。对我们这些革命者来讲，这些年没有把这小命要掉，就算好的了，还谈什么得失呀。这一周来，在这湘江两岸与国民党军作战中阵亡的几万红军，他们死之前连肚子都没吃饱呀。但是为了我们的共同理想，为了我们那遥远而伟大的目标，没有人在困难面前低过头，没有人在强敌面前止过步。就说我们今天的战斗吧，我们三百来人与敌人三千多人进行混战，敌人死了一千多，我们才死八十多个。还有一个更重要的事实是，我们用三百多人就把第二防线守住了，这靠的是什么？靠的是我们每一个战士心中的信念！你们说对不对？"

"团长说的是正确的，谁都不相信今天我们三百多人战胜了敌人三千多人，但这是铁一般的事实。"

杜志强似乎累了，他静静地睡过去了，虽然受了伤，但今天奇迹般地胜利，依然是他心中最辉煌的一页，每每想起，他就无法掩饰内心的成就感和满足感。

"他会不会就这样永远醒不来了。"储国荣问何晓秋。

何晓秋伸手去摸了摸杜志强的脉搏后说："脉搏跳得有些弱，但还不是那种快要死亡的样子。"

这时赵邦任对何晓秋说："队长你去看看三十二床可能不行了。"

何晓秋站起来，马上跟着赵邦任出去了。

何晓秋离开后，储国荣转身望着昏睡中的杜志强。这是储国荣望见在杜志强的脸上手上还沾着好些血迹，这些都是在白天的血战中留下的。他站起来到外面端回了半盆水，又去找来了一张洗脸帕。然后就轻轻地为杜志强洗脸上手上的那些血迹，正在洗时杜志强醒来了："团长，我帮你把这些血迹洗了。"储国荣对杜志强说。

"谢谢国荣，我与你和晓秋的结缘，算是我生命中最有意义的一件事。我发展了那么多党员，不论是对党的事业的忠诚，还是对同志之间真诚的友爱，你们俩都是最优秀的。我为革命发现和培养了你和晓秋这样的优秀干部感到欣慰。"杜志强拉着储国荣的手总觉得有好多话要对他讲。就在这时何晓秋进来在储国荣耳边说："政委来电话说明天可能要撤退，要我准备一下。我去安排这些事。"

"好的，你去吧。"储国荣说。

看着何晓秋又要急急地出去，杜志强吃力地向她打了个手势说："晓秋呀，你等一下，我有件事要当着你们俩说，不会耽误你多少时间的。我知道天亮后可能就要撤退转移了，我也在为你们急呀！"

"团长，那我出去一下马上回来。"

望着何晓秋出去后，杜志强问储国荣："我来时穿的那件衣服放在什么地呀？"

储国荣对他说："就在这里。"

何晓秋出去把事情安排好后就回来了。望着何晓秋进了，杜志强的脸上露出了一丝欣慰的笑容，他觉得她没有食言。

杜志强向储国荣轻轻地挥了一下手，储国荣没有理解到杜志强的意思就问："团长有什么事呀？"

他很吃力地说："把昨天我穿来的那件衣服……"

储国荣把衣服拿来放在杜志强手上，杜志强在衣服上摸了好一会儿，终于他从衣服包里摸出了一本书。有些破旧，上面还沾着他受伤时流的很多血，现在血还没有干，还显得湿乎乎地。不知为什么，这时杜志强的脸上出现一丝孩子般的微笑，他把那本破旧的书拿来在储国荣和何晓秋的前面，晃动了几下后问："知道这是什么书吗？"

杜志强又自问自答地说："这就是在南京江苏省立水产学校，我借给你们看的那本《共产党宣言》。对不起，当时没舍得把这本小书送给你们，因为当时很难买到这本书，卖这本书的人是要被蒋介石杀头的呀！"说到这里他停了下来，闭上了眼。

储国荣有些紧张地望着何晓秋。

何晓秋小声地说："他可能累了，他需要休息。"

就在这时，医生赵邦任走来对储国荣说："政委叫你接电话。"

储国荣走到院子里拿起电话说："政委好，我是储国荣。"

"团长的病情如何？我们团已接到命令，上午十一点撤出阵地转移。我已安排了两个力气大些的战士，抬着团长一起撤退。"钱斯美在电话里说。

"钱政委，团长可能马上不行啦，话都不太说得清楚了。"

"如果团长走啦，你就代表全团把他的事办好，如果他活着我们就抬着他一起走。就这样。"钱斯美说完就把电话挂了，因等着他处理的事还很多。

储国荣放下电话后，站在电话机旁沉默了好一会儿。当储国荣回到杜志强的病房前时，杜志强又醒过来了，他马上弓下腰对杜志强说："政委来电话说，抬着你撤退的人都安排好了。"

杜志强想了想后说："你代表我感谢钱政委的好意。我刚才的话没说完就没力气了，你和何晓秋决定革命胜利后才结婚，今天我就把这本小书作为你们结婚时的礼物，提前送给你们俩。别嫌弃它破旧，它可是一座思想的大山呀，多少人在攀登它，又有多少人在这座大山里寻找思想的力量呀。我们中国的无数革命者，就是在这座大山里找到了鼓舞自己奋斗的思想武器，你我都是呀……"杜志强吃力地颤颤巍巍把那本破旧的《共产党宣言》放到了储国荣的手上后说："这本小书上还沾有谁的鲜血你们还记得吗？"

储国荣点了点头说："团长，我们会记住她的，在上海四一二惨案中牺牲的高玲玲女士。"

听了储国荣的话后，杜志强欣慰地笑了笑说："那天她就揣着这本《共产党宣言》牺牲的，现在上面都还有她的血迹。"说到这里他似乎又没力气了，又闭上了眼。

"你去忙你的吧。"储国荣对何晓秋说。

何晓秋刚离开，杜志强又睁开了眼，他望着储国荣问："你怎么还坐在这呢？快回去带着部队撤退呀，不然国民党的大部队就包围上来啦。"

"团长，我再在这里陪你坐几分钟。"储国荣说。

"一分钟也不行，你给我快走。"杜志强虽然说话的声音很小，但看得出他非常的生气。

看到储国荣仍坐在那里没有走的意思，杜志强突然大声吼道："再不走我就枪毙了你——！"

就这大吼一声后，杜志强的头一下就偏了过去，两眼里留着储国荣没有按他的指令，马上回去带部队撤离的失望神情。

六

杜志强的这一举动，让储国荣大叫吃一惊，他当时吼的那一声周围很多人都听见了，当储国荣回过神来再望杜志强时，他已经没有呼吸了。

"团长—团长……"储国荣叫了好几声团长，杜志强躺在那里，没有任何的反应，这时储国荣才明白，杜志强团长真的走了。他流着泪去找到何晓秋，何晓秋正在指挥着卫生队的人收拾东西。还没等储国荣讲话，她就抢先说道："没想到团长走得这么急，现在才晚上九点四十呀！"因为时间很紧储国荣没有把杜志强团长跟他发火的事讲出来。

"他的东西带来了吗？"何晓秋站在旁边问储国荣。

"带来了，就是个背包而已。"储国荣答说。

"哦，还有高玲玲的骨灰盒。"储国荣自言自语道。

"那是他的宝贝，埋时放在他旁边，这下他们就永远不分离了。"何晓秋对储国荣讲。

"你马上去他的包里找件干净的衣服给他换上，就抬去埋了，坑都是他们提前挖好的。"

接着何晓秋又对储国荣说："走，我们一起去给他穿衣服吧。"

在往回走的路上，储国荣给何晓秋讲了杜志强催促他快走，而自己没有走引起杜志强大怒而死的事。听了储国荣的话后何晓秋没作任何回应，因她见这类的事要比储国荣多，这是要死的人回光返照的另一种表现形式而已。走到杜志强的病床前，杜志强那愤怒的双眼仍大大地睁着。

"你赶快给他找衣服。"何晓秋给储国荣说。

何晓秋用手轻轻地在杜志强的脸部和眼周围揉搓了几下，然后她说："团长，你别生气，储国荣已经回阵地组织部队撤退了。"

让人不解的是，几分钟后杜志强就把双眼闭上了。

就在这时，师政治部副主任走了进来，说师首长的意思是要买一口好棺材来埋杜志强团长。师首长说在最后两天的战斗中，杜志强团长和战士们，一起举着大刀在敌群里砍进杀出，他的表率和带动作用，坚定了战士们决战的决心，激发了全团高昂的杀敌勇气。师里已决定把杜志强团长评为阻击英雄。

何晓秋悄悄地对储国荣说："我们这里没有钱买棺材了。"

"你派两个人出去问问谁家有棺材卖，钱估计肖主任带有。"

派出去的人很快就回来说："因为打仗，村里的人都跑光了，什么都买不到。"

师政治部肖主任走到储国荣面前说："参谋长，就按你们的安排进行吧，有的地方还在打，我得回去了。"

肖正元走到已经穿好衣服平放在床上的杜志强前面说："杜团长，师首长派我来给你买副大棺材，但这几天村里人都跑光了，没有买到，小弟对不起了！请杜团长谅解！这次你指挥果断作战勇猛顽强，这次湘江阻击战，你们团打得很好，师里决定把你评为阻击英雄。"

就在肖正元准备转身离开时，杜志强紧闭的眼角上滚出了两颗晶莹的泪珠。站在旁边的何晓秋激动地说："肖主任，团长听到你的话了，你看他都流泪了呀！"

肖正元也流着泪说："听到了就好，听到了就好！"

肖正元走后，何晓秋就马上把那三个临时请来埋葬死在卫生队的伤员的三个农民叫来了，但三个农民突然提出要把这些天的账结了，不然就不埋眼前这个人。何晓秋坚持说明天早上一起结，三个农民说："明天你们都走了，我们找谁去结呢？"

储国荣走过来说："结就结吧，总得要给别人结的呀。"何晓秋觉得这三个人拿躺在床上的杜团长威胁她，她心里有些不舒服。所以她就不想今天给他们钱。

储国荣把何晓秋拉到屋外非常生气地说："再拖就没时间了！"他在心里骂道："女人办事什么都情绪化。"

然后储国荣又找到那三人说："何队长在屋里给你们准备钱，我们四人把人抬去埋了，我是这个团的参谋长，回来没有钱拿的找我行不？"

三人觉得储国荣说的话可信，同意先去埋人。

天一片漆黑，一个农民在前面提着油灯领路，其于两人抬着人走在中间，储国荣也提个油灯在后面照路。埋人的坑离卫生队小院只有三四百米远。把杜志强抬到墓地后，两人很熟练地就把他平放到了坑里。这时储国荣就把高玲玲的骨灰盒拿来放在杜志强的头旁边说："团长，我就让高玲玲陪在你身边。"

接着储国荣就把杜志强的一床毛毯拿来给他从头盖到脚，然后三个农民就往坑里加土。

大约四十多分钟，就把杜志强草草地埋下地了。这让储国荣心里酸酸的，他围着杜志强的坟墓转了一圈，严格说那不是坟墓，那只是个土堆而已，坟头连姓名都没有一个，更谈不上什么碑了。只是同那些横尸山野的红军战士相比，杜志强还算幸运的。

"这里埋了多少人呀？"储国荣问身边的三个农民。

"三百多人吧。"一个农民答道。

"有这么多吗？"储国荣又问。

"只有多没有少的呀，平均每天都是五六十个人，你算算。"另一位农民又这样回答。

储国荣没再说话，他站在那里望着静悄悄的黑夜，前面不远就是湘江，这些天里，三万多红军战士，就战死在这湘江两岸。想着这些储国荣的心就有些颤抖……

回到卫生院，何晓秋已把三个农民的钱，放在院里的一个小桌上，桌上的小马灯还亮着。并给储国荣留了一张纸条，上面写着："国荣，我实在坚持不了了，我睡了，钱在这里，每人五个银元（每天一个）你交给他们。另外你告诉他们三人，明天的工钱我都一齐给了的，叫他们找个地方休息，明天还有很多事。你也别走了，天亮回去也不迟。"

储国荣亲自把桌上的钱拿来放到三人的手里并说："怎么样？我们红军从来不亏待老百姓。"

拿到钱后三人都高兴地笑了。

"今晚不能走，明天还有一天哦。"储国荣笑着对三人说。

"好的。"三人愉快地答应了。

人们都睡了，储国荣站在卫生院的小院里，听着卫生院里那些伤员的呻吟声，他的心里非常的难受，他不知道三营在这里还有多少伤员？明天要安排多少人抬伤员？

想到这些，储国荣就悄悄地摸进了何晓秋睡的房间，把嘴贴在何晓秋的耳边小声说："我还是回去看看明天的安排，我有些不放心呀。"

何晓秋没有说话，只是手伸过来拉着他的手，储国荣用嘴在何晓秋的脸上亲吻一下后，用另一只手掰开了何晓秋拉着他的手后又小声说："我一定要回去。"

储国荣很快就回到了阵地上，并找到了政委兼团长的钱斯美。

"全团一千八百九十人，现在只剩下七百五十二人，其中伤员九十一人，需要抬着走的有四十人，这次阻击战，伤亡惨重呀。"钱斯美含着泪对储国荣讲。

"政委还需要我干什么？"储国荣问。

"明天的事基本安排好，你也几天没休息了，马上睡觉，就在这棵树下睡，前后都有卫兵巡逻，我也在这里睡。"钱斯美说着就躺到了地上。

储国荣在钱斯美的右边找了个有点斜坡的地方躺下了。虽然疲倦，但就是没有睡意，杜志强总是在他的脑中晃动。特别是当他摸到衣服包里，沾着杜志强和高玲玲鲜血的那本《共产党宣言》时，就使他更加难以入睡了。他想起了多年前，在南京水产学校读书时，与杜志强认识接触的情景……

七

杜志强对班上的两个学生观察已有一段时间了。他对发展党员一直有一个观点，就是要考察这人的基本特征，人要稳重，要沉得住气，通过培养在关键时刻，要做到处事不惊应变自如。他特别反对发展那种情绪波动较大，经常咋咋呼呼性格的人。杜志强对全班三十八名学生，一一进行了梳理。他觉得只有十八岁的储国荣和十七岁的何晓秋，合乎他的标准。这时杜志强就开始同这两个学生接触，首先关心他们的学习，让这两个学生在班里有很好地学习成绩，较高的威望和有一定的号召力，这些都是将来他们展开工作时需要的。经过半年多的时间的工作，杜志强准备考验一下，这两个学生的组织能力和对局面的把握和控制。

快要下课的时候，杜志强望着坐在前排的储国荣和何晓秋说："储国荣和何晓秋两同学下课后来一下我的办公室。"

杜志强抱着一大叠讲义刚回到显得有些乱糟糟的办公桌前，储国荣就跟着他进来了。这让杜志强有些慰欣，行动快就意味着执行力强，目前形势下，最需要这样的革命青年。

"杜老师，有什么事呀?"储国荣问。

"别慌呀，等我把这些东西收拾好，就给你讲。"

就在这时，何晓秋从容大方款款地走了进来，从姿态神情和嘴角含着的一丝微笑中看得出，何晓秋虽然比储国荣小一岁，但她要比储国荣成熟一些，因为她已懂得如何在老师面前展现自己。对一个青年人来讲，这也是一种能力，一种把控自己的能力。

两个学生出场的一举一动，都没有脱离杜志强对他们观察思考和研究分析中。

杜志强把桌上凌乱不堪的书和讲义，稍微收理了一下后，从旁边拖了两个凳子过来。让两个学生坐下后，就望着储国荣和何晓秋说："我准备在我们班上举办两个演讲活动，第一个演讲会的主题为，'如何学好专业来科学报国'。这个活动由储国荣组织。另一个诗歌散文朗诵会主题是'爱我中华'。由何晓秋组织。

时间由你们自己定，但不能占用正常上课时间，内容你们自己到书和杂志上去找。

"准备好后通知我，我一定要来观摩和欣赏。"

一切都在杜志强的设计和规划中进行。

天还没有完全亮，杜志强就拿着剑出去练功去了。他从八岁起练习咏春拳，整整十六年没有间断过。清晨，在学校的林荫道上练拳的人很多，但大都各自练各自的，在一般情况下是不会去关心别人在练什么的。但今天杜志强在打完第一套拳法后，他看见前面不远的地方，也有一个人在练咏春拳。他好奇地想去看看，那人打得如何，当他走近那人时，让杜志强又惊又喜，原来那个练咏春拳的不是别人，而是他的爱徒储国荣。

因杜志强站在储国荣后面，正在练习中的储国荣并没发现杜志强站在那里。杜志强一心想看看储国荣的功力，他后退了几步站在那里悄俏地看着。使杜志强感到非常高兴的是，储国荣不但功底扎实而且很有天赋，是个可塑之才。

当储国荣练拳结束转过身来望见老师杜志强站在那里看他时，他有些不好意思地问："杜老师，你什么时间到的？"

"我也在这里练拳呀。"杜志强说。

"你练的是什么拳呀？"

"跟你练的一样的，咏春拳！"

"真的练的是咏春拳？"储国荣带着怀疑地问。

"看着"，杜志强在原地舞了几下后问："对不对？"

储国荣激动地问："杜老师，你也喜欢咏春拳？"

"我练了十六年了，你说喜不喜欢！不过，我看你那脚手的功夫，也是练了不少年的呀！"

储国荣显得有些羞愧地说"七岁开始练的，现在才十一年，不敢同老师相比。"

"你比我还早一年开始练，我八岁才开始练的呀。"

就这，对面跑来一个学生模样的男青年冲着储国荣问："储国荣我那事行了吗？"

"我刚找到杜老师，吃饭时我就回答你。"储国荣对那人说。

"杜老师，有几个其他班的同学，想参加我主持的那个朗诵会，你说行不行呀？"

"当然行！参加的人越多越好！"

"刚才给我说话的那位三班的李国勇，写了五千多字的朗诵稿，听了非常的感动人。"储国荣有些激动地说。

"你知道何晓秋的进展情况吗？"杜志强问。

"她那里更热闹，大部分都是自己写的诗，准备拿来朗诵。"

"有这些勇气就好，青年就应敢闯敢干。"

"所有的朗诵稿件，都必须与朗诵会的主题一致。"杜志强说。

"所有要求朗诵的稿件我都看了，没有特别激进的。"储国荣望着杜志强说。

在往饭堂走的路上，杜志强一直在想在这个朗诵会上，自己也应该朗诵一篇文章。而这篇文章朗诵完后，要把朗诵会的气氛和情绪推到一个高峰，他想达到这样一种效果。哪一篇文章能激起青年们的热情和向科学攀登的决心意志呢？

杜志强正在准备下午的讲课内容，在他对面办公桌旁的一名老师郑有勋走到杜志强的面前问："杜老师，你怎么给你的学生们选那样两个朗诵主题呀？"

"怎么啦？我那两个主题有什么问题吗？"

"不是有什么问题，而是有些不伦不类的！"

"我那两个主题，怎么是不伦不类的呢？你给我具体讲讲。"

"现在喊得最响亮的是，救亡图存，你知道吗？"郑有勋觉得杜志强显得有些老侃。

"我就不喜欢那些赶时髦东西。读书人要实在些，别把这些刚入世的娃娃们带偏了路。"

"今天还存在这样的说法，真让人不可思议！"郑有勋不屑一顾地这样甩了一句就走了。"今天这社会，不可思议的事还多！不要大惊小怪。"杜志强坐在那里自言自语地说着。

杜志强拿着讲义刚走到教室门前，储国荣就对他说："杜老师，我们的演讲会定在星期天上午，你来不来参加。"

"一定来参加，而且我也要朗诵一篇，要给我留点时间哦。"

"杜老师，你真要朗诵？还是给我们说着玩的？"

"我什么时候给你们说着玩过呢？"杜志强很严肃地问储国荣，杜志强的这一举动让储国荣有些吃惊。

星期天上午，杜志强吃了早饭就来到教室里，他在最后一排找了个位置坐下。这时学生们陆续来到教室。

储国荣看见杜志强坐在最后面，他上前来望着杜志强说："杜老师，你坐在这里怎么好呢？"

"哪我应该坐在什么地方呢？"杜志强问。

储国荣说："当然你应该坐在第一排呀。"

"我坐在前面，怕影响那些胆怯的朗诵者，这里最好。今天所有报了名写了稿子的人，不管时间多晚都一定要让他们上台朗诵完。这是尊重别人，也是一个人的诚信，也就是你对所有参与者的诚信。"

朗诵会开始了，杜志强坐在后面静静地听着，有时他还在本本上记上几句，使他感动的是有两篇朗诵稿写得非常的好，既有文学的美，也有思想的闪光，真让杜志强感受到后生可畏。

"请大家热烈欢迎杜志强老师朗诵《青年在选择职业时的考虑》。"教室里响起了潮水般的掌声。

杜志强从座位上站起来，用双眼扫视了全场的人，然后慢慢地走上讲台，站在讲台上，再次用双眼望了望那一双双期待的眼神，然后他说："今天我要朗诵的是一位十六岁的高中生写的一篇作文。我先不说这篇文章的好歹，当你们听完我的朗诵后，你们定会感受到，这位十六岁少年的眼界胸怀和追求。我希望台下的你们，能有他这样远大的为人类服务的心胸和志向。"

八

教室里静悄悄的，只有杜志强那有些沙哑，但具有高度穿透力而宽宏雄厚的声音在教室里回荡，在每一个在场的人心中回荡。它像山间里汩汩流淌的清泉，像原野上久旱后的一场及时雨。流向那干渴的心田，流向久旱的原野。

杜志强把《青年在选择职业时的考虑》朗诵完了，他静静地站在那里望着台下，台下的人也静静地望着台上的杜志强，他们渴望再来一段，他们久久地停留在朗诵者演绎的那个博大的灵魂里。

台下有一个学生大声地问道："杜老师，我们想知道写《青年在选择职业时的考虑》的十六岁少年是谁？"接着很多人在台下问："杜老师，作者是谁？"

具有表演天赋的杜志强，把台下人的心都吸引住了。

他轻轻地往前迈了一步，大声地说："这位伟大的少年叫——马克思。"

教室里一阵沸腾。

接着杜志强说道："马克思不但是一位伟大的无产阶级革命导师，他对我们这个社会，对人类作出的贡献是多方面的。值得我们终生学习和研究。"

"杜老师，以后多给我们介绍一些马克思的文章好吗？"台下一名女学生大声这样说。

杜志强有些忧郁地问："这位同学是那个班的？"

"我是水产一班的林玉玲。"

杜志强有些无可奈何地说："同学们都知道，现在政府禁止在校园里传播马列主义。我不是那种激进的老师，我不主张公开同政府对抗。我之所以今天要在这里朗诵马克思十六岁时写的作文，主要是想告诉同学们，马克思是一位永远值得我们学习研究的人。我想政府不准在校园里传播马列主义，但是我们在家里读读马克思的书应该是可以的吧。"

这位水产一班的林玉玲听了杜志强的回答后，皱了皱眉头，显得有些失望。

"杜老师，你组织一个家庭马克思读书会，我一定来参加。"

"我明确告诉这位同学，我不敢做这事。因为这样我们大家都不安全，万一有什么意外，我对不起你们的父母。"

突然，杜志强大声说："今天的演讲会到此结束，谢谢同学们的参与和光临！"

学生们陆续离开教室，脸上的表情是多样而复杂的，杜志强在他们的心目中是复杂而难以描述的，就像一只非常机灵敏感胆小的猫。

人们都走完了，只有一位身材瘦小的女学生还坐在那里。她在犹豫徘徊，最后她站起来有些胆怯地朝坐在讲台的杜志强和储国荣走去。

她用渴望和期待的眼神望着杜志强问："杜老师，能把你今天的演讲稿借给我抄写一遍吗？"

杜志强望着这个身材虽弱小，但性格坚毅的女生说："可以，但抄写完后一定得还我！"并顺手将演讲稿递给了小女生。

小女生接过演讲稿后，像一只抓到食物的小燕子，快活而灵敏地向教室外奔去。

杜志强也显得有些疲倦地走出了教室。今天从这教室里走出去的人中，内心最复杂最矛盾的应该没人比得过杜志强。心中热爱追求着马列主义的他，面临险恶的政治形势，面对着一双双渴求真理的眼睛，他不敢大胆地讲解马克思的思想，却用一种打擦边球的方式来宣传马克思主义。从他内心来讲，这是一种怯弱的表现，但他又找不出更好的方法。

"杜老师——杜老师——"

杜志强听到身后有人叫喊他，转身后望见，匆匆朝他跑来的是何晓秋。

"什么事这么急呀？"杜志强做着坦然悠闲轻松的样子望着跑得气喘吁吁的何晓秋问。

"今天储国荣的朗诵会举办得非常成功，有你一半的功劳呀。"跑到杜志强面前还没站稳脚的何晓秋这么说。

"你这么急地跑来，不是为了给我说这句话的吧？"杜志强问何晓秋。

"当然不是专门跑来表扬一下储国荣，肯定有点自己的私事嘛。"何晓秋坦白地说。

"我说嘛，你何晓秋怎么会干这种亏本的事呢。"

"杜老师，你也不能把我估计得太自私。"

"说你自己的事吧。"杜志强提醒何晓秋。

"我下周的诗朗诵，杜老师你也得搞一首世界著名诗人的诗来朗诵呀，你可不能重男轻女哦。"

"你找了那么大一顶帽子放着，我能不来吗。"

"帽子小了吓唬不到人呀，就这样我回去了。"说着何晓秋微笑着望了望杜志强后转身就往回走。

"不慌，今天在教室里拿我朗诵稿去抄的是那个班的学生？"杜志强问何晓秋。

"我不知道，我走时没人拿你的朗诵稿呀。"何晓秋说。

"就是最后才走那个小个子女生。"杜志强说。

"今天来了好几个小个子女生，不知那个走的最后。"何晓秋边往回走边这么说。

"没关系你走吧，当时储国荣在场，他会知道的。"

何晓秋这一来又打断了杜志强的思路。上海来消息说南京有个地下党的人投靠了国民党，但此人是谁还没查明。杜志强是上海派到南京水产学校工作的秘密党员，南京的地下党组织还不知道杜志强的身份。学校里也有几个秘密党员，但相互都不知道对方的情况，这些都是上一级组织掌握的。

是否发展储国荣和何晓秋他仍在思考中，储国荣在他心里已基本定了，但对何晓秋他心中还没有十分的把握，他觉得何晓秋的毅力要比储国荣差些。两人性别不同，可比性差，他又在心里这样想。让他感到有些遗憾的是，储国荣和何晓秋对《青年在选择职业时的考虑》的反应没有其他学生那样强烈，这说明他们对抽象思想的理解不特别敏感。他记得自己第一次读到这篇文章时，完全被文章内容所吸引，连续读了三遍才舍得把书放下。而今天储国荣和何晓秋竟然听了他的朗诵后没任何反应。他心里总有那么点沉甸甸的失落。

下课铃响了，学生们都打打闹闹地走出了教室。杜志强刚准备坐下来喝杯水时，就听到背后有一个亲切而柔和的声音在喊："杜老师你好！"杜志强转过头就望见昨天借朗诵稿的小个子女生朝他走来。

"抄完了吗？"杜志强望着小女生问。

"昨晚我就抄完了，今天早上我又看了一遍。"小女生说。

"读了这篇文章有什么感受？"杜志强问。

"感受就太多了，别人十六岁就想到那么远，那么深奥的东西，而我们十六岁时什么都不知道呀。特别是最后两段话讲得太让人难忘，对我们年轻人特别重要！"

"你说的是哪两段话呀？"杜志强又问。

"我背诵给你听：一、历史承认那些为共同目标劳动因而自己变得高尚的人是伟大的人物。二、经验赞美那些为大多数人带来幸福的人是最幸福的人。我认为这两句话向我们指明了人生奋斗的目标和方向。这些年来我读的书中，这篇文章对我的启发和推动是最大的。"

就在这时储国荣进来了，他直接走到讲台前对杜志强说："杜老师，那份朗诵稿今晚我要抄，不要借给别人了。"

"杜老师，我回去上课去了。"小女生站起来对杜志强说。

"你是哪个班的？什么名字？"杜志强问。

"我叫高玲玲，水运班的。"小女生说完转身离开了。

杜志强站起来顺手把朗诵稿递给储国荣并说："晚上抄完明天还我。"

杜志强站在窗前，望着窗外黑夜里那棵刺梧桐。雨滴啪啪地打在梧桐叶上，发出很响的声音。但他并没有觉得这些声音影响了他的思考，相反地他还非常的喜欢这些来自自然界的声响，雨夜里他常常坐在窗前，聆听大自然的合唱。但今天杜志强没有心思听外面的雨声，有一个人总是在他的眼前晃动徘徊，他总想给她下个结论，或者对这人有个系统地了解，可是他现在没这个条件。他想找个机会约她单独聊聊，可是又没找到适当的机会。再就是他觉得她个子太矮小些，不合乎他选人的标准，但她思想的敏捷和对问题的把握理解能力，又使杜志强舍不得放弃她。在她的身上，他总想冒一下险。他在心里总是这样想。在这个世界上，人是最重要的。特别是那些有能力的人，他们能做到你不能想象到的东西。这就是人的重要性，也是人的区别性。革命需要人才呀。所以，杜志强准备在高玲玲身上下下功夫。他想，如果把这个小女人打磨出来，然后，把她放到特殊的岗位上。想必，她发挥的作用是无可代替的。杜志强在心里反复的这样想。对他来说，目前的任务就是找人才，发现人才，然后培养人才。把这些有用的人，能干的人，都弄到革命阵营里面去。

最后，杜志强给自己定下一条准则，不让储国荣和何晓秋知道，自己在培养高玲玲。

天依然是黑乎乎的。窗外的梧桐叶仍被雨点打得啪啪地响，杜志强准备睡觉了。

上完第一节课后，储国荣跑到讲台上来小声地对杜志强说："朗诵稿何晓秋拿去抄去了，要下午才能还给你。"

"她怎么不上来直接跟我说呢，非要你来转告？"杜志强有些不客气的这样问。杜志强的这一态度，让储国荣显得有些尴尬。

储国荣问："那我让她上来给你说吗？"

"你告诉何晓秋，说下个星期天我们到公园里去逛逛。"杜志强也是小声地对储国荣说。

上完课在往回走的路上，杜志强又遇见了高玲玲。因高玲玲在前面走，没有看见杜志强。杜志强走向前开玩笑地问："怎么隔一天就不认识啦？"

高玲玲突然转过身来，有些惊喜地望着杜志强说："对不起杜老师，我没看见你呀。"

"哦，我以为你不认识我了呢。"杜志强笑着说。

"怎么会呢？把谁忘了，也不会忘你杜老师呀。"高玲玲说完这话后，就是一串银铃般的笑声。

听到高玲玲这样回答，这样的笑声，杜志强觉得昨晚的夜没有白熬。他的心里甜滋滋的，他觉得自己的判断是正确的。他进一步试探性地问："有空了，陪老师去逛逛公园好吗？"

"能陪杜老师去逛公园，是我的荣幸，我想都没有想过，杜老师会邀请我陪他逛公园，什么时间你定呀？"

这真是个小精灵，反将了自己一军，杜志强在心里这样想。

"我有了时间就来邀请你。"杜志强后退了一步，算是为自己找了个台阶下。

"杜老师你喜欢跳舞吗？我可以陪你跳舞呀。"高玲玲笑着问杜志强问。

杜志强迟疑了一下说："哦，我不喜欢跳舞，我听到舞厅里的音乐，头就要爆炸了似的，太难受了！"

"这是我第一次听到对跳舞有如此感受的人，不对，是不是你嫌我个子矮小，不愿意同我跳舞呀？我的舞可跳得好哦！"

"没想到，你的攻击力还是很强的呀！"

"杜老师你理解错了，我这不是攻击，我是把你的话合理地展开来说而已。"高玲玲说。

"还有这种把别人的话展开说的？"杜志强有些吃惊地问。

"这里关键是合理的展开而不是任意的展开。"高玲玲又说。

"看来我对你的认识是正确的。"这句话一出口，杜志强就意识到暴露了自己。

高玲玲听到杜志强的这句话后，心里感到一惊，他为什么要这般地来认识自己呢？她在心里问自己。但她没有表露出她的内心，杜志强也没有看出她微妙的情绪波动。

"我到家了，谢谢你的护送。"杜志强望着高玲玲说。

高玲玲挥了挥手说："再见，哪天再来聆听杜老师的教诲。"然后，就转身离去了。

走到屋前的杜志强，转身回望时，高玲玲已消失得无影无踪，眼前只留下了一条通向远方的寂寞的小路。不知为什么，他的心里感觉到有些失落。

回到十八平方米的陋室，他首先去打开靠着梧桐树边的窗。然后坐下来。又忙着读那些永远读不完的书。

星期天下午，要去与储国荣和何晓秋逛公园。给他们讲一些什么？他在心里问自己，然后站起来在屋里走来走去的想着。

诗歌朗诵会在慢慢地推向高潮，让何晓秋有些不高兴的是，怎么杜老师今天会朗诵这首诗呢？她有些不解。但更多的是不满意。但杜志强的脾气他是知道的，他这人，是不允许你改变他的决定的。作为学生，她只能忍受着。

所有在场的人，都被杜志强朗诵的《春江花月夜》的意境所打动，就连对他朗诵这首诗感到不满的何晓秋，也感动的流下了热泪。在一片热烈的，肯定的掌声中杜志强问："有没有谁勉强为我鼓掌的？我相信你们的掌声都一定是发自内心的！是吗？"

坐在台下的人，对杜志强提出的这些疑问感到有些奇怪。

"我为什么要提出这样的问题呢？因为，我们有些人只喜欢外国的洋诗洋文，没有想到我华夏古老的唐诗，会有如此美妙的意境，你能在哪一本洋书里找到嘛？所以，我们热爱中华，首先就要热爱我们自己的文化！你们说对吗？"

说到这里，杜志强把话停了下来，抬头望着台下的人，有些无可奈何地说："我的用意不过如此，如果大家理解我的苦心，那我就感到非常的欣慰了！谢谢大家！"

诗歌朗诵会结束了，人们有些恋恋不舍地离开了教室，何晓秋擦去脸上的热泪，望着杜志强说："没有想到什么东西到了你杜老师的嘴里，就那么的感人呢？杜老师我觉得你投错了行呀，你应该去当演员。你当老师浪费了你的才华！"

听完何晓秋的这段话后，杜志强把头转向储国荣问："你觉得何晓秋给我的建议怎样？"

储国荣想了想说："我也有这种感觉。"

杜志强有些失望地说："看来我上周朗诵的，马克思的《青年在选择职业时的考虑》，你们并没有真正理解到它的含义。按你们这么说，有才华的人都应该去当演员吗？那我们其他行业怎么进步？你们要记住，只要我们从事的工作，是为了民族的振兴，国家的强盛，人民的幸福，就是好的职业，我们就应该一心一意地去做。如果有无数的人这样做，我们的国家就能前进，就能发展，就能强盛。到了那一天还有谁敢欺负我们吗？这些都是我们终生去奋斗的目标。所以，我们不能嫌弃某些行业，国家的发展，民族的强盛是全方位的。我们不能只去求得自己的个人发展。当然个人的发展也是需要的。但他必须与国家的前途命运联系起来。你的事业才会更加的光荣和伟大。年轻人，我们一起行动吧！"

九

他们来到湖边的一块草地上。本来，对面就有一个亭子，亭子里也还有坐的位置。但是，杜志强认为亭子里来来往往的人多，谈话不太方便，所以，才来这河湖边的草地上的。虽然立秋都过好几天了，但南京仍然很热。他们三人坐在草地上谈了没多久，何晓秋就说蚊子太多她受不了，她穿的又是裙子。

"杜老师，我们跟着这湖边的小路走，你看行吗？坐在这里我实在受不了！我的腿上已被蚊子咬了好多个大包了。"

杜志强慢慢地从草地上爬起来，望着何晓秋说："你明明知道公园里蚊子多，为什么不穿长裤要穿裙子呢？这是你自作自受。"储国荣没有开腔，只站在那里笑。

湖里的水一片宁静，在较远的地方有几个人在划船，公园里的游人不算很多。他们三人在湖边的小路上慢慢地走着，何晓秋走在前面，储国荣走在后面。杜志强走在中间小声地说："我上个星期选择朗诵马克思的《青年在选择职业时的考虑》，主要是想通过这篇文章，来推动我们学校的师生们对马列主义的学习和研究，如果有人想转抄这篇文章，你们俩要主动积极地支持。"说到这里杜志强把脚步停了下来，望着储国荣问："你们班有多少人抄这篇文章呀？"

"在我的印象里，凡是那天参加了朗诵会的人，好像都转抄了这篇文章。"储国荣说。

"听高玲玲讲，他们班的人全部把这篇文章抄一遍。"何晓秋转过头来对杜志强说。

听了储国荣和何晓秋的话，杜志强没有开腔，他默默地往前走着。但此刻，他心里却是甜滋滋的。他没想到用马克思中学时的一篇作文，就推动了全校学习马克思主义的热情。这为他下一步宣传《共产党宣言》开了一个好头。

杜志强停下脚步望着湖面，不在意地说："学生们对马列主义开始有点兴趣。"

"大家现在对国家的未来很担忧。都想找个好的救国的办法。"储国荣很认真地说。

"同学些天天都在讨论这个问题，但现在到处是军阀混战，满地是贪官污吏，广大的人民饥饿贫穷。这个国家要怎么救呢？说真的，我也很关心这个问题，但我很悲观。"何晓秋非常愤怒地说。

"拯救国家的办法只有革命，而且，只有用马列主义武装起来的革命，才能打倒军阀，消灭贪官污吏。"杜志强停下脚步，望着两个年轻人，小声地坚定地这么说。

又往前走了一段路，杜志强在路边的一棵树下停了下来。他背靠在树干上，手从衣包里掏出了一本小书。

就在这时，储国荣和何晓秋都同时望着杜志强手中的书，两人惊奇地小声说："啊，《共产党宣言》!"

"你们两要尽快地把它读完，用不声不响地办法把它传播出去。现在这个书不好买，我也只有这一本，你们俩读完后要尽快还给我。"杜志强把书交给了储国荣。

储国荣望着何晓秋问："你先读还是我先读？"

"我先读，我两晚上就把它读完。"何晓秋当仁不让地说!

杜志强说："不要只图读得快，要认真读，还应做笔记。要把里面的精神理解透。这本书应该是反复读的，它是我们革命者的指南。本应是人手一册的，但现在被政府搞得到处都买不到。"

杜志强小声地，非常严肃地望着储国荣和何晓秋说："你们入党的事批下来了，现在你们就是中国共产党党员了。另外，我要告诉你们，现在

形势非常复杂。政府查得非常严，你们随时都要提高警惕。另外。宣传
《共产党宣言》的事。从表面上你们不要做得太积极，如果有的同学感兴
趣，就让他们去做探索思考。其次就是，如果有人问《共产党宣言》从何
而来，你们不能说从我这里拿的。而是说某某同学在别的地方带回来的手
抄稿，因好奇拿来抄了一份而已。这些都应先想好，如果被人问道，回答
的先后口径要一致，我说的这些问题。你们俩首先都要商量好。"

公园里游玩的人，开始慢慢地往回走了，杜志强望着储国荣何晓秋
说："我们也得回去了吧，不然赶不到食堂里的晚饭了。"

"你们俩与高玲玲有来往吗？"杜志强问。

储国荣何晓秋相互望了望都说："没有。"

"那天是谁邀请她参加朗诵会的？"杜志强又这样问。

"她自己跑来参加的，听说她这人很喜欢凑热闹。"何晓秋说。

"她这人的思想非常活跃，有机会了你们同她接触一下。"杜志强对何
晓秋储国荣说。

"听说她的一个亲戚，在国民政府里当官。"储国荣说。

"当的是什么官儿，听说过吗？"杜志国又这样问。

"没有听他们讲过。"储国荣这样回答。

回到学校，他们各自就回各自的寝室了。

很快，一个月过去了，一切都是那么的平静。在回家的路上杜志强望
见高玲玲在前面走，他没有惊动她。不过，她突然转身望见了杜志强，并
甜甜的喊我一声："杜老师你好！"

杜志强也亲切地喊道："小精灵你好！"

"杜老师，我不叫小精灵，我的名字叫高玲玲，记住了吗？"

杜志强望着高玲玲笑，而没有说话。他猜想，这个小家伙是在这里等
他。

"杜老师，你不是说要邀请我逛公园吗？怎么忘了吗？"高玲玲依然是
笑着问。

"没有忘，主要是这段时间忙。"杜志强有些无可奈何地回答。

"我想一定是后悔了吧。"高玲玲用俏皮而带嘲笑的目光望着杜志强
问。

"按你的话说，那是一种荣幸，怎么会后悔呢？"杜志强依然用长者的
口吻说。

"既然你不相信我，明天是星期天，那我们明天就去行吗？"杜志强也
半开玩笑地说。

"当然行，上午，下午还是要全天？"高玲玲含着得胜般的笑容问。

"哎，不要耍久了，下午我们去划划船就行了。"杜志强随意地说。

"我们明天划什么船呢？"高玲玲问。

"到了那里，有什么船就划什么船吧。"

午休起床后，杜志强就慢慢地往校门外走，昨天他和高玲玲约定，一点半钟在校门口会合。一点钟他就出门了，他住的地方，离校门口很近，所以他走得不慌不忙的，可是，在杜志强内心里并不像他走路那么悠闲。昨天上午课间操的时候。一个体育老师来找他。就打破了他内心的平静。

下课后，教室里总是吵吵嚷嚷的，杜志强坐在讲台前，翻看着他的讲义。就在这时进来了一个人，小声地说："杜老师能否把你那书借给我抄一遍？"

"拿去吧。"杜志强顺手把手中的讲义递他。

"不是这个，就是那个宣言呀。"那人小声地神秘地说。

"我这里只有讲义，没有什么宣言，你找错人了。"杜志强做着有些无可奈何的样子说。

那人有些失望地走了，但此事却让杜志强的心难以平静下来……

是不是储国荣他们的动作太大了呢？杜志强在心里问自己。走到学校的大门口，杜志强把包里的怀表拿来看了下，一点二十。他把怀表放进包后，遥遥地走出了学校的大门。站在大门外，杜志强朝各处张望了一遍，没有看见高玲玲的身影。他在心里想，女生们都喜欢来迟点，达到调高男人们胃口的目的。

"杜老师，我在这里呀。"

杜志强转身望见高玲玲站在他的身后。

"我们坐车还是走路嗬？"高玲玲问杜志强。

"走路好，走路锻炼身体。"杜志强笑着对高玲玲说。

到了公园门口，杜志强朝售票口走去。

高玲玲在后面喊，"门票我已经买好了。"

杜志强转过身望着高玲玲问："你什么时间买的啊？"

"你别管我什么时间买的，只要进得了门就行了。"高玲玲拉着杜志强的手就往公园里走。她问杜志强："你看我们这样像情侣吗？"

杜志强摇摇头说："不像，我是老师，你是学生，怎么成了情侣呢？"

高玲玲望着杜志强说："其实，你也大不了我几岁，你现在多少岁啦？"

杜志强皱了皱眉头说："都整整二十五了。"

"我十九岁，相差也不大呀。"高玲玲仍这样逗着杜志强？说着笑着，杜志强和高玲玲来到了湖边租游船的地方。

杜志强边往前走边说："租游船的票由我来买。"

这时，高玲玲从衣包里摸出一张租用游船的票。拿到杜志强的眼前晃动了几下说："游船的票我也买好了。"

"你这是让老师难堪吗？"杜志强望着高玲玲这么说。

"就这个乌篷船。"高玲玲指着旁边一个带有雨棚的游船对杜志强说："这船虽然贵点但稳当，不容易翻。如果是小船，今天把杜老师翻到水里去了，那不是丢面子呀。"

杜志强感叹地说："哎，这个精灵什么都想到了哈。"

他们上了船，悠悠地在水面上漂着："杜老师你平时也能这样悠闲的生活吗？"高玲玲望着杜志强问。

"当然能喔，今天我们不是也悠闲吗？"

水面很宽，划船的人并不很多，高玲玲和杜志强的船，在那宽阔的湖面上幽幽的飘着。高玲玲和杜志强基本没有划船。完全由湖面的风把船推着往前走。他们都没有说话，都默默地望着宽阔湖面，他们都在猜测对方的心事。

"玲玲平时干一些什么呢？"为了打破相互间的沉默，杜志强这样一句。

听到杜志强这样叫自己，高玲玲感到心里暖滋滋的，因为除父母之外很少有男人这样叫她，最让她愤怒的是班上有几个男同学叫她袖珍妹。她觉得自己并不矮，一米五五对女人来说还算可以的。

"我们这些不像杜老师，有远大的理想。读完书就到处闲逛。"高玲玲边笑边这么说着。

"你认为我有远大理想吗？我才没有什么理想呢，能把这个书教好，对我来说就满意了。"杜志强做着很认真的样子对高玲玲讲。

"你这话，不知何晓秋和储国荣相不相信？但我是不会相信的！"

听到高玲玲这番话后。杜志强心里一惊。他在心里问自己，什么意思呢？为什么要提到何晓秋储国荣呢？

"你怎么把话扯到何晓秋、储国荣那里去了呢？"杜志强做着有些失望的样子望着高玲玲。

高玲玲一边在包里取东西，一边对杜志强说："我给你看个东西。"

高玲玲从包里拿出了一大叠手抄的《共产党宣言》，放到杜志强面前说："他们认为这些都是从你那里来的。"

杜志强非常平静地问高玲玲："你又是从哪里弄来的呢？总不会是从我这里来的吧？"

"这份是从同学那里抄来的，是我自己抄的，你看这字吧。"

"问题是最早都是从储国荣和何晓秋那里抄来的。"

"储国荣何晓秋从什么地方把这东西搞来呢？我也不清楚。"

"杜老师，我们俩在这里争论这些没有意义，我今天出来有一个重要的事情要告诉你，学校把你告到警察局去了，现在警察局正在调查你，你可能有危险！"高玲玲很认真地对杜志强说。

杜志强依然很平静地对高玲玲说："由他们告吧，我又没干什么坏事。"

杜志强往高玲玲身边靠近了些："玲玲你是怎么知道这件事的呢？"

"我舅舅是警察局长。他经常到我们家吃晚饭。前天晚上吃饭的时候我舅舅开玩笑的问道这件事。还问我抄没抄？我说抄了份。他叫我拿给他看看，我就拿出来给他看。我舅舅拿着我交给他的手抄《共产党宣言》后，他当着我妈的面，把稿子丢到火里烧掉了。还对我说以后千万别抄这些东西？干这些事非常危险。你很快就会看到你们那两个同学和老师的下场，他们会很惨的。"

杜志强突然想到上个月蒋介石派人捣毁江西赣州总工会，杀害了工会领导人共产党员陈赞贤的事。看来他们已经盯上我了，杜志强在心里这样想着。

"你舅舅把你的手抄稿烧了，你不跟他生气呀？"杜志强问。

"我在他们心目中，是一个很听话的孩子，他们说什么，一般我都要按他们的要求做，最起码表面上我是按他们的要求做的。其实，《共产党宣言》我早就看过了。在读高中的时候。一个朋友给了我一本，现在这本《共产党宣言》都还藏在我的书架里。当时，我就准备参加共产党的，但后来他们就走了，再也找不到他们了。《共产党宣言》我都快要把它背下来了。"

杜志强高玲玲坐在船上沉默着。

"玲玲，你的心理素质很好，很适合做地下工作，你的情况我会想办法告诉南京地下党的同志，他们会找你的。"

"玲玲我们往回走吧。"杜志强望着高玲玲说。

高玲玲眼里含着泪水说："可能，我们很快就会分别了，以后我们还有机会见面吗？"

杜志强握着高玲玲的手说："会有的，作为革命者来说，对一切都应该有信心。"

"你们应该尽快地走，学校早就派人盯住你们了。"

明天是星期一，明天他们动手的可能性最大。现在时间已非常紧，上岸后，杜志强站在那里，在心里对自己说。

高玲玲上厕所去了，杜志强站在那里心急如焚。真想马上飞回学校去找到储国荣。

高玲玲终于从厕所里出来了。杜志强上前拉着高玲玲的手："玲玲我们赶快回学校。"跑出公园大门后，杜志强突然停下来，并从衣服包里掏出一个小笔记本递给高玲玲说："玲玲快把你的通信地址写在这本本上，到了上海后我好给你写信。"

高玲玲飞快地写完了自己的通信地址，就吧小本本交给了杜志强。

杜志强拿到本本以后，把高玲玲的通信地址念了一遍然后问："没有错吧?"

高玲玲听后点了点头说："没错。"

"杜老师，以后我可以在上海来找你嘛?"高玲玲含情脉脉地问。

"不但可以来找我。我还欢迎你来上海和我们一起工作。等把这几天的风头躲过后，我会悄悄地回南京来看望你的，到时我们再静下心来慢慢地谈，今天太匆忙，太紧急，太让人没有意识到。你说对吗。"

高玲玲含着泪点了点头说："我只希望杜老师今天说的话，一定要给我兑现，我会等着你……"

杜志强深情地说："我是第一次听到说有人快把《共产党宣言》背下来了，还没有找到党组织，这是我感到非常痛心的一件事。我一定要帮助你实现这个愿望。"这些话是杜志强拉着高玲玲的手说的。

杜志强和高玲玲是在学校的大门口分手的，说完上面那些话后，杜志强就匆匆地朝学校走去，而高玲玲却站在那里，深情地望着越来越远的杜志强的背影，天都快黑了，杜志强的身影早已消失得无影无踪，高玲玲还有些舍不得离开，她觉得自己似乎与革命和共产主义无缘似的，上一次送她《共产党宣言》的那个朋友他们谈得很投机，认识才一星期，突然就消失得无影无踪……而今天的杜志强又是上次的重复，但杜志强给她的感受更深刻，更使她感到这是个真正想干事的人。在回家的路上，高玲玲不断地在嘴里念着："杜老师，你说到上海后一定会给我来信，你说等这股'风'吹过后，你一定会悄悄地来南京看望我，请你不要食言呀!"

十

储国荣正坐在昏暗的灯光下看书，急迫的敲门声把他吓得有些不知所措，他呆呆地在那里坐了好几秒才问："谁呀？"

杜志强没有听出里面是那个学生的声音，就马上问："储国荣在吗？"

这时储国荣听出了杜志强的声音他马上大声说："杜老师我马上来给你开门。"

"杜老师，出什么事了？"拉开门储国荣就问。

"其他同学在吗？"杜志强问。

"都跳舞去了，寝室里只有我一人。"储国荣答说。

"何晓秋也跳舞去了？"杜志强问。

储国荣点了点头说："去了，她叫我去我没去。"

"出大事了，学校把我们三人告到了警察局，警察局已对我们进行了好几天的暗中调查，我推测他们可能就在星期一，也就是明天对我们下手，我们今晚必须逃走，你马上去通知何晓秋，让她带不了的东西就不要了，如果路上遇到熟人问，就说家里有急事回去一趟。我们在车站大门会合，不见不散，现在才七点五十，舞会要十点钟才结束，时间完全来得及。你把你的东西收拾好，提到大门口寄放在守门的大爷那里，再去找何晓秋，你去帮她一下，女孩子动作慢，不知道这件事的紧迫和危险。"说着杜志强就往门外走。

"杜老师，如果何晓秋不愿走怎么办？她这人有时是非常固执的呀。"

"你告诉她，如果她被警察抓进去了，我们是救不了她的。"杜志强有些无奈地这样说。

"如果何晓秋坚决不走，我怎么办呢？"储国荣问杜志强。

杜志强皱着眉头想了好一会儿说："如果到了这一步，你带她来车站见我。"说完杜志强就往楼下走去。

听到杜志强远去的脚步声，储国荣心里有些说不出的迷茫，他站在那里犹豫了几分钟后，就马上按杜志强的安排收拾东西。他也怕真被警察局抓去，到了那一步一切都晚了。

储国荣下了决心跟杜志强去上海，他把所有能带的东西都收起来装进了那个大木箱，然后放在学校的门卫处就去找何晓秋。

沉闷的音乐把整个舞厅溶解成一个污水池一般，那些正抱着跳舞的男女，好像似在污水里挣扎的鱼，他们把头抬得高高的，那是希望呼吸到池子外更多的新鲜空气。

储国荣急躁地在舞池里转了两圈也没找到何晓秋，就在储国荣站在舞池边无可奈何的时候，他望见了一个班上的女同学吴笑玲。

"笑玲，你看见何晓秋了吗？"储国荣上前问道。

"她被化学老师叫去判上周的考试卷子去了。"吴笑玲对储国荣讲。

"你知道化学老师住在哪里吗？"储国荣又这样问吴笑玲。

吴笑玲站在那里摇摇头说："不知道。"

"这么急的，你找她什么事呀？"吴笑玲问。

"她家里有急事，来人找她回去。"储国荣边说边往外跑。他往杜志强住的楼跑去。就在楼梯上碰见杜志强正提着东西往下走。

储国荣正准备开口给杜志强说没有找到何晓秋的事时，杜志强马上给他比了一个回屋里说的手势。

回到屋里，储国荣望着杜志强说：："化学老师把何晓秋叫去改卷子，我不知道化学老师住在什么地方？"

"你不知道她的住处才好呢。如果你知道了，今天跑到她那里去找何晓秋，那就完了。"杜志强望着窗外的梧桐树自言自语地说，"前段时间她找过我两次，说的事都是些鸡毛蒜皮的事，我没太理她，看来我错了，她来找我一定与此事有关呀。"

"我估计，今晚叫何晓秋去判卷子只是个借口，一定与我们这事有关。"杜志强望着储国荣说。

"胡老师住在什么地方？"储国荣问。

杜志强用手往上指了两下。

"就住在你楼上？"储国荣望着杜志强问。

杜志强点了点头说："就住在我上面。"

"怎么办呢？"储国荣问。

"走，你去把你的东西拿着，我先把我们俩的东西一起，搞个黄包车拉到车站去找个旅馆放下，你把我送走后回来就在我这屋里等，何晓秋下来后，你就把她叫到我这屋子里来，给她讲此事。然后，根据情况看怎么样来与我会合？我在车站门口等你们。"

望着杜志坐的黄包车消失在黑夜里，储国荣才转身往杜志强住的房间走。

在班上何晓秋的化学成绩是最好的，基本每次考试都是满分，加之人又长得漂亮宁静，胡玉梅作为化学老师非常关注何晓秋。她对何晓秋过多地与班主任杜志强的来往非常的担心，胡玉梅觉得杜志强是一个不正常的人，会把学生带到邪路上去。很久前她就想找个机会同何晓秋谈一下的，但因这段时间她的感情出了些问题，失恋了，心情不好就没有找何晓秋谈。今天在路上遇见何晓秋后，她突然想起前几天有个人找她问何晓秋他们，转抄那东西是从那里来的？今天在路上遇到何晓秋时，她就决定一定要把何晓秋叫去谈谈。

试卷快改完时，胡玉梅问："你们抄的那东西是不是杜老师给你们搞来的？"

听到这一问话后何晓秋感到有些吃惊，因为这几天已有好几个人来问过这事了，她感到事情有些严重，准备明天找机会给杜老师讲讲，怎么今天她又在问呢，事情到底有多严重呢，她在心里问自己。

何晓秋做着无所谓的样子说："那个《青年在选择职业时的考虑》是杜老师给我们抄的。那个《共产党宣言》是储国荣的同学不知从那里搞来的。"

"你知道抄这些东西有多危险吗？现在警察局已经在调查你们了，搞不好过几天就把你们抓进去了，我想储国荣没给你讲老实话，那两个东西都应该是从杜志强那里来的。"

何晓秋默默地坐在那里听着，她没有反驳胡玉梅的话，她加快了判卷的速度，有的卷子她只是草草地看了一下，根本没有找到对错的地方，她就打分结束。胡玉梅在讲些什么她根本就没听。她心想能否找杜老师问明情况。

卷子判完后何晓秋就站了起："胡老师我就回去了。"

"再坐坐，我有好多话要对你说呀。"胡玉梅拉着何晓秋的手非要让何晓秋坐下，但何晓秋坚持说身体不舒服要回家休息，胡玉梅才放她出门。

在门外胡玉梅拉着何晓秋的手说："晓秋你要记住我说的这些，回去把抄的那些烧掉，别去参与政治，好好读书，你是个读书的料。政治那东西不是我们这些读书人玩的，那是冒险家和亡命徒们的游戏，你我这些读书人，都干不了那些事呀！"

胡玉梅站在门口故意把那些话说得很大声，她希望住在她楼下的杜志强能听到她这些话。

"谢谢你胡老师，我就回去了。"何晓秋匆匆往楼下跑去，她听到胡玉梅在后面说了一句："看来我是白操心了！"

听到胡玉梅关门的声音后，储国荣才开门朝楼下跑去，当他跑下楼后却没有了何晓秋的身影，他马上朝何晓秋住的地方跑去，让储国荣失望的是何晓秋没有回寝室。他想何晓秋一定是找自己去了，他飞一般地朝自己的寝室奔去，在路上他遇到了返回寝室的何晓秋。

"你在搞什么？你们寝室的人说，你把东西都全部搬走了。"

"这里不好说，到杜老师的房间里去说吧。"储国荣带着何晓秋快步来到杜志强的住处。

走进房间后，何晓望见杜志强的房间已空空如也，她吃惊地望着储国荣问："你们俩究竟在干么呀？"

储国荣把今天下午高玲玲找杜志强谈的情况，给何晓秋讲了一遍。听完储国荣的话后何晓秋说："现在回去收拾东西就走会引起全寝室的人怀疑，我明天早上早早起来收拾好东西你来接我。"

"这样你有可能明天就走不了，因我今天已收拾东西走了，有没有人去告诉学校不知道，如果有，你明天早上就走不了。今晚收拾东西走了，他们要怎么怀疑都由他们，反正我们走了不可能再回来了。"听储国荣说完后何晓秋说："好，那就今晚走。"

走到何晓秋她们住的那栋楼下，她说："你在这里等着，我上去收拾东西，收好后马上下来。"

何晓秋提着东西匆匆的下楼去了。

储国荣站在那里，他没有想到何晓秋在关键时刻，也能雷厉风行的。这让储国荣对何晓秋又有了新的认识。他最担心她在关键时刻前思后想优柔寡断。

储国荣慢慢地往楼上走，何晓秋她们住的是六楼，他准备到五楼去接她，刚走到四楼他就听见，楼上有人匆匆地往下走来，他没有想到下来的就是何晓秋。

何晓秋小声地对他说："很好，都睡完了，没有任何人问我，我把东西装好后就走了，这样走应该是最安全的，咱们走吧。"

储国荣把何晓秋的大包扛在肩上，小包何晓秋自己提着，就这样，他们在黑洞洞的楼梯里往下走着。走到楼下时，何晓秋转身留念地望着住了两年的房子，她有些依依不舍的。就在这时储国荣转过头喊道："快走，都十二点了。"听到储国荣的叫喊声后，何晓秋转身跟在储国荣后面，匆匆地朝学校大门外走去。

警察局提前行动了吗？杜志强站在那里望着静静的黑夜问自己。快十二点了，学校的大门是十二点关，储国荣和何晓秋就算是十一点出门他们也该到了。

像这样的事一般警察局不会在晚上行动的。现在回学校也进不了门，杜志强自己对自己说。

杜志强就这样焦急地在车站门口等了快两小时，没有见到储国荣和何烧秋的身影。他是不准备回旅店的，他痛苦地无可奈何地在那里走动着，快来了，快来了……他一次次地这样安慰自己。

就在这时，远远地有两个人朝车站走来，一个的肩上好像扛了一大包东西，望了很久后，又让杜志强失望了。就在这时，有一个人朝他挥了挥手，又升起了杜志强的希望，他大步地朝那两人走去，这时那人又在给他挥手，他听到对方在喊："杜老师——"

杜志强飞一般地朝那两人奔去，他边跑边说："我说今晚没危险就是没危险嘛!"

杜志强冲到储国荣和何晓秋前他抱起何晓秋就在原地转了几个圈，放下何晓秋后他长长地叹了一口气说："哎——把我急死了!"

"你们是什么时间离开学校了。"杜志强问。

"哎呀，差点就出不来了，我给那大爷好话说了一大筐他才让我们俩出门。"

"你们为什么要弄这么晚才出来呢？我还以为警察局提前行动，把你们俩抓起来了。"

"胡老师不让我走，出了门都拉着我的手说了二十分钟，遇到这种关心你的人，你真没办法拒绝她那种执着与热情。在这个时代里，比起那些对任何人都漠不关心，只专注于自己升官发财的人来讲，胡老师还算高尚的，这是我能忍着等她讲下去的根源。"何晓秋说。

杜志强环视了一下四周空寂迷茫的黑夜，人们全都睡去了，夜一片朦胧寂静，只有那车站门外的墙角下，睡着的乞丐不断传来的鼾声，让人想到这是一个都市。

三人终于在约定的地方会合了，杜志强那提心吊胆的心情也随之消失。他觉得危险一经解除，今晚可以安安心心地睡一觉了。

杜志强带着储国荣和何晓秋在车站后面那黑乎乎的小巷里，转了好几个弯才来到他事先预定好的旅店，他订的房间在二楼，他同储国荣住一间，何晓秋单独住一间，但房间要比储国荣他俩住的小一些。何晓秋把东西放在自己住的房间后，又来到了杜志强和储国荣的房间。不知怎么的，从学校的寝室里提着东西往楼下走开始到现在，她总感到心里空落落的，好像自己是一只迷途的羔羊似的，不知道眼前哪条是回家的路？再次来到杜志强和储国荣的房间，她希望在他们那里找到一些能让她安静下来东西。

在何晓秋走进房间的那一瞬间，杜志强从何晓秋的眼神里看到她那忧郁迷茫，心情空落的神情，感到有些内疚和不安。

杜志强望着何晓秋微笑着问："这是第一次出远门吗？"

何晓秋含着泪水说："是的，这是我第一次离开南京，而且是用一种近乎逃跑的方式离开，想起让人有些难受和不可思议。用这样一种方式离开自己的家乡，总觉得有些不很光彩似的，好像自己做了什么对不起家乡父老的事，但我却没有做错什么呀。"

"我还在心里想你是一个果断勇敢的小女生，没想到你在心里还存在那么多的忧虑和担心呀。"储国荣对何晓秋的这些情绪有些不在乎的样子。

杜志强说："晓秋有这种情绪是很正常的，首先我们决定离开你的家乡这件事太突然，而离开的方式也有些特殊，有些狼狈不堪的样子，这对本来就有些忧郁多情的你来讲，内心的冲击和压力是何等的重呀，如果这件事落到我头上，我也会有你这样的心情的。同时我们更要明白的是，为什么我们离开自己的家乡，都要选择这样一种不合常礼的方式离开呢？这就是我们要去革命，要去推翻目前这个黑暗腐败的政府的原因……"

何晓秋回到自己的房间，她还没有一点睡意，她关掉了房间里那萤火虫般的灯，独自站在那伸手不见五指，漆黑一片的小屋里，房间虽然有一个小窗，但窗外仍是一面高高的墙，什么也望不见。虽然自己的家离这里也并不很远，也就是那么五六十公里吧，可也不能回去看望一下养育自己多年的父亲，这匆匆地离去，什么时间能回来呢？虽然这段时间杜老师给她讲了很多革命的远大理想，但毕竟自己入党才一个多月，还无法达到杜老师那样的境界和高度。储国荣也经常嘲笑她这是资产阶级的小情调，她不认为这是什么阶级独有的情调，她认为这是人在特定环境和特定情况下的一种心路历程，它不属于那个阶级，它只属人的心灵……

十一

早上七点三十分，杜志强带着储国荣和何晓秋踏上了开往上海的列车。列车缓缓开出车站，何晓秋望着窗外一晃而过的景物流泪，储国荣没有去打扰她的思绪。他也是首次离开家乡，心里那酸酸的味儿他也有，只是他平时练武打拳养成了控制自己情绪的习惯，内心有再多的酸楚，他也不会表露出来。

　　杜志强也闷闷地坐在那里没开腔，他的心情同两位第一次出远门的年轻人是完全不同的。他已从事革命活动五年多了，到南京水产学校教书也是党组织秘密安排的。在水产学校的两年多教学中他已发展了十多位党员，大都离开了南京，其中有三位去了苏联的莫斯科学习。本打算今年底或明初送储国荣去莫斯科学军事指挥，他觉得储国荣有这方面的潜力。哪知道今年的形势非常让人担心。

　　在水产学校工作的两年中，让他感到遗憾的是发现高玲玲晚了些。对革命的向往和激情，高玲玲要比何晓秋强一些，虽然她出身官僚家庭，但从目前她的言行来看，她已经背叛了她的阶级。他认为高玲玲以后一定会成为一位坚定的革命者，他对她抱有充分的信心。

　　另外，杜志强已悄悄地爱上了高玲玲。这些年来他还没有真正意义上的恋爱过，因为杜志强属于那种不懂得如何向女性进攻的那种人，当他喜欢上一个女人，但他还没有想好如何向她表白时，就被他人抢走了。而高玲玲属那种主动进攻型的女人，她正好填补了杜志强的弱项。他坐在那里一直在规划高玲玲的未来，他觉得她适合做那些宣传鼓动性的工作，干这类工作的人既要有号召力，也必须充满着激情。

　　杜志强正沉浸在他与高玲玲相爱的想象中时，何晓秋突然望着他问："杜老师我们就这样莫名其妙地离开学校，不影响我以后去苏联留学吗?"

　　"去苏联留学首先是由中国支部申报，由共产国际安排的，这不是升学。"杜志强解释说。

　　"我们明年能去苏联吗?"储国荣又这么问。

　　"回去我就推荐给支部，他们会尽快安排的。"

　　只要静下来，杜志强的眼前就晃动着高玲玲的身影，他自己都觉得有些不可思议。整个人都好像浸泡在对方的氛围里似的，一分钟不去想对方都好像不容易办到，都好像对自己是一种损失似的。爱上高玲玲让杜志强觉得像是得了一种什么病似的，说不清道不明，让他无法放弃也无法摆脱。他都觉得有些奇怪，怎么一个小女人就使自己神魂颠倒了呢?

　　杜志强站起身来，到走道上去走了走，他想去分散一下被高玲铃搅得有些糊涂的脑袋。

　　女人就是比男人敏感，何晓秋小声地对储国荣说："杜老师可能爱上高玲玲了。"

　　"不太可能吧，杜老师这种'老江湖'不会轻易爱上谁的吧。"储国荣有些固执地说。

"储国荣你的直觉太差，看来你像杜老师说的那样适合上战场硬拼，可能，你连侦察兵都当不了。"

储国荣是个比较大度的人，对别人提他的缺点或批评，他都一笑了之，从不反驳他人。当何晓秋说他反应迟钝时他说："你讲讲你的直觉，给我听听？"储国荣不服气地对何晓秋说。

"……从昨天夜里开始，只要杜老师一提到高玲玲，他的眼神里就流露着一种期盼的神情，另外他在提到高玲玲时，无意识地放慢说话的速度，这是他希望高玲玲这个人留在他脑海中的时间长一些，使他在精神上得到更多的想象和期待……"说到这里何晓秋转身问储国荣："你说对吗？"

储国荣听完何晓秋的分析推理后说："看来你去写侦探小说可能会成功。"

离开杜志强回家的路上，高玲玲始终觉得杜志强就在她身边。她觉得杜老师爱上她了，这是她非常高兴的事。至于她本人是什么时候喜欢上杜志强了？她自己记得非常清楚。第一次让她知道这世界上有个叫杜志强的人，是杜志强给大家介绍马克思的《青年在选择职业的考虑》这篇文章。特别是杜志强把马克思的这篇文章朗读后，她更觉得杜志强是个非常有鉴赏力和表演天赋人。更让她没想到的是，在何晓秋主持的诗歌朗诵会上，杜志强朗诵了思想风格和情调都完全与上次不同的《春江花月夜》，让在场那些焦虑浮躁的心，回到那悠远宁静一尘不染世界。朗诵结束后杜志强那番讲解也非常的得体，从此后她决心一定要再和杜志强接触几次，能成为朋友那是她的向往。至于其他，她不敢有过多的奢望……

刚走进家门："今天遇见什么好事了？这么高兴！"

"妈妈，我天天都这么高兴呀！"高玲玲笑着回答妈妈。

高玲玲问妈妈："今天舅舅没来我们家吃饭？"

"他这段时间忙，没时间来。"妈妈说。

"是不是又忙着抓共产党啦？"高玲玲嬉皮笑脸地逗着妈妈。

"他抓什么人你别管，你只管好好读书。"

"我是在好好读书呀，我们班考试，每次我都是一二名，从来不会跑到第三去。"

"好，这就好，我们最怕你被那些共党分子引诱了。那天你舅舅说得对，不要去读那些乱七八糟的书，要读就读唐诗宋词，那些东西才好，才美。妈妈你这么大的时候，能背诵五六百首唐诗宋词。"

说到这里她停下来问女儿："你呢？你现在能背诵多少唐诗宋词呀？"

高玲玲有些羞愧地说："只能背一百多首。"

"你看，连妈妈你都没超过，女儿要比妈妈强呀。"

"我们现在与你不同，你以前天天只背唐诗宋词，我们现在要学数学化学物理……哪有那么多时间来背唐诗宋词呢。老师讲，这些才是真正的知识，可以用来造飞机大炮，宋词唐诗背得再多也造不出飞机大炮来。"

"我不给你争这些了，快吃饭吧。"王婷雅对女儿说。

高玲玲的家离学校很近，她没有住校都是跑通宿。吃完饭回到自己的房间后，她总想着杜志强他们今晚走掉没有？拿了一本书躺在床上，怎么也看不下去，她实在有些不放心，从床上爬起来穿好衣服，她又偷偷地往学校跑去，她要去看看杜志强他们的情况。她首先朝杜志强住的房间摸去，到了门外她听到杜志强在房间里小声地同那个人说着什么？她在外面听不清楚，她想敲门进去，但不知里面的另一个人是谁，如果不是储国荣她就会很尴尬，她退到楼下去等了好久后，看到储国荣和杜志强一起从楼上走下来，往学校大门走去。储国荣和杜志强都提有东西，估计他们真的要走了，她心里这样想着。她很想冲上去拉着杜志强的手把他送到学校大门外，但因为储国荣在场，她最终还是没有勇气出来送杜志强，只是躲在远远地望着储国荣把杜志强送上黄包车后又返回了学校。

"储国荣何晓秋不走吗？他们也有危险呀。"高玲玲在心里这样问自己。

杜志强带着储国荣和何晓秋回到上海后，通过组织把储国荣和何晓秋安排在上海师范校听课，明年去莫斯科学习。而杜志强仍然去搞他的工人运动。但形势非常的紧张，住所和办公场地，也经常无缘无故地遭到警察的搜查，形势到了有些失控的程度。好几个工人运动的组织者被警察逮捕，有的同志被警察枪杀，整天都处在高度地紧张中。最让人担心的是，那些信念不坚定意志薄弱的人的叛党投敌。杜志强站在窗前望着窗外那星星点点的灯光，想着回到上海几天后的感受。

另外，领导同意他的建议把高玲玲秘密接来上海，通过她舅舅的关系进入警察局工作的事。他一直在想如何给高玲玲安排一个适当的工作。

通过反复地思考后杜志强决定给高玲玲写封信。

玲玲你好！

离开南京快半月了，非常的想念你。回到上海的每天，你那银铃般悦耳动听的笑声总是萦绕在我的耳旁，我整天就沉浸在你那美妙的笑声里。能与你相识是我的幸运，虽然我们的相处和交流只有短短的几小时，但你在我心目中已存在很久了。让我没想到我们在那样一种情况下坐下来进行交流，对我来说情况是那样的紧急，不允许我们敞开心胸大胆地说些心里话。我们匆匆地相识又匆匆地离别，在我们的心底，留下了多少遗憾期待和向往。对你我来讲多么盼望有一段长相厮守的好时光呀！但我们肩上的使命，眼前的风云以及脚下蹒跚的小路，都容不得我们懈怠……

　　玲玲，多么想腋下长出翅膀飞到你的面前，给你一个惊喜！但这些都只能停留在夜深人静的遐想中，只能停留在我们朝思暮想的期盼里……

　　我走后你是否还在水校读书，当天有什么变化。望来信告知

　　夜深了，窗外的都市也是一片的寂静，让人觉得有些惊奇的是在这寂静中偶尔传来几声狗叫，或许这在提醒人们，不要忘了你的窗外不是荒山僻岭，而是中国的上海大都市……

　　已是深夜了、就写这些，请及时回信。

志强于上海

1927.2.21

　　杜志强正准备出门去办公室，一个蹬黄包车的人送来一张纸条，上面写道："请到老地方茶叙。"杜志强明白这是他们约定开会的一个秘密场所，他穿上外套出门了。因刚回到上海很多情况不熟悉，这些天他都在参加各种会议熟悉了解情况。就在杜志强朝开会的秘密地点走去的路上，突然有个人手抱着的肚子，朝他飞奔过来，嘴里喊道："老杜，不能去了！"

　　杜志强停下脚步定神看时，才看清朝他跑来的是工会的宣传部部长曹方，他看见曹方抱着肚子的手在流血。杜志强知道出事了，他马上冲上前，把刚从身边过去的黄包车叫住，然后把曹方扶上了黄包车说："快去医院！"

　　"今天我是提前到的，发现有几个不明身份的人在周围，我马上把那个花瓶推倒了，就在这时有个人朝我开了两枪，我把门关死了，他们没法马上冲进来抓我，我就从那个秘密通道跑了出来。"曹方忍着伤痛说道。

　　"师傅，这是车费。"还没到医院杜志强就提前把黄包车的钱付了，这样到医院后就可以节约一点时间。

　　杜志强本想问一下其他几位同志的情况，但看着曹方痛苦的神情他就没有开口。到医院后杜志强背着曹方就冲进了急诊室，血已把曹方的衣裤染红了，在把曹方抱上医院的推车时，曹方拉着杜志强的手："老杜啦呀，我可能不行啦。"

"没关系，到医院就有希望了。"

曹方被护士推进了急救室，杜志强站在急求室外焦急地等着，这是他才注意到自己的胸前腿上都是曹方流的血，杜志强的心颤抖起来，他开始为曹方的生命担忧了。

护士和医生都急急忙忙地从急救室里进出，但是就是没有曹方生死的消息，杜志强很想上前问问，但他又怕打扰医务人员的工作。

一个多小时过去了，一个医生模样的人走到急救室门外问道："哪一位是曹方的家人呀？"

"医生，我就是曹方的家人。"杜志强走到医生面说。

医生望了望杜志强问："你是他什么人呀？"

"我是他哥哥。"杜志强答道。

"哦，曹先生，你的弟弟流血过多，没有抢救过来。"医生说。

"他死了？"杜志强惊讶地问。

"是的，他去世了。"医生显得有些无可奈何似的。

"那人呢？"杜志强又这么问。

"在后门的推车上，你去签了字后，就可以拖走或送到太平间去暂放。"

杜志强含着泪水在医生指定的地方签了字。然后他走到后门外的推车旁，用手轻轻地揭开盖在曹方脸上的白布，曹方静静地躺在那里，脸上依然留着受伤后那痛苦的神情。

"曹方老弟，为你感到遗憾和痛心，你就先在太平间休息着，我回去把领导和同志们带来一同给你送行。"

说完杜志强又把白布盖了回去，接着太平间的师傅就推着曹方走了。杜志强望着推走的曹方，心里有说不出的悲哀和愤怒，今年短短两个多月时间里，在上海就有十多位共产党人被蒋介石无缘无故地枪杀。这笔账总有一天会给你算的，杜志强咬牙切齿地在心里这样想着。

离开医院后，杜志强小跑回了办公室，他把曹方同志牺牲的事向领导和同事们做了汇报。

领导和杜志强一起到警察局报了案，并要求查办凶手，警察局也派人来作了勘察，搞了半天仍是不了了之。

下午办公室的十多位同志和领导一起到医院的太平间，看望躺在那里的曹方同志，大家站在那里为他默哀。接下来就让火葬场的人来把曹方同志拖去火化，因曹方同志老家在四川农村，家里没人来上海领他的骨灰。最后领导派杜志强和另一位同志把曹方同志的骨灰送到公墓里埋了。

走到公墓时，有人问需不需要立个碑，如果需要他们可以马上刻制。走时领导没有交代刻碑的事，杜志强想了想。曹方同他是大学的同学，曹方比他小一岁，他们俩都是学造船，结果船没造成，都跑出来搞革命，结果呢？想到这里杜志强心里酸酸的，他决定为老同学立个碑，三个银元如果领导不报杜志强准备自己出。

"刻什么？"刻碑的人问。

"蜀人曹方之墓。"杜志强把这十个字写在纸上递给了刻碑的人。

"就刻这六个字？"刻碑人问。

杜志强说："就这六个字。"

"多少时间能刻完？"杜志强问。

"不会超过一小时。"

大约过了四十分钟，碑就刻好了，当然这不是真正意义上的碑，只是一个约二十厘米宽，八十厘米长的一块石板上刻了几个字而已。

杜志强把刻好的碑立在曹方的墓前，然后站在那里说："曹方老弟，现在你就算把家安在这里了，也算有了一个归属吧。遗憾的是你没有回到你那日思夜想的四川老家，但我们革命者四海为家呀！所以这里也算是你的家吧，你就安息吧，老同学！"

从公墓往回走，杜志强一直没有说话，这些年来被反动政府杀害的革命青年已经不少了，这样的凄风苦雨还得延续多少年呢？他在内心里问自己。

回到住所后，杜志强又想起了高玲玲，他想如果没有高玲玲那天的通风报信，他有可能就是今天的曹方了。想到这里他突然想起中国的一句俗语："多个朋友多条路。"你说不是么，如果不是在朗诵会无意间与高玲玲有所交流，如果没有在回家的路上两次与高玲玲谈起相互都感兴趣问题，可能那天下午她就不会来告诉他警察局早已在调查他的事了。不然，现在自己不是刀下鬼，也是阶下囚了。

十二

曹方的牺牲在同事中又引起了一阵小小的骚动，但这种骚动不是胆怯和惧怕，而是愤怒和反抗的决心意志的坚固与增强。反动派的枪弹，对真理和革命者来说永远是软弱无力的。真理是无法消灭的，革命者是前仆后继的。

储国荣走到杜志强的办公桌前问："杜老师，在工会中我的具体工作是干什么?"

杜志强抬起头来望着储国荣说："这几天你就在各办去看看，认识一下我们的人，以后你的工作主要是协助江队长领导指挥工人纠察队，我们有二千七百条枪的工人纠察队，我们一定要领导指挥好这支队伍，江队长还没回办公室，他回来后我把你亲自交给他。另外我要给你讲的是，你在纠察队工作就要学会使用纠察队现有的几种武器，手枪、步枪、冲锋枪、轻机枪。你都要学会使用。看现在形势的发展，革命者一定要学会使用武器，敌人用枪打我们，我们一定要用枪还击。那种为缓和与某人的关系就要大家放下手中枪的人是无知，地道的无知……"

就在这时，办公室里进来了一个人，他直接朝杜志强的办公桌走去："杜主任，我来啦。"

"请坐。"杜志强望着来人说。

杜志强望着坐在他对面的储国荣说："这就是工人纠察队总队长江明峰同志。"

储国荣从座位上站起来把手伸向江明峰："江队长你好!"

"这就是你委托我帮你找的人。他叫储国荣，南京水校的学生，共产党员，七岁开始练咏春拳，从未间断过，这些我都是比着你提的条件找的呀。"

"谢谢杜主任的理解和帮助，我们那工作你是知道的，关键时刻要拿得出手……"江明峰对杜志强说。

"我已给他讲了，你那里的各种枪支他都要抽时间学会使用，关键时刻手边有什么就要能用什么。说穿了那时就是你死我活的事呀!"杜志强望着储国荣和江明峰讲。

"好，储国荣以后你就跟着江队长好好干!"

送储国荣和江明峰，到门口后正遇着邮差送信件来，杜志强从邮差手中接过一大叠信件时，他发现有一封高玲玲给他写来的信。回到办公室后，他把其他人的信件一一地分发在每人的桌上后，回到自己的座位上。他拿起高玲玲给他写的信，正准备扯开看时，他又犹豫了，因高玲玲写的信他看后总是要激动半天，常常让他不能安心下来做事，他怕高玲玲的信打乱他的思路。特别是下午的会上他还有一个主题发言，参加会议的有不少都是领导。再加上他接手组织工人运动的时间短，怕别人觉得他没能力干好这份工作，他对自己干的工作要求很严的。他狠下心把高玲玲的来信放进了包里，全神贯注地投入了工作。

这次让杜志强没想到的是高玲玲的决定。杜志强一直劝说高玲玲暂时不要来上海，在南京先把书读毕业。他给高玲玲的理由是，有了毕业证书上海才好找工作。

高玲玲信中说："我已退学，准备三月十日来上海和你一起搞工人运动，为埋葬这黑暗腐朽的世界出份力……"

这是杜志强最不愿意高玲玲做的事。他觉得两人都在上海搞工人运动很危险，有一个人参与就行了，而且这件事他事先也没给组织和领导汇报过。储国荣和何晓秋是组织让他物色发展的，而高玲玲他曾也准备向组织推荐的。但很快他们俩成了恋人，他就有些犹豫不决，他希望她就留在南京，结果她自己来了，这就迫使杜志强必须找领导说了。

在无可奈何的情况下，杜志强找到他的直接领导区委副书记侯生雄，听完杜志强的话后，侯生雄说："老杜呀，你怎么说给组织找麻烦呢？现在到处都缺人，只要对革命有热情的，真心想与我们一起战斗的青年我们都欢迎。至于高玲玲来后怎么安排，你也是领导啦，你就可以定。如果她愿意也可以与何晓秋一起先去师校听听课。如果她想工作，在我们工运这一块，哪个部门都行。另外就是高玲玲入党的事，这事你做得不大妥当，别人把《共产党宣言》都能背下了，你还没给别人报上来。写个申请马上报。听你讲这些情况这是个很值得培养的青年，我们党现在需要各种各样的人才。现在怕的就是没人跟着我们干呀！"

"就这样吧，别人追随你来上海，你也得去车站接别人一下吧。"侯生雄站起来后又这样说了几句才离开。

送走侯生雄后，杜志强一直在想的就是高玲玲来后如何说服她和何晓秋一起去师大听课。他不想让她留在工运部门工作，这是他的私心，他当然不好给侯书记明说。侯书记提到可以先让高玲玲到师大去听课，杜志强很高兴。现在领导已经表态了，只是看自己能不能说服这个不听管教的"野姑娘"了。杜志强坐在开往火车站的电车上就想着这些。

本来，他以前同领导的设想是，通过高玲玲的舅舅是南京警察局局长的关系，把高玲玲介绍到上海警察局去工作。但高玲玲自己突然跑来上海，打乱了杜志强的整个计划。

杜志强是一个没多少情商的人，他特别怕给女人打交道，二十五了还没女朋友就足以证明这一点。而现在的高玲玲也是主动向他伸手的。

杜志强到了火车站，但从南京来的列车还没到。他站在出口处，痴痴地望着车站里，他老在想见面后她又会给他提出那些让自己意外的事？其实，高玲玲并没向杜志强提过几件过分的要求。他们俩在信里反复争的就两件事，一件是杜志强要高玲玲留在南京好好读书，另一件就是实在要来上海，到上海后也像何晓秋那样找个大学去听课。

可是，这个高玲玲却对杜志强给她安排的两件事，她都没任何兴趣去干。她一心想去搞工人运动，因为她有一个高中的同学现在就在上海搞工人运动，他们经常有书信来往。但这件事她没有告诉杜志强。那位同学多次邀请她来，她没来的原因是她嫌弃那位同学太矮了，只有一米六三。而且这位同学又天天给她写情书，她怕来了后真被同学拉下"水"。现在她就不怕了，她已告诉那位同学，她已经有男朋友了，而且也在上海，也在搞工运。那位同学多次写信问杜志强的姓名和工作单位，她都没告诉同学。

南京来的车到站了，杜志强站在那里死死地盯着每个出口，就怕高玲玲从那个缝隙里溜掉了似的。从车上下来的人潮水般地涌了出来，人已经出来很多了，杜志强仍没见到高玲玲的身影。他有些急，有些担心，出什么事了吗？他在心里问自己。人潮已经过去了，杜志强站在出口的门边，抬着头往里面张望，那些东西重的，包多的，或者脚有残疾的都稀疏地往出口走来，但就没有看见高玲玲的身影。

就在杜志强快要绝望的时候，远远的有个人两手都提着东西，吃力地往出口走来，杜志强觉得有些像高玲玲。杜志强对守在门边的一个女士说："那是我女友，东西太多，能让我进去帮她提吗？"

那人点了点头说："去吧。"

进门后杜志强飞一般地朝前冲去，嘴里喊道："玲玲——玲玲——我来啦。"

正在吃力往前走着的高玲玲，听到喊声后抬起头来就望见杜志强朝她跑来，她丢下手中的箱子喊了声："杜老师——"也朝杜志强跑去。

杜志强抱住了向他扑来的高玲玲，一切等待的焦虑痛苦瞬间就消失了，得到的却是久盼后的甜蜜和温馨。

高玲玲用手抚摸着杜志强的脸说："从你走后我就没睡好过。"

"为什么没睡好呢。"杜志强问。

"因为想你呀！"高玲玲很认真地说。

"今晚就睡得好了吧。"杜志强问高玲玲。

高玲玲长长地叹了口气说："哎——爱也是场灾难呀，这一两个月来把我折磨够了，我从未受过这样的苦呀！这就是你杜老师为我种下的苦果，你承认吗？"

"树是我栽的，但你没管理好，所以结出的果才是苦的。"杜志强把高玲玲放下后对她这么说。

"你提这么多东西干什么呀？"

"我妈给我装的，她不让我来，哭了几天，我好不容易才说服她呀！想起我这个做女儿的，真没孝心，妈哭成那样，我还是走了。"高玲玲想起自己的母亲后感到自责和内疚。

"没关系，这里离南京近，过一两个月你就可以回家看望她老人家。"杜志强安慰地对高玲玲说。

"我也这么给她说的，她才放我走。"

"走，我们回家吧。"杜志强提着两个箱子望着高玲玲说。

上车后杜志强对高玲玲说："你同何晓秋她们住，每个房间住四人，但现在只有三人。这里就不比你家了，在家里你一人住个大房间，这里四人住的没你在家时一人住的宽。"

"这些我想过，我愿意。"高玲玲笑着望着杜志强说。

"革命不是几天的热情，需要坚定的决心坚强的意志，和持续数年的努力奋斗。"

"别在那里吓唬人，你也没干几年嘛。"

高玲玲的这句反驳让杜志强很尴尬，使他想讲的话无法继续。两人都沉默了，车仍在晃晃悠悠走着。

突然高玲玲问杜志强："何晓秋来上海后有什么变化？"

"她按组织的安排，在大学听课，下年去莫斯科学习。"

"那储国荣呢？"高玲玲又问。

"他的变化大。"杜志强没有把话继续往下说。

"什么变化？没去大学听课了？"高玲玲又这么问。

"他到工人纠察队工作去了。"杜志强仍是一句话的回答。

"那我能不能去工人纠察队工作呀？"高玲玲有些俏皮地笑着问杜志强。

"宝贝，我怎么能让你到那里去呢。那是男人的世界，经常需要打打杀杀的，流血负伤是经常的事。"

听到杜志强称自己"宝贝"，高玲玲觉得心里暖洋洋的，她认为杜志强真的爱上她了。她也理解杜志强处处为她作想的事，但她现在实在不想读书了，从能说话，妈妈就让她背唐诗宋词，上小学，一天到晚的加减乘除。初中高中乃至水校，天天都是背那些纸上的东西。她早已烦透了，总想到社会上去闯闯。现在又遇上个一天到晚，婆婆妈妈的杜老师。

望着杜志强在那里低头沉思，高玲玲拉着他的手开玩笑地问："又在想，把我推到那所学校去听课呀？"

杜志强也半开玩笑地对高玲玲说："现在我知道了，有些人已经无可救药，想干啥就去干啥吧。"

"你说有些人，不是指我吧？"高玲玲又嬉皮笑脸地问杜志强。

"不是指你，你还有点药可救。"

"志强，我给你说真话，我一个高中同学就在你们工人纠察队，你们里面的有些情况就是他写信告诉我的。"高玲玲很认真地对杜志强说。

"他在几中队，叫什么名字。"杜志强问。

高玲玲想了想说："五中队，叫孙科文。"

"哦，我见过，是五中队的文书。"杜志强说。

杜志强马上说："玲玲我就明确告诉你，不管你对我如何，我都不会让你去纠察队，那里的确不适合女同志去工作。"

高玲玲也非常认真地对杜志强说："志强，我并不是说我要去纠察队工作。我只是不想去学校听课，我觉得大学里听的东西离今天我们的生活太远。从会说话起，就开始背唐诗宋词，直到今天都是读和背，我实在不想再天天面对纸和书了。我想到社会中去闯闯，如果工作需要，我再回来读书。我认为我的阅读能力和学习能力都是很强的，一本三四十万字的小说，我可以一天一夜看完。一篇古文，我读三遍可以背下。现在就是没有兴趣读书。"

杜志强有些无可奈何地摇了摇头说："我像你这么大的时候，多么想有人出钱把我送到学校去读书呀！今天却是劝你去读书你也不去呀。哎，人的差别，怎么就这么大呢？"

就这样，高玲玲和杜志强一路争论不休地回到了杜志强的住处。杜志强同另一位同志住在一起，但这段时间那位同志去汉口出差了，屋里就杜志强一人住。回到住处后，杜志强和高玲玲又抱在一起在那里缠绵了许久。然后杜志强才带高玲玲去厨房看了看，并告诉她吃饭时间早上六点半至七点半，中午十二点至一点，晚上六点至七点。

从厨房回来后，杜志强就提着高玲玲的两个箱子，带着高玲玲朝何晓秋他们住的房子走去："就那栋房子的三楼。"杜志强指着前面的楼房给高玲玲说。

高玲玲有些惊讶地说："我们离得很近嘛，平时我能来你这里吗？"

"当然能。"杜志强依然是那样含着笑给高玲玲说话，他怕第一次离开家的高玲玲感到孤单。

在往楼上走得时候，高玲玲又望着杜志强问："我的事你究竟是怎么定的？"

"你的什么事？"杜志强问。

"我究竟是去听课呢还是上班？"

"我尊重你的选择。我分析了你的生长环境，你有这种感受是很自然的，我认为你那种想法是可行的。先工作两三年，然后再回去读书，就有了方向和目的。到时你读书的热情会更高，更容易把知识学得牢固些。"

高玲玲用手轻轻地拍了拍杜志强提着箱子的手说："我相信我的杜老师一定会理解我的呀。"

刚登上三楼就望见何晓秋和储国荣站在门口迎接高玲玲。

"你们怎么知道我们要来呢？"高玲玲有些兴奋地问。

"你知道吗？这都是杜老师的安排。他怕你第一次出门感到孤单，叫我们今天早点回来，在这里迎接你。"何晓秋对高玲玲说。

高玲玲含着激动的热泪望着杜志强，用半开玩笑地方式站在杜志强面前，深深地给杜志强鞠了一躬说："谢谢你了，我的杜老师！"

搞得在场的储国荣何晓秋都哈哈大笑起来。

"你说我有表演才能，我看你比我还有表演才能呀。"杜志强这么说。

"你住在什么地方？"走进屋子后高玲玲望着储国荣问。

储国荣用手指了指楼下说："就下面一层楼。"

"这楼里我们有三个同学，这下就不孤单了。"高玲玲又转过身去问杜志强："这也是杜老师你安排的吗？"

"这就是你的床，马上吃晚饭了，吃了晚饭回来，我帮你铺。"何晓秋对高玲玲说。

"另外，这碗筷盘，也是杜老师给你准备的。拿着我们准备到餐厅吃饭去了。"何晓秋把放在桌上的碗筷和一个盘子端来递给高玲玲说："走，下去吃饭。"

"当你端起这碗筷盘时，就意味着你长大了，就意味着你的新生活开始了。"杜志强小声地，像小学老师第一天给学生讲课似的对高玲玲说。

十三

吃早饭时，高玲玲一直在等杜志强，但直到吃完早饭杜志强也没来，高玲玲把碗筷放好后直接到杜志强住的地方去。

高玲玲远远地就望见杜志强的门开着，她悄悄地走了进去，杜志强背朝着门，正坐在桌前看什么东西。走进门后高玲玲问："怎么不去吃早饭呢？"

"你吃了吗？"杜志强转过身来问高玲玲。

"我早吃了，你怎么不去吃呢？"高玲玲又这么问。

"昨晚开会到三点过，有个中央发来的文件必须马上看完后转给其他人看。没时间去吃饭。"杜志强给高玲玲解释道。

"玲玲，你的工作定了，分在宣传部。昨天晚饭后我已找文部长谈好了，你去宣传部当文书。他安排你干啥你就干啥吧。另外纠察五中队的办公地点就在宣传部斜对面二百米左右。但我要特别告诉你，上班时间不能东走西窜的，做什么事都要认真，要去看孙科文下班再去。"一路上杜志强就给高玲玲讲着这些。

说着杜志强他们就走到了工宣部门口。听到杜志强说话的声音文鹏友就出门迎接他们了。

"这就是你的领导，宣传部部长文鹏友。"杜志强对高玲玲说。

杜志强又望着文鹏友说："这就是昨天我给你推荐的高玲玲。"

走进屋里文鹏友，指着靠窗的桌子说："这就是你的办公桌，这个办公室，我们有五个人，其他的都在隔壁大办公室。我们宣传部的工作是很忙的，有时需要晚上加班。"

"以前在别的地方工作过吗？"文鹏友望着高玲玲问。

"没有工作过，我刚从学校出来。"高玲玲有些羞涩地答道。

"五中队的孙科文是她高中的同学。"杜老强在旁边说道。

"就是那个五中队的文书吗？"文鹏友问。

"对，就是五中队的文书。"杜志强这样答道。

杜志强站了起来望着文鹏友说："我就回去了。"

与文鹏友握了握手杜志强转身望着高玲玲说："你就好好在文部长这里工作。"

杜志强走后，文鹏友就拿了一本《共产党宣言》给高玲玲说："你要尽快地把它读几遍，有不懂的地方来问我。以后我们要去给工人讲课，就讲这里面的内容，所以你要尽快吧《共产党宣言》通读个两三遍，然后再来慢慢地吃透内容。这样你讲起课来才能得心应手。我们理论组有两三个同志，他们今天出去听报告去了，明天我们一起见个面，我看安排哪一个老师专门辅导你。你要抓紧时间学，我们这方面的工作很重，我希望你两三个月后就能上台讲课。如果你在这方面进步快，能到各处去讲课，文书的其他杂事，我就安排别人去做。这几天，天天在外面都要讲课。你跟着他们去听听，老同志是怎么讲的，你以后就怎么去讲。听我们讲课的是工人，我们不需要理论上的阐述，就是把《共产党宣言》通俗易懂地讲给大家听，能做到这样就很好了。"

文鹏友站了起来，他走到门口又转了回来，对高玲玲说："今天办公室的人不齐，明天大家都来了，我就向大家介绍你，今天你就好好地把这本《共产党宣言》读一遍。"

高玲玲站起来望着文鹏友说："好的。"

中午十二点到了。人们都拿着碗筷朝厨房走去。高玲玲也站了起来，他快步走出办公室，往她住的地方跑去。因为她的碗筷放在寝室里。这就是高玲玲人生中的第一天上班，她觉得感受不是很好，有一种说不出的味道。

回到寝室高玲玲拿着碗筷，就往厨房跑去。今天中午只有她一人，何晓秋中午在学校吃饭。到了厨房后高玲玲到处张望着，她在寻找杜志强，可是找了半天，也没看见杜志强的身影，她心里感到有些空落落的。没有找到杜志强，她就自己到窗口打饭去了。高玲玲端着饭菜找了个位置坐下，然后坐在那里慢慢地吃。她觉得厨房里的饭菜，全都没有家里妈妈做的好吃。但她悄悄地告诉自己这是在工作，而且是革命工作，不能有过高的奢望。更重要的是，这是她自己的选择，能怨谁呢？

就在高玲玲胡思乱想的时候，杜志强拿着碗筷走了进来，高玲玲激动地放下手中的碗筷，冲上前去拉着杜志强的手问："为什么这么晚才来呢？"

"事情多。"杜志强有些不在意地回答高玲玲。

"你饿了吗？"高玲玲问。

"早就饿了。"说着杜志强就拿着碗筷朝打饭的窗口走起。打好饭菜后杜志强就端到高玲玲的旁边坐下，然后狼吞虎咽地吃起来。

坐在旁边的高玲玲，看着杜志强吃得如此香甜就问："真有那么好吃嘛。"

杜志强说："非常的好吃。"

"今天给你安排了些什么事？"在吃完饭往回走的路上，杜志强问高玲玲。

"你走后，文部长就拿了一本《共产党宣言》给我，要我尽快通读几遍，他说以后要去给工人讲《共产党宣言》。"高玲玲有些心不在焉地说。

"你读了吗？"杜志强微微地低着头，快要把嘴靠到高玲玲的耳边问，他不想两人的对话被路人听到。

高玲玲得意而满足地微笑着望了望杜志强说："文部长走后我坐在那里把《共产党宣言》悄悄地背诵了一遍，背完后我检查了一遍，有五个地方背错了。今天晚上睡觉的时候我再把这五个地方反复地背几遍，用不着一个星期，我就会达到熟练背诵全文。"

说完后她转过身望着杜志强娇滴滴地说："怎么样，没给杜老师丢面子吧？"

这时已经到了杜志强的住所，他推开门把已经洗好了的碗筷放在一个小桌上后，转过身来把高玲玲推到桌旁的一把木椅上坐下后说："宝贝，你千万不能在工宣队的人面前说，自己能把《共产党宣言》背下来了的事。如果他们知道你能把《共产党宣言》全文背诵，以后他们就处处防着你，你就不便于了解到其他人的情况。如果，明天文部长问到这件事，你只能说我认真地读了几遍，你要牢牢记住的是，不能把自己的底货全部翻给别人看。我们这个社会很复杂。要在这个社会里求得一点发展空间，是需要一些技巧的，你应懂得这些，不能告诉别人你全懂，只能说知道一点，要像茶壶倒水，水要从长长的壶嘴慢慢倒进茶杯里，不能把大盖子揭开倒，那样开水就会倒到地上，会烫伤别人，知道吗？"

"为什么要把事情搞得这么复杂呢？"高玲玲有些困惑不解地望着杜志强问。

杜志强伸手把高玲玲拉来抱在怀中说："宝贝，不要什么都问我为什么，我没那么多时间给你解释，你就按杜老师说的去做行吗？"

望着有些情绪低落的杜志强，高玲玲有些担心地问："志强你烦我了吗？你是不是觉得我来后打乱了你的工作步骤？"

"玲玲你误会，我一点都不烦你，你来到我身边，给我的生活增添了很多的甜蜜和幸福。有了你我才知道男女之间那些无法用金钱权利换来的美好和幸福。这几天使我非常痛苦不安的是，近半个月来，全国各地我们有一千多共产党人被国民党枪杀，现在国民党蒋介石屠杀共产党人，越来越公开化，越来越明目张胆。形势非常的严峻，不知我们还有多少同志要被他们杀害？我是在担心这些呀！"

"那我们也应该拿起枪呀，谁杀我们，我们就去杀谁！"高玲玲咬牙切齿地对杜志强说。

"说得对，可是就连一个十九岁的姑娘都明白的道理，我们有些中央领导却不明白，还在喊缓和关系，还在喊退让。这不是举着手等别人来屠杀吗——?"杜志强大吼起来。

"志强别那么激动，也许，事情没有你想的那么糟。"高玲玲安慰着杜志强。

"你知道吗？你们宣传部以前的部长曹方，上个星期被杀害，现在的部长文鹏友当时是副部长。你我这些都有可能是他们将来屠杀的对象，所以我们随时都要提高警惕呀！"突然杜志强觉得自己的情绪有些失控，不该对今天才到宣传部上班的，高玲玲讲这些情况。

"玲玲该去上班了，好好为党工作，我们要为牺牲的那些同志报仇。"

高玲玲从包里拿出一个花手巾，为杜志强擦去脸上的泪水并说："志强，我认为你是一个坚强的男人呀。"

"对我们这些人来说，流泪不是软弱，是对我们那些牺牲的同志的怀念，是对敌人的仇恨。"杜志强怕自己的情绪再次失控，他用手拍了拍高玲玲的肩头说："快去上班吧，不然会迟到的。"

高玲玲站起来往门外走去，出了门后她又回过头来，望着杜志强说："晚上吃饭等我。"

杜志强说："下班后你来这里，我们一起去厨房。"

她高兴地说："好的。"转身像小鸟似的飞走了。

江明峰带着储国荣到各中队去认识中队的领导。在路上江明峰给储国荣讲："全大队有十个中队，每个中队有二百多人，每个中队只有四至五人的专职干部，队员都是各行各业的工人兼职，主要工作就是大型集会维持治安和外围的保卫工作。现在最难办的就是国民党蒋介石与上海的黑帮串通在集会上惹事生非。他们不是一般市民，他们这帮人心狠手辣，而且出来就是个小团伙。遇到这帮家伙，处理一定要果断，不要过多同他们讲理。如果你同他讲理，可能他的同伙就会从你背后袭击你，我们一位中队长就是这样被他们打死的。凡是大型集会，我们大队全体人员都得上。"

说到这里，江明峰把话停了下来，用手拍了拍储国荣的肩膀说："明天有个十多万人的罢工游行，你去看看那场面，绝对可以说是惊心动魄，这段时间以来，凡是上万人的活动，不打几架是结束不了的……"

储国荣他们走进了五中队的办公室，办公室里只有两个人。

走进办公室后江明峰指着储国荣说："这是大队新来的同志，他叫储国荣。"接着江明峰又对储国荣说："这是副队长方德阳，这是文书孙科文。"

大家坐下来交谈时，储国荣对孙科文说："你的老同学要我带她向你问好！"

"哪位老同学呀？"孙科文问。

"就是高玲玲。"储国荣回答。

"她现在哪里呀？"孙科文又问。

"她在宣传部。"储国荣答。

"南京工会宣传部？"孙科文又问。

"上海工会宣传部。"储国荣笑着答。

"就前面工会宣传部？"孙科文再次问。

储国荣点了点头说："对。"

"她是不是得神经病了？就在门口工作，还要找个人来带问。"孙科文非常不理解高玲玲的这一行为。

"你怎么认识她呢？"孙科文问。

"我和她也是同学。"

"那我怎么不认识你呢？"孙科文有些不解地问。

"我和她是大学同学。"储国荣说。

"她昨天才来上班，可能有些忙。"

"今天吃了晚饭我就去找她，非得骂她顿不可，给我摆什么大小姐的派头，我就不吃她那一套。"

"哎，对不起，我想问一下，你是不是在同她要朋友？"孙科文有些神经质地问储国荣。

储国荣笑了笑说："我这么告诉你吧，我的女朋友与高玲玲住在一个房间。"

"她现在有男朋友了吗？"孙科文有些神秘地问。

"我们不是一个班，不太清楚。"储国荣把话说出口后，有些后悔。他明明知道高玲玲早就同杜老师好上了，对孙科文明说了不是更好吗。想到这里储国荣说："昨天我好像听高玲玲说，她的男朋友到火车站接她去了。"

听到储国荣这话后，孙科文就在没开腔了。

江明峰站起来对储国荣说："走吧，我们还有三个中队没去。"

出了门，江明峰又回到五中队办公室对方德阳说："你告诉周队长，明天是十五万人的罢工游行，你们负责的那段路要做到绝对不能让那些捣乱的人得逞。"

"请大队长放心，这一周多来我们都在准备这件事。我们做了十多个预防方案的处理措施……"

正在办公室忙着杂事的储国荣，听到门外突然响起乐队奏乐的声音，他走到门口看时，让储国荣感到有些惊奇和滑稽：军乐队正在奏乐，有一中年男子手捧蒋介石题写的"共同奋斗"的大锦旗，朝纠察队大门走来……

一时间，蒋介石给上海工人纠察队送锦旗的事，在整个总工会传得沸沸扬扬，再加上国民党政府主席汪精卫与中共总书记陈独秀的联合宣言，把人们的思想全搞乱了，都觉得有些莫名其妙的。

不过，还是有很大一部分人认为，局势已经缓和变好，没有必要整天把神经绷得那么紧，大家和平相处不是很好吗？

"持这种观点的人，不是无知就是弱智，黄鼠狼给鸡拜年，什么时候安过好心？狼什么时候放弃过吃羊的念头？"杜志强愤怒地问储国荣。

其实，储国荣刚给杜志强谈到蒋介石给纠察总队送来锦旗后，很大一部分人，都觉得现在可以轻松些了，没有必要天天用敌视和仇恨的眼光看待蒋介石国民党。话刚说到这里，就被愤然站起来的杜志强问得不知说什么好。

沉闷了几分钟后，储国荣对杜志强的发怒仍有些不解，他道："这不是我的观点，我说的是有很多人这么想。"

"我说的就是这些人，你回去告诉他们，蒋介石已经把屠刀架在他们脖子上了，再不后悔就没机会了！"杜志强依然怒气冲天。

储国荣无可奈何地摇了摇头，站起来准备离开时，高玲玲来了，她望见杜志强和储国荣都怒气冲冲地站在那里。

她望着储国荣开玩笑地问："怎么，把你的老师气成这样子，又是那道题做错了呀？"

高玲玲的这句话，把储国荣也逗笑了，他道："今天是杜老师自己做不起题生气的，你别怪我。"

"你们宣传部怎样？"杜志强转过身来问高玲玲。

高玲玲觉得莫名其妙，她望着杜志强问："什么怎么样？"

"他是问你对蒋介石送我们纠察大队锦旗有何看法？"

"这件事呀？有说好有说坏的，都是些个人观点。哦，原来你们在为这事生气，有意义吗？"

杜志强觉得这件事同两个刚入党没多久的青年人争论没多大意思，也不应该向他们发火。他们持什么观点，不影响局势。他觉得这是领导层的事。

十四

四月十二日凌晨，在闸北、南市、沪西、吴淞、虹口等地忙碌了一天的人们，刚刚躺下休息，窗外密集的枪声就把他们从睡梦中惊醒。工人纠察队驻地，遭到数百身着蓝色短裤，臂缠白布黑"工"拿着武字袖标，手持武器的人的袭击。没有任何准备的工人纠察队，从睡梦中惊醒过来就拿起武器仓促抵抗，双方发生激战数小时，就在这时，蒋介石的二十六军开来，他们以调解"工人内讧"为名，强行收缴了工人纠察队的武器，上海两千七百多工人武装纠察队就这样被解除武装。面对已经被缴械后的工人纠察队，暴徒和军警更加野蛮猖狂。当天，一百二十多纠察队员牺牲，一百八十多人负伤，一千多共产党员被抓，整个上海完全笼罩在一片白色恐怖中。

总工会的党员干部全都到前线增援工人纠察队，杜志强和储国荣更是手拿棍棒同纠察队员们一起与暴徒混战数小时。

晚上回到住所，杜志强望见满身血迹的高玲玲朝他走来时，他真感到有些吃惊和恐慌："你干什么去了？搞得全身是血。"杜志强有些生气地上前问高玲玲。

"你也不是全身都是血迹吗，你知道吗，我今天扶了五个伤员到医院……"高玲玲有些自豪，有些不在乎地对杜志强说。

听到高玲玲的这些话后，杜志强的心颤抖了。他不敢往下想，今天他就在闸北的青云路上，那些青红帮的流氓和军警的枪弹随时都在头上呼啸。那惊心动魄的一幕幕，总是不停地在他的眼前晃动。突然间，有个纠察队员准备冲到公路对面的一个小巷里，但他还没跑到那个小巷口时，不知是青红帮的流氓还是蒋介石的军警朝他开枪，他倒在距小巷两米左右的地方。就在这时，小巷里冲出一名纠察队员，准备把已经负伤的队员拖到小巷里，但是，就在这名纠察队员抱起队友的瞬间，他也中弹倒地，两人的血在路上流了很远。小巷里再次冲出四名纠察队员，把躺在血泊中的两位队友拖进小巷时，两人已经牺牲。

这一天，工人纠察队的队员们只有用石块、砖头、棍棒和心中不灭的信念与蒋介石国民党豢养的走狗，全副武装的青红帮流氓和军警进行艰难的对峙。在中国，二十世纪最无耻的屠杀就这样开始了。

离开会时间还有十分钟，杜志强把高玲玲叫到自己的住处："玲玲，时间紧你听我说几句，这是一个非常特殊的时期，一定要按领导的安排行动。你才出来几天，如果受伤牺牲你父母会非常难受的，我也会非常痛苦的……"

"我没有乱来，都是文部长带着我们去的，他说去鼓舞一下纠察队的士气。"高玲玲有些委屈说。

"那你们去后是怎么鼓舞纠察队的呢？"杜志强问。

"我们到吴淞后，看到很多伤员躺在那里，文部长同七中队的阳队长商量后，就让我们扶伤员到医院。"听了高玲玲的回答后，杜志强有些无可奈何地摇了摇头，他把高玲玲拉来抱在怀中说："宝贝，一定要小心，安全是我们共同的……"

高玲玲拉着杜志强的手说："志强，我听你的。"

"好，回去好好休吧，我开会去了。"

为了抗议和揭露国民党蒋介石，对工人纠察队和共产党人的屠杀行为，在中央的号召和上海总工会的组织领导指挥下，二十万产业工人举行了罢工游行。游行队伍长达数公里，但是就在游行队伍经过宝山路时军警突然朝游行人群开枪，当场打死一百多人，伤者无数，宝山路血流成河。

更为恐怖的是，优秀共产党员汪寿华、陈延年、赵世炎牺牲，三百共产党员被杀害，五百多共产党员被捕，更让人吃惊的是有五千多人失踪。

各地电告中央的数据，两天内全国就有二万五千多共产党员被杀害。

杜志强正在那里统计各部门牺牲失踪的人数时，储国荣匆匆跑进杜志强的办公室说："杜老师，高玲玲负重伤了。"

杜志强神经质地丢下手中的笔问："现在在什么地方？"

"在医院等待救治。"储国荣道。

"怎么不马上救治呢？"杜志强愤怒地问。

"医院里伤员太多，救治不过来呀！"

"快，带我去看看。"杜志强抓起他的手提包就冲出了门。

"你是怎么知道高玲玲负伤的？"坐上黄包车后杜志强又这样问储国荣。

"我跟着七中队的人正在那里维持秩序，看见高玲玲在前面呼口号，怎么突然就倒下去了，我冲过去地上就有一滩血，我和他们部里的人就马上把她送去了医院。"储国荣对杜志强讲。

"严重吗？"杜志强显得有些不安地问。

"有点严重。"储国荣故意把话说得轻描淡写。实际上他来找杜志强之前高玲玲已经昏迷两次了，每次醒来她都问："杜老师来了吗？"这时储国荣才突然想到来找杜志强。

杜志强默默地坐在黄包车上，他似乎已意识到了什么。

"宣传部今天有其他人受伤吗？"杜志强又问。

"他们上午就有一人牺牲两人受伤。"

"哎，这次整个组织损失都惨重呀！昨天和今天，全国已有二万五千共产党员被杀害。"杜志强坐在那里自言自语地说。

快到医院时，杜志强就把黄包车师傅的钱给了。

车还没停稳，杜志强就对储国荣说："快，你在前面带路。"

望见急诊室门外到处是伤员，杜志强的心就有些凉了。

杜志强来到高玲玲面前时，她又昏迷过去了。守在那里的汪树林对杜志强说："刚刚醒过来时又在问，杜老师到没有？"汪树林是高玲玲在宣传部的同事，两人都是《共产党宣言》宣讲小组的成员。

杜志强蹲下拉着高玲玲的手，不停地流着泪，过了一会儿杜志强抬起头望着储国荣问："挂号了吗？"

站在旁边的汪树林说："挂了。"

"把号给我。"杜志强对汪树林说。

汪树林从包里把挂号的那一纸片递给了杜志强，他从汪树林手中接过挂号的那一纸片就朝急救室门口跑去。

"医生你看看这个病人还要等多久，她已经快不行啦！"杜志强把挂号那纸片，递给站在急救室门外的一个穿白大褂的医务人员问。

那个穿白大褂的医务人员，接过杜志强手中的纸片，很认真地与手中拿着的名单查对后对杜志强说："快了，前面只有三个人了。"

杜志强手拿着挂号那纸片嘴里不停地念着："三个，三个还要等多久呢？她还能等到吗？"杜志强不停地问自己。

医院急救室门外一片痛苦的呻吟声，空气里弥漫着浓浓的血腥味儿，有的伤员没有等到医生的救治就走了。想来，他们的心里一定都留着一长串的遗憾，本来，还有很多要干的事，要去努力奋斗的理想……今天在蒋介石国民党猖狂野蛮的屠刀下失去了机会……

杜志强很快回到了高玲玲的身边，他想尽可能地多陪伴高玲玲坐坐，这也是他自己的心愿，伤口仍在慢慢地往外渗着血。

这时，储国荣走到杜志强身边小声说："杜老师，有你和汪树林陪着高玲玲，我就先回去了，那边江队长可能忙不过来。"

杜志强点了点头说："好的你去吧，千万要注意安全呀。"

储国荣点了点头就转身离开。

这时高玲玲的手轻轻地挪动了一下，嘴里小声地问道："杜老师来了没有？"

"玲玲我来了，我是杜志强呀！"杜志强轻轻地摇着高玲玲的手呼唤着高玲玲。

这时高玲玲的眼慢慢地睁开了，她望着杜志强，嘴角露出了一丝幸福的微笑，她小声地说："我相信你一定会来的……"她微微地偏了一下头，望见杜志强抓着她的两只手，她说："我在梦里梦见你拉着我的手，不让我来上海，原来你真的拉着我的手呀。"说到这里她又闭上了眼，她似乎很累。

"玲玲，一定要挺住呀，马上就轮到你了。"

听到杜志强的喊声后，高玲玲又睁开了眼，她望着杜志强，眼神里流露着对杜志强的无限歉意和内疚，她想了很久后说："志强，我让你失望了！"

"不！玲玲你没有让我失望，你是在完成自己的使命。我没有权力要求你为我做些什么，你的爱让我的生活，获得了活力和力量；你的爱让我的生命，得到了充实和深化。我要永远感谢你，永远记住你，永远和你在一起。"这些话是杜志强流着泪，带着哭声说的。

高玲玲静静地躺在那里听着，有时嘴角微微地蠕动了几下，她似乎想说句什么话。

"我们部里，上午就有人负伤，有人牺牲，虽然我是新党员，但……但我也不能退缩，我不相信他们能把全部党员杀光，这些国民党蒋介石的走狗，总有一天会被正义力量统统消灭掉的……"说到这里她又停了下来，似乎没有力气再说下去了。

"玲玲，你做得对，你的思想进步很快，我很高兴。"杜志强把嘴挨在她的耳边说。

高玲玲的头微微动了一下，她听懂了杜志强的话，虽然眼角仍在流泪，但嘴唇上显露出一丝的笑意，她觉得杜志强理解了她的行为和想法，她似乎感到一点欣慰。

就在这时，站在急救室门外的那人大声喊道："高玲玲——"

"好，轮到你啦玲玲。"杜志强和汪树林马上抬着高玲玲往急救室里走，就在急救室的门口，汪树林和杜志强把高玲玲抬来放到医院的推车上时，不知什么原因，高玲玲的手突然抓住杜志强的手不放开，眼神里是一片留恋和不舍。

"玲玲，我不会走的，我就在这门外等着你，你放开我的手，医生马上给你动手术了，你是最听我的话的呀！"

两颗晶莹的泪珠从高玲玲的脸上流落到了地上，她显得有些不甘和失望地闭上了双眼，手也松开了。两个护士把高玲玲推进了急救室。

对高玲玲这一反常的举动，让杜志强感到有些不安和恐慌。

高玲玲推进急救室半个多小时后，有位大约五十多岁的医生在急救室门口叫道："高玲玲的家人到这里来一下。"

听到这一叫喊后，杜志强就意识到了一个可怕的消息，他在内心里对自己说，一定要控制好自己的情绪，他走到了那位医生面前说："医生，我就是高玲玲的家人。"

那医生抬头，打量了杜志强一眼后问："你是她什么人呀？"

"我是她男友。"杜志强道。

"是恋人吗？"医生又问。

"是。"杜志强答。

"你们是哪里人？"医生又问。

"我是江西人，她是南京人。"杜志强又这样答道。

"年轻人，你这位女友的意志太坚强了，按她的伤情她可能早就去世了，可她用坚强的毅力同你进行了那么久的交流，她舍不得离开你，她争取有更多的时间同你在一起。但，一旦离开你，她的一切就崩溃了。"

"高玲玲抬上手术台就没有了呼吸，尽管我们也努了力，仍没有挽回她的生命，年轻人抱歉了！"

杜志强很有礼貌地说："医生，谢谢你们了。"

杜志强非快地跑到急救室的侧门外，高玲玲就放在一个推车上，身上盖着白色的被单，杜志强轻轻地揭开被单，高玲玲平静地躺在那里，两眼闭得紧紧的，神情有些失落和遗憾。

"玲玲你为什么走得那么急呢？医生都说了你的毅力很好，你怎么不再等等，让医生给你做手术呀……"

就在杜志强给高玲玲絮絮叨叨地说个不停时，杜志强发现高玲玲的一只手没有放在推车上，而是放在她的衣服包里。

"宝贝，你还要在包里取什么呀？"杜志强准备把高玲玲的手从她的衣服包里拿出来，但她的手里捏着个什么东西。衣服的包又扣着扣子，杜志强解开高玲玲衣包的扣子。把她的手从衣包里拖出来时，他和站旁边的汪树林都有些惊呆了，原来她手里捏着昨晚从杜志强那里拿走的那本《共产党宣言》。这本《共产党宣言》是杜志强曾经用来给新党员讲课是用的，很多重要的地方都作了标记，前几天领导安排高玲玲去厂里给工人们讲讲《共产党宣言》，昨天她就拿杜志强这本有重点标注的去备课。

高玲玲紧紧地把《共产党宣言》捏在手里，杜志强怎么也没取下来："玲玲，我知道你要还我的书，你松手吧，我把它拿回去。"杜志强说完，高玲玲的手就松开了。

"看来她真是听到你的话了。"汪树林对杜志强说。

书上沾有很多高玲玲的血。杜志强把书放到包里后，对汪树林说："如果革命成功的那一天我还活着，我一定要把这本沾满革命烈士鲜血的《共产党宣言》放到中国革命历史博物馆去。

这时来了一个老头，他望着杜志强和汪树林问："你们自己拉走，还是放太平间？"

"放太平间。"杜志强道。

"你们去不去？不去我就推走了。"老头又问。

"要去。"杜志强回答。

"师傅我来推，你前面带路就行了。"杜志强推着高玲玲朝太间走去，一个十九岁的花季少女，就这样走完了自己的人生。

到了太平间，杜志强趴在高玲玲的身上痛哭着说："玲玲呀，我不该把你弄到上海来，我错了！"

看着杜志强如此悲伤，那个老人走过来对杜志强说："年轻人，都到这一步了，想开些，活着的人还得吃饭呀。"

"杜主任，你不能太伤心了，明天还有好多事情等着我们处理呀。"

杜志强用手擦去脸上的泪水后说："玲玲，我们回去了，明天来接你回家，你就在这里住一夜吧！"

杜志强给汪树林挥了挥手说："走，我们回去吧。"

"小汪，这事你给文部长汇报就行了，我太累想回去躺一下，他说怎么处理你来告诉我一下。"

"好的。"汪树林答道。

高玲玲牺牲后，杜志强像大病一场似的，他唯一没变的就是每天早上五点钟起来练咏春拳。他口口声声说要到前线去，与蒋介石的走狗们真刀真枪地干几年。

宣传部的人征求杜志强的意见，高玲玲的骨灰送回她老家南京还是埋在公墓？

杜志强对宣传部的人讲："哪里都不送，直接抱来放在我的床边。"

储国荣和何晓秋晚饭后去看望杜志强，刚走到门外就听到杜志强在说："缓和，缓和，这就是缓和的结果……"

"杜老师呀，你在同那个说话呀？"走进屋后何晓秋问杜志强。

"看。"杜志强把一张当天的报纸丢在储国荣何晓秋面前。

储国荣拿起报纸念道：

广州：逮捕两千多共产党员，萧楚女、熊雄、李启汉被杀害。

北京：李大钊等十九位革命者被杀害。

"看到没有？这些都是陈独秀与蒋介石搞缓和的结果。"

何晓秋想缓和一下杜志强激动的情绪说："杜老师，你把高玲玲的骨灰盒放在床边，不怕她晚上从里面爬出来吗？"

"她能爬出来，我就高兴了！"

四月十二日以来，整个社会都陷入了一片的恐慌。由蒋介石反革命集团，一手策划操纵指挥的，针对共产党人的全面屠杀，使整个中国都笼罩在一片白色恐怖之中，全国数万共产党人倒在了血泊之中。蒋介石妄想用屠杀灭绝共产党人和他们的信仰，但包括杜志强在内的共产党人都坚定地相信，从屠刀下走过来的共产党人，会更坚定更勇敢。

信仰更是不可战胜和无法消灭的。

天还没有亮，周围一片漆黑，储国荣躺在那里静静地想着，杜志强如何把他和何晓秋，从南京带到上海又从上海把他们带到江西的。这期间，他和何晓秋见证了杜志强和高玲玲那短暂却纯洁辉煌的爱情。让人敬佩仰慕和向往的是这些年来，杜志强走到那里就把高玲玲的骨灰盒背到那里。红军队伍里很多人都知道，杜志强是个背着自己恋人骨灰盒打仗的团长。让人为杜志强感到惋惜和遗憾的是，他没能背着恋人的骨灰盒渡过湘江，踏上抗日的战场。续写他能争善战英勇杀敌和忠贞纯洁的美好爱情。

钱斯美的鼾声打断了储国荣的回忆……

十五

部队全面撤离阵地，战前一千八百多人的一八九团，撤离时只有八百来人了，还有一百多伤员需抬着跟随部队前进。储国荣负责后勤系统撤离协调指辉工作，最让他头痛的是找人抬伤员。这些天，湘江两岸激烈的战斗，周围乡村的农民，为躲避战火早已逃进深山老林。就是用钱也找不到抬伤员的民工，伤员只有让那些没负伤的战士来抬。这些天的战斗，他们早已精疲力竭，再让他们抬着伤员前进，这让储国荣感到有些痛心，但这些受伤的战友也必须抬着跟随部队走。为鼓励抬伤员的战士，储国荣亲自抬着伤员走在担架队中间。团参谋长都亲自带队抬担架，这让其他抬担架的战士很受鼓舞。

一八九团撤离阵地，直奔湘江渡口。飞机仍在上空不停地俯冲轰炸，部队随时面临着新的流血牺牲，只有尽快渡过湘江脱离战场，精疲力竭的部队才有喘息的机会。

储国荣抬着双腿负伤的六连连长林武学，在湘江上临时搭建的便桥上晃晃悠悠地没走多远，林武学就从储国荣抬的担架上翻滚下来，嘴里道："参谋长对不起，我们来生再一起战斗吧！"说着林武学就翻身滚下桥掉到河里去了。

"林连长——你为什么要这样呀！"储国荣痛心惋惜地大叫了一声。接着，有十多位伤员，像林武学那样不愿拖累部队，陆续奋力滚到湘江河里自杀身亡，望着这凄惨而英勇的一幕幕，人们的内心犹如刀绞似的，但在这万分危急的情况下，他们只能在内心里默默地说一声，战友安息吧，然后，就是痛苦的泪水。

渡江的人很多，桥在不停地晃动，不时有人摔下桥被水卷走，每个在桥上走的人，都必须全神贯注，稍不小心，就有可能被摔下桥淹死。

还没有从林武学滚下桥自杀身亡的精神桎梏中摆脱出来的储国荣，突然看见他身边抬着伤员的罗开明，与另一位战士连同伤员三人一同摔下了桥，掉进了污浊的滚滚湘江中。储国荣悲伤地无可奈何地望了望桥下的江水，三人已消失得无影无踪。他在心里对自己说，这大自然也太凶猛，太无情。这时储国荣又突然想起，几天前死在自己面前的罗开明的哥哥九连副连长罗明亮。唉，这弟兄俩都牺牲在这湘江边，他长长地为兄弟俩叹了一口气。

就在储国荣准备停下来，清理一下自己所管理的卫生队和担架队时，突然，一名抬担架的战士，因体力不支倒在了桥上，储国荣马上扶起那名战士，替他抬着担架往前走，好不容易到了岸边的桥头，每个人都感到如释重负，像经历了一场巨大的劫难而获得新生似的。脸上那些惊慌恐惧的神情还没有完全消失。

当储国荣抬起头朝江面望去时，他感到了更大的吃惊恐慌和凄凉，江面上星星点点到处漂浮着，红军战士的尸体，一眼没有望到边，大部分是从上游几个渡口漂流下来的。空气中夹杂着的浓浓的血腥味儿，呛得人有些喘不过气来。望着那长长的抬着伤员往前慢慢蠕动的队伍，储国荣更是感到心酸和凄凉，甚至他不敢想象自己队伍的未来。所有的人，都埋着头默默地往前走。头上飞机的轰鸣，身边炮弹的炸响，是否都没有影响到他们的思考和信仰？他们怀着美好的梦想坚定地往前走着。

储国荣站在桥头望着，远远地他就看见，何晓秋牵着那个出发时才入伍的小护士，摇摇晃晃地往桥头走来，储国荣站在桥头边大喊了一声："晓秋——"

何晓秋听到喊声后，抬起了头，她望见储国荣在桥头同她招手。她向储国荣点了点头，那惊魂未定布满泪水的脸上，露出了一丝期待的笑容。何晓秋是个胆小的人，她从未走过这种晃晃悠悠的桥。当她踏上湘江上的临时便桥，对她来说相当于是下了一次地狱，她感到像是九死一生似的。

储国荣站在桥头边，向何晓秋伸出长长的手，桥上的人很多，桥又在不断地晃动。储国荣怕影响桥上的其他人就不敢上桥去牵何晓秋。

终于走完了让何晓秋魂飞魄散的那晃晃悠悠的桥，她一下扑到储国荣的怀中痛哭起来。

"我们有位卫生员摔到河里，被水冲走了。我看都没看她一眼，我内心里感到很不安，很对不起这位年轻的同志。"她哭诉般地对储国荣讲。

"今天摔下桥的人不少呀，你看看那水面上漂着的，大部分是我们的人呀。"储国荣对何晓秋讲。

何晓秋转身朝河面望去。她吃惊地问储国荣："河面上漂浮着的全是人吗？太可怕了。"

储国荣用手拍了拍何晓秋的肩膀说："好，带着你的人快跟着部队走吧，我还得在这里等等，我们团还有部分人在后面。"何晓秋转身离开了储国荣。

远远地，储国荣就望见钱斯美摇摇晃晃地往桥头走来，满脸憔悴不安的神情。他听到储国荣的喊声后，毫无表情地抬起头望了望储国荣，并举了一下右手，表示他看见储国荣了。这些天来，在湘江两岸同国民党军作战的各级红军指挥员，他们的心情都非常的沉重和不安，部队损失惨重，大量的伤员无处安置。

走到桥头，储国荣握着钱斯美的手说："有六连连长林武学等十五位伤员滚到桥下自杀，有十一位抬担架的战士同伤员一起摔下桥牺牲……"

听了储国荣的这些话后，钱斯美皱了皱眉头有些无可奈何地说："没办法，我们只能望他们安息吧！你前面带着伤员和卫生队走了，我们从阵地撤下来的时候，敌人追得很紧，三营长王林峰领一个连在后面阻击，有十三位同志牺牲。"

说到这里钱斯美就流起泪来，他说："王营长也牺牲了，他死得最惨，一颗子弹打在脑袋上，脑壳都打爆了，场面惨不忍睹呀！"

听到王林峰牺牲的事，更是让储国荣感到目瞪口呆，他不敢相信王林峰牺牲的事，湘江阻击战开始他就同王林峰一起战斗。王林峰打仗既勇敢又灵活机动，在他的心目中，王林峰是个非常出色的基层指挥员。

"唉，太可惜了，太可惜了。"储国荣听了钱斯美讲述王林峰牺牲的事后，感到无限的惋惜。

"那王营长他们的尸体都没收呀？"储国荣问。

"上千敌人在后面追，怎么去收呀。"钱斯美回答。

"走吧。"钱斯美挥了挥手，对储国荣说。

"政委，我还是到前面去看看担架队，有谁实在抬不动了，我就帮抬一段路。"储国荣望着钱斯美道。

钱斯美点了点头说："好，你去吧。"

储国荣匆匆的往前赶去，没走多久，他就听见背后有人在喊。

"储参谋长——"

当储国荣转过身来时，他感到非常的些吃惊，在渡过湘江时，从桥上摔落到河里，他认为早被河水淹死的罗开明，此刻却站在他面前。

"储国荣高兴地上前拥抱着罗开明："你小子命真大呀！"

站在罗开明后面的武少军说："储参谋长，我们两都是他救起来的。"

这时，储国荣才看见罗开明后面的两个战士，他问："你是同罗开明一起摔下去的？"

"是的，我是六连的武少军，和罗开明一起抬我们班的班长周文吉。

"你是哪个连的呢？"储国荣问站在武学军后面那战士。

"储参谋长，我是一八六团五连的曹钟。"

"我还在那里想，你和你哥都牺牲在这湘江边，让人非常的痛心，你却回来了，让我很高兴，这应该是个奇迹吧。好，都快去找你们的连队吧。"储国荣望着三个小战士说。

为了尽快脱离战场，人们像逃命似的跑了数小时，都下午三点过了，部队才停下来休息。

"储参谋长，我们连长想见见你？"一连的一位战士跑来对储国荣说。

"他自己怎么不来呢？"储国荣有些生气说。

"哦，不是现在的连长，是受伤的孙连长。"那战士又这么说。

"是孙科文吗?"储国荣问。

"对，就是他想见见你。"

"你回去告诉他，我这里忙完后就马上去看他。"

小战士转身走后，储国荣又追上去对那小战士说："你回去告诉孙连长，今晚我一定会去看望他，你告诉他我现在很忙，请他谅解。"

小战士点了点头，走了。

钱斯美正召集几个营长和储国荣他们开会，研究如何将伤员寄养在村里农户家的事。

小战士走后，储国荣眼前一直晃动着孙科文的影子。孙科文负伤后，他去看望过他两次，每次都因时间紧说些安慰的话就走了。储国荣感到有些过意不去，对孙科文总觉得有些歉疚。几年前在上海，特别是在四一二期间，孙科文曾经是他的救命恩人。那是在二七年四月十三日这天，在吴淞路五个青红帮的人手持木棍骚扰工人游行队伍，储国荣上前制止他们的骚扰行为时，五人围着储国荣就是一阵乱打。储国荣夺过一人的木棍，将五人全部打翻在地，就在这时，一名持手枪的青红帮的人朝储国荣逼近，嘴里喊着："老子今天要你的脑袋开花，你相不相信?"

储国荣左右看了一眼，已经没有逃走的路了。就在这千钧一发之势，孙科文从后面将持枪的青红帮人扑倒在地，储国荣冲上前缴了这个青红帮人的枪。如果当时没有孙科文扑倒那个青红帮的人，储国荣绝对没活路了。就算那人一枪没把储国荣打死，被他打在地上的那五个人，爬起来后，也不会让他活着离开。

储国荣始终把在这关键时刻出现的孙科文作为自己的救命恩人。后来，他们就成了形影不离的朋友，二九年他们一同跟着杜志强来到了江西。

忙完一切后，储国荣又草草地吃了些饭，他先去卫生队找到何晓秋，因为他们三人都是南京人，而且相距也就那么几十公里。

"晓秋，你能抽出点时间吗?"见到何晓秋后储国荣就这么问。

"有什么事吗?"何晓秋问。

"我们一同去看看孙科文。"储国荣道。

"下午我已去看过他，他的情绪特别地低沉，我非常的为他担忧。"何晓秋对储国荣说。

"谁到了这一步，可能都没有好情绪，都是这样吧。"储国荣有些无可奈何地说。

天虽然黑了，但有点微微的月光，见了面相互看得清彼此脸的轮廓，就这样，储国荣何晓秋来到了孙科文面前，远远的孙科文就喊道："国荣啊，我想你一定会来的，在我面前你从来没有食过言。"

听到孙科文的这话后，储国荣小跑似的走到孙科文面前，拉着他的手说："科文对不起，这些天事太多。"

"你那个角色，肯定很忙，这些我是很清楚的，今天为什么要叫个战士来请你呢？我怕以后再见不到你们了。"

这时孙科文一只手拉着何晓秋的手，另一只手拉着储国荣的手说："今天你们俩一起来看我，我心里非常的高兴，这辈子我是再也回不了南京，你们俩都是南京人，所以我把你们俩当我的亲戚，我的父母了。今天能同时看到你们出现在我面前，我就心安理得了，我就死而无憾了……"

"科文你不要太悲观，你的伤会好的。"储国荣安慰着孙科文。

"国荣，这是我给父母写的一封信，里面装有六个银元、你知道这都是部队发的。革命胜利了，你回南京时，请代我看看我的父母，并把这封信转交给他们。"

在昏暗的月光下，三双手拉在一起，三个人都在流泪。

储国荣从孙科文手中接过那封信："好兄弟，如果老天爷让我走到革命成功那一天，我一定将这封信交到二老手中。如果，那一天我也像我们的领路人杜志强老师那样倒在了路途上，那就请二位老人家谅解。"

"国荣兄，你也不要太在意此事，一切随缘吧！"

"时间不早了，你们该回去休息，今晚我也要好好睡一觉。"孙科文似乎有些兴奋。

储国荣和何晓秋告别了孙科文，又走进了昏暗的月光下。

回到住宿的地方后，储国荣没有马上躺下睡觉，他到全团的宿营地，各处去看了看，因住的是露天，天很冷大家都挤在一块儿。最可怜的是那些伤员，他们不能动，只能躺在担架上盖些单薄的衣服。储国荣悄悄地从那里走过时，听到有的人在那里呻吟，有的人在那里叹息，更多的人却在那里默默地忍耐。突然，他听到有个人在骂："蒋介石你杂种，怎么不把老子打死嘛，让我在这里活受罪，老子死了，也会来找你算账的！"

"怎么还在那里转呢？"钱斯美问储国荣。

"冷，睡不着呀。"储国荣答。

"还是去睡下吧，天亮了不知又有多少麻烦事。"

储国荣走到卫生队，卫生队的人全部挤在一起坐在那里，他走到何晓秋的旁边坐下也和大家挤在一起。

"快走，快走呀，再不走我就开枪啦！"储国荣望了一眼杜志强，转身就扑进了伸手不见五指的黑夜。他在黑夜里跑了很久，他也不知道跑到了什么地方，四周是一片的喊杀声，但不知为什么就是看不见敌我。就在他万分危机的时刻，何晓秋推了推储国荣："快起来，政委找你。"

储国荣睁开眼自言自语地说："唉，我又梦着我们杜团长了。"

"昨晚，又有五个伤员去世了，两个是自杀的，你带人去处理吧。"钱斯美对储国荣说。

"好的，我马上去处理。"

储国荣在清点五位死者时，发现孙科文自杀了。叫通信员通知这五个死者的连队，叫他们派人来把自己连队的牺牲的人抬去埋了。

很快，各连都把自己的人领走了。

一连副连长钟鸣看见储国荣还站在他们面前就说："参谋长，你就去忙别的吧，孙连长的事我们来处理。"

"我和孙连长是南京的老乡又是老战友，我跟着你们去送他一程。"储国荣说。

大家打开孙科文的包，从里面拿出他的衣物。

"钟连长，他有两套单衣都给他穿上吗？"一位战士问钟鸣。

"给他穿一套，另一套用来包他的头。"钟鸣对战士说。

大家七手八脚地很快就把衣服给孙科文穿好了。就在准备给孙科文包头时，储国荣从自己的衣包里摸出一个有蓝白花色的小方巾，他把小方巾盖在孙科文的脸上后说："科文呀，这就是我和晓秋送给你的礼物。这是地道的我们南京做的，有家乡生产的这张小方巾陪伴你，我想你会感到欣慰的。你曾经给我的支持和帮助，我会牢记在心，并化着杀敌的决心和勇气。老朋友，一路走好！"

钟鸣他们很快就把孙科文包好抬了出去，储国荣在一个山坡的大叶榕树下，为孙科文找了一小块平地。几个人没费多少工夫，就把孙科文埋了下去。

这时储国荣又从包里摸出一把小尖刀、他在树上刻下：红军连长孙科文之墓。

十六

部队接到明天强渡乌江的命令，储国荣就在心头盘算全连哪些人水性好，如果要选强渡的先遣队员，连里能选出几个？晚饭后，他就开始想这些事。

湘江阻击战，红军部队伤亡惨重减员非常大，以前的一八九团缩编为一个营，钱斯美任营长，储国荣到三连当了连长。虽然很多人都降了职，但没有任何人有怨言，大家都认为这是革命的需要。唯一使大家的心久久隐痛的是，湘江阻击战为何牺牲了那么多优秀英勇的干部战士？

天刚刚亮，部队就朝乌江进发了。这之前很多人都没到过乌江，只是在一首诗里，这样写乌江："乌江无安渡，茶山尤险极。急流一线穿，绝壁千仞直。"可见乌江之险，不只是传说。

经过两个多小时的行军，部队到了山顶，这时可以听到山下隐约的流水声，向导对大家说："下面就是乌江。"

大家都伸长脖子，往山下望去，都想看看这神秘的乌江。但除了巨浪撞击山崖的声响外，整个河谷是一片雾蒙蒙的，显得神秘而莫测高深，有点让人觉得神龙见尾不见首的感觉。再加上天空中纷纷扬扬的雪花，使得乌江的神秘色彩更加的浓烈。

部队跟随着向导来到峡谷里的乌江渡口，更让大家感到吃惊的是乌江的险峻真是名副其实，两岸都是三四百米高的悬崖峭壁。但让红军官兵担心的不是这悬崖峭壁，而是由王家烈的黔军，一个团的兵力把守的险要渡口。红军刚到渡口的岸边，对岸王家烈的防守部队就开始射击了。

为了能尽快地在乌江上架起浮桥，让红军大部队早日渡过乌江。红军的渡江部队，通过对地形和对岸敌情的分析，决定用强行登陆的方式，渡江消灭或赶走王家烈防守渡口的部队。

渡江部队从两个团中选出精兵强将，由三个营长带队，在不同的三个渡点强行泅渡过江。储国荣的连队，连他本在内选中了三十一人，全团选出了三百零三人。二百零三人由钱斯美带队指挥，在中间渡点入水。钱斯美是湖北宜昌人，自称可以在长江上游来回。下水后他游在最前面。下水前他对储国荣说："你游在最后面，随时注意一下我们这个组的情况。"

对岸的敌人，不停地往江中射击，储国荣望见有几个人中弹后被江水卷走了。就在这时储国荣突然听到有人喊了一声："营长负伤啦。"

储国荣抬头张望，水流太急他没有看见钱斯美。他加快速度往前游去，由于储国荣留在后面观察情况，他被水冲得更远一些，他上岸后把已经上岸的人组织到一块问："你们看见营长没有？"

都说只顾往前游，没注意别的事，储国荣感到有些紧张了，储国荣各处张望。这时他想到，在水中他听到的喊声有点像罗开明的声音。

就在这时，从江的上游方向跑来了一个人，储国荣仔细看时，认出了那是罗开明，他举起手喊："罗开明——"

罗开明也认出了储国荣，他边跑边说："营长负伤啦——营长负伤啦——"

"营长在哪里？"储国荣问。

"在上面，我把他救上岸了。"罗开明道。

储国荣抬头对周围的人说："大家在这里等着。"

这时储国荣望见站在那里，一身水淋淋的一排排长李文中。他走过去："李排长，你带两个人沿江边去搜查，把那些刚上岸的同志领到这里来待命。"

"好的。"李文中回答后马上转身走了。

这时储国荣又望见几个扑向岸边的人，他大声喊道："到下面去待命。"

他转身问走在后面的罗开明："营长在什么地方？"

"还在上面。"罗开明道。

又走了几分钟，储国荣看见钱斯美痛苦地躺在一个大石头旁的沙滩上，储国荣跑步到钱斯美面前："营长，伤不严重吧？"

"严重呀，可能腿被打断了，动不了，要命似的痛。"说到这里钱斯美指着罗开明说："不是开明同志，我早被水卷走了。他的水性很好，力气也大，拖着我他也是第一个上岸的。"

说到这里钱斯美无可奈何地摇了摇头说："按昨天的安排，我受伤后部队就由你指挥，你赶快带着突击队去消灭防守渡口的敌人！我在这里等候你们的凯旋！"

"营长，你在这里休息，等战斗结束我就来接你。"储国荣望着钱斯美说。

"好，快走。"钱斯美向储国荣挥了挥手。

罗开明往前走了两步，望着钱斯美说："营长，你保重，我打敌人去了。"

钱斯美望着这个，从死神手里把他抢回来的小战士，忍着剧痛含着一丝微笑，竖起大拇指："你是好样的，快去吧。"

回到待命的地点后，储国荣开始清点人数。让他感到有些吃惊的是，出发时的二百零三人，上岸时只有一百二十三人。他将一百二十三人分成六个突击小组，突击小组的组长全部由连排级的干部担任。

分组完成后，储国荣把突击队带到距前沿最近的地方埋伏起来，等待上下两个突击队开始进攻后，他们才向敌人发起突然袭击。

让储国荣更为担心的是，突击队员手中都是些火力较差的轻武器和手榴弹，他总在想。能从敌人手中抢一挺轻机枪，对这次突袭是非常有用的，这时储国荣想起，在湘江阻击战时，李文中带人抢敌人机枪的事。想到这事后，储国荣就朝李文中的突击小组摸了过去。

"连长，有什么情况？"看见储国荣往自己小组走来，李文中主动问。

"没什么情况，我想同你商量件事。"储国荣说。

储国荣在李文中的身边蹲下："你还记得在湘江阻击战中，你组织一个小组去抢敌人机枪的事嘛？"

"记得，你又要我组织人去抢敌人机枪嘛？"李文中问。

"是的，你看我们都是些威力小的轻武器，不搞两挺机枪来，面对一个团的敌人，我们显得势单力薄啊。"

"连长，我也在这么想。"李文中有些兴奋地说。

"开始进攻后，你们这个小组的任务，就是去抢机枪。你看，还需要什么人，我给你调来？"储国荣问李文中。

"你把第五突击小组的罗开明给我调来，这小子投弹投得非常准，现在我就缺这么个人。"李文中望着储国荣道。

储国荣把罗开明从第五小组调过来后："你要抓紧时间把任务分配好，谁在什么位置，他主要干什么，都要提前定好。"

"大家注意，没有我的命令，不准开枪，不准出击，我们要等上面和下面两个突击队，进攻五分钟后，让敌人的注意力全放到上面和下面下，我们突然从中间开花。打敌人个措手不及。"

"储连长，敌人的防线长达一公里，第一和第三突击队开始进攻，我们是听不到他们的喊杀声的呀。"李文中对储国荣讲。

储国荣点了点头说："我也在想这个问题，但我认为我们一定要晚点出击，这对整个突击都是有好处的。"

这时从第二突击队的上方，隐隐约约地传来了密集的枪声。

大家都蹲在草丛中，静静地听着："这是第一突击队的枪声。"储国荣小声地对他的突击队员说。

大约过了五六分钟，下游方向又隐约响起了密集的枪声。

"好，第三突击队的进攻也开始了。"储国荣自言自语地说。

这时有几个突击小组的组长有些急切地望着储国荣，他们示意储国荣可以出击了。

储国荣给他们轻轻地摆了摆手，小声地说："出击的最佳时机还没到。"

"各小组注意，现在中间的敌人可能增援上下两头去了。估计中间可能出现一些空虚，我们要悄悄地进去，首要任务是夺取敌人的武器弹药。

储国荣看了看手上的表："过去半小时了。"他又在那里自言自语地说。他整整地在那里多等了四十分钟，才让突击队悄悄地靠近敌人。

应该说储国荣的判断是正确的。大部分敌人的注意力，都被一组和三组的突击队吸引去了。储国荣带领的突击队冲进敌群时，很多敌人还没有反应过来。让李文中感到轻松的是，他还没让罗开明投一颗手榴弹，对准渡口的两挺机枪就被他抓到了手，这时黔军的三名机枪射手才向他扑了过来，但他们这样的举动，在红军的突击队员面前，只能是飞蛾扑火。

突击队员们端着两挺黔军的轻机枪，东冲西闯，不到一小时，储国荣带领的突击队，就把控制渡口的几个主要火力点拿到了自己手里。看到大势已去的黔军，逃的逃投降的投降了，很快，三个突击队在储国荣他们出击的地方，会合了。

渡口完全被红军控制。

战斗结束后，储国荣叫了几个连里的人，把钱斯美抬到了渡口，这里黔军逃走后，吃住都有。

"国荣你忙完没有呀？"钱斯美看见储国荣走过来时问道。

"营长有什么事吗？"储国荣马上走到钱斯美面前。

"没什么急事，只是我想给你讲点我的一些想法。"

储国荣在钱斯美的旁边坐下，望着钱斯美说："营长你讲吧。"

"是我私人的事，不是工作上的事。"钱斯美又这样作了声明。

这让储国荣感到有些不安，他在心里问自己，他想自杀吗。

"营长，你这伤不是很重，要不了多久就好了的。"

"国荣，我想给你谈的也是我这伤的事。你说要不了多久就会好，但我这伤至少也得两三个月吧，在这两三个月里，部队不可能天天抬着我前进呀，而且部队天天都面临着同敌人作战，你我到红军部队也七八年，情况是明摆着的……"

"营长，我能帮你做点什么呢？"储国荣问。

"这里出去后，你问问那些老百姓，周围有没有大些的寺庙，如果有，你们把我送到寺庙里。我在寺庙里养伤，比在农户家安全。寺庙里，国民党的兵很少去骚扰，我主要想到农户家不安全。"

"营长，你这个想法很好，我支持你。"

钱斯美抓着储国荣的手，两眼浸着泪水，神情显得激动忧郁还有些悲凉："国荣，我这事就只有劳你了！"

让储国荣感到吃惊的是，受伤后的钱斯美与之前的钱斯美完全是判若两人。在储国荣的心目中，钱斯美是个冷静果断坚强的人，无论在什么情况下，储国荣都没有见到过钱斯美有过一丝的慌乱忧郁。钱斯美曾经也是在上海搞工人运动，来苏区要比储国荣他们晚一年多时间。在上海他与储国荣并不很熟悉，但他与杜志强很好。

"营长，你放心，这事我一定放在心上。"储国荣紧紧地握着钱斯美的手非常真诚地说。"

"好，你去忙吧。"钱斯美拍了拍储国荣的肩膀后说。

两个团，没有参加突击队过乌江的一千多人，协助工兵营，用了一天多时间，就在乌江上架起了浮桥。红军部队从三个渡口全部渡过了乌江。

古往今来，无人逾越的天险乌江，在中国工农红军面前，不过如此而已。

刚走出乌江峡谷，部队在山顶停下休息时，曹万坤找到储国荣说："走，我们一起去看看斯美。"

"这两天他的情绪怎样？"曹万坤问储国荣。

"唉，受了伤的人情绪都有些变化，不过他这人与别的伤员不同的就是，清醒和理智。"储国荣低着头边走边这么说。

"有这两点就不容易啦，受伤后意味着什么？这大家都心里明白，特别是现在这特殊时期，渡过湘江后，那些寄养在农户家中的伤员，在国民党的清查中，他们的命运是可想而知的，夜里我想到他们就常常睡不着，我在睡梦中常常听到国军士兵残酷杀害伤员们的枪声……"曹万坤正说着就走到了钱斯美的担架前。

"钱营长，你受苦了。"曹万坤上前握着钱斯美的手道。

"谢谢团长，这么忙还来看望我。"钱斯美道。

"你的想法国荣告诉了我，我认为是可行的。今天我来问下你，还有别的要求没有？"曹万坤问。

"唉，在这特殊时期，我怎能向组织提别的要求呢？"钱斯美有些低沉地这么说。

"钱营长，我们共事也有好几年了吧，我这人的性格你也是知道的，你的要求只要我能办到，我会为你办的。"曹万坤说。

"如果可能的话，给我留一支手枪，二十发子弹。我们这些十几岁就参加了共产党的人，国民党抓住后是不会轻饶我们的。有个家伙在手，到时候，也要让他们付出点代价嘛。"

"钱营长，你的手枪就留着你自己用，另外储连长你那里给钱营长留二十发子弹。"

储国荣马上说："没问题。"

"另外我还想给你安排个工作，我们还有十一个伤员同你一起留在山下的寺庙里。团里给你一百个大洋，作为你们的生活费和药费。这些都由你来掌握，我们也不让任何人知道你有这笔钱，这样你便于灵活使用。"曹万坤望着钱斯美说。

"谢谢团长的信任，我会为大家用好这些钱的。"

"我已派王参谋先去寺庙联系了，到时就由储连长送你们去，我可能就来不了。"曹万坤对钱斯美说。

"储连长，你就回去把我说的这些为钱营长准备好。钱的事，你去找王参谋。"

部队又开始往前移动了。"钱营长，你就好好养伤，我们就回去。"曹万坤望着钱斯美说道。

"曹团长，你也要多保重呀!"钱斯美满怀深情望着曹万坤道。

钱斯美转身望着慢慢远去的曹万坤的背影，他的心里产生了一种难言的不安和失落。曾经的雄心壮志，曾经的远大理想，似乎在这一刻就结束了。革命胜利的曙光都还没见到，就倒下了，钱斯美心是多么的不甘!不过，在湘江阻击战中倒下的几万红军官兵，谁又没有雄心壮志，谁又没有远大理想呢？

不知不觉中到了万安寺，两个抬担架的战士问："钱营长，就在这里吧?"

钱斯美这才抬起头望着门上面三个字："哦，万安寺。"无意中他把三个字念出了声。

这时站在门边的一中年僧人说："抬进去吧，你们的长官早来说好了的。"

两位战士把钱斯美抬进大门后，钱斯美看到院子里已经停了好几个担架了，就在这时，有个担架上的伤员大声喊道："钱营长，你又是我们的领导了。"

"哦，这不是三营一连的排长万胜坤吗？"钱斯美这样在心里想。

"营长，我们就回连队去了。"两个战士望着钱斯美说。

钱斯美望着两个显得有些着急的战士说："坐着休息休息，你们连长还要给我送东西来，你们跟着他回去不是很好吗？"

"钱营长，你的东西在我这里。"万胜坤躺在担架上大声喊着。

"快把我抬到万排长那里去。"钱斯美对两个抬担架的战士说。

担架刚放下："这是储国荣叫我给你的。"万胜坤就递了一个布包给钱斯美，上面还有张纸条，钱斯美打开纸条："钱营长，对不起，连里发生了些事，急需处理，我就先回连里了，你的东西全在包里。祝你早日康复……"

"你们俩快回去，你们连已经走了。"钱斯美有些着急地对两个抬他的战士说。

两个小战士从地上爬起来，飞一般地朝寺庙外跑去，边跑边说："营长，我们回去了——"

望着两个小战士消失的背影，钱斯美的心里总觉得有些说不清的难受。他在担架上躺了好一会儿，抬起头问万胜坤："我们还有几个没到？"

"全到了，你就是最后一个。"万胜坤回答他。

"不是说有十一个吗？"钱斯美问。

"几个先到的，在屋里床上躺着。"

"那我们住哪里呢？"钱斯美又问。

"住持和尚说，等你到后一起给我们铺床。"

这时，在门外见到的那位僧人，朝钱斯美和万胜坤走来。万胜坤望着僧人："师傅，这就是我们的钱营长。"

住持和尚点了点头，走到钱斯美前说："钱营长，你受苦了。"

"师傅你好，我们要给你添麻烦了，以后若有不妥之处，请师傅多包涵。"

"我马上叫人给你们铺床。"中年僧人转身进屋了。

转眼间，天就黑了。让钱斯美没想到的是，主持和尚给他安排的是一个单独的小房间，转战以来，他从未睡过这么舒服的床，他静静地躺在床上，两眼望着窗外的黑夜，脑中完全是一片空无……

十七

在贵州土城又一次让储国荣的心颤抖了。在离开湘江的时候，他想，也许这一生中可能再不会遇到像湘江阻击战那么残酷的战斗了吧。但在不到一个月后的贵州土城，与川军的争夺战中，储国荣再一次领受到战争中人的渺小和脆弱。

凌晨五点，储国荣带着他的三营跟随其他部队，对川军土城的青岗坡阵地发起了猛烈的攻击，让红军部队没想到的是，川军的抵抗比他们想象的要顽强和勇猛得多。经过多次反复地冲杀，牺牲掉了上百战士后，红军部队攻占了川军青岗坡的营盘顶阵地，可是，半小时后阵地又被川军夺了回去。就这样，在残酷的砍杀中，阵地不断地异主，敌我双方的士兵不停地倒在血泊中。储国荣举着大刀带着他的士兵们，已在阵地上冲杀了两三个小时，他的衣服上脸上到处都沾满了血迹。看到大量红军战士牺牲，储国荣内心充满着焦虑和不安。

川军不断地有增援部队到达，而红军已没有增援部队了，就在这万分危机的时刻，总司令带着干部团冲了上来，才把敌人轰了下去。

部队撤出阵地后，储国荣带领的营只剩下一百多人了，他的营长职务被撤了，分到连里当了排长。储国荣还没到自己的排里，连长就叫道："储排长，这是你排九班的班长。"

储国荣转身望着他的九班班长时，让他大吃一惊，这不是四连连长黄维兴吗？他在心里想。

突然看见自己以前的营长变成现在的排长，黄维兴也不知如何叫喊储国荣。就在黄维兴犹豫的时候，储国荣上前抓着黄维兴的手说："失败不可怕，我们从头开始。"

"储排长走，去看看我们班的九名战士。"黄维兴拉着储国荣的手往班里走去。

走到前面一堆坐着休息的战士面前，黄维兴喊道："九班，全体起立。"黄维兴指着储国荣说："这是我们新来的储国荣排长，大家欢迎。"

储国荣望着他面前站着的九个人，心里更是酸酸的，这九人都是土城战役后，各营团降职后的连长，他上前一一地同九人握手后说："还是那句话，失败不可怕，我们从头再来。"

紧接着储国荣所在的师接到攻打叙永县城的命令，他们渡过赤水河朝叙永县奔去。

围着小小的叙永县城，全师拼着老命冲杀了三天三夜，也没攻破川军严密防守的坚固城墙。随着敌人各路援军的到来，攻打叙永县城已是一个师无法完成的任务。就在叙永县城与川军僵持的时候，储国荣所在的师接到命令，要他们全师开往云南威信县扎西镇。

部队匆匆地朝着云南扎西镇奔去。

储国荣所在的连，安排在全师的最后，负责收容各种原因掉队的人员。储国荣走在队伍中间，从团参谋长到营长再到今天的排长，会不会那天成为一名班长或士兵？他在心里问自己。在红军队伍中这样的事是经常发生的。土城战役的失利，有不少的干部降职为士兵。

对降职的事储国荣没有过多去想，在他的心目中想的，永远是怎么才能战胜敌人？怎么才能消灭更多的敌人？怎么才能打胜仗？一个连，一个营全倒下……你还能说别人不勇敢吗？问题是死了那么多人，仗仍然败了，这就是让人痛心和可悲的地方……近年来，在他面前倒下的战友太多，他们流淌的鲜血始终让他难以忘记。储国荣就在心里想着这些与他无关的事。

朱桂花还在地里干活，就看见远远地有几个人，抬着什么东西朝她们家走来。走在前面的那个人在不停地给她招手，嘴里还在给她说着什么，距离太远听不清楚。她地里的活还没干完，朱桂花没有再搭理那些人，转身继续干自己的活。朱桂花是那种干活如命的人，她的丈夫在县民团里，每月挣十个大洋。是她请娘家的一个亲戚帮忙介绍进去的。

她家里有三个孩子，为了把这三个孩子养大她每天都拼命地干，总想把日子过得轻松些。

那个给朱桂花招手的人，看见朱桂花又转身干活去了，似乎非常的急，他边喊边往上跑来。因是从山下往上跑，很久后，那人才跑到距朱桂花不远的地方，他上气不接下气地说："姐，哥出事了。"

听到这话后，朱桂花转身望见村里，同她丈夫一起在县民团里干的一个年轻人。

"他出什么事啦？"朱桂花有些紧张地问。

"看嘛，在后面抬着。"年轻人答道。

"伤得重吗？"朱桂花又问。

年轻人没有回答她话。

她丢下手中的锄头，飞一般地往距离他们还很远的那几个人跑去，她边跑边想，只要不死就好，远远地朱桂花就大声地喊道："昌贵——昌贵——你没事吧，伤得重吗？"

抬着陈昌贵尸体的几个人，看见朱桂花朝他们跑来，就把他放到了地上。

冲到陈昌贵尸体前的朱桂花，望着自己丈夫的尸体时，就完全崩溃了。她扑在丈夫的尸体上嚎啕大哭起来，周围的人怎么劝她，她的情绪都平静不下来。对朱桂花来说，丈夫的死就是大难临头，就是天崩地裂……

"昌贵呀，是我害了你，我不该找亲戚把你弄到那里去，我明明知道那是个阎王殿呀……"

"姐，你要冷静，干保安团这种活，本来危险就很大，昨天我们民团里就死了三十多人。"刘金龙强行把朱桂花从陈昌贵的尸体上拖了下来，让其他人几人把陈昌贵抬走。刘金龙是朱桂花的亲表弟，两家关系也很好。

人们很快就把陈昌贵抬回家了。听说陈昌贵被打死，所有的亲戚都来了，朱桂花在亲戚们的再安慰开导下，慢慢地恢复了理智，她对丈夫的死既痛苦又内疚。她想倾家荡产也要把丈夫风风光光地埋进土里，但现在最让她没办法的就是棺材，虽然自己房后有一棵大树，可以砍来给丈夫做棺材，但新鲜的木料是不能拿来做棺材的。

村里的人都在帮朱桂花处理陈昌贵的事，他们有的为死者洗澡穿衣，有的去山坡上帮她找墓地，就是棺材的事还没有着落。亲戚朋友给朱桂花建议，用几张大木板给陈昌贵做一个简易的棺材，但朱桂花觉得这样对不起死去的丈夫。

她再次走到停放丈夫遗体的地方跪下："昌贵你放心，我会尽力让你像样地走出这个家的。"

从地上站起来后朱桂花就出了门，人们怕她做出些失去理智的事，马上让刘金龙出去问她去那里。

"姐，你去那里呀？"刘金龙跑来拉着朱桂花的手问。

"我去找他大伯，想借他那副棺材来埋昌贵。"朱桂花对刘金龙说。

"那我跟着你去吗？"刘金龙问朱桂花。

"你就别去了，你毕竟是外人，如果大伯实在不借，那就只有委屈昌贵了。"

"好的，你去试试吧，看昌贵哥有没有福气，我们在屋里等着。"说完刘金龙转身回到屋里。

朱桂花要去找的这位老人，是陈昌贵的大伯父。他的父亲是老人的三弟，但多年前就病故了。老人虽然年龄不是特别大，但因脚的关节痛，难得出门。他们两家相距不远，大约就是一里路。

走到陈昌贵伯父家门口，门关着，朱桂花大声地在门外："大伯——在家吗？"

"推门进来吧。"屋里的老人这样答道。

朱桂花推开门就望见老人坐在屋檐下的竹椅上，朱桂花快步走到老人前面跪下，哭诉着说："大伯，桂花求你来啦！"

"快起来，我知道昌贵在保安团出事了，有什么事起来说吧。"老人平静地说。

朱桂花久久地跪在地上伤心地哭诉着，她实在不敢给老人提借用棺材的事。

"桂花你起来吧，我知道你来找我有什么事。昌贵出事了没棺材用，快叫人来，把我那棺材抬去用吧。这两三年内，我可能还死不了，你们找点木料给我做一个就行了。"老人仍是平静地这样说。

朱桂花从地上站起来，拉着老人的手："大伯谢谢你在我走投无路的时候帮助我。把昌贵的事忙完后，我就准备这件事。我嫁给昌贵家十多年啦。大家是知到我这人的品行的，我一定说话算数。"

老人拍了拍朱桂花的肩膀说："快去找人来抬吧。我这脚走路困难，就不去送昌贵了。你给他说，大伯去不了，请他谅解呀！"朱桂花含泪离开了老人。

回到屋里后朱桂花请了十多个男人，去陈昌贵大伯家把棺材抬了回来。

人们七手八脚地把陈昌贵放进了棺材，朱桂花站在那里望着静静地躺在棺材里的陈昌贵："昌贵呀，这是大伯借给你的，你就安心地躺在里面吧，过几天我就请人把我们家房后的那棵大树砍了，放干后，做一个同样大小的还给大伯……"

全村人齐心协力地把陈昌贵抬到了山上，他的坟地就选在他父亲坟地的后面。他的父亲是在陈昌贵十三岁那年，砍树时被树倒下时压死的，死得很惨。

村里的人只用了半天时间，就把陈昌贵的坟墓砌起来了。一个曾经在村里呼风唤雨，活蹦乱跳的人，就这样结束了他的整个人生。

在这大千世界里，人的生命是非常渺小和脆弱的。

刘金龙带着所有帮助干活的人，回朱桂花家吃饭去了。朱桂花一人还跪在陈昌贵坟前哭诉着烧着纸钱。

十八

　　大部队匆匆地往威信扎西奔去。储国荣所在的连在离开叙永县城的第二天，连队在一座山的半山腰的小路上走着，储国荣隐隐约约的听见山坡下有人在叫："班长——"

　　"你们听听，沟里是不是有我们的人在叫喊？"储国荣对身边的人说。

　　"连长——班长——"沟里又有人在这样喊。

　　储国荣飞快地跑到前面找到连长："报告连长，坡下的沟里好像有一个我们的人在叫喊。"

　　"唉，赶路有些急呀。"连长有些犹豫。此连长曾经是储国荣的下级，对储国荣提出的事，他不好回绝。

　　看着连长怕耽误时间，对救人有些犹豫，储国荣说："连长，我们排留下去救人，救上人后，我们来追赶连队行吗？"

　　"好，救上人后马上来追赶我们。"连长道。

　　"三排停止前进。"储国荣大声喊道。

　　储国荣带领的排停下来后，又回到他们刚才听到喊声的地方。

　　"下面有人吗？——"储国荣大声喊道。

　　"班长，我上不来呀——"

　　储国荣马上从包里找出了一根长长的麻绳，把绳子的头拴在一棵茶杯大小的树上，这时九班长黄维兴走过来说："排长，我下去看。"

　　储国荣把手中的麻绳递给了黄维兴。不久黄维兴顺着麻绳上来了。

　　"怎么样？"储国荣问。

　　"麻绳太短了。"黄维兴答道。

　　"要多长？"储国荣又问。

　　"至少还要这样长的两根。"

　　"有绳子的全部拿出来。"储国荣望着全排喊道。

　　储国荣把大家拿出来的绳子接到一起，仍不够长。

　　"下面的地形是怎样的？"储国荣问黄维兴。

　　"三面绝壁，中间是个很深的小湖。"黄维兴道。

　　"你看见人了吗？"

　　"看见了，他在对面的一个石头上坐着，看样子伤并不重。"黄维兴对储国荣说。

"排长，后面有一户人家，那里去借点绳子来吧。"有位士兵这样对储国荣说。

"各班不准乱走，原地待命。"储国荣对大家说。

"九班长，我们一起去。"三人走了十多分钟，翻过了一个小山包后，山包下面住有三户人家，看见下面的住户后储国荣问带路的战士："你怎么知道这里有人家？"

"我过来拉屎时看到的。"

"你拉屎跑这么远哪？"黄维兴问。

"他这屎拉对了，不然我们还不知道这里有人家。"储国荣说。

看见有个老头坐在屋前的坝子上编背篓，储国荣就走上前："大爷，能不能把你们家的长绳子借来用用？"

"多长的绳子呀？"老头问。

"四五丈长就行啦。"储国荣说。

"我家没那么长的绳子。"老头说。

"短的也行，我们把它接上用吧。"黄维兴说。

"你们拿绳子做什么呀？"老头问，

"我们的一位同志掉到路下面的湖里了。"

"湖上面的右边有一个小洞，可以从那里钻出来。但必须要会游水的人才行。"老人对储国荣说。

"啊，还有洞可以钻出来？"听到老头的这话后，储国荣差点高兴得跳了起来。

"大爷，请你带我们去看看那洞在什么位置行吗？"

"我没时间，我要干活呀。"老头说。

"大爷。我给你一个大洋，你给我们带带路吧，我们那个小同志。已经掉下去几小时了。"

老头儿想了想，站了起来就往前走去，储国荣他们三人跟在老头后面，老头也不问他们什么，只顾往前走。

"大家把东西收起来。"储国荣对坐在路边的人些说。

"长官，要找一小个子，水性一定好，那个洞的洞口比较小，个头大了穿不出去。"老头转身对储国荣说。

"谢谢你，大爷，我们有水性好的小个子。"储国荣对老头说。

储国荣望着坐在地上的罗开明说："今天又该你显身手了。"

"排长，有什么任务？"罗开明站了起来，望着储国荣问。

储国荣他们跟在老头的后面，顺着小路往上走了一百多米。在路边有两个像门样立着的石头旁，老头又停下来对储国荣说："你们的其他人就在这里等着。"

"九班长和罗开明和我去救人，其他人在这里原地待命。"

他们三人跟着老头往坡下的沟里走去，走了十多分钟，在两个大石头旁停了下来。

"就从这石头下面那个洞钻进去，有十多丈长，你别怕，里面有光线的。"老头对罗开明说。

"进去后。要临机应变，一切都靠你自己了，我们都无法帮你。"储国荣对罗开明说。

看着罗开明钻进洞后，老头对储国荣说："长官，我就回去干我的活去了。"

"谢谢你了大爷，这是给你带路的钱。"储国荣把一个大洋递给老头。

老头没有接储国荣递给他的钱，摆了摆手说："不收你们的带路费了。"他转身就往回走。

储国荣追上前，把大洋塞进了老头儿的包里。

让人没想到的是，大约过了半小时，储国荣和黄维兴正在说昨天攻打叙永县的事，突然从那大石头下爬了个人出来。储国荣马上把他从地上扶了起来问："你是那个团的，叫什么名字。"

"我叫金华钟，一七八团三营五连的。"

储国荣看着金华钟个子有些瘦小就问："今年多大啦？"

"上个月满十五岁的。"

听到这个回答，储国荣的心有些酸楚，有些颤抖。十五岁的年龄是不该来这里的呀，但是中国已到了为拯救民族的存亡无法分老幼了。

储国荣用手拍了拍小战士的肩膀说："以后行军要小心点，不要再跑丢了。"

这是已经从洞里钻出来站在旁边的罗开明对小家伙说："这是储排长，你要感谢他，不是他今天没人救你呀。"

小战士转头望着储国荣含着泪说："谢谢你储排长，以后我跟着你，狠狠地打川军打蒋军。我已经打死了两个敌人了。"

听到小家伙说他已打死两个敌人，大家都有些好奇。罗开明问："你是在那里打死的两个敌人？"

小家伙有些自豪地抬起头望着周围的人说："就是前几天在叙永县打川军的时候，我没有枪，就藏在班长的后面看班长怎么打敌人，突然间敌人的一颗子弹打到了班长的头上，班长倒在了地上。我抓起班长的枪，就向几个朝我们跑来的敌人开枪，跑在前面的两个敌人被我打倒后，后面的几个敌人就退了回去。这时副班长就把我手里的枪拿来交给一个比我大几岁的没枪的战友，如果有枪，我还会再消灭几个敌人。"

走着走着，小家伙又自言自语地说："下次打仗，我一定要从敌人手中去夺一支枪回来，有了枪我就好为班长报仇了。"

走在小家伙旁边的储国荣，听到他刚救起的这个小战士要去敌人那里夺一支枪回来，为他牺牲的班长报仇，他的心里又是一阵地翻腾。

"大家加快步伐，争取天黑前追上我们连。"储国荣大声对全排吼道。

"你要干什么——"

后面的人突然吼叫起，接着就是两声枪响。

走在最前面的储国荣："后面发生了什么事？"说着他就转身往回跑去。到了最后他看见黄维兴把一个手握菜刀的中年妇女按在地上。

那个中年妇女不停地在嘴里说："老娘砍死你们……"

"黄维兴，怎么回事？"储国荣问。

"我也不知道是怎么回事，我们刚走到这里，她就拿着菜刀从家中冲出来，嘴里不停地喊着：'我砍死你，我砍死你'。"黄维兴答道。

"可能是疯子吧。"储国荣。

"你们才是疯子，跑到我们这里来乱杀人。"那中年女人骂道。

"把她的菜刀缴了。"上去两个战士把那中年妇女的菜刀抢了，就在这时一个六七岁的小男孩，举着一根木棍冲过来，嘴里不停地说："把我妈妈放了，把我妈妈放啦——"

两个战士上去把小男孩的木棍也缴了。

"把她放了。"储国荣对黄维兴说。

但当黄维兴一松手，那中年妇女又同他扭打起来。这时，一位不久前在遵义入伍的战士冲过来用枪指着那中年妇女说："你再这样是胡闹，我枪毙了你。"

那女人没半点示弱的样子，朝那遵义籍贯的士兵吐着口水骂道："小杂种，开枪呀。"

储国荣走到那个女人前："大姐我们与你无冤无仇，只是从你们家门前过路而已，你为什么要袭击我们的人呢？"

"你们打死了我的丈夫，还是无冤无仇吗？"那女人说道。

"我们什么时候打死了你的丈夫呀？"

"三天前在叙永县城。"女人愤愤地说。

"你丈夫参加了川军嘛?"储国荣问。

"他没有参加川军,只是民团而已。"

"谁告诉你,你的丈夫被我们打死了的?"储国荣又问。

"昨天人都抬回来埋在地下了,还需要谁来告诉我呢?"女人越说激动越愤怒。

"在叙永县城民团也打死了我们很多人,我们又去找谁呢?我们红军是为穷人打天下的,是不欺负穷人的,你今天这种行为,不管是遇上川军还是国军,都会把你打个半死,而且把你家里的东西抢劫一空。而我们红军今天没动你一个指头,不是我们不敢打你,而是你是穷人,我们是为穷人打天下的军队,我们不应该打你,我们应该保护你。大姐你觉得我说得对吗?"

听完储国荣的话后,女人松开了抓住黄维兴的手,躺在地上痛哭着说:"老天爷呀,我一个人怎么养得了三个娃娃呀"

望着躺在地上痛哭的女人,储国荣的双眼湿润了:"九班长,把你们班的人全部喊过来。"

黄维兴把全班人带到了储国荣面前,"情况就这样,我们十一人曾经都是连以上干部,我建议我们每人拿出一个大洋,来救救这个绝望崩溃的女人行吗?"

储国荣首先拿出了一个大洋放在自己的手上,然后把手张开伸到那十人面前,在黄维兴的带领下每人拿出了一个大洋放在储国荣的手上。

"大姐,你的丈夫去世了,家中很困难,我们十一个老兵,一人凑了一点钱,想帮助一下你。"储国荣把十一个大洋递到了女人面前。

那女人有些惊慌地望着储国荣,她不知道这些人是什么意思。

"快拿着吧,我们只是想帮助你一下,没别的意思。"

让所有人感到奇怪的事发生了,那女人从地上爬起来说:"我不要你们的钱,你们快走吧。"说着她拉着儿子跑进了屋里关上了门。

储国荣走到那女人家的门前,把那十一个大洋放在门边的一个木凳上并大声地说:"大姐,钱我给你放在这里了。"

"集合——"

"报数。"

"七班到齐。"

"八班到齐。"

"九班到齐。"

"金华钟在那个班?"

"报告排长，金华钟在九班。"

按七、八、九、的顺序出发。"储国荣向全排挥了挥手。转身走进了队列。

储国荣领着全排上路没几分钟，刚才那中女人就飞一般地朝他们跑来。还不停地喊着："等一等——，等一等——"

"他妈的，这个女人真烦人。"黄维兴骂道。

"别理她。"黄维兴看见储国荣转身往回走后说道。

"不，可能有情况。"储国荣对黄维兴说。

"全排停止前进，原地待命。"储国荣大声喊道。

储国荣站在路边等那女人。

"唉，你们走得好快呀。"那女人跑到储国荣面前停下时这么说了一句。

储国荣没有马上开腔，他想从心理上试探一下这女人来的目的，望着储国荣没说话，她有些紧张了。

"大姐还有什么事吗？"储国荣问。

"你们是好人，我来要给你们讲句真话，民团有六个人在上面山上等你们。"

"等我们干什么？"储国荣问。

"他们要杀你们。"那女人对储国荣说。

储国荣给黄维兴招了招手，叫他也过来听听。

"你怎么知道他们要杀我们呢？"储国荣问。

"他们告诉我的，他们看到你们从下面上来时，他们才从我家里面走。"

"你知道他们带了一些什么枪？"黄维兴问。

"他们一人背了一支，还提了一支前面有两个脚的枪。"

"他们藏在什么地方你知道吗？"储国荣问。

"他们没告诉我，但今天早上他们几个商量时说要把枪架在石门转弯的地方。"

"石门在什么地方你知道吗？"黄维兴又问。

"知道，就是这个山上顶后往下走不远的地方就是石门。"

"你能给我们带路吗？"黄维兴问。

"我怕他们看见我。"那女人说。

"你愿不愿意我们把他们全部打死？"储国荣问。

"能把他们全部打死我是最高兴的，但他们都是当地人，这山上到处都是路，一下他们就跑掉了。"

"你为什么这样恨他们？"

"我怀疑我的男人是被他们害死的！"

"把七班长八班长叫来，我们一起商量。"储国荣对黄维兴说。

黄维兴叫人去后，储国荣说："大姐，我们拿一套红军的衣服给你穿上，他们即便是看到了，也认不出是你，行吗？"

听了储国荣的话后，她含着泪咬着呀说："你们帮我把这仇报了，要我做什么我都愿意。"

"大姐你放心，我们红军就是为穷人申冤报仇的。"

十九

储国荣同三个班长商量后，向山顶奔去。

"大姐，你的大名叫什么呀？"黄维兴问。

"我姓钟。叫钟大琼。"

储国荣向身后的人挥了挥手，示意他们停下来，然后都到路边的树林里埋伏起来。

钟大琼带着储国荣黄维兴走小路去查看情况。他们刚登上山顶就听到有人说话的声音，但总是没有看到人，他们又悄悄地往山下摸索着走了一百多米，这时钟大琼小声地说他们在那里，储国荣顺着钟大琼指的方向望去。

"啊，这地方很不好搞呀！"储国荣说。

"怎么只有五个人呢？"黄维兴边看边小声地说。

"对，只有五个人。"储国荣认真地辨认后说。

"大姐，他们是不是有一人没来呀？"黄维兴问。

"他们一起出的门，不可能没来，就是他们哪个什么丁队长没在。"

"丁队长，来没有？"

"还没一点影子呀。"

"你们看，在那里呀，在那大树上抽烟，看见没有？"钟大琼小声地对储国荣说。

"看清了，走回去商量一下。"储国荣对两人说。

"大家注意，虽然他们只有六个人，但他们的位置特别不利于我们攻击。九班长黄维兴带领九班，从后面包抄进攻。"

"七班八班由我带领埋伏在前面的口子上，七班埋伏在我的左边，负责消灭往上跑的敌人，八班在我的右边负责消灭往下跑的敌人。有没有不清楚的？"储国荣问。

"九班清楚了"

"八班清楚了。"

"七班清楚了。"

"好，出发。"

黄维兴带着九班刚爬上那个土山包，就被树上那人发现了："快跑，我们被包围啦！"

就在这时，黄维兴一枪把树上的敌人打来掉到了树下。

全班对准山凹里的几人同时开了枪。

就在这时，埋伏在前面的七八班的枪声也响了起来。

战斗只持续了五六分钟，一切就平静下来了。

大家持枪上前查看时，六人都已死亡。

"搜查一下他们身上带有什么东西。"储国荣对在场的人说。

报告排长，战场清理完备：

"步枪六支、轻机枪一挺、手枪一支，子弹五百二十发、大洋四十六枚。"

"党员同志都过来一下。"储国荣喊道。

十五个党员都站到了储国荣的面前："有个小事同大家商量一下，看大家有没有别的意见，就是这四十六枚大洋我的意见是送给今天给我们提供情报，给我们带路的钟大琼，看大家有没有不同意见？"

"有意见的同志请举手回答。"

"我坚决支持储排长的意见，如果没这位大姐给我们提供情报，今天我们不知还要死几个人。"七班长道。

十五个党员齐声回答我们没意见。

"九班长，你去把那大姐叫上来。"

"她早已上来了。"黄维兴回答。

储国荣抬起头没有看见钟大琼："她在哪里呀？"

"坐在那树下。"储国荣顺着七班长指的方向望去，让储国荣感到意外的是，钟大琼不是高兴而是在那哭，他走过去望着钟大琼问："我们杀了这些混蛋你怎么还哭呢？"

"我高兴，我太高兴了，没想到你们这么轻松地就把他们搞掉了，我在这里告诉我的丈夫，这几个混蛋已被红军帮我们杀掉了。"

"我有件事想不通，这些人住在你们家，你为什么这样恨他们呢?"储国荣问钟大琼。

"我男人死后，他们就强行住在我家，赶也赶不起走。那个姓丁的队长每天晚上强行要和我睡到一起……"

"去，看看他们那几个可怜虫的样子。"黄维兴对钟大琼说。

"我怕，我不敢看他们。"

"我同大家说的话，你都听到了吗?"储国荣问钟大琼。

钟大琼点了点头说："听到了。"

"那我就不说别的了，你把这四十六个大洋拿着快回去。"

"长官，我不要这钱。"

"拿着回去把三个孩子好好养大，长大后让他们来参加红军，为我们穷人打天下。"

那女人流着泪，拉着储国荣的手说："我这一生第一次见到天下有你们这样的好人。如果我没孩子，我马上跟着你们当红军，我的孩子长大后，我一定要让他们参加当红军，去收拾国民党那些混蛋。"

"这件事你不能给任何人讲，不然你会有麻烦的。"

钟大琼听了储国荣的话后，点了点头转身依依不舍地走了。

"把这几个家伙埋了吧。"储国荣望着三个班长说。

"什么工具都没有，怎么埋呢?"黄维兴说。

七班长说："排长，我们走，这些欺压百姓的混蛋，就应该让他们横尸野外。"

"七班长，你带两个人去检查一下，看有没有装死的，他们中如果有一人逃回去，钟大琼全家都会完蛋。"

七班长带着几个人把六具尸体又翻了一遍。

"报告排长，六个民团的家伙全无活着的。"

听了七班长的报告后，储国荣点了点头后喊道："全排集合——。"

"报数——"

"七班到齐。"

"八班到齐。"

"九班到齐。"

储国荣一挥手说："出发。"

储国荣带着全排归队了，全师得到休整的通知，他已给连长请了半天假，准备去看看何晓秋，排里他也做了安排，他请假的时间里，三个班长都必须在岗，虽然全师休整，但时态仍然非常的紧张，蒋介石的飞机不时在扎西上空盘旋，国民党的军队正在从东南西北赶往扎西。

离开遵义后储国荣就再没见到过何晓秋，整天都在硝烟弥漫中度过，不是这人牺牲就是那人受伤。湘江阻击战后部队进行了整编，以前的团卫生队被撤销，何晓秋的卫生队，被合并到师卫生队，虽然两人仍在一个师里，但储国荣现在是在连队里，见面的机会很少，他多次收到何晓秋写来的信，在信中何晓秋对他的担心和思念，让他一想到就落泪。

储国荣来到师卫生队，当他看见何晓秋的那一刻，他无法形容内心的激动。他不敢想象他们真的又见面了，这两个多月中身边的人又倒下了多少，他不敢去想，不敢去回忆。每天都含着泪往前冲，这就是每一个红军官兵的心理。

储国荣站在那里看见何晓秋正在给一个伤员换药，他没有去打扰她，他远远地看见何晓秋，心理就非常满足了。

何晓秋换完药，转身过来时望见储国荣站在那里。

"啊，你什么时候到的？"她冲到他面前，笑着问。

"昨天下午才到的。"

"别的部队都到几天了，你们怎么昨天才到呀？"

"我们连在全师的最后，作收容。"

就在这时，卫生队长走了过来，她望着储国荣说："何晓秋盼你，都盼多少天了！前天都还跑到师部去问你们连的消息。"

"晓秋，今天就给你放一天假，陪储国荣好好去耍一天。"卫生队长笑着对何晓秋说。

"我带你去吃扎西街上的酸汤鱼，非常好吃，比我们南京街上的鱼好吃呀。"何晓秋高兴地望着储国荣说。

"来这里才几天，就知道那家鱼好吃？你们真悠闲啊！"

"其实，我也只出来过一次，鱼也就是那天去吃的。我们卫生队的三个人一起出来的，他们都觉得好吃。本来前天该我休息的，我给队长说，等你回来了我才休息。这样免得请别人给自己代班。"

"有一件非常悲惨的事，不知你听说没有？"何晓秋问储国荣。

"唉，我们经历的那些血战，哪些赤膊的砍杀，那一件不是悲惨的呢？很多，事后都不敢回首呀！"

"我们卫生队有一个从遵义入伍的卫生员，她的男友是遵义的地下党员，她男友写信告诉她，红军离开遵义后，六百多个托付给当地百姓家的红军伤员，全部被王家烈抓来杀害了。当地人杀一个红军伤员他奖给一个大洋，一个财主的儿子，一天杀了四十多个红军伤员。"

"他们不要高兴得太早，这笔血债，是需要他们偿还的。"

"国荣。我们革命队伍天天都在流血呀。"何晓秋说。

"不要怕，革命者是杀不完的，总有一天我们会把屠刀架在这些刽子手的脖子上的。

"唉，钱斯美他们，可能也难以幸免啊。"储国荣自言自语道。

"哪一个钱斯美呀？"何晓秋问。

"就是我们团当政委的那个钱斯美。在强渡乌江时他的腿被打伤，他让我们把他送到万安寺，团里另有十个伤员也一同送到那里。钱斯美是我认识的人中最冷静清醒果断的人，我跟随他打了三年多的仗，从未见到他急躁慌乱紧张过。我一直认为他会成为像一军团司令员林彪那样的大将领，可惜老天爷没给他机会呀，太可惜……"

"成为大将，一定要会打仗呀！"何晓秋拉着储国荣的手说。

"钱斯美是个非常会打仗的人，他对敌情的理解判断推测，都是非常准确的。他和杜志强合作的三年中，无论多么强大的敌人，他们都会找到攻破对手的良方。我在他们两人的手下当了三年的参谋长，学到了很多。他如果被杀害了，真是有些可惜，不过，我想对敌人这样的残害和屠杀，钱斯美会有所准备的……"

"到了，就前面那转弯的地方。"何晓秋对储国荣说。

有很多的红军官兵在那里吃鱼。

"怎么，大家都知道这里的鱼好吃？"储国荣问何晓秋。

"是啊，只有你一人孤陋寡闻的。"

就在这时，远远地有人在喊："储参谋长—"

储国荣抬起头望见，一七八团政委肖正元和他的妻子坐在那里给他挥手，储国荣带着何晓秋朝肖正元走去，肖正元马上拉了两个木凳，让储国荣何晓秋坐下："今天我请你们吃鱼。"

"怎么能让肖政委出钱吃鱼呢？今天我来，我还从来没请过肖政委吃过饭呀！"

"你晚了，我看着你过来，就把钱付了。"肖正元笑着说。

很快鱼和饭都端上来了，大家边吃边聊着。

"晓秋还在卫生队？"肖正元的妻子严文秀问何晓秋。

"想不想改行呀，我们那里缺人。"严文秀问何晓秋，严文秀是师机要科科长。

"算了，改行后什么都要从头学，很累。"何晓秋对严文秀说。

"你们排怎么昨天下午才到呢？"肖正元问储国荣。

"唉，差点就回不来啦！"储国荣道。

"开始，三营五连的一个新兵掉到了山坡下的一个湖里，在下面不停地叫班长—连长—，都装作没听见。我找到连长，告诉他下面沟里有人，要赶路他有些犹豫。我就提出我们排留下救人，他同意了，我们排就留下救人。"

"你们那连长思想有问题，我对他早有看法，只是团长认为他打仗勇敢不怕死，我就没多说了。"

"在我们红军队伍里，不怕死的人太多了，作为一名指挥员光有不怕死是不够的。"储国荣道。

"第二天，在路过一家农户时，一名中年妇女拿把菜刀要给我们拼命，我一问才知道，她的男人在县民团里，前几天在叙永被红军打死了。家里有三个小孩，看着非常心酸，我把九班的十个连长找到，每人拿一个大洋，我拿了一个，为这个女人凑了十一个大洋。"

"我们走后不久，那个女人就飞一般地跑来追我们，我停下来问她有什么事？"

"她告诉我有六个县民团的人，拿着枪在山上等我们，我们去侦察的时候，她又给我们带路，消灭了那六个民团的人，在清理缴获的东西时，把我吓出了一身冷汗，这六个家伙拿了六支步枪，一支手枪，一挺轻机枪，五百多发子弹，他们把机枪架在一个独路上……昨天，如果没有这个女人给我们提供情报，我们排，一半的人都要死在这里，昨天我用十一个大洋，挽回了半个排人的性命……"

"现在我们红军走哪里都有陷阱啊，特别是连排非常辛苦危险。好了，这次在扎西可以休整几天。"吃完饭肖正元又这么说了几句后就回去了。

储国荣和何晓秋就在小镇上随意地走着，好不容易有时间在街市上走走看看，这样的时光，对储国荣何晓秋这对恋人来说，是多么宝贵和难得。相互多看几眼在他们的心目中，那都是一种奢侈的享受。在储国荣的心目中，这样的感受是最深刻的，每一次离开何晓秋，他都在内心里问自己还有机会看到她吗？有时连队有人去卫生队，何晓秋总是要找个纸片，写上几句话给他带来。他看后要高兴几天，然后永久性地把那些纸片收藏起来，在他困顿疲惫眼前茫然的时候，他就把何晓秋给他写的小纸片拿出来读。他像读经典，像读真言那样去读何晓秋那些纸片上的每一句话，每一个字。他总觉得那纸片上的字里行间，总有他理解不尽的情感和思想，每读一遍他都有新的领悟和发现。

储国荣和何晓秋在扎西小镇上来回地走了两三遍了，这是一个一脚踏三省的地方，它的北面是四川，南面和东面都是贵州。

"时间还早，我们顺着这条路往前走，走到四川去。"储国荣对何晓秋说。

"到了四川再遇到几个民团的人，我们俩不是完了么。"何晓秋笑着对储国荣说。

"你放心，在这扎西镇，直线距离五十公里内，全部被红军控制完了的，民团敢来就是送命。"

"不走了，我们就在这棵大树下去坐坐，"何晓秋对储国荣说。

"坐在这些老树叶上，好像坐在床上一样，好舒服呀！"何晓秋对储国荣说。

"说实在的，睡在我们的床上还没有睡在这树下舒服。"

"好，今晚我们就睡在这树下，不回去。"何晓秋笑着对储国荣说。

"如果没有那些苛刻的条例，今晚我真的要睡在这里，这才叫沉浸在大自然里，躺在这树下可以把一切忘掉。如果革命成功了，我什么都不要，就找一个这样的地方，把床放在树下。白天看书，晚上就睡在这树下。"储国荣很认真地对何晓秋说。

"你几点钟归队？"储国荣问何晓秋。

"你不是说今晚我们俩就睡在这树下吗？"

"那只是心中的一种希望和向往，或者说是奋斗的目标吧！"

突然间，何晓秋抱着储国荣的头，亲吻着他，含着眼泪问："为什么，甜蜜的时光这么短暂呢？"

储国荣一面用手为何晓秋擦脸上的泪水，一面说："因为我们选择了革命，选择了为穷人打天下，我们别无选择，我们唯一的选择就是含着泪去冲锋！"

"天色不早了，我们都该回去了。"储国荣从地上站起来，顺手也把何晓秋从地上拖了起来，他们互相清理了沾在衣服上头发上的枯叶尘土，就顺着来的路往回走，何晓秋埋着头挨着储国荣慢慢地走着，她不想把步子迈大了，她总想把和储国荣在一起的时间拖长些。

"走快些吧，不然要迟到了。"储国荣催促道。

"不会的，现在才五点钟，你把我送到卫生队五点半，你走回去半小时够吗？"何晓秋痴痴地望着储国荣问。

"够了，你把时间算得比我准，你的时间观念还是比较强的嘛，算是一个合格的军人。"储国荣道。

"你都合格，我怎么不合格呢？我们俩是一起入党，又是一起到红军部队中来的。"

"你们到这里几天了？"储国荣问。

"今天就第五天了，一军团的比我们还早。"何晓秋回答。

"晚上我值夜班，你可以来陪我吗？"何晓秋问。

"不能来，现在和以前不一样，当排长就要给士兵做表率，三十多双眼睛盯着你。而且任务一来，马上就要带起走。"

"我们都在一个师，想见个面怎么就这么难呢？"何晓秋问。

主要是敌人在追着我们打，部队伤亡又大……

到了师卫生队门口，何晓秋转身望着储国荣，又是痴痴的笑着说："到家了，你也该回去了，有空就多想想我呀。"

都站在那里对望着，谁也不愿先转身离去，最后，还是储国荣转身走了，却走得那么不情愿。

何晓秋站在那里望着储国荣慢慢地在他的眼前消失，但她还是不甘心，继续望着储国荣消失的那个方向，她继续在那里望了很久，直到她觉得储国荣真的已经走远了。这时，她才情不自禁地往厨房走去，虽然已经到了吃饭时间，但不知为什么，她却一点食欲都没有，心中只有储国荣。

七年了，七年前她第一次在班里见到储国荣时，她总觉得这个整天在那里做数学题的男孩，同自己似乎有点什么联系。不久杜老师把他们两莫名其妙地拉到了一起，从此，她就再也离不开这个男人了。这个男人的一切，似乎对她来说都非常的重要。

回到连队的储国荣，首先到每个班去看了看，然后就同大家一起吃饭。虽然没什么食欲，但心里非常的畅快，从看见何晓秋的那一刻开始，储国荣就感到心中多了一份力量。他更觉得只要这个女人在他心中，他就没有战胜不了的困难，他的一切存在似乎都与这个女人有关。

吃完晚饭，他早早地就躺在床上了，他躺在床上回味着白天同何晓秋在一起的快乐，对他们来说那是多么的珍贵呀。他回味着她的每一句话，每一个笑容，甚至是她那些彷徨忧郁的叹息，他都觉得里面充满了诗情画意。在他的心目中，何晓秋已不是一个普通的女人，而是一尊神，他心目中的神。

二十

　　四川叙永久攻不破，北渡长江的战役被川军堵死。

　　十多天过去了，中央红军仍在云贵川交界的扎西的荒山野林中徘徊。此刻，滇军、川军、中央军、都在悄悄地慢慢向扎西靠拢。中央红军又面临四面楚歌的绝境，路在何方？每一个中央红军的指挥员都在问？

　　在一个昏暗的夜晚，中央红军悄悄地往东走了，他们回到了四川古蔺，回到了贵州赤水河畔，他们再一次踏平了娄山关、土城、桐梓、攻下了遵义，中央红军第二次住进了遵义城。

　　在这时，红军的一位老对手出现了，中央军第一纵队司令吴其伟带领两个师，在老鸦山、红花岗摆开架势，要与红军决战。吴其伟的这一行动，成就了中央红军希望打一场胜仗来鼓舞士气的愿望。

　　趾高气扬的吴其伟，最后被中央红军像追赶逃犯一般，追到乌江对岸，他的九十三师和五十九师，没被歼灭的也当了俘虏。

　　在押着俘虏返回的途中，储国荣他们路过了万安寺，他突然想起在这里养病的钱斯美。

　　"原地休息—"

　　"怎么要在这里休息呢？"九班长黄维兴问。

　　"我们以前的政委钱斯美在这庙里养伤，我去看望他一下。"

　　"我也去吧。"黄维兴道。

　　"七班长、八班长，你们把俘虏看好，不能让他们跑掉了，我和九班长去看看我们以前的团政委，他在这庙里养伤。"

　　"排长你去吧，这里有我们，谁敢逃跑，我开枪打死他。"两个班长说道。

　　走进大门，储国荣就望见院子里到处是血迹，他的心马上紧张起来，就在这时曾经接待过储国荣的那位僧人走了出来，他走上前来悲伤地对储国荣说："长官，你们的伤员全部被他们杀死了。"

　　"我们十一个伤员呀？"储国荣愤怒地吼道。

　　"这周围农户家中的五十多位你们的伤员，都一起被杀了。"僧人说。

　　"谁杀的你知道吗？"储国荣问。

　　"遵义的柏辉章师长，贴出告示，谁杀一个红军伤员，他就奖赏一个大洋，当地一个姓罗的恶人伙同这里的一个地痞流氓，把周围的红军伤员全部杀了，听说他们在柏辉章那里大洋都领了一百多个。"

"这些家伙，还在遵义没有？"

"有的还在，昨天我还看着那天提着大刀砍人的马先贵。哎，他们那些残暴手段，我们看都不敢看呀！"说着似乎都在发抖。

"这笔血债非要他们偿还不可！"说着储国荣走出了万安寺。

"各班请点一下人数。"回来后储国荣就望着全排喊道。

"各班报数。"储国荣喊道。

"九班到齐。"

"八班到齐。"

"七班到齐。"

"出发。"储国荣挥了挥手道。

储国荣走到九班那天从山坡下救起来的小战士金华钟身边问："你们家离这里有多远？"

"排长，我们家就住在万安寺背后不远的地方。"

"你认识你们那里有个叫马先贵的吗？"

"他是个地道的烂人，什么坏事他都干，排长你要让这个人也当红军呀？"

"九班长你出列，我要给你谈件事。"储国荣说。

"什么事，排长？"黄维兴出列后问。

储国荣把黄维兴叫到路边小声地对他说："你带上金华钟返回去秘密地侦察一下。僧人给我们说到的那个马先贵的家伙，这小子杀了我们那么多伤员，不把这恶棍除了，天理不容呀。金华钟是新同志，而且只有十五岁，怎么问话，你先要给他讲好，千万不能暴露你们的目的，情况摸清楚后，就马上返回。"

回到驻地后储国荣马上到团里找到肖正元政委，他把钱斯美等一百多伤员被一帮恶棍杀害后，去柏辉章那里领赏钱的事，给肖正元讲了一遍……

"什么都不说了，这件事你准备怎么办？"对这件事肖正元也非常愤怒。

"我想花一两天时间把这帮恶棍消灭了，为那死去的一百多伤员报仇。"

"我马上给你们营长联系，把这件事作为一个战斗任务安排给你们连，这样你行动起来，就名正言顺。这件事你做得好，这样的事我们都没人站出来管管，以后谁还愿意跟着我们走。这样的恶棍我们都不去消灭，那我们还算是革命的队伍吗？好，你回去准备，我等待你的好消息！"

储国荣刚回到连里，黄维兴和金华钟就回来了，"走，我们边吃饭边说吧。"储国荣望着黄维兴和金华钟说。

"这小子狂妄，准备成立遵义治安营，柏辉章答应送他一百支枪。前段时间他杀了一百零三个红军伤员，柏辉章给了他一百五十个大洋，十支枪，五把大刀，现在跟随他的已有二十多人。"黄维兴边吃饭边这么说。

"这家伙家里设有岗哨？"储国荣问。

"没有设岗哨，只是有两条很凶恶的狗。"

"这次我们红军又打回来了，他不怕？"

"他胆大的理由是，现在遵义谁也不敢告他。如果谁告了他，他就要杀光他的全家。听说周围敢正眼看他的人都没有了。他还认为红军回来了，他就有发财的机会……"

"哎，这个世界上还真有如此狂妄无知的人，真让人不敢想象呀。"听了黄维兴的讲述后，储国荣摇了摇头说。

就在这时，连长带着营长来找储国荣，"情况团里已经给我们讲了，你熟悉情况，就说怎么行动吧？"营长说道。

"根据这家人住的地理位置，晚上深夜行动，成功率高。"储国荣说。

"具体行动方案？"营长又这么问。

"去一个连，晚上两点把这家人包围起来，然后进屋把男的全部抓回来审问，凡是杀过红军伤员的公开枪毙，如果进屋后持枪刀反抗的，当场击毙。"

"好，这个方案好，我们也不乱杀无辜，但绝不放过一个杀害我红军伤员的人。"

"这里到那家人要走多少时间？"营长又问。

"大约要一个半小时左右。"黄维兴回答。

"好，今天大家抓俘虏也辛苦了，大家马上睡觉，十二点半准时出发。"

"营长你就不去了吧。"连长说。

"怎么不去呢？我听到这件事后，肺都气炸啦。现在我的心都还在痛，抓到那个马先贵，我要亲自枪毙他。为了一个大洋他就杀我一伤员，你他妈的还是人吗？进屋抓那些混蛋我也去，看哪个混蛋敢给老子反抗，我就先解决了他！为那些惨死的阴魂出口气，不然我们就不配叫革命军人。这件事在我的心里，比打一场败仗还难受。我们中国的革命者，承受的屈辱,全世界都找不到。受伤了,什么都不能做了,却有人拿你的生命去换一块大洋,这说明我们革命者的生命是如此的低贱和不值钱呢?还是那个拿革命者的生命去换钱的人的残暴无耻……"

天黑乎乎的,刺骨的寒风,依然在吹着那些站在黑夜里衣衫单薄的红军战士。

"报告营长,全连集合完毕!"连长道。

"现在部署各排班的具体位置。这是一个标准的坐南朝北的房屋,门前是平地,有一条路通过,房后是斜坡。我们到达后,一排迅速包围房后面;二排包围房屋大门前的东面及侧面;三排的七班八班包围大门的西面及侧面;连长负责房屋周围的包围抓捕;各排班到达指定位置后,九班立即选好位置击毙园内的两条狗,然后跟随我和三排长破门而入,进行抓捕。"

"再次提醒,凡是反抗和逃跑者全部击毙,决不允许有漏网之鱼。有没有不清楚的?"营长站在黑夜中问道。

没有人提出问题后,营长带着三连消失在黑夜中。

为了晚上的抓捕,储国荣还叫人去街上买回了六把松油火把。

让大家没想到的是,在园子里马先贵还设了一个流动的岗哨,三连刚到马先贵家门前,除了两只狗在疯狂地吼叫外,那人喊道:"什么人,在外面鬼鬼祟祟的?"

"干掉他。"黄维兴小声地说。

三声枪响,两条狗和那个流动岗哨就没动静了。

营长带领九班破门而入,并迅速冲向屋内的各个房间,进入屋子的人都大声喊道:"不准动,谁动就打死谁!"

就在这时,一个只穿了一条内裤的人举着大刀朝储国荣冲来。储国荣飞一般地推开身边的一位战士后,闪到那人的侧面,朝那人的脑袋开了一枪,举着刀的那人倒下了。各个房间里的男人都被瞬间冲进来的红军控制了。

"排长,那里有个人在往上爬。"这时守在房后的一排的二班长对排长说。

别开腔,悄悄地摸过去,把他按在地上绑起来。

就在一排长带着两人朝那人摸去的时候,那人突然发现朝他摸过来的一排长他们。那人刚准备举枪,就被飞扑过来的一排长抱着,两人扭打着滚到坡下的墙角处。

这时那人小声地说:"大哥,我这里有五十个大洋给你,你把我放了吧。"

"好办，你站起来吧，钱在哪里啦？"一排长问。

那人马上从衣包里掏出一个沉甸甸的小布袋，递给一排长说："整整五十个大洋，一个也不会少。"

"你的命为何这么值钱呢？需要五十个大洋，而我们红军伤员的命，你们怎么一块大洋就卖了呢？"听到一排长的这话后，那男人打了一个寒颤。

"大哥你们是红军？"那人又问。

"算你有眼，捆起来。"

冲上来两个战士，两分钟就把那男人捆了起来。

"大哥，你不能收了钱还……"那人没把话说完。

"哦，你的意思我收了你的钱，没放你走是不是呀？你是有钱人，这点钱少了。"

"那你要多少钱呢？"那人又问。

"这个，我要去问问被你杀害的那一百零三个红军伤员的阴魂才能定。拉过去绑在那树上。"

"各班，要张开耳朵，睁大眼睛，决不能有一个杀害我们红军伤员的混蛋从我们这里逃走。"一排长大声说道。

"全体卧倒。"二排长大声喊道。

有个歹徒，端着轻机枪边射击边往外冲，但天太黑他看不清什么地方有人，就在此人顺着路往前跑时，数发子弹朝他飞去，他抱着那挺轻机枪倒在了路上。

带领九班冲进屋子的储国荣和营长，在一片混乱中制伏了七个男人十一个女人，击毙了三个男人一个女人，但让营长和储国荣失望的是在抓捕和击毙的人中，都没有马先贵。

原来的计划是只抓男人，不抓女人。但当储国荣他们冲进去时，里面的那些女人，个个都非常强悍，那个被击毙的女人，就是从厨房拿了一把菜刀冲出来就乱砍，九班的一名战士被砍伤。

"不管男女统统带回去审问，凡是杀过红军绝决不饶恕，血债要用血来还。"营长大声宣布。

走出大门后储国荣听说，一个男人跑出来被击毙，营长和他马上拖着一个男的去辨认："看看，这个是不是马先贵？"储国荣问。

"不是，他叫张麻子。以前是民团里的人。"

"看清楚没有？"营长问。

"看清楚了，他就是张麻子。"

"让马先贵这小子跑掉了，真让我失望。"营长在那自言自语。

"一排回来集合了——"连长大声喊道，

"报告营长，我们也在后面抓到一个。"

"你们也抓到一个？男的还是女的？什么名字？"营长问。

"男得，叫李学兵。"

"走，去看看。"营长说。

"叫什么名字，"营长问。

"李学兵。"那人回答说。

"不对吧，你应该叫马先贵对吗？"

"马先贵早就逃跑了。"

这时营长拖了一个女的过来："你看看，这人叫什么名字。"

那女人抬起头看了看后："你们不是在到处找他吗？他就是马先贵。"

"他真的是马先贵？"营长又问。

"他就是马先贵。"那个女人有些不在乎地说。

把那女人带走后，营长突然转身抓着李学兵胸前的衣服问："你还是李学兵吗？"

"不是，我叫马先贵。"

"再给我说一遍。"

"我叫李学兵，不，我说错了，我叫马先贵，我叫马先贵。"

"这就对了，还是给我老实点。"

"各排注意，今天抓的这些人，都是社会上穷凶极恶的，他们对周围的地形环境非常熟习，回去的路又有十多公里，为了防止这些家伙路途逃跑。必须进行分工负责。平均每个班负责押两个，现在各班到三排长储国荣处领人。"营长大声地说道。

"全连集合——"

"各排报数。"

"一排到齐。"

"二排到齐。"

"三排到齐。"

"报告营长，要押解的人已平均分到各班，全连集合完毕。"

不知为什么，连长把全连集合完毕后，向站在旁边的郭建刚营长报告时，让人有些意外的是，郭建刚营长并没有像往常那样马上作出指示，而是提着手枪在集合完毕的队伍前来回地走着。黎明前的天色，大家看不清郭建刚脸上的表情。突然郭建刚举起手枪朝天空开了三枪，然后把手枪插进枪套，用手在脸上擦了一下，他是否在揩脸上的泪水。全连的人都没看清楚。

"战友们，你们看见了吗？今天晚上，我带着一个连，把残酷杀害你们的刽子手抓了起来了，我本想立即把他们枪毙了的！但你们是知道的，我们的纪律不允许我这样做。我只好把他们统统带回去，进行审问。不过，请大家放心，只要杀过红军伤员的，我一个也不会放过，血债，一定要他们用血来还！"

"战友们安息吧！"

"出发——"郭建刚营长向连长发出了指示。

"向右转，齐步走——"

部队押解着杀害一百零三名红军伤员的暴徒，很快消失在黎明前的黑夜里。

二十一

经过数月的转战，中央红军两进遵义四渡赤水，在贵州东征西战徘徊两个多月后，南下奔袭云南宣威。在敌人的围追堵截中过金沙江大渡河，翻越二郎山，到达四川夹金山下的宝兴县时已是一九三五年六月中旬了。

一路走来，储国荣他们团，承担的都是阻击尾随跟踪的敌人和收容掉队的人员。他们团是最后到达宝兴县的。面临着马上要翻越的大雪山，大部分干部战士都只有一两套单衣，就是有钱也买不到任何御寒的衣物。县城太小，所有的东西都被前面的部队买光了，无可奈何，储国荣他们只得继续跟着部队走。到了大雪山下，每个连都熬了一大锅辣椒汤，每人喝一碗辣椒汤，就开始翻越大雪山。

六月份，其实夹金山的雪并不很厚，只是在阴山和沟里的部分路上有残冰残雪。滑倒就有可能掉下山摔死，加上高山缺氧，人和马都摔死了不少。

背着煮饭的大锅，走在储国荣前面的炊事班长金中元，突然倒在地上说："我不行了。"储国荣上去扶他，可是炊事班长已说不出话来，几分钟后金中元就断了气。仍然是喘得上气不接下气的储国荣，站在金中元的旁边吃力地说："听说今天就可以爬上山顶，金班长你怎么就不能坚持几小时呢？"炊事班的人走过来围在金中元旁边，望着静静地躺在地上的金中元流泪，他们连哭的力气都没有了。

储国荣把手中的枪和背着的背包放在路边望着大家说："大家把背着的东西放下，我们把金班长移到路边，身上给他盖点草和雪心。"在储国荣的带领下，大家把金中元移到路边的一块小平地上，搞了一些草和雪把他盖了起来，这就算对他的埋葬。

这位从江西瑞金出发时，就背着这口大锅跟随部队转战的坚强战士，他的身上针头大的伤口都没有，可是，他倒在了夹金山的小路上，他的兄弟们再也唤不醒他，这就是自然界的严酷。在通往夹金山顶峰的小路两旁，躺着的那些红军战士，与金中元的情况差不多。

把金中元的事办完后，储国荣站在那里往山顶望了望，长长的红军队伍，像一条饥饿的巨龙，慢慢地在往山上蠕动。

中央红军大部分的人都来自低海拔的南方，他们没有领略过高山缺氧的滋味和严重后果，为此，多少人付出了生命的代价。储国荣他们连在后面没有收容到一个人，看着路边有人躺着，走去一看，人早就死了。他们的任务就是搞点什么东西，把这些已经失去生命的战友，掩盖起来，不至于横尸山野。

女同志多的师卫生队，越走越慢，快到山顶时已落到全师的后面。就在这时护士长朱文兰在冰上滑倒滚到路下面五六米远的一块雪地上去了，大家都喘着粗气站在那里，没有力气下去救朱文兰。这时，何晓秋解下了背上的背包，从旁边慢慢地摸了过去，但不知怎么的，不管何晓秋怎么扶，朱文兰也站不起来。卫生队里的几个男医生，都因师政委摔伤，到前面救人去了。何晓秋只好用全身力气把朱文兰往路边拖，就在把朱文兰拖到路边后，何晓秋自己却倒下了。人们围上去叫喊她，她闭着眼不说话。而被何晓秋拖过来的朱文兰，似乎已失去生命了。

就在这时储国荣他们连走了上来，本来走在队伍中间的储国荣，听说前面的路上躺着两个卫生队的人，他就突然想到了何晓秋，他也不敢跑动，只是稍微加快了一点步伐，当他走到何晓秋面前时，他整个人都崩溃了，他一下跪在何晓秋面前，拉着何晓秋的手："晓秋今天下午就能上山顶了，你一定要坚持呀，一定要坚持……"

这时何晓秋微微地睁开了眼，她看了好一会儿后，嘴角上露出了一丝的微笑："看上到你一眼我就满足了。"何晓秋望着储国荣小声地说。接着她又闭上了双眼。

看着何晓秋又闭上了眼，储国荣有些紧张地："晓秋你要坚持呀，离山顶已经不远了，我会把你抬上去的。"

这是储国荣叫人拿来了一副连里备用的担架，把何晓秋放在担架上后，他们又把朱文兰抬到路旁的一块小平地上，用雪和草把她盖了起来。

罗开明和储国荣抬着何晓秋往前走，但储国荣高原反应严重，只能走十多步就要停下来休息。就在这时金华钟跑过来对储国荣说："排长，我头不昏我来抬。"储国荣用手拍了拍小战士的肩头后："你年龄太小，抬不动。"

金华钟真的抓起地上的担架把手就和罗开明抬着何晓秋往前走去。这让储国荣感动得热泪盈眶。

"全连注意，各排高原反应不严重的，头不昏的都到我这里来。"连长站在那里大声道。

全连有十六个人，来到了连长前面。

"现在有一个重度高原反应的人需要抬着走，全连大部分同志都有高原反应，让他们抬着病人走是非常危险的。所以今天这个任务，就只有由你们十六人来完成，两个人一组，抬着感觉有些累了，就马上停下，由下一组继续抬着走。听清楚没有？"

十六个人齐声回答："听清楚了。"

连长走过来望着储国荣："储排长，你就不抬了，你的高原反应比较严重。"

人们就这样抬着何晓秋往山顶走去，没过多久战士们就把何晓秋抬到了山顶。

这里已是四川的小金县了。

"原地休息二十分钟。"连长万向乾对全连说。

走上山顶后，储国荣就直奔停放何晓秋担架的地方，远远的储国荣就说："晓秋，我们到山顶了，我们胜利了。"

但当储国荣轻轻地揭开盖在何晓秋头上的衣服时，他绝望了，何晓秋早已死了，他摸了摸何晓秋的手和脸，已像冰块一样。双眼紧紧地闭着，神态不像有的人死去后那么吓人，像她平时睡去一般。望着这一切，储国荣连痛哭的力气都没有了，他边流泪边说："我叫你坚持呀，你怎么就匆匆地提前走了呢？我们都把你抬上了山顶上，你知道吗？"储国荣无限悲伤地坐在那里，用哭诉般地语言向何晓秋述说他的内心，但何晓秋已永远听不到他悲伤痛苦的哭诉了。

连长看见储国荣失去何晓秋后的悲痛，也不知如何来安慰他，曾经自己也失去过一个心爱的姑娘，那种痛苦，那种悲伤，那种无法用语言表达的内心，至今想起也仍隐隐的痛。

部队在山顶短暂的休息后又要出发了，储国荣走到连长面前："连长，我想把何晓秋抬到山下有人家的地方，借两把锄头来挖个坑埋掉你看行吗？"

"我的好兄弟，怎么不行呢？我们红军也是有情有义的人，何晓秋你们相爱那么多年，牺牲后找个地方把她埋起来，这是理所应当然的，而现在也有这个条件。你还有什么要求就提出来？"

"就这样我都觉得有些过不去呀！"储国荣说。

"储排长，你就别想这些，以前在团里你当参谋长，我当副团长，我们已共事多年，互相理应有所帮助。像这类的事，我应主动帮你解决的，但现在天天行军打仗，很多事想得到却做不到呀，有些地方还请老弟多包涵！"

"全连集合。"万向乾喊道。

"各排报数。"

"一排到齐。"

"二排到齐。"

"三排到齐。"

"卫生队的何晓秋同志牺牲了，但我们还是要把她抬到下面找个地方把她埋起来，这是我们红军队伍的传统，也是我们同志之间不可推卸的责任。上山抬何晓秋的十六位同志，下山时继续。"在出发前万向乾又这么说了几句。

在往山下走的路上，储国荣又想起了杜志强和高玲玲，想起了他们俩短暂而辉煌的爱情。想起杜志强背着高玲玲的骨灰打了六七年的仗。储国荣也多么想用火把何晓秋烧了，然后就把骨灰带在身边，这样他们就永远不会分开了，可是那里去找那么多干柴呢？这又会给连里带来麻烦吗？储国荣就这样问着自己。

储国荣下决心了，准备尽一切可能找地方把何晓秋烧掉骨灰他随身带走。但他自己是没有勇气这么做的，他觉得那样太残暴了，他不忍心亲眼看着何晓秋被火烧掉。他想，如果当地能请到人帮助那是最好的。

这是他又想到自己包里的钱，请人办这些事肯定是要谈钱的，他又给自己定了一个标准，如果自己包里的钱够，就请人帮烧，如果自己包里的钱不够就埋葬。总的原则是这件事再不给连队添麻烦，也不给同志们添麻烦。一路上储国荣就想着这些。

下午五点钟，连队就在四川小金县夹金山下的一个小村旁驻了下来：

"储排长，团里通知开会，我马上开会去了，何晓秋的事你就喊着你们排里的人帮着处理就行了，连里的其他工作我都安排给一排长和二排长了，我也没时间参加送何晓秋上路了，请老战友理解。"万向乾对储国荣讲。

"谢谢连长的周到安排，我已经非常满意了，连长你就放心地开会去吧。"

连长万向乾走后，一排长向中伟、二排长刁福云，一起来到储国荣面前："国荣，怎么做你说就行了！我们风风光光地把晓秋同志送上山！"

储国荣把自己的想法给两位战友讲了讲。

"国荣呀，你这样做时间来得及吗？今晚把人烧掉后，光线不好，没办法把骨灰捡出来，要等到明天早上七点后，如果部队接到命令出发，骨灰就拿不了了呀？"一排长向中伟对储国荣说。

"这个问题我也想了的，如果明天早上接到出发的命令，那就说明我和晓秋的缘分已尽了，就等她留在这里。"

"你有这样的思想准备就好！马上去找老乡联系，有什么事回来商量，我们两个去帮助炊事班解决吃饭的事。"二排长刁福云道。

"好，我们赶快分头行动吧。"二排长刁福云说完三人就分开了。

储国荣朝驻地前不远的三家住户走去，他没带任何人，一个人悄悄地去的，他自己的事他不想让更多的人参与。这时他才发现，这个地方非常的特殊，几小时前他们在山上看到的还是一片冰天雪地，雪花飘飘。而现在他的眼前却是阳光灿烂，地里的小麦地一片金黄。核桃树、苹果树已挂满了青绿的幼果，真有那么点世外桃源的味儿。

储国荣看见一位四十多岁的男人正在玉米地里除草，他走上前望着那位给玉米除草的男人："大哥我想请你给我帮个忙行吗？"

"这些天我们这里的人都很忙呀，帮你干什么呀？"男人问。

"我爱人死了，我想请你们帮我把她烧了，骨灰我想带走。"储国荣有些胆怯地这样说。

"你这个忙，有点不好帮呀！"男人边干活边这么说。

"有什么困难你能给我讲讲吗？"储国荣又问。

"我们这里烧过世的人，都统一在上面一个地方，要把人抬上去，还要背五六百斤干柴上去，现在都是农忙季节，那里去找人呀？"

"烧人的地方离这里有多远？"储国荣问。

"不远，只有五六百步。"

"人我们自己抬上去，干柴我找人来背上去，你只提供干柴和帮助我们烧。"

"什么时间呀？"男人又问。

"就今天晚上，明天我们可能就要走。"

那男人听了储国荣的话后，没有开腔，只是在那里默默地干活，储国荣有些急了："大哥请帮个忙吧，要多少钱你说就行了！"

"你这事太急了，你拿十个大洋给我，柴我这里来背，我帮你烧，帮你捡骨灰。"那男人说。

"我们明天早上要走，骨灰能赶上吗？"储国荣问。

"晚上烧完后，下半夜打着火把捡骨灰，要给你说清楚，只能捡多的那些细小的就捡不了。"

"行，那我们就马上行动吗大哥？"

"你要把钱给了，不然烧后我找谁呢？"

储国荣想了想后说："大哥你看这样行不行，把柴背上去，人抬上去，我就把钱给你，你就开始烧，行吗？"

"也行，你要搞快点来把柴背上去。"

"远吗？"储国荣又问。

"你看吧，就那棵树的下面一点。"

"哦，储国荣顺着那人指的方向望去，的确不远，我就马上回去喊人。"说完储国荣马上跑回了驻地。

储国荣把情况给两位排讲后，一排长向中伟说："离吃饭大约还要一小时，我带人去背柴，二排长负责把人抬上去，你就准备给她穿什么衣服的事。"

"这样兴师动众的不太好吧？"储国荣问。

"这都是我们战友间私人帮忙，又没用集体的钱财，有什么好不好的呢？"向中伟说。

接着向中伟就带了十多人跟在储国荣的后面背柴去了。到那户人家后："大哥我的人来了，你指一下背哪些柴呢？"

"就这堆，全部背上去。"那男人说。

"这点够吗？"储国荣问。

"够了，可能还烧不完。"

"大家抱着柴跟着这位大哥走。"向中伟喊道。

大家抱着干柴约么走了二十来分钟，就到了山坡的一大块平地上，在一块竖立着有两米多高的大石下，看得出那里经常烧火的痕迹，那里可能就是这个村的人死后火化的地方吧。左边五六十米远的一个小沟里，溪水在哗哗地流着，运柴火的人到了不久，抬着何晓秋的人也到了。

"师傅，还需要多少时间才开始呢？"向中伟问。

"至少要一顿饭时间吧。"那人答道。

"我就把大家带回去吃饭。"向中伟小声地对储国荣说。

"吃了饭就安排大家休息，不要再来了，这里也没什么干的。"储国荣对向中伟说。

"走，所有的人都回去吃饭。"向中伟大声喊道。

这时刁福云走上来小声对储国荣说："吃完饭，我和向排长来陪你。"

所有的人都走了，场地上只剩下储国荣和那个中年男人，当然还有静悄悄地躺在担架上的何晓秋。

储国荣从衣服包里摸出了十个大洋，他恭恭敬敬地把十个大洋递到那人面前："大哥，今晚就辛苦你了。"

"放心，一定让你顺顺利利的，现在我就开始架柴，离抬上去烧的时间还有半个时辰，这里有个盆子，你到那沟里去端一盆水来，给她洗个脸，把要给她带走的衣服穿上。"

储国荣飞快地到沟里端了一盆水回来，给何晓秋洗完脸后，他又去端了一盆水回来，给何晓秋抹澡，然后把她自己包里的两套新衣服给她穿上，让储国荣感到心酸的是，有两双鞋都是破的。一切完备后储国荣去问那人还有多少时间。

"太阳到那个山尖的时候，我们就把她抬上去，那时一个非常好的时辰。"

储国荣又回来清理何晓秋留下的东西，有两张南京生产的小手帕、有一个用过的香皂，有十枚大洋、有一本手抄的《共产党宣言》。这就是一个有八年党龄，六年军龄的红军战士的全部遗产。

向中伟和刁福云又来了，他们两走到储国荣面前问："什么时间开始呀？"

"师傅说还要等一会儿。"

"那先把饭吃了。"刁福云把端来的饭盒递给储国荣。

储国荣接过饭盒就端到那人那里："师傅，来吃点饭吧。"

"哦，我是吃了来的，我知道今晚回去晚，你走后就提前搞了些吃，你快吃吧。"

储国荣蹲在旁边，把刁福云带来的一大盒饭吃完了，他已经饿很久了。

"把她移到我绑的这个架子上后，抬上去放着就行了。"

那人转过身来望着向中伟和刁福云问："你们俩是他的朋友吧？"

向中伟说："我们都是好朋友。"

"按我们这里的规矩，亲人是不能抬自己家的人上架烧的，等一下就由你们两来抬，我说怎么放你们就怎么放，行吗？"

"没问题，我们都听你的。"刁福云回答。

储国荣站在何晓秋旁哭诉着说："晓秋呀，不要怕，我就站在这里陪着你，你不是天天想回南京吗，等革命胜利了，我就送你回南京。"

"往我这边移一点，好！现在就不动她了。"

这时，九班长黄维兴上来，他走到储国荣旁边小声地对储国荣说："连长叫一排长和二排长回去开会，明天有任务，另外叫我告诉你，叫你别慌，把事情办好才回去。"

向中伟和刁福云他们走过去："师傅什么时候还需要人呢？"

"以后都不需要外人了，你们有事就去忙吧。"那人说。

"师傅，我想同你商量个小事。"

"没关系，有什么事你说吧。"那人一面往火堂里加柴一面望着有些忧郁的储国荣说。

"如果我们部队有紧急任务走了，骨灰你能不能找个地方帮我放起来，过几年后我来取。"储国荣对那人说。

"我把骨灰用个土坛子装起来，埋在地下，以后你来了，挖起来就带走。行不？"

"我来拿时，再给你点保存费吧。"储国荣道。

"以后的事，以后再说吧。不过你也别急，我的预感你是能把她带着走的，她也特别想跟着你走。"

"这些你都有预感？"储国荣有些好奇地问。

"有，这世上的一切都有预兆的。我就说你找人吧，我家前面有两家人，你却一家都没去，就直直地来到了我的家门口。这方圆几十里只有我做这事，你事先肯定不知道嘛。另外，我到这里之前老婆在帮前面那家除玉米地里的草，我准备去叫她回来为我准备两个火把，她就推门进来了。在这里我架好了柴后，只划了一根洋火，就把柴点燃了，而且火还燃得很旺。你给她抹澡穿衣不也很顺利吗？这一切都好像有人在暗中指挥，你说对吗？你看这火燃得多旺呀。"

储国荣坐在那人的旁边，双眼痴痴地望着熊熊燃烧的大火，火堆里完全看不到何晓秋的迹象了，应该说象征性的人影也看不见了。他的心像是插进了一把尖刀一般痛，他再一次体会到人在大自然中的脆弱和渺小。那人给他讲的预兆和迹象，他也没有完全听进去，他的内心除了在隐隐的发痛外就是一片空白，曾经面对无数凶恶的敌人，他没有半点的胆怯，举着大刀带领战士们冲进敌群，一次次把敌人赶下阵地。看着倒在血泊中的战友，除了愤怒就是更加坚定的杀敌勇气和决心。可是，面对失去何晓秋后，储国荣似乎完全变成了另一个人，就连他自己都觉得有些不可理解。不过，这时他才彻底理解了，七年前杜志强失去高玲玲时的那种失控的情绪和举动。

"跟着你这爱人死的还有一个人吧？"那人问。

听到这话后，储国荣感到有些吃惊："你怎么知道的？"

"哦，我昨晚做了个梦，说有个人家要嫁个女，另一个女非要一同去，在半路上她又不想走了……如果我没猜错的话，那女人被留在了山那边的雪窝里。"

听到这话后储国荣的心打了一个寒颤，但他没开腔说话，仍闷在那里痴痴地望着火堂。他想象着何晓秋像电影里那样，在火塘里闪现一道金光，然后飞向天空。但火慢慢地小下来，那人也没有再往火堂里加柴，储国荣想象的境象也没有出现，这让他感到有些遗憾和失落。

让储国荣感到有些不解的是，那人又在旁边生起了一堆火，然后他对储国荣说："你去把给她洗澡的那盆水端过来。"

储国荣按那人的指意，把那盆给何晓秋抹过澡的水端过来后，那人就把盆里的水全部浇到火堂里。

"师傅，我去沟里端一盆干净的来浇吧。"储国荣道。

"就这才好呢，这说明你们的缘分深，她想要的你无意间就给她留着了。"

那盆水浇下后，火塘里的火全灭了，只是还有些热气在往上飘，其他没什么特殊的现象出现，这使储国荣有些失落。

"往上爬，好累呀。"

储国荣听到这样的话声转身望去时，看见一个四十多岁的女人抱着两支没点燃的火把朝他们走来。

她又问："还早吗。"

"快了，已经把洗澡水都浇上去了，你来得正合适。"那师傅和这女人，显然是夫妻。

"没想到你们搞得这么快呀。"那女人又这么说了一句。

"这位女士想尽快回家。"

就在夫妻俩说话的时候，九班长黄维兴到了。

"排长，连长叫我来问你明天早上七点钟出发，问你赶得到时间不？"

还没等储国荣开腔，那师傅就抢先说："回去告诉你们连长，再过一个时辰什么都好了。"

黄维兴仍望着储国荣，他想让储国荣给他一个准确的时间。

"师傅都这么说，应该没问题。"

"那我就回去这么告诉连长？"黄维兴又这么问。

"行，你就这么说吧。"储国荣答道。

"排长，那我就回了。"说完黄维兴就消失在黑夜中。

这时那女人从衣服包里摸出了一块红布递给她男人："找不到大点的，就这么一块，你看要得不？"

男人把妻子递给他的那块红布展开看了看："行，天昏地黑的，那里去找呢，就凑合着用吧。"

得到男人的肯定后，那女人满足地笑了，好像她就在地里除草干活一般。

接着那男人把头转向储国荣说："我叫老婆找块红布帮你缝制一个口袋，用来装骨灰，虽然她已走了，但你们以前是夫妻，用红布袋装她的骨灰表明你时时还惦记着她。另外，我想你们红军天天在外行军打仗，可能没有准备有红布，就帮你做了一个。"

听到这些话后储国荣非常感动，他抓着那男人的手激动地说："感谢大哥帮我想得如此周到，我妻子的在天之灵也会感谢你们的。"

那人把手伸到早已熄灭了的火塘里摸了摸："好了，不太烫了，把火把点上。"他对妻子说。

那人递了一个三十多厘米长的小木片给储国荣："你从左边往上找，我从右边往上找，反复两次就找完了。"

他的妻子把火把点燃照着他们两："你暂时别动，让我把面上的先捡完。"那人对储国荣说。

很快他就把那些露在灰炭表面的骨头捡来放到他早已烤干的木盆里，然后他们就慢慢地用手中的小木板，刨开灰炭找那些被火烧脆了的骨头。就这样两人在那炭灰里翻刨了两三遍。

储国荣抬起头望着那男人说："可以了。"

"好，你都说可以了，那就可以了。"那人笑着对储国荣。

那女人把手伸到盆里那些捡出来的骨头上摸了摸后，望着她的男人说："不烫了，可以装袋了。"

那男人似乎不太相信妻子的话，也把手伸去摸了摸："储先生，完全可以装了。"

"那就装吧。"储国荣回答。

妻子双手拿着口袋，丈夫用手把盆里那些烧碎了的骨头，往红布口袋里抓，抓完后他又用一根细小的麻绳，把口袋的口子扎紧。

他从妻子手里拿过骨灰袋，双手捧着骨灰袋递到储国荣面前："储先生，我的事就算做完了，祝你们一路平安。"

储国荣已是泪流满面，不知说些什么好，他用手抹去脸上的泪水后，抱着骨灰袋深深地给夫妻俩鞠了一躬："谢谢这位大哥把事情为我办得这么圆满！也谢谢这位大姐！深更半夜地陪着我们做这件事，真是难为你了。我从内心里感谢你们！"

"小伙子，失去了心上的人，是让人痛心的，但你也不能太痛苦悲伤，也许你们的缘分已尽。抬起头来，往前看，往前走。"

储国荣抱着何晓秋的骨灰慢慢地往连队走。他们认识快九年了，相恋也七年多了。我们就这样结束了吗？他问自己，也问怀抱中的何晓秋的骨灰，但今天的何晓秋已经无法回答他了。不！我们没有结束，从今天起我们就永远不会分开了，我要背着你去为湘江阻击战、土城战役、攻打娄山关中牺牲的战友报仇，我要背着你冲进抗日的战场，与侵略者决一死战，在革命胜利的那一天，我就同你举行婚礼，这是你给我们定的结婚日期呀。

快到连队的驻地时，储国荣看见远远地有一个小火星在闪烁。谁这么晚了还在那里抽烟呢？他在心里这么想。

"唉，连长你怎么这么晚了还在这里抽烟呢？"储国荣小声地问。

"我是在这里等你，你排里明天的行动，我已帮你安排了，现在已快晚上两点了，赶快睡觉吧，明天还得赶路。"连长对储国荣说。

第二卷

精诚团结

对生的追求，对死的绝望与恐惧是人的本能。但让我终身敬重崇拜的是在日本侵略者残暴野蛮屠杀我同胞的时候，那些拿着枪举着刀勇敢地同侵略者厮杀的先辈们，他们用鲜血书写了自己辉煌的人生。

／摘自创作手记

一

南京被日本人占领后，储国荣就一直在打听他家人的情况，他先后写了几封信请去南京的同志帮助转交，也没有回音。

抗日战争爆发后，储国荣被调到抗日军政大学陆军部，担任擒拿和刺杀教练。对装备简陋枪支数量不足的八路军来说，在战场上擒拿格斗和刺杀就显得非常的重要。而接受储国荣教授的都是战场上，直接面对敌人的营连排基层干部。这些储国荣是有亲身体会的，在湘江阻击战、土城战役、娄山关血战等，他带领连队击败对方靠的就是这两个技能。但学这两种技能需要有个前提，那就是自身体质要好。可是这些年来，不管是从红军队伍里选来的基层干部，还是刚从根据地招收的新兵，体质都普遍较差。究其原因，主要是生活太差，这些人整天都处在饥饿状态，他们的体质怎么好得了呢？面对这些难以克服的现实，储国荣整天想的就是，如何把最有用最科学的擒拿格斗和刺杀技术交给学员。让他们在面对穷凶极恶的日本侵略者时，有击败对方的技能，吃饭、走路、睡觉储国荣都在想这些问题。

储国荣静静地站在操场边，望着朝他跑步而来的新学员，这批学员都是八路军里准备提拔为排长和班长的优秀士兵。

"立—定，向右—转，向前看，立正——"

"报告教员，五大队一中队集合完毕。"

"学员同志们好！"

听到教员的问好后，学员们马上做了一个立正的姿势。

"稍息。"储国荣道。

"同志们，从今天开始，你们这个中队的擒拿和刺杀这两门课就由我给大家教授，学好这两门课，对于你们在战场上战胜和消灭日本侵略者是非常重要的。但是你们的学习时间只有一个月，这里我只能教大家一些基本的方法和技巧，基本功要靠你们平时的刻苦训练……"

储国荣把话停了下来，望着他面前站着的那些显得还有些稚气神态的青年，储国荣突然问"你们中队最大的多少岁？最小的多少岁呀？"

"报告教员，我今年二十一岁，是我们中队年龄最大的学员。"

"报告教员，我今年十七岁，我十四岁参加红军，已经当了一年班长了，我是中队里年龄最小的学员。"

望着这些因缺乏营养而个个都显得消瘦却又个个充满朝气的青年，储国荣的心里充满着一种心酸的希望。他控制着激动说："不愧是，英雄出少年呀！"

"这里有没有在战场上打过日本侵略者的人？"储国荣又问。

队列里没有人开腔。

"我估计你们都还没打过日本人，因为我们的八路军这周才能到达指定位置。"

"现在在民间有些传闻，说日本人不可战胜，说日本的武士道精神多么了不得。我在里问问大家，你们怕吗？"

一百个学员站在储国荣面前齐声回答："我们不怕，坚决与日本侵略血战到底！"

"对，我们不应该怕！"

"日本人不可战胜和所谓的武士道精神，不过是怯弱的胆小鬼们传言，和那些出买民族出卖灵魂的汉奸走狗们编织的不可告人的谎言而已。中国有一个十九岁的青年已经用自己的行动证明了这一切。"

储国荣又望着一百多学员问："大家知不知道这位十九岁的青年干了一件什么事吗？"

队列里鸦雀无声，没有人回答储国荣提出的问题。

"大家不知道此事很正常。在四个月前的七月八号，也就是七·七事变的第二天，中国的二十九军三十七师二一九团二营的突击队冲进永定河铁路桥的日军阵地，一名十九岁的突击队员，用大刀一口气砍掉了十三个日本兵的脑袋，另外还活捉了一名日本兵。不可一世的日本人自吹的什么武士道精神？在中国十九岁的突击队员面前，显得多么的脆弱和渺小。在永定河铁路桥上一个中队的日本守军，让二十九军的突击队搞得鬼哭狼嚎的，不到半小时，他们大都去见了阎王。还有哪来的不可战胜的日本人呢？在二十九军那名十九岁的突击队员面前，被他砍死的那十三名日本侵略者身上的武士道精神，好像只是他们死后流在地上显得有些发黑，让人看了有些不舒服的血迹而已。"

听完储国荣的讲述后，操场上响起了一片的掌声。

储国荣向鼓掌的学员挥了挥手："我说这些话的目的，是要大家不要迷信日本人所谓武士道精神。但日本的作战部队单兵技能是非常强的，在以后的作战中一定要从思想上高度重视，任何时候都不能轻敌。任何时候都要加强单兵技能的提高与训练……"

"下面进行刺杀教学，各区队区队长出列，在区队前做示范。大家都是从连队来的，对刺杀有一定的基础，来这里学习的目的就是要大家准确的掌握刺杀的两个要领，和十六个分解动作，而且一定要把这十六个动作的名称记住。"

"请注意，现在由我们教研室的袁明祥老师在前面做示范。"

"刺杀的第一要领是什么？"储国荣大声问。

"快——"学员们一起答道。

"对，第一要领就是快，现在大家看袁老师是如何完成快这个要领的。"

"看清楚没有？"储国荣又大声问。

"看清楚了——"

"好，大家一起来完成这个动作。"

"杀——"全体学员一起完成杀的动作。

"刺杀的第二个要领是什么？"储国荣又大声问。

"狠——"大家齐声回答。

"看袁老师完成狠的动作"

"大家一起完成很的动作。"

"杀——"全体学员一起完成了狠的动作。

"注意，有部分学员在完成这两个动作时，右腿没有完全伸直，这样力量就不够。针对这个问题各区队反复练习十分钟。"

"下面我们讲解和示范两个要领中的十六个分解动作。"

"第一个分解动作叫什么？"

"突刺——"全体学员答。

"请看袁老师的示范动作。"

"大家一起完成这一个突刺的动作。"

"第二个分解动作叫什么？"储国荣问。

"防左侧刺——"

"大家看袁老帅完成防左侧刺。"

"第三个分解动作叫什么？"

"勾踢下砸——"

"勾踢下砸这个动作较复杂，请袁老师做两遍示范。"

"现在大家一起连续做两遍，勾踢下砸。"

"每个区队把这一动作连续做十遍。"

"现在全中队一起做一遍，'勾踢下砸'的动作。"

看着学员们做"勾踢下砸"的动作，储国荣皱起了眉头。

"有一半的同志的'勾踢下砸'的动作是不标准。请大家再看一遍袁老师做的'勾踢下砸'。"储国荣说。

"好！现在全中队一起做'勾踢下砸'。"

看了全中队统一做的"勾踢下砸"，储国荣仍然摇了摇头："大家下去后，要反复练习'勾踢下砸'这个动作。这是个基础动作，这个动作做不标准，下面几个就做不好，各区队明天上课前必须把这个动作练标准，明天上课时，我们首先检查每个区队的'勾踢下砸'动作是否标准？"

"刺杀的十六个动作，今天我们学了三个，还有十三个今天我们把它们全部记下来，今晚你们还有一个任务就是，把刺杀中的十六个动作的名称背下来，这个问题在明天上课时，我在每个区队抽三个人回答。因为你只有把这些动作的名称记住了，你才好去练习。另外你们在背记这十六个动作名称时，一定要在心里琢磨这个动作要如何做，我们在做任何事情，只有在心里想清楚后去做才会做得更好。"

"这是我们做事的一个基本方法；一个基本思路。大家一定要记住。以后，你不管学习什么东西，都应该按这个程序进行，才会收到理想的效果。"

"很多同志说到学习就头痛，主要是没有把学习的程序搞清楚。实际上学习就是学习一种方法，不管是向别人学习，还是向书本学习都是如此。包括战斗中向敌人学习。"

"同志们都很年轻，学习对你们来说是终身的事，所以我在这里多讲一点学习的方法。"

"刺杀的第四个动作叫什么？"

"上步撞击——"学员们回答。

"我看只有少部分的同志记住了第四个动作的名称，现在请大家齐声说一遍刺杀的第四个动作的名称。"

"上步撞击——"学员们大声说道。

"第五个刺杀动作的名称？"储国荣又问。

"外拨转身刺。"示范老师袁明祥答。

"大家按照袁老师地回答大声说三遍。"

"外拨转身刺——外拨转身刺——外拨转身刺。"

"下面袁老师领说一遍，同志们大声说两遍。"储国荣道。

"刺杀的第六个动作为：匣击弹踢——"

"匣击弹踢——匣击弹踢——"

"刺杀的第七个动作名称：马步击肋。"

"马步击肋——马步击肋——"

"刺杀的第八个动作名称：上步砍劈。"

"上步砍劈——上步砍劈——"

"刺杀的第九个动作名称：后击砍劈。"

"后击砍劈——后击砍劈——。"

"刺杀的第十个动作名称：防下直刺。"

"防下直刺——防下直刺——。"

"刺杀的第十一个动作名称：立枪档拨侧踹。"

"立枪档拨侧踹——立枪档拨侧踹——"

"第十二个刺杀动作名称：上步下砸。"

"上步下砸——上步下砸——。"

"第十三个刺杀动作名称：横劈挑击。"

"横劈挑击——横劈挑击——。"

"第十四个刺杀动作名称：虚步架枪。"

"虚步架枪——虚步架枪——。"

"第十五个刺杀动作名称：上步横击。"

"第十六个刺杀动作名称：转身突刺。"

"转身突刺——转身突刺——。"

"现在我们跟随袁老师，把刺杀的十六个分解动作连贯起来练习三遍。"储国荣大声地望着全体学员说。

回到教研室的办公桌前，桌上一张旧报纸的题目引起了储国荣的好奇，《淞沪会战的历史意义》，文章写道："七十万国军经过三个多月的浴血奋战与牺牲，消灭了四万多日本侵略者。虽然为此国军也付出了多达二十五万左右的人伤亡。但是历经三个月的淞沪会战，粉碎了日本军国主义妄想速战速决灭亡中国的野心。在这三个月中，日军投入兵力三十多万、战机五百余架、坦克三百余辆、军舰三十余艘、伤亡四万多人。"从这些数据人们就可以看出，日军不可战胜的神话已经破灭。

"其次，在这次会战中，前方将士的英勇无畏前仆后继的杀敌意志与决心，同全国民众自发地无私地支援前线，是历史以来前所未有。这标志着中国全民族自强意识已经觉醒；这标志着中国全民族团结抗击侵略者的决心和意志坚不可摧……"

读完这篇旧文，储国荣放下报纸自言自语地小声说道："这小子还真有那么点深刻与独到。"但储国荣关心的依然是日军占领南京后的消息和新闻。他找到一张昨天的报纸，但看到上面的一个标题，他就愤怒地在桌上狠狠地砸了一拳头骂道："无耻的日本人。"储国荣不忍心看报纸的全文，他站了起来，双手握着拳头，来回地在屋子里走着，嘴里不停地念道："我要到前线去，我要举着大刀亲自砍掉那些无耻之徒的脑袋。"

这时，袁明祥推门进来望着有些神经质的储国荣道："储老师，你怎么不去吃饭呢？"

"我愤怒！我吃不下饭。"储国荣晃动着两个拳头对袁明祥说。

"再愤怒也要吃饭啊，就是明天就让你上战场杀日本侵略者，你没有力气怎么去杀呢？快去吃饭！"

"你看看，这些无耻的日本人。"储国荣把报纸推到袁明祥的面前。

袁明祥望着储国荣推到他面前的报纸念道："美国牧师麦卡勒姆目睹一名十二岁的女孩一天内被日军轮奸三十七次……"

"日本人真是无耻到，我们已经找不到语言来描述他们的罪恶行为，他们已经不是人了，他们只能算是站立行走的豺狼……"看完储国荣推到面前的报纸，袁明祥也讲出了他对日本人的理解。

"去吃饭吧，把身体养好，才能有力量与这群豺狼厮杀。从目前的形势看，你我这些人都得上战场。我们的八路军，在前方已经打了一些胜仗，这些对你我都是一个鼓舞……"袁明祥道。

"遗憾的是，我们的八路军只有那么四五万人，财力物力又非常的单薄。看着在平型关战斗中，我们有的战士还拿着长矛同敌人拼杀，心里真不是个滋味儿。而手握重兵，财力物力都非常充裕的第二战区司令长官阎锡山，却把仗打成这个样儿。现在却跑到五台山上去藏了起来，如此胆小怕死的人，竟然当上了第二战区的司令长官，这真是一个极大的讽刺。我想如果有位日本兵跑到这位战区司令长官面前的话。怕他会吓得尿裤子的。"储国荣对带领大家抗击日本侵略者的委员长有些不放心。

"委员长对那些不听从命令，擅自撤离阵地的军师团的干部都枪毙了好几个，我看这个第二战区的司令长官的阎锡山，也该拖出去枪毙了。"袁明祥笑着这么说。

"委员长枪毙的那些都是些不听话的地方军阀，或者说是地方军阀的人而已，他自己的嫡系部队，打了多的败仗，他也不会枪毙的。我们这个委员长的法律，历来是内外有别。"储国荣道。

"很多人都认为，这就是我们这个委员长的可爱之处。"

"不说闲话了。你快去吃饭吧。"袁明祥对储国荣说。

二

晚饭前，储国荣刚走进食堂的门，就听到背后有人在喊："储老师——你的信。"听到说有自己的信，储国荣马上转身走出了食堂的门，这是他看见通信班的一个战士朝他跑来。

"储老师，今天从南京来的信——"小战士边跑嘴里这样说着。

听说是从南京来的信，储国荣的内心有一种说不出的高兴。他也向前奔跑了几步，飞快地从小战士手中接过了信。

"谢谢！谢谢！"储国荣连声说道。拿着信他就转身回寝室了，去食堂吃饭的事他也忘掉了。他从信封上的字迹看出，信是父亲写的，他没有马上拆开信看，他怕控制不住自己的情绪。这段时间他从报纸上看到鼓楼区金陵新六村的惨案最多，储国荣他们家就住在鼓楼区金陵新六村三十九号。

回到寝室储国荣躺在床上，才拆开了父亲写给他的信。

国荣

来信收到很久了，因我手上有伤无法写字，拖到今天手能拿起笔写字了，才给你回这封信的。本来我准备找个人代笔帮我给你回封信的，但我想了很久有些话无法对别人讲，所以才没有这样做，前几天我的手能拿起笔写字了，才给你写这封信。

南京的情况可能你从报纸上早知道了，我们家和全南京市一样，遭受的屈辱和折磨，在这里我已经无法用语言来描述。日本人已经不是人了，我们不能用人的标准去衡量他们，他们干的那些事，就连豺狼虎豹也干不出来，他们已经变成了豺狼与恶魔的复合体，这个世界上可能再也找不出像日本人这样，无耻下流残暴的人了吧。在南京，光天化日之下，明目张胆的奸淫屠杀，成了日本人的家常便饭。

国荣，现在我谈点我们家的事吧：在十二月十四日上午，你妈妈和十五岁的妹妹被十多个日本兵拖到门前的坝子里强奸后杀害了，当时我拿了一把菜刀，砍了一个日本人两刀，一刀砍在头上，我估计要了那小子的命，日本人朝我开了两枪，又用刺刀刺了我几刀，我当时就昏过去了，不知怎么的下午三点过，我又醒了过来，我试着站了起来，双脚还能走路。这时日本人已经走了，你妈妈和妹妹倒在坝上已经死了，衣裤都被日本人拔光了，全身多处枪伤刀伤。真是目不忍睹啊！我们隔壁的张叔叔家，全家四口全部被日本来人杀害。两岁多的一个小女孩被日本人用刺刀刺死在床上……类似这样惨无人道的事，日本人干了多少？是无法统计的。

现在的南京人仍生活在绝望恐惧不安和忧虑中，报纸上看到国民党天天打败仗的消息，更使民众感到失望。

前几天我翻看那些旧报纸时看到，去年九月二十六八路军的一一五师在平型关打的胜仗；十月十六日八路军的一二九师陈锡联带领的七六九团在山西炸掉日军的阳明堡机场，炸毁日本人的轰炸机二十六架；十月二十六日八路军一二九师七七二团，在娘子关附近的七亘村阻击日军时，打得非常英勇顽强，自己伤亡三十多人却击毙了日军三百多人，并缴获大批物资和骡马，更让人激动的是，十二连一个名叫杨绍清的战士，面对向他包围过来的七名日军，沉着冷静毫无惧色，在与敌人周旋过程中，刺死六个，刺伤一个。看到这些，我就觉得有了希望，我们有八路军这样能征善战的优秀的军队，我们有像杨绍清这样足智多谋英勇顽强的八路军战士，打倒日本侵略者只是时间而已。

我把这些旧报纸拿去给周围的人看，大家都非常感动，都觉得八路军才是我们国家的希望。有一位和我一起在医院治伤的老人，看了这些旧报纸后，泪流满面地给我讲："伤好后他想到前线去见见八路军，能见到那位一口气刺死六个日本兵的杨绍清勇士，是他的最大愿望。以前他听到的都是用武士道精神武装起来的日本兵，是如何的不可战胜，而一名八路军战士，一下就干掉了六名日本兵，这就说明日本人除了残暴无耻外，也没有什么了不起的本事。这位老人把八路军的这三件事抄在本子上，没有事了他就拿出本子看，从那以后，他天天在报纸上找八路军的消息，昨天他给我讲，他又看到了两个八路军打日本侵略者的消息。"

国荣，我想要不了多久你可能也会上战场的，我希望你在任何情况下，对日本侵略者都不能抱有一丝一毫的幻想，这几个月来，他们在南京的所作所为，已经告诫我们，除了用武力消灭他们，别无他法，现在每一个有良知的中国人，都应该到战场上去与日本人决战，如果我们打不败日本侵略者，我们中国人就会永远生活在恐怖与屈辱中，消灭日本侵略者，是当今中国每一个人不能推卸的重要责任……

储国荣躺在床上，静静地流着泪，他想象着妈妈和妹妹死前的情景，他的耳边似乎回响着她们凄惨的呼喊与惨叫，她们在无助中失望地死去，她们的悲剧还要在中国重演多少次？答案很简单，那就是只要不彻底把日本侵略者消灭掉，这类的无耻的屠杀随时都有可能在中国的土地上发生。他觉得父亲虽然只是一名小学教师，但他对日本侵略者的本质是看清楚了的。

储国荣狠狠地在床上砸了一拳头，嘴里愤怒地喊道："要彻底地消灭他们！"

储国荣从床上爬起来，匆匆地出门去找系主任何清明，刚出门他就撞上了袁明祥。

"储老师，你今天怎么呢？"袁明祥看见储国荣情绪有些不正常，就拉着他问。

"我父亲给我回信了，我妈妈和妹妹都被日本人杀害，我找何主任，准备申请到前线去。"

"你不能太激动，太激动了办不好事。"袁明祥用手拍了拍储国荣的肩头说。

"谢谢小弟的提醒，我一定控制好自己的情绪。"储国荣望着袁明祥感激地说。

"去吧，何主任就在前面，刚刚我都同他说了几句话。"

储国荣匆匆地往前走去，他远远地就望见何清明与一位政治课老师站在那里聊天。

"何主任，我想找你谈件事。"储国荣对何清明说。

何清明转过身来望着储国荣说："你讲吧。"

"何主任，我想申请到前线去工作。"储国荣望着何清明道。

"你遇到什么事啦？眼睛都哭肿了。"何清明问。

储国荣把父亲信中谈的给何清明讲了讲。

"这是你们家的悲伤和屈辱，也是我们整个民族的悲伤和屈辱。这笔账是要给日本人清算的。但一定要记住，不能情绪化，因为我们面对的，不但是残暴无耻，也是狡诈凶恶强大的敌人。对付这样的敌人，光有勇气决心和意志是不够的。必须用高超的谋略和智慧才能战胜他们。"

"现在前线部队，天天都在打电话要人，你要去很好。但是，一定要把我前面说的话记住。"

"我一定记住何主任讲的这些。"储国荣回答道。

"你就去一二九师吧，明天早上七点在这里集合，同你一起去一二九师的有十三个人。其他十二人今天下午我已集体谈话了，你是临时添加的，这就算我同你的正式谈话。就这样定了，回去准备吧。"

何清明握着储国荣的手："与日本人作战可能不亚于湘江阻击战，万万不能有侥幸心理。"

"谢谢何主任的教诲！"储国荣给何清明敬了个军礼后转身朝寝室走了。

何清明是莫斯科伏龙芝军事学院毕业的，他对日军的作战模式有一定的研究。他与杜志强是大学同学，两人关系很好。抗大选教官时，是他提出要储国荣担任刺杀教官的。在一年多的教学中，他对储国荣的教学质量也是认同。本来，他是很想把储国荣留下的，但他理解储国荣那种为家人报仇的心情。他认为家仇国恨是统一的，两者之分，只是大小而已。

回到寝室后储国荣就开始收拾行李。

"晓秋，我们要去打日本人去了！"储国荣双手捧起何晓秋的骨灰袋，用嘴亲吻了一下后就装进了一个较大的包里，把所有东西装进去后，他就用一根细麻绳把这包绑成了一个小方块，又用一个布条做了一个提手。这样提着走路就不会把手勒伤。

一切准备好后，他就座在床上想如何同日本人周旋。虽然他还没有同日本人正面交过手，但他想肯定比国民党的部队要难缠得多。一年多来，从前线返回的情况看，日军也没有传说中那么可怕。另外他想得最多的是到部队后，能让他带多少兵？他的目标是力争到营长，如果争取不到一个营，一个连也好，总比一个人孤军奋战好呀，储国荣这样想着。

明天就要离开延安，上战场去了，还有没有机会回来？储国荣在心里问自己，战场上瞬息万变，一块弹片飞到你的脑袋上，你倒下，一切就结束了。从上海他们一道到瑞金的二十多人现在还有几个？想到这里，他从床爬起来，披上衣服悄悄地摸出了门。他独自在延安的街上走着，十一年前，也是这样一个夜晚，杜志强带着他和何晓秋离开了自己的家乡南京到了上海，两年后又从上海去了瑞金。一路走来，已有多少人倒在血泊中，他已经记不清了。未来还有多少人倒下，他也不知道，自己还能在这条路上走多久？

夜静悄悄的，储国荣就这样毫无目的地在路上走着。他怕明天离开后再回不到这地方，他想把一年多来反复走过的路再走一遍，回味一下一年多来在这里安宁地生活。自从跟随杜志强走上革命的路，这十一年中，只有在延安的一年多中，生活是安宁的。其余时间都是在腥风血雨中度过。

但，这一切都是自己的选择，不能去怨任何人。中国的革命者大都是在含着泪奔跑。他们没有时间去环顾四周的美好风光，也没有时间去回望身后的万丈彩霞。

他们的心中，永远是前方的目标，他们的足下永远是泥泞崎岖的小道，伴随他们的，不是雷雨交加，就是暴风骤雨。

从延安出发，坐车走路骑马，经过十一天的折腾，储国荣到达了中条军分区，他到中条军分区司令报到。

"你是从延安来的储国荣同志吧？"在分区司令部接待储国荣的高龙飞参谋道。

"是的，我是从延安来的储国荣，这是抗大的介绍信。"储国荣把介绍信展开后递给了高龙飞参谋。

"我是分区司令部的参谋高龙飞，参谋长说，请你在办公室等他，他到五七九团去处理个小事就回来。"

"好的。"储国荣回答。

中条军分区，设在山顶树林的一个农家小院里，门外的右边有几棵水桶大小的白杨树。门前是一小块平地，小院的后面是一座坡度很陡的山包，山包的西面，有一条小溪水流向东面。这是一个非常偏僻隐蔽的地方，没有当地人带路是很难找到的。这些都是为了躲避日军的偷袭。

储国荣在小院外溜达了半个多小时候，看见远远地有几个人骑着马飞奔而来，到院门口刚跨马，万向乾就朝储国荣走过来："我们真有缘分呀，又走到一起了。"万向乾哈哈地笑着说。

"老连长，没想到你在这里当参谋长。"储国荣也笑着这么说。

到办公室坐下后："今天早上五七九团二营营长去世了，我去开了个追悼会。"万向乾对储国荣说。

"是病死的？"储国荣问。

"不是，前几天在拔一个日军据点时受了重伤。"万向乾答。

"老储呀，日本人没国民党那么好收拾的呀。"

"老储，司令员和政委的意见是，你去任五七九团的参谋长或者是五七九团二营营长，这两个职务你任选一个？"万向乾望着储国荣问。

储国荣笑了笑说："就去二营吧，来这里，就是想去砍几个日本人的脑袋的。"

"好，那就去二营当营长。"

"现在的团长是谁呢?"储国荣问万向乾。

"也是老领导，以前在一八九团当过团长，你是他特意要的，这次给我们分区分了三个延安来的干部。曹团长和我当时都在军区开会，他从名单中看到你后，要我一定把你分到五七九团，我请示了司令员和政委后，他们也觉得可以。你是这样分到五七九团的。"

"我们分区的司令员是谁呢?"储国荣又这样问。

"你也应该认识，就是以前师政治部副主任肖正元。"

"没想到都是些老领导。"储国荣道。

"那就这样吧，吃了中午饭，由高参谋骑马送你到五七九团。他们离这里三十多公里。"万向乾望着储国荣说。

"如果你有什么想法，就直接给曹团长讲。"万向乾又这么补充了一句。

"没任何想法，到这里来就是为了打日本人，其他什么想法都没有，我的妈妈妹妹在南京都被日本人杀害了，来这里就是想报仇雪恨。"储国荣含着泪水讲道。

听了储国荣的这番话后，万向乾愣了一下后说："老战友，同日本人作战，千万不能情绪化呀，你看国民党那帮家伙死了多少人呀，这几年我们八路军也吃不少亏呀。"

"谢谢参谋长的提醒，我会时时刻刻提醒自己，我决不像国民党那帮人，用赌徒的性格去作战……"

储国荣和高龙飞骑着马到达五七九团时，曹万坤他们也骑着马回来了，大家就在五七九团的门口见了。储国荣先下马，他把牵马的缰绳交给高龙飞后，主动走到曹万坤面前："报告曹团长，储国荣前来五七九团报到。"

曹万坤举起手给储国荣回敬了一个军礼后上前握着储国荣的手说："你来得太及时了，我们这里急需要一位你这样的人，走到屋子里谈去。"

高龙飞上前对曹万坤说："曹团长，那我就回分区了。"

"好的，路上小心点。"曹万坤对高龙飞说。

进到屋里刚坐下："万参谋长打电话说，你想去二营当营长，我希望你改变这一想法，留在团里当参谋长，你的情况和想法万参谋长都给我讲了，我们团三个营，只要有行动你都可以参加，你那打日本人的想法，在参谋长的位置上比营长的位置上多呀，三个营的行动你都可以参加。"

储国荣想自己有一个营，可以灵活机动的干些事，而参谋长什么都要争求营连长的意见，没有自己独立行动的机会。

"曹团长，我还是到二营当营长，团里有什么事我把三个连安排好后随时听你的调遣。"

"你既然这样想，那就团参谋长兼二营营长如何？"

"既然曹团长怎么看得起我，那我就一切听从曹团长的安排？"储国荣说。

"好，我就打电话告诉军分区，命令是五七九团参谋长兼二营营长。"曹万坤望着储国荣说。

"那我们马上去二营，你去见见三个连长，黄维兴和罗开明都是以前你手下的兵，六连长龙荣辉是四方面军过来的。"

曹万坤带着储国荣刚走出门，王树光就带着几个人回来了，曹万坤上前给储国荣介绍说："这是我们团的政委王树光同志。"

储国荣马上举手给王树光敬了个军礼："王政委你好！"

"多次听团长讲到你，今天终于见面了，欢迎来我们团工作。"王树光笑着对储国荣说。

"我把他带到二营去。"曹万坤对王树光说。

"不是说在团里当参谋长吗？"王树光问曹万坤。

"回来再给你讲。"曹万坤对王树光说。

"就这后面。"曹万坤指着小院的围墙说。

"团长你好！"

"这是你们新来的营长，叫储国荣。"曹万坤给曾维中说。

"他是二营的教导员曾维中同志。"

"教导员，把营里排以上干部通知到营里开个会，大家见个面。"曹万坤对曾维中说。

"这几天营里没行动吗？"储国荣问曹万坤。

"前几天去拔了个据点，行动不太成功。每个连都牺牲了几个人，营长也是在这次行动中受重伤，昨天在分区医院去世了，这几天二营全体休整。"

储国荣正在同曹万坤闲谈时，罗开明和黄维兴进来了，储国荣上前拉着两人的手问："还认得我吗？"

"两人惊喜地跳了起来："怎么也没想到新来的营长是你呀。"罗开明高兴地说。

"全体集合，一个连排一列。"

"立正——"

"向右看齐，向前看。"

"报告团长，二营全体干部集合完毕。"曾维中道。

曹万坤走到队列前说："今天把大家招集起来主要是要你们认识一下你们新来的营长。"

曹万坤走过来拉着储国荣的手走到队列前说："这就是你们新来的营长，他叫储国荣，你们这里有些人曾经都是他的下级。另外我还要告诉大家，储国荣同志同时也是我们团的团参谋长，好，现在就请储营长讲话，大家欢迎！"

"大家好！我昨天晚上才到分区，今天见到大家很高兴，从现在起我们就要在一起打日本侵略者了。但现在我对我们营的情况，一点都不了解。今天晚饭后，全营的干部一起开个会，每个连把各自的情况讲一讲，大家注意，主要讲以下三点：一、连队目前存在什么问题；二、连队现在有什么困难；三、连队有什么奋斗目标？"

储国荣转过身来问曹万坤："团长你还有什么讲的？"

曹万坤摆了摆手说："没什么要说的。"

"好，大家回去作点准备。解散！"

三

储国荣躺在床上，想着晚上三个连的干部们给他讲的一些情况，明天上午团里开会，讨论下一步的行动方案。最让他感到难办的是现在营里还有百分之三十的战士没有武器，上战场时，仍拿着长矛同敌人拼杀，这是多么可怕的事呀。为全营搞一百多支枪，储国荣认为是他当这个营长最紧迫的任务。

面对残暴凶狠的日本人，手中没有枪，这不是去送死吗？储国荣躺在床上自言自语地说。这时储国荣又想到离开抗大时，何清明主任给他的再三提醒，面对强敌最重要的就是镇静，这不是一个人的事，全营三百多人，任何行动都必须三思而行。但面对强敌，也不能畏首畏脚……

窗外呼呼地吹着风，储国荣抬头望去，天亮了。唉，我怎么一夜没睡觉呢？储国荣问自己，他闭上眼静静地躺在床上，他强迫自己躺在床上养养神，上午还得去团里参加下一步的行动方案的讨论。

起床号响了，储国荣翻身下床，很快穿好了衣服，小跑到隔壁的四连参加早上的出早操。他想全方位地观察连队的行动速度，和纪律情况，这些都是打胜仗的基础。

储国荣刚跑到操场，四连就集合完毕，看着他朝队列跑来。

"报告营长，四连集合完毕，请指示!"四连长黄维兴向储国荣报告。

"正常出操。"储国荣只回答了这四个字。

"向右转，跑步走。"黄维兴站在队列前喊道。

四连朝操场外的一个山沟小路跑去，储国荣跟在四连的后面跑着。这时他听到另一个方向传来的五连出操的口令。让储国荣感到欣慰的是，连队的精神状态，纪律状况都还让他觉得过得去，下一步他要考察的是单兵的技能。战斗力的强弱很大程度，取决于单兵技能的强弱，对于武器老旧，弹药不足的八路军来讲，想要提高部队的战斗力，提高单兵技能是最好的途径。

储国荣突然想到他父亲给他的回信中提到的，那个八路军战士杨绍清，在娘子关七亘村的战斗中，一人刺死六个日军，刺伤一人的事迹。这就是单兵技能最好的实例。

早操回来后，储国荣问黄维兴："早操跑多远?"

"每天保持五公里。"黄维兴答道。

"刺杀和格斗的训练时间呢?"储国荣又问。

"没有行动时都练。"

"下午如果团里没有别的事，我来看看你们连战士的刺杀技术，你选几个你自己都觉得水平高的出来我看看。"

吃完早饭储国荣就匆匆地朝团部走去，但半路他又急急地转了回来，找到通信班长伍坤德："你通知五连六连，每个班选一至二名刺杀骨干，由排长带领下午到四连操场。"

"营长，下午什么时间?"伍坤德问。

"下午准时两点。"储国荣答。

储国荣来到团部，一个小屋子里已经坐满了人，他找了个位置刚坐下。

团长曹万坤对在座的人说："这是我们团新来的参谋长，叫储国荣，同时也兼任二营营长。我们团有一部分同志认识他，他是抗大的刺杀格斗教练，我想他来后，把我们团各连的刺杀都好好抓一抓，我们武器不行，经常要同敌人展开肉搏战，这就需要提高我们的刺杀技术。"

曹万坤拿出一个手提包，在里面找着什么，似乎他没有找到他想找的东西，他放下包说："最近我们的几次行动，都不很理想，主要原因就是我们掌握敌人的情况不很准确。下一步军分区给我们的任务是端掉东边的五个据点，虽然这五个据点驻的日军都不多。这些情况都是军分区组织的侦察队侦察的结果，为了我们行动的成功和减少伤亡，在行动前我们团里再组织人员进行侦察，这个任务就由储参谋长带领我们的特务连侦察排进行。在江西储参谋当过师侦察连连长，而且也干得很不错。现在我们有个困难就是，没有讲日语的翻译。如果抓到了日本人，需要审问，就马上到军分区把翻译接来。至于侦察上的技术手段和方法，参谋长同侦察排你们去商量。"

"这段时间我们要抓紧的另一个重要工作就是：全团进行一次严格的刺杀训练，储参谋长是抗大的刺杀教练，是刺杀专家，在湘江阻击战中，十多个国民党兵端着枪朝他冲去，他一次刺死了十二个敌人，而且自己还没受伤。"

"下面我们就听听储参谋长的想法，因今天安排的两项工作都与他有关。"曹万坤又这么说了一句。

"虽然团长安排的两项工作都与我有关，但要完成这两项工作还是要大家共同努力，我只能启到牵头和指导的作用。下面我就这两项工作如何推进，作一个具体安排。"

"第一，对侦察工作的事，晚上我同周排长具体研究，周排长你看行不行？"储国荣望着坐在他对面的周邦龙问。

"好的，参谋长。"周邦龙答到。

"第二，部队的刺杀训练：今天下午我们营各连选一至二个刺杀技能较好的战士到团里的训练场来，今天我们就作个现场指导，刺杀这个技能不复杂，两个要领，十六个分解动作，关键是平时的严格科学的训练。具体的这里就不讲了，今天下午在操场讲。"为什么不把全团都拉来呢？主要是这地方小，全团的人来这里站的地方都没有，就别说训练了。

"团长，我就讲完了。"储国荣望着曹万坤说。

"好，散会吧，下午都到操场。"

在往门外走的时候，周邦龙对储国荣说："参谋长下午我就不来了，我把那些情况综合一下，晚下我俩好一件件的分析研究。"

"好的，我们一切为了工作，分区侦察的情况，你那里有吗？"储国荣对周邦龙问。

"有，我参与了侦查。"周邦龙答。

"好，我们先分析你们搜集到的情况，进行综合判断后，我们再来定下一步的行动。"

回到营里，储国荣马上找到通信班的伍坤德，让他通知各连下午的刺杀训练到团部操场，时间还是两点。

吃完中午饭，储国荣早早就来到操场上。

"各营集合——"储国荣大声喊道。

"一营集合好后站在操场的东侧；二营站在操场南侧；三营站在西侧；观摩的领导站北侧。"储国荣又做了如此安排。

"各营连注意，今天我不是看你们的力量大小，我主要是看大家是否准确地掌握了刺杀的十六个分解动作。你在完成这些动作的同时，你必须把这个动作的名称说出来。"

"还有没有不清楚的？"储国荣又大声问道。

"清楚了！"三个营的人一齐回答。

"现在我问大家回答。"

"刺杀的要领有几个？——"

"有两个——"

"第一个叫什么？"

"第一个是快——"

"第二个叫什么？"

"第二个是狠——。"

"刺杀有多少分解动作？"

"刺杀有十六动分解动作——"

"第一动的名称叫什么？"

"第一动的名称叫：突刺。"

"第二动的名称叫什么？"

"第二动的名称叫：防左侧击"

"第三动的名称叫什么？"

"第三动的名称叫：勾踢下砸。"

"第四动的名称叫什么？"

"第四动的名称叫：上步撞击。"

"第五动的名称叫什么？"

"第五动的名称叫：外拨转身刺。"

"第六动的名称叫什么？"

"第六动的名称叫：匣击弹踢。"

"第七动的名称叫什么？"

"第七动的名称叫：马步击肋。"

"第八动的名称是什么？"

"第八动的名称叫：上步砍劈。"

"第九步的名称叫什么？"

"第九动的名称叫：后击砍劈。"

"第十动的名称叫什么？"

"第十动的名称叫：防下直刺。"

"第十一动的名称叫什么？"

"第十一动的名称叫：立枪档拨侧踹。"

"第十二动的名称叫什么？"

"第十二动的名称叫：上步下砸。"

"第十三动的名称叫什么？"

"第十三动的名称叫：横劈桃击。"

"第十四动的名称叫什么？"

"第十四动的名称叫：虚步架枪。"

"第十五动的名称叫什么？"

"第十五动的名称叫：上步横击。"

"第十六动的名称叫什么？"

"第十六动的名称叫：转身突刺。"

"好，现在我把这十六个动作连贯地演练一遍。"储国荣望着大家说。

储国荣嘴里念着动作的每一个名称，精准地一口气把十六个动作给大家演绎了一遍。

"很标准，大家鼓掌欢迎。"曹万坤大声说道。

接着就是一片热烈的掌声。

"每个连选来的刺杀骨干，像我这样给大家来一遍，从一营一连开始……"

第一个上场的是一连一班的班长龙虎声。

看完龙虎声的演练后，储国荣说："龙班长对两个要领'快与狠'的理解和运用都很好，但只有前十个动作比较标准，后六个动作不标准不完整，出现这些问题的原因，就是你没有记住动作的名称。"

"好，下一位接着……"

轮到二营五连时，上的却是连长罗开明，让储国荣没想到的是，罗开明的动作和背诵动作名称，一气呵成，表演得非常流畅完美，让他找不出一点瑕疵，看完罗开明的表演，储国荣感叹道："我们五七九团是藏龙卧虎的啊，罗连长的整个刺杀动作完成得干净利落，可以说罗连长今天的表演，与抗大的示范老师的表演，不差上下，很好！下一个接着……"

储国荣看完所有人的演练后："可能有百分之七十的人没有记住刺杀的十六个分解动作的名称，对吗？我们在同敌人肉搏时，吃亏就在这些。因为我们大部分的人对付正面冲来的敌人还是没问题的，左右呢？特别是后面，我们被刺死的战士，百分之八十是敌人从后面刺来的，因为我们没有把刺杀的全部动作记下来进行训练，我们天天练的就是几个往前刺的动作。"

"对刺杀的十六个动作的名称，从明天算起，三天内，每个人必须达到倒背如流的程度。三天后，我要到每个连进行抽查，从此以后，每天早上跑完操后，完整地练十遍刺杀，练刺杀由每个排的排长带队，练两个月我们再次进行抽查。"

"同志们，我们面对的是残暴凶恶的日本人。我们不练好本领，就只有去送死呀，你看国民党那帮人，每仗下来死多少人呀！我们要想少死人，甚至不死人我们就要老老实练本事，你认认真真地按照要领练两年，你就会感到不一样，告诉大家，我从七岁练咏春拳到现在从未间断，如果我不练几年咏春拳，早倒在湘江边的血泊里了。"

"团长你作个总结吧。"储国荣望着曹万坤说道。

"好，这个总结我是一定要作的。储参谋长上任后的第一个动作就让大家耳目一新。我想以后就单兵技能方面的活动，我们要多开展。今天我们是刺杀，下一次我们就是射击或者投弹。现在我回过来说说今天的刺杀训练，这对我们一线作战的人来说，太重要了。你看我们的行动，哪一次少了刺杀的，而在刺杀过程中我们牺牲的人也是最多。上星期我们二营的营长不就是敌人从背后刺了他一刀牺牲的吗。刺杀对我们八路军的前线战斗人员太重要了，我完全支持储参谋长的这个工作安排，这里我就告诉大家，两个月后的抽查，我一定要参加，谁能练到今天罗连长那个水平，我就给他发奖记功……"

"另外各连每天除固定的岗哨外，必须增加两人一组的流动哨。日军派出了几百人到处找八路军的行踪，千万不要以为我们住得偏僻，日军就找不到我们。凡是发现可疑人员一律抓起来审问，凡是逃跑的立即开枪。山背后的一五九团前天流动哨兵发现一个可疑人员，哨兵叫他站住，他就跑了，哨兵开枪打伤了他。当这个哨兵去抓这个被打伤的日本兵时，这个日本伤兵开枪把去抓他那个哨兵打死了。要给战士讲清楚，抓日本兵一定要先防后抓……"

中午回到营部后储国荣就去了教导员曾维中的住处："教导员还在看什么呀？"

"营长你请坐。"曾维中站起来让储国荣坐在床上，他自己坐在旁边的一个木凳上。

"上个月在军区学习，发了一本《共产党宣言》，我就在看它。"曾维中对储国荣说。

"教导员我想与你商量个事。"储国荣客气地说。

"营长，我这人是很干脆的，有什么事就直接讲就行了。"

"今天的刺杀技能抽查情况，你是看见了的，我们营除了罗开明连长很突出外，其他都一般，两个月后抽查我们仍是这样的话，有些不好向领导交代。"

"营长，你就说要我干什么，这件事我全力支持，而且我自己也准备学，你看，练习刺杀用的木枪我都准备好了。"曾维中转身到门外拿来了他准备练习刺杀用的木枪。

曾维中把木枪递给储国荣后："有你这样好的师傅在身边，学不好就是自己的问题了，我达不到像你那样一次刺死五六个敌人，最起码要能够把自己保护到。"

"我想在营里成立个刺杀训练指导小组，你当组长、罗开明当副主组长，四连、六连连长当组员，趁这段时间没有任务，抓紧时间练，每天都要到各连排去看看他们练的情况。"

"这个组长你当不是很好吗？"曾维中说。

"不是我不想当，主要是我在团里还有那么多事，不能天天盯着大家练，遥控指挥效果就差，你说对吗？"

"好，营长就按你的安排干吧。"曾维中说。

"我叫通信员把三个连长叫来。"储国荣说。

"你回去休息几分钟，我去找他们三个连长。"曾维中站起来和储国荣一起走出了他的住处。

四

吃完晚饭后储国荣和侦察排长周邦龙就坐在马灯下，看有关汤家河据点的一些有资料。

据点四周都是平地，三条路在这里汇合，占地约十多亩，四周有八米高一米厚的围墙，围墙外有一点五米深的封锁沟，围墙顶部有电网，据点的东南西北各有一座炮楼，出入的门有吊矫，进门两侧的墙里，有两挺隐蔽的机枪，情况紧急时，随时可以从射击孔朝外射击，四个炮楼上的重机枪，可以对据点的任何方位射击，每个炮楼上有一个哨兵监视着据点的情况。

另一个情况是，距汤家河三十公里处驻有日军一个联队，半个小时内就可以增援汤家河据点。

据点内驻有警备队二百多人的中队、治安队五十多人、伪军五十多人，特务二十多人。

"这些数据你们是怎么弄到的?"储国荣问周邦龙。

"是地下党的人帮忙买通了里面的伪军队长，是这个伪军队长提供的这些数据。"周邦龙答道。

"你们对这些数据进行过核实吗?"储国荣又问。

"我们在这个据点外蹲守了一周，秘密地抓了一个日本兵，带回分区审问后，证实了这些数据全是真的。"周邦龙讲。

"这个伪军队长现在还联系得上吗?"储国荣又问。

"他已被日本人枪毙了。"周邦龙有些遗憾地说。

"最近分区有没有新的情况。"储国荣问。

"可能没有，昨天侦察科的王科长都给我打了个电话，说等几天再到现场去观察观察。"

"明天我们俩到分区侦察科去同他们见个面，以后便于工作，你觉得有必要?"储国荣问周邦龙。

"很有必要，搞侦察很多时候需要互相的默契，而默契是建立在互相信任和理解的基础上的。"周邦龙解释道。

"需不需要先给他们打个电话，我们再去? 这样突然就去，显得不礼貌吧?"储国荣有些犹豫地问周邦龙。

"不存在这些问题，我和孙科长都是抗大特科班的同学，我们俩私人关系也很好，今天下午他还给我打电话，叫我明天去，有个什么事要商量的。"

"好，那明天吃了早饭我们就出发。"储国荣站起来转身走出了周邦龙的住处，八路军的工作条件是很差的，办公就在自己的床边，很多事蹲在地上就研究完了，特别是团以下的干部，除了工作性质外，同士兵没有大的区别。

回到了自己的住处已是深夜，储国荣到八路军后，工作的第一天就这样结束了。

储国荣划燃了一根火柴点亮了他的小马灯，就在这时，他无意间看见了放在床边木凳上的那个红布袋，他的心里紧缩一下，他用手在红布袋上轻轻地拍了拍说："知道吗？我们到了八路军的五七九团，我在团里当参谋长兼二营营长。我知道你会说，别人的官越当越大，我的官却越当越小。是的这是事实，不过我告诉你，我来这里不是为了当官，而是想多杀几个日本人。你可不知道呀，我的母亲姐妹都被日本人杀害了，我到这里来就是为他们报仇来的呀！我要带着全营的兄弟们不杀他个三五百的日本侵略者我是不会收兵的。我们没有别的选择，我们这代人的任务，就是把一切侵略者赶出中国。我们不会同任何侵略者，签任何的条约。我们为他们准备的就是大刀、手榴弹、机枪和勇猛的战士。我决心用大刀砍下一百个日本侵略者的脑袋，也许我会倒在血泊中永远站不起来，也许我会横尸山野，让饥饿的豺狼把我吃掉。这些我和我的战士们都不在乎，我们在乎的就是，只要中国的土地上还有侵略者，我们的大刀就不会放下！晓秋，支持我吧，每当我举着大刀冲向敌群的时候的时候，我就觉得你就站在我的旁边，这是我全身就充满了力量，我的胸中就充满了杀敌的豪情，请你相信，我们这一代人一定会把中国土地上的侵略者彻底赶走。那一天一定会到来的！

"哎，我太累了，我已两天两夜没睡觉了，我要睡觉了，明天晚上，再给你摆吧，我的小乖乖，我要睡了。"

储国荣熄了灯，躺下睡去了。

吃完早饭，储国荣就到了曹万坤的住处，曹万坤正在同政委王树光谈着什么。

"团长，今天我准备同周排长一同去分区的侦察科，具体了解一下他们对汤家河据点近期搜集到的一些情报。"

"我正在同政委讨论近几日把全团的武器检查一遍的事，坏了的要抓紧时间修好，对全团的三百多支长矛的木把全部检查一遍，凡是木质差的都要马上换掉。在上一次的行动中一营三连的一名新战士在同敌人拼杀的过程中，长矛的木把断了，这个新战士被敌人刺死，战斗结束后，我专门去把这根断了的木把找来看，它是怎么断的，原来这是一根木质较差的松木手把。你看就这么一个木把出了问题，我们就牺牲一位战士，这让我痛心了好几天。"

储国荣还站在那里听着，这时曹万坤才想起储国荣说去分区的事，

"你骑我的马去吧，一定要把情况搞清楚。"

"昨晚我把他们以前搜集的情报全部看了一遍，又同特务连的侦察排长周邦龙对情报进行了分析，今晚我给你们汇报侦察的最新进展。"储国荣望着曹万坤和王树光说，

储国荣周邦龙骑着马朝分区奔去。

"孙科长，这是我们团新来的参谋长储国荣同志，他现在分管五七九团的侦察工作。"周邦龙向孙文举介绍储国荣。

"储国荣同志，欢迎你来我们分区工作。"孙文举热情地同储国荣握手。接着孙文举就把储国荣和周邦龙带到一个小屋里，屋的中央放着一张方桌，四周的墙上挂了好几张地图。这就是孙文举的办公室。

"今天分区的领导们都到军区去汇报工作去了，军区首长的想法是把汤家河据点和下面的上村宁次联队整体来考虑。"孙文举给储国荣和周邦龙讲道。

"那军分区的两个团可能很难完成这项工作。"储国荣说到。

"这是肯定的，我们两个团不到三千人，上村宁次的联队，三千八百人，还有一千多的伪军，武器就不用说了。"孙文举对储国荣和周邦龙讲。

"那让我们五七九团去端汤家河据点的任务就取消了吗？"周邦龙望着孙文举问。

"那肯定是取消了，但大计划你们也必须参加呀。"

"前几天安排的后天去汤家河据点搜集情报还去不去呢？"周邦龙又这么问。

"要去，虽然要从别的地方调兵过来，但侦察搜集情报还是我们分区的任务。现在司令部都在开始制订作战方案了。"

"孙科长，后天到汤家河据点去搜集情报，需不需要我参加？"储国荣问。

"我这么说吧，如果你抽得出时间，去是对你们团有好处的，因为前几天你们团对汤家河据点进行了一次试探性地攻击，按惯例下次包围汤家河据点的任务，毫无疑问也是你们五七九团。作为团参谋长能提前到前沿阵地看看地形，对你们将来作战肯定是有好处的，但你的情况我清楚，一是刚到，其次又兼了二营的营长。"

"储参谋长，我们俩在瑞金特科学校就见过一面，你还记得吗？"孙文举问。

"我还真记不清了。"储国荣说。

"瑞金的中央特科学校培训连排级的侦察干部。当时好像你是团特务

连连长对吗?"

"哦，想起来啦，好像那次只培训了四天吧，夜间侦察的手段。"储国荣笑着说。

"大家对你的印象都很深，主要是教练让你给大家表演刺杀，还说在第一次反'围剿'中，一次刺死了四个敌人。"

"当时你在哪个部队?"储国荣问。

"当时我在一军团三七五团特务连当侦察排排长。你是在三军团一八九团特务连连长对吗? 你是二九年从上海来江西的，我是二九年从成都到江西的。当时我是彭县地下党的党员，被国民党知道后就到处抓我，我东躲西藏的搞了半年，后来在成都地下党的帮助下去了江西瑞金。

"我们这帮人也是很可怜的，离开家乡都是逃跑的。我也同你一样第二天要抓我们，当天晚上得到消息后，就连夜跑了。如果不跑，早被蒋介石那混蛋杀了。"储国荣笑说道。

"另外我想问一下孙科长，我们回去怎么给团里的领导汇报呢?"储国荣又这么问。

"实话实说，就把今天我给你们俩讲的给曹团长和王政委讲了就行了，这也没什么需要保密的。"

"后天我们带不带两个班去?"周邦龙问孙文举。

"不需要带人，我们只是去秘密的搜集情报。你们要给团领导讲清楚，去来可能要三天，在那里的小镇上住一晚上。"

"孙科长，没其他事，我们就回团里了。"储国荣对孙文举说。

"储国荣和周邦龙站起来往门外走去，孙文举也跟着他们走了出来，快要走到拴马的地方时。

"有件小事我单独给你两人说一下: 虽然分区的作战计划还没出来，但你们团要抓紧时间备战准备。上次的行动虽然有很多客观因素，但你们团还是存在很多问题的，这些分区领导是有看法的。如果第二次又是如此，很多事就不好说了。请储参谋长把我这个意思转答给团长政委，因我是从五七九团出来的，我还是希望五七九团好呀。"

"好的，谢谢孙科长对我们团的关照。回去后我一定将这些意见转告团长政委。"储国荣和周邦龙告别了孙文举就上马朝团部奔去。

"孙科长是从我们团出去的?"储国荣骑在马背上问周邦龙。

他最早是特务连连长后来当了团参谋长，当了一年副团长后就调到分区当了侦察科科长。

五七九团展开了紧张的备战工作，特别是储国荣周邦龙跟随军分区侦察科的人，到汤家河据点进行周密地侦察后，储国荣写出了一份五千多字的《关于如何攻击消灭汤家河据点之敌的方案》，团长曹万坤和政委王树光看后都觉得很好，然后组织全团干部对《方案》进行学习。

在半个月内，曹万坤王树光天天到各营连对需要整改的问题，进行督导整改。

另外根据储国荣的分析，袭击在夜间，而据点内各种人员加起来有三百多人，冲进去后大部分是肉搏战，如果用刺刀晚上光线不好，效果差，如果改用大刀效果会更好，组织一个一百人的大刀突击队，一旦大门被炸开，大刀突击队就冲进去。

"曹团长，我们全团有一百把大刀吗？"储国荣问。

"至少也应该有二三百把吧。"曹万坤答到。

"明天全部找出来，选一百把好的，组成大刀突击队。"

曹万坤马上说："各连今天回去后马上把所有大刀找出来。"

"对我们来讲，进大门这一关最重要，因为门两边的墙里有两挺隐蔽的机枪，我算了算只要有一个三十斤重的炸药包，在门内爆炸，墙里的机枪射手，不死也被炸昏了。就在这时，突击队马上冲进大院。在这里大刀突击队分为两个组，第一组三十人，进门后往右对付日本人那个五十人的小队；第二组七十人进门后往左对付二百人的伪军。"

同时还组织四个炮楼突击队。每个炮楼突击队十个人。

拔除汤家河据点和消灭上村宁次联队的作战计划下达了，整个作战计划由中条军分区的五七九团、五七三团、保南军分区的四六八团、四六二团共同完成。

具体作战分工：

五七九团拔除汤家河据点，并消灭据点内所有日伪军。

五七三团、四六八团作为打援部队，提前埋伏在上村宁次联队增援汤家河据点的沿途。

四六二团作为总预备队。

攻击发起时间六月十二日晚十时。

分区司令部的张参谋来到曹万坤面前："曹团长，这是作战计划。"曹万坤接过作战计划后就急不可待地准备打开看。

"还要在这里签个字。"张参谋把一个收发文件的签字本递到了曹万坤面前。他从桌上拿起一支笔，飞快地在张参谋递过来的本子上签了字说："吃了晚饭回去吧。"

"不了，我还要到五七三团去送作战计划。"说完匆匆而去。

"王政委，作战计划来了。"曹万坤把刚收到的作战计划递给王树光看。

"赶紧把副团长和参谋长叫回来，把我们自己的作战计划搞出来呀。"

"小王，你去三营和二营把副团长和参谋长叫回来。"王树光对通信员说。

"我们的任务没变化，用四个团把上村宁次和汤家河据点一起吃掉有些困难呀。"曹万坤看着作战计划，坐在那里自言自语地说着。

五

五七九团几个核心人物全坐到了一走，曹万坤说："作战计划下来了，我们这次一定要非常严密地做好攻击方案，我们团已经两次落到几个团后面了，不管是伤亡人数和其他指标，我们都是倒数第一。这次我们团再不打个翻身仗，我这个团长就没资格当了。下面由参谋长把攻击的任务分解开。"

"这个作战方案，经多次讨论，综合大家的意见后制定出来的，各营连排必须严格执行。

一：这次行动的团指挥所设在据点东面五百米处的小土包上，指挥所人员团长曹万坤同志、政委王树光同志、三位作战参谋。团通信班跟随团指挥所，负责把指挥员的命令传到各攻击小组；一个警卫班，负责团指挥所的安全，严防敌人偷袭。

二：任务，一营、二营担任主攻，三营为预备队。

三：副团长陈凡东参与指挥一营的攻击行动。参谋长储国荣参与指挥二营的攻击行动。

四：破门突击，由一营一连负责，将大门两侧墙内的隐蔽射击点炸毁〔按计划方案执行〕。

五：炮楼突击队，1.东侧炮楼由二营四连二排排长曾辉带领五班攻击炸毁；2.南侧炮楼由二营五连一排排长兰峰带领三班攻击炸毁；3.北侧炮楼由二营六连三排排长钟勇带领九班实施攻击炸毁；4.西侧炮楼由二营五连三排排长带领七班攻击炸毁。

六：伪军攻击队，由副团长陈凡东、一营营长刘峰，携带大刀一百把，机枪五挺，率领一营全体官兵对据点大门左侧伪军攻击消灭。

七，日军攻击队，由参谋长储国荣，携带大刀一百把，机枪五挺，率领二营全体官兵对据点大门右侧日军攻击消灭。"

"作战方案宣布完毕。"储国荣望着曹万坤道。

"任务已分配给大家了，还有两天时间，大家回去对自己要攻击的目标一定要进行认真细致地研究，找出突破口，另外对自己使用的武器也要进行认真地检查，这次绝不能出现长矛木把断了这样的事情发生。如果这次又在战斗中出现上述两种情况，我要从连长一直处分到本人。"

"政委你讲几句吧。"曹万坤望着王树光问。

"各位营长连长你们要记清楚，同时也要给你们带领的战士讲清楚，我们是共产党领导的八路军，不是国民党的军队，我们不但要为荣誉而战，我们更重要的是为千百万穷人而战，为革命而战。"

"另外，这次行动各连、营、团的后勤股，把所有的马匹都牵上，战斗结束后有用的东西尽量多往回带。平常我们那里去找这些东西呀？比如今年三月四日我们在拔东沟据点时，有五六桶煤油不好带，一把火点燃就完了。你看现在我们晚上点个灯都没有煤油，如果我们每个连带一桶回来，半年点灯的油都解决了。战斗一结束，后勤的同志马上进入清理物资，如果我们的马匹不够，马上请周围村民帮忙，我们给他们付劳务费嘛。好，我就说这两点。"

"政委讲的这点很好，平时负责养马管马的人，明天就要准备好马身上用的东西，马鞍绳子等，现在大家就回去根据自己的目标任务做准备，明天下午六点前，一切准备工作结束。后天白天休息，下午七点出发。"

"好，大家马上回去准备。"曹万坤向在座的挥了一下手。

人们走完后，储国荣站起来望着曹万坤说："团长，我也得回去看看三个连队的准备情况。"

"好，去吧。"曹万坤道。

在往回走的路上，储国荣老想着二营负责炸毁的四个炮楼，在以前的战斗中，他从未遇到过这样的炮楼。战斗一开始要很快炸毁它们，储国荣心中真还没有太大的把握。但那天在讨论作战任务时，一营营长刘峰就有意给储国荣抬杠。

"炸大门处的隐蔽射击点，和炸四个炮楼是两根硬骨头。一营和二营各啃一根。二营炸炮楼我们就炸大门，储营长你选吧，你们不干的我们来干！"刘峰用挑衅的口气对储国荣讲。

"我们二营谁又说过，这些活我们干不了呢？一营先选吧。"储国荣也有些不服气地说。

"储营长还要客气呀，那我们一营就选炸大门。"刘峰仍锋芒毕露地说道。

看到这场面，曹万坤和王树光，都坐在那里不开腔。出现这样的场面他们俩都是高兴的，带兵打仗的人就要有那股争强好胜的豪情和雄心壮志。

"既然一营选了炸大门，我们二营就来炸四个炮楼吧。"储国荣也不服输地说道。

回到营里储国荣把三个连长叫来一起商量这件事时，都说储国荣上了刘峰的当。刘峰就是怕把炸炮楼的事分给他，上次也是端日军的一个据点，一营的任务就是炸炮楼，他们费了很大的劲，而且牺牲了十多个人才把四个炮楼炸掉。这次他最怕储国荣把炸炮楼的事分给他，所以他来了这一招，刚到团里不久，对他不了解的储国荣忽悠了。

回到营里的第一件事，储国荣就把罗开明和四个负责炸炮楼的排长叫到一起，问他们对炸炮楼的准备工作。

看着储国荣对炸炮楼的事信心不足，罗开明对储国荣说："参谋长，这件事你一百个放心。首先我们这四位带队去炸炮楼的排长，以前有两次以上带队去炸炮楼的经验。"

听到罗开明这些话，储国荣的心才轻松了一些。

"参谋长，有件事我和黄连长想同你商量一下。"罗开明望着储国荣说。

"没关系你讲吧。"储国荣道。

"黄连长同我商量了一下，我们两现在的任务对换一下可能更能发挥各自的优势。"罗开明道。

"你是说让黄维兴当炸楼队队长，你当大刀队队长?"储国荣问。

"对，就这意思。参谋长，黄连长曾带领一个排，三十分钟内炸掉四个炮楼。"

"储国荣转头欣慰地望着黄维兴："我还不知道高手就在身边呀，看来刘峰营长想让我们二营出丑的事，又落空了。"

"还有另一个因素是罗连长刺杀技能很好，与日本人展开肉搏战时，他是个对付日本人的最佳人选。"黄维兴高兴地对储国荣讲着。

"只要能尽快地消灭敌人，怎么交换都行，看样子这次实现团长的想法没问题了。"储国荣望着罗开明和黄维兴说。

"团长有什么想法?"黄维兴问。

"他反复讲，希望这次打个翻身仗吗?"储国荣讲。

"毫无疑问这次我们一定打翻身仗。我们以前的行动，从来没有准备得如此充分，前几次我们没有打好的原因就是准备不充分，明天就要出发了，方案还没定下来。还有我们牺牲了的那个营长和一营长，见面就吵架，搞得我们都很难受。"黄维兴讲。

"一营二营住得这么近，长期他们俩怎么处呢？"储国荣问。

"他们俩都是新调来的。一营长是今年二月份调来的，牺牲的二营长是去年十二月底调来的。他们俩来后，有两次行动，两次都打得不理想。上一次的行动，出发的时候两人不知为什么事大吵起来，团长把枪拔出来指着二营营长说，这次行动打不好，回来我要给你算账。结果他受重伤，回来团长也不开腔了，下葬他那天，团长都没去。"

"龙连长，你们六连的事，我也没时间过多的来过问，准备得如何？"储国荣问龙荣辉。

"营长你怎么要求，我们就怎么准备的。我们六连的三十五把大刀，磨，都是按照我的标准磨的，不敢说是吹毛断发，但任何一把我敢保证比厨房里的菜刀锋利。"龙荣辉讲。

"你们四连五连的大刀磨没磨呀？"储国荣望着黄维兴和罗开明问。

"磨了，早就磨得金光闪闪的呀。"罗开明回答。

"你们回去吧，下午我们把教导员叫上，一个排一个排地认真看一遍，现在都是听你们自己说的呀。"

三个连长四个排长都走了，储国荣想回到屋里躺一躺。他觉得自己很累，离中午吃饭还有一小时，躺在床上后，又怎么也睡不着。罗开明和黄维兴给他讲了一营长刘峰的事后，他的心里又多了一桩事。对这种性格的人应找一种与此人相匹配的一种方法，不然老是针尖对麦芒，什么事都办不好，同时让自己也活得很累。但对这种人一概的忍让也不是好办法。到五七九团的第一天开始，从说话到行动，刘峰似乎处处都想占上风。一个多月过去了，刘峰咄咄逼人的气势有增无减，有时他真到了不想忍让的程度。但想到刚来此地人生地不熟的，闹起来只有自己吃亏的，为此他处处让着刘峰，没想到这小子来这里也没多久，为何如此嚣张？他真为这小子感到有些担心……储国荣呼呼地睡去了，看来刘峰没有干扰到他的心情。

"……怎么这条街不像瑞金路御河街呢？"储国荣问走在身边穿得像仙女一般的何晓秋。

"不是瑞金路御河街那是什么街呢？你出去干了十多年革命，连自己家乡的街道都忘了，你这叫忘本。"何晓秋高兴地笑着对储国荣说道。

"不对，不对，这不是我们家住的那瑞金路御河街，瑞金路御河街的口子上有一棵大榕树，今天就没看见这棵大榕树呢？"储国荣非常生气地问何晓秋。

"那棵大树可能被蒋介石那帮混蛋砍了吧。"何晓秋这么回答她的丈夫储国荣。

"你不能这样说，这样说别人会笑话你的。蒋介石那帮人是只杀共产党不砍树的呀。"储国荣把何晓秋拉到身边小声地说。

"那这棵大树到那里去了呢？"

"可能我们走错了地方，我们到别的地方去找找吧。"储国荣对何晓秋说。

储国荣拉着何晓秋的手，在南京的大街小巷里走了很久很久，就是找不到他们家街上那棵大树。

"我们回家吧，那棵树可能真被国民党那帮混蛋砍了。"他们又拉着手飞一般地朝瑞金路御河街跑去，跑了很久，这次连御河街也找不到了。

"先生，请问南京市秦淮区瑞金路御河街在那里呀？"储国荣拉着一位路人问。

那人奇怪地望着储国荣问："你们从什么地方来呀？"

储国荣突然间想不起自己从何而来："啊，我们走的地方太多，我从什么地方来我也记不清了。"

那人又好奇地问："你们来南京干什么呢？"

"南京是我的家乡，我回来看看。"储国荣说到家乡二字时显得有些激动。

"先生在何处谋生呢？"那人又问。

"储国荣有些骄傲地抬起头望着路人说："我们革命者四海为家。"

这时那路人似乎更有了些好奇："世上还有找不到自己家乡街道的人吗？"

这时，储国荣感到被路人嘲讽，他那狂傲的脾气又上来了："在革命者面前还有找不到的路吗，你不告诉我，我自己去找。"说着他拉着何晓秋飞一般地离开了。

"晓秋呀，找不到秦淮区瑞金路御河街，那我们就先回你的家吧，听到储国荣说要先回自己的家，何晓秋高兴得跳起来，嘴里说道："终于盼到回家了！"

"你们家住在什么地方呢？"储国荣问何晓秋。

"以前我不是带你去过吗，你这人太笨了。"

"我只记得你们家住在鼓楼区金陵新村。"

"就这条路往前走。"何晓秋拉着储国荣又往前奔去。

很久过去了，何晓秋仍没找到自己的家。她坐在地上哭起来："怎么参加革命后就家都找不到呢？"

"你好好想想，家门口有些什么标志呢。"储国荣耐心地劝着她。

"我们家对面是卖阳春面的，左面住的是教算术的张老师家，右边是一家补皮鞋的。

"唉，这南京市有多少家卖阳春面的，又有多少家补皮鞋的呢，还是去找人问问吧。"储国荣安慰地对何晓秋说。

前面有个卖菜的小贩，储国荣跑上前："师傅请问鼓楼区金陵新村怎么走呀？"

小贩停下来打量着储国荣，"你们到那里去干吗呢？"小贩问。

何晚秋冲到小贩面前，非常激动地："我的家就在那里，我要回家，我要回家。"

小贩摇了摇头说："鼓楼区金陵新村在北面，你们跑到南面来，怎么找得到呢？"

听到小贩这么说，何晓秋激动地冲上前："我的家在那里，我回家找不到路了，我要回家呀！我要回家！"

听到何晓秋哭诉般的这些话后，储国荣的心像针刺般的疼痛起来，这次他就是为送他的小宝贝回家的。储国荣又上前问："那说明我们走反了方向对吗？"

小贩没有回答储国荣的问话，担着菜走了。

"把地图拿来看看，北面距这里有多远。"储国荣对何晓秋说。

"我们没有带地图呀。"何晓秋回答。

"我记错了，我还以为我们在打日本人。我们在南边，现在去北边，从城中直接穿过去就行了。走我们回家了。"储国荣又拉着何晓秋的手飞奔而去。不知这次他们是否能找到家？

很久过去了，储国荣他们仍在大街上走着，他们又问了很多人，都不知道秦淮区瑞金路御河新村和鼓楼区金陵新村。

何晓秋又坐在地上哭诉着说："怎么革命几年回来，就找不到家了呢，连以前住的街都找不到了……"

"起来我们慢慢去找，我们一定会找到家的。"储国荣又拉着何晓秋的手往前走着，突然间，何晓秋跳着对储国荣说："这是上海不是南京呀！"

"怎么会呢，我们明明是坐的开往南京的车。"

"你看那里写的是闸北区。"何晓秋指着街上的门牌。

"对，我们怎么跑到上海来了呢？高玲玲不是就在这里受伤的吗。对面不远的地方就是孙科文他们中队吗，真是跑到上海来了。"

怎么会一下就到了上海呢？储国荣站在那里问自己。

"储国荣，你小子不在前方打日本侵略者，跑到这里来游荡干什么呢？"

谁在叫我呢？上海我早已没有熟人了呀。储国荣到处找叫喊他的人，可是身边除了何晓秋，没任何人。

"储国荣你小子怎么就不理我呢。"

储国荣又转过身去，让他惊奇的是杜志强和高玲玲，像神仙一般从空中飘落下来。

四个人高兴地抱在一起。先是笑后来是哭。

"我想回家，可是就是找不到我的家呀，我们从南京找到了上海就是找不到鼓楼区金陵新村。"何晓秋又坐在地上哭诉起来。

"找不到就别再找了，我们革命者四海为家。"杜志强奇怪地望着何晓秋说。"

"你也是我们南京出来的姑娘，你回过家吗？"何晓秋拉着高玲玲的手问。"

"我回不去了，我回去后被家里的人赶了出来。"高玲玲也流着泪对何晓秋说。两人抱在一起哭诉着。

"你们在这是干什么呢？喊了半天也不理我的。"

大家抬起头来望见孙科文也来了，又是一阵高兴。何晓秋冲到孙科文面前问："你也是南京人，你回家了吗？"

"回了。可是，我的父母姐妹所有的亲戚都被日本人杀害了，我准备到湖南湘江去，把留在那里的红军战友召集起来，去杀日本人，为南京的父老乡亲报仇。"孙科文双手握着拳头对三人说。

"好！我也来参加。"杜志强握着孙科文的手说。

"既然你也愿意参加，那就继续当你的团长，我当你的参谋长。"

"我也来参加，我继续当你们团的卫生队长。"何晓秋擦干脸上的泪水后，也跑上来站到孙科文身边。

"走，我们到湘江去找战友去！"

杜志强把人全部带走了，包括何晓秋。储国荣一人孤零零地站在那里。

"储营长——吃饭啦。"通信员在外面喊。

储国荣穿上衣服，准备去厨房吃饭，但梦中的情景依然在他脑中回荡。"哎，怎么全梦着些死人呢。"他边往厨房走，边自言自语地说。

六

"报告营长，通信班结合完毕。"通信班班长伍坤德结合完全班后向储国营报告。

"下午检查全营备战装备情况，只需去两人，其他人留下作备战的准备工作。"

储国营转身对教导员曾维中说："我们从一连开始。"

曾维中只说了一个字："行。"

"你的战前动员报告安排在什么时间？"储国荣又问曾维中。

"今天晚饭后七至八点，全营集中作。"曾维中道。

四连长黄维兴看见储国荣带着人来了，马上吹哨喊道："全连集合，立正，向右看齐，向前看，立正。"

把队伍集合完毕后，黄维兴跑到储国荣面前："报告营长，全连集合完毕，请你检查。"

储国荣往前走了两步，望着排列成一条线的队伍喊道："大刀队的出列。"

三十三名大刀队队员，立刻从排列中往前迈出了一步，并快速排成了一列。

"持刀！"储国荣大声喊道。

三十三名大刀队员哗的一声，瞬间从刀鞘中拔出了大刀。寒光闪闪的三十三把大刀举在储国荣面前，储国荣上前从第一名大刀队员的手中，拿过一把大刀，然后轻轻地用手指在刀刃上摸了摸，感觉到此刀非常的锋利，他把刀还给了队员，然后用同样的方法检查了另一名大刀队队员的大刀，让储国荣感到满意的是他检查的两把大刀都非常的锋利，这些刀砍向日本侵略者的脑袋，有如砍瓜切菜一般。

"同志们，后天的行动，我们面对的是凶恶残暴的日本侵略者，在他们面前不能有半点的犹豫和杂念。瞬间就决定你的生死，要有百分之百的勇气和决心才能有生存和胜利的希望。"说到这里储国荣把话停了下来，望着面前手持大刀的三十三名队员，从他们的神情中他得到了一种安慰。

望着三十三名大刀队队员，储国荣突然大声问道："我们去消灭日本侵略者，大家准备好没有？"

　　三十三名大刀队队员齐声回答："准备好了!"

　　"好,入列。"储国荣喊道。

　　"炮楼突击队出列。"储国荣喊道。

　　三排排长钟勇,带领十个突击队员列队站到了储国荣面前。

　　"知道你们的任务是什么吗?"储国荣问。

　　"战斗打响后,用最短的时间炸毁据点北侧的炮楼。"突击队长钟勇答道。

　　"准备了几个炸药包?"储国荣问。

　　"两个。"钟勇答道。

　　"炮楼突击队,准备好没有?"

　　"准备好了!"十一名炮楼突击队员齐声回答。

　　"炮楼突击队入列。"储国荣喊道。

　　"四连有几位没有枪、现在用长矛的?"储国荣问。

　　"每个班两个,全连二十个。"连长黄维兴站在旁边答道。

　　"拿长矛的二十位同志出列。"储国荣喊道。

　　"立正,向右看齐,向前看。"储国荣把出列的二十个拿长矛的战士的队列整顿好后问:"都是新战士吗?"

　　"是,我们都是新战士。"大家异口同声地回答。

　　"都是第一次上战场吗?"储国荣问。

　　"有十一个是第一次。"连长在旁边答道。

　　"把你们的长矛放在地上我看看。"储国荣说道。

　　二十位战士一下都把长矛放在了地上,储国荣走上前一一拿来看了一遍,让他高兴的是战士们把长矛的尖头也磨得雪亮的。

　　"大家把长矛拿起来,后天我们就要上战场杀日本侵略者了了,大家怕不怕?"储国荣问。

　　"我们不怕!"大家齐声回答。

　　"很好,日本人没有那些胆小鬼说得那么可怕。在三七年十月二十六月我八路军一二九师七七一团十二连,在娘子关附近的七亘村的战斗中,一个名叫杨绍清的战士,一口气刺死六个日军,另外还刺伤一个。大家说日本人可怕吗?"

　　"不可怕!"二十名新战士齐声回答。

　　"有没有勇气和决心去战胜日本侵略者?"储国荣又这样问。

　　"有!我们有决心和勇气同日本侵略者拼到底!"二十名持长矛的战士慷慨激昂回答道。

"我们有了勇气和决心还需要一样东西大家知道吗？"队列里没有人回答这个问题。

"同志们，日本侵略者是非常凶猛残暴的，与他们作战千万不能轻敌。记清楚没有？"储国荣问。

"记清楚啦，千万不能轻敌。"战士们大声回答道。

"请大家入列。"

"现在我还要问大家一下，谁还有困难？有问题，请讲出来，我这里马上给你解决，不要怕，领导就是帮助大家解决问题的。"储国荣静静地望着大家，可是，队列里没有一个人提出问题。

"有问题大家就提出来，我们不会批评大家。"黄维兴连长又这么说道。

"营长，我有一个小问题能不能说呀？"一班的周小娃胆怯地问道。

"问题不管大小，你直接说出来就行了。"储国荣说。

"营长。我枪上的刺刀是松的，怎么也搞不紧，我在同敌人拼杀的时候，就怕它断了。有什么办法帮我把它搞紧呢？"

听了周小娃的问话后。大家都哈哈地笑了起来。

"大家不要笑，周小娃同志提的这个事很好。"

"周小娃出列。"储国荣喊道。

储国荣往前走了一步，对周小娃说："把枪给我。"

储国荣从周小娃手接过枪后，拿着看了看，"哎，这支枪太老了。"叹了口气后这么说。

储国荣用手握着枪的刺刀摇晃了几下说："刀尖的摆动差距至少有二厘米，拿着这样的武器上战场是非常危险的。"储国荣抬起头望着一连的全体官兵问："像这样的枪你们连还有没有？如果有，就马上拿出来。"队列里没有人说话。

储国荣望着连长黄维兴问："你们连还有其他枪吗？"

"没有了。这支枪也不知道他们从哪里弄来的，他们也没跟我讲过。"

储国荣到处张望了一下喊道："通信员！"

通信班班长伍坤德跑过来问："营长有什么事？"

"把你的枪给我。"储国荣对伍坤德说。

伍坤德把挎在肩上的步枪递给了储国荣，储国荣把伍坤德递给他的步枪拿在手里看了看，拉动了一下枪栓后，自言自语地说："这支枪还可以。"

储国荣走到周小娃面前把手中的枪递给了周小娃："你就用这支枪

吧。"

周小娃有些激动地把储国荣递过来的枪看了看，有些不相信地望着储国荣问："营长，这支枪就算给我使用了吗?"

"是的，拿着这支枪上去后，给我多杀几个鬼子。"

"谢谢营长，有了这支好枪，我就好狠狠地揍鬼子了。"

"周小娃入列。"储国荣笑着喊道。

得到一支好枪的周小娃，飞快地回到了队列里。

站在旁边的伍坤德感到有些委屈和失望，在八路军里想搞一支好枪也不是很容易的事。

"现在，我们去看看炊事班吧。"储国荣对黄维兴说。

来到炊事班后，炊事班长钱礼辉站在门口等候着，看着储国荣进来，钱礼辉给储国荣敬了一个军礼说："营长你好!"

"这是我们连的炊事班长钱礼辉同志。"站在后面的黄维兴连长介绍道。

"这里就不要那些形式了，你们直接带我到马棚里去看看，你们有几匹马?"

在往马棚走的时候，钱礼辉给储国荣说："上一次行动，我们损失了五匹马，现在我们连只有七匹马了。"

走进马棚后，储国荣看见七匹马整整齐齐地拴在马槽前，马棚也打扫得很干净："你们的马养得很好，生活这么困难你们还把马养得这么壮的。"储国荣有些高兴地说。

"其实我们这些马，一颗粮食也没吃过，主要是我们这个养马的同志特别负责。他特别爱马，为了把马养好，他每天晚上都睡在马棚里。"炊事班长钱礼辉对储国荣讲。

"怎么没见到养马的李元太同志呢?"储国荣问。

"他在隔壁准备东西。"钱礼辉答道。

"李元太，营长看你来呢。"连长黄维兴喊道。

"营长好!"李元太给储国荣敬了一个军礼。

"营长，这是七匹马的马鞍，这是用来绑东西的绳子。"李元太给储国荣讲道。

储国荣看见马鞍和绳子都整整齐齐地放在木架上："李元太同志你的工作做得很好，我很满意。"

"这里就差不多了，我们去五连吧。"储国荣对身后的曾维中说。

曹万坤正带着一帮人去三营检查备战情况时，外面的山坡上突然响起几声枪响。

"有情况。"曹万坤下意识地随手摸出了手枪。这就是长期处在战争中人的习惯。

"团长，你就不去三营了，我去看看情况回来向你报告。"储国荣说。

曹万坤摇了摇头带着人马继续朝三营走去。

储国荣警惕地握着手枪朝响枪声的方向奔去。这时，听到枪响的团警卫排也冲了出来。

"什么情况?"储国荣问警卫排的人。

"还不清楚，可能是流动哨，发现了可疑人员。"警卫排长袁泽明说。

等到储国荣跑到那里时，警卫排的人已把两个不明身份的人抓到了。但两个人都被击伤。

"怎么回事?"储国荣问。

"刚才我在这里巡逻时，发现这两个人走到我们营房外到处张望。我藏这棵大树后观察了很久，后来我悄悄地绕到了他们的后面，堵住了他们的退路。这时，我问他们来这里干什么? 两人有些紧张，然后突然摸出枪来。就在这时，我对着两人开了两枪，运气好的是两枪都打中了。他们还击，我就躲在这树后。

"可能是两个日本人，我问什么他们都不回答。"警卫排长对储国荣说。

"看他们那神态就是日本人，拖回团部马上审讯。明天我们就要行动了，他们来的目的是否与此有关?"储国荣与袁泽明说。

回到团部储国荣马上找到侦察排的周邦龙，要他打电话给分区侦察科，请他们马上派个日语翻译来。

分区参谋长万向坤听说五七九团抓到了两个日本人的探子。他非常高兴，带着翻译很快赶到了五七九团。

"没想到明天我们就要行动，今天日本人送两个情报员来，多及时呀。"万向坤望着储国荣和周邦龙说。

两个日本人的伤已包扎好，沮丧痛苦地坐在那里。

"参谋长，开始吧，团长还在三营检查备战情况，马上回不来。"

"把这个能走路的押到对面的屋子里看守起来，千万不能让他逃跑了。要知道日本人在这方面是很能干的。"周邦龙对警卫排的两个战士说。

审问由周邦龙负责，他搞侦察要经常审问抓回来的俘虏。万向坤、孙文举、储国荣他们都坐在后面听。

望着把自己的同行押走后，那个腿被打断的日本人开始流泪，从他身上找不到什么不怕死的武士道精神，给人的感觉是一个普通的士兵而已。

"你叫什么名字，从什么部队来，这次出来的任务是什么？与你同时被俘的人叫什名字，什么职务？"翻译马林森用日语问。

这个日本人没作任何的抗拒，只是犹豫了一会儿就说："我叫秋田次郎，是上村宁次联队的士兵。出来的任务是找八路军的驻地。与自己同时被俘的人叫田中次郎，是上村宁次联队的侦察员。"

"你们上村宁次联队驻在什么地方？"翻译又问。

"上村宁次联队驻在安阳庄。"秋田次郎回答。

"你们出动了多少人上山找八路军驻地？"翻译问

"上村宁次联队出动了一百多人，其他联队还有，但我不知道是多少人。"秋田次郎答道。

就在这时储国荣写了一个纸条递给翻译，马林森按纸条上写的用日语问："你们是怎么找到这里来的？你们知道我们是什么部队吗？"

不知这个日本人在想什么？当翻译向他问这个问题时，他却微微地笑了笑。

"你们这里叫中条军分区五七九团。"秋田次郎轻松地答道。

坐在后面的万向坤，孙文举和储国荣听到此回答后大吃一惊，"日本人把我们搞得这么清楚，这太可怕了。"万向坤自言自语地坐在那里小声说道。

这时储国荣从座位上站了起来，他走到马林森旁边，他递给马林森一个小布包，小布包里装了一些毛发，这是从田中次郎身上搜出的。

"问他这是什么东西，他们把它放在包里有什么用？"

"这不是我的东西，这是田中次郎的。"秋田次郎说

"我问你这是什么东西？我知道这是田中次郎的。"储国荣问。

"这相当于你们中国人的护身符，把它放在身边，你就会得到保护，就不会受伤。"

"这是什么毛？"储国荣问。

秋田次郎犹豫迟疑地望着储国荣那烈火般的目光。

这时储国荣愤怒地抓着秋田次郎胸前的衣服，手枪顶着秋田次郎的脑袋，大声吼道："不说真话，我马上毙了你。"

应该说秋田次郎是个胆小怯弱的日本人，储国荣就这么来了一下，他就被吓得发抖。嘴里不停地说，那不是我的，我没有那些东西。过了几分钟等秋田次郎的情绪稳定后，马林森再次问他布袋里装的是什么毛。

"这些都是少女的阴毛。"秋田次郎是否下了很大的决心才把这句话说出口，说出这句话后，他就低着头，脸上的汗珠不断地往下掉。

"这些少女的阴毛是怎么来的呢？"储国荣问。

"他们把人抓来强奸杀死就剪下阴毛来做护身符。"

"你来中国杀了几个中国少女。"储国荣又问，

"我刚来中国半年，我没有杀过中国女人。"

"你知道田中次郎这里装了多少少女的阴毛吗？"

"他告诉我说有八个了。他准备再找两个，他说如果能凑够十个少女的阴毛，他在中国战场上就会得到鬼神的保佑，他就能够安全地回到日本。"

七

"我今天就要看看这八个少女的阴毛，怎么来保护这个畜生。"储国荣自言自语道。

"参谋长，你看还要问些什么？"孙文举望着万向坤问。

"是个新兵，他什么都不知道，审那个吧。"万向坤说。

储国荣站了起来，他不想妨碍对田中次郎正常审讯，他对孙文举小声说："我头痛得很，到外面去走走。你们审讯完后，最后我问他几个问题。"

"好的，你去休息吧！"孙文举对储国荣说。

刚回到团部门口的曹万坤，望见储国荣满面泪水地往外走。

"国荣你怎么呢？"曹万伸有些不解地问。

"团长没事，我头疼，到外面去走走就行了，让他们审讯这两个畜生吧，我出去走走。"

"去卫生队，看有没有什么药。"曹万坤说。

"好的，你去吧。"

储国荣在大门外的一个小土堆上坐下来，他又从包里摸出那个罪恶的小布袋，里面装着八位少女屈辱的灵魂，为了自己的安全，要八个中国少女受尽侮辱和摧残后付出生命的代价。这个世界上除了日本人有这种行为和逻辑外，可能没有任何国家。任何人群有这种灭绝人性，残暴无耻的行为逻辑。这时储国荣又想到父亲信中写到母亲和妹妹被日军强奸侮辱杀害后，拔光全身衣裤后抛尸小院内的情景。"如果今天我能知道哪个日本人衣包里放着，我小妹莲莲的阴毛，我必须将他碎尸万段。遗憾的是，今天

我找不到这个混蛋，不能为我的小妹莲莲报仇，这是让我最痛苦的事……"储国荣自言自语地这样说着。

储国荣望着手中的那个小布袋说："八位同胞，八位小妹，如果你们的在天之灵看得见的话，我马上就要去给你们报仇了，我要让这小子生不如死，让他知道血债应由血来还。"

储国荣拔出手枪，在弹夹里放了四棵子弹，然后把弹夹推进到弹舱里。

储国荣走进正在审讯田中次郎的房间时，孙文举望着储国荣问："储参谋长，不是说你还有几件事问的?"

"你们问完没有?"储国荣问。

"都完了。"孙文举道。

"我要问的很简单，我就问一下这小布袋的事。"

储国荣把那装有八个少女阴毛的小布袋，拿到田中次郎眼前晃动了几下问："这是你的吧?"

田中次郎感到有些莫名其妙，马林森翻译再次给他翻译了一遍储国荣的问话。

田中次郎点了点头，表示这小布袋的确是自己的。

"这里面装的是八个少女的阴毛是不是?"储国荣问。

听到储国荣这样问时，田中次郎有些紧张了。他看见储国荣那燃烧着怒火的眼神，再也不敢抬头看储国荣。

"我问你里面是不是装的八个中国少女的阴毛?"储国荣一只手抓着田中次郎胸前的衣服再次问。

"是的，里面的确装有八个女人的阴毛。"田中次郎有些不在乎地说了出来。

"你是怎么杀害这八个中国少女的?"储国荣又这样问。

到此，田中次郎就紧紧地闭着嘴，储国荣问他什么他也不回答。

储国荣把那个装有八个少女阴毛的小布袋放进田中次郎的衣包里，然后问田中次郎："它们能挡住我的枪弹吗?"

马林森把这句话给田中次郎翻译了两次。

田中次郎斜着头藐视地望着储国荣。

"看来你是相信那八个少女的阴毛能救你的命!?"

"那我们就做个实验好吗?"

就在这时储国荣拔出手枪，指着田中次郎的双腿连开了四枪。

在场所有人都感到吃惊，分区参谋长万向坤拍着桌子骂道："储国荣你给老子胡来，你要受到组织的严厉处罚。"

"我接受组织的一切处理。"储国荣说道。

人们马上把田中次郎抬到团卫生队进行包扎，但两条腿都被打断，如不及时送医院截肢，小命难保。

愤怒的万向坤参谋长，只好把两个俘虏绑在马背上驮回去让分区医院治疗。

这时储国荣走过去又从田中次郎的衣包里把那个装有八个少女阴毛的小布袋取了回来。他对在场的人说："抗战胜利后，这些都是日本人的罪证。"

曹万坤走到储国荣面前："国荣啊，你为什么如此冲动呢？事情搞到这一步，大家都没退路了，日本人我们大家都恨，消灭日本侵略者是我们共同的目标，同志呀，千万不能感情用事！"

"团长对不起，一切后果由我个人承担，你放心！"储国荣说。

"这次你协助我搞的备战工作很理想。只要我们后天端汤家河据点这一杖打好了，你在团里不是就站稳脚了吗？你这样一搞事情就难办了，本来你来团里我让你营长兼参谋长就有人不服，这下别人不是正好有把柄吗？"储国荣你的这一莽撞行为，让曹万坤感到尴尬和无奈。

就在这时，通信员匆匆跑来："团长，分区通知请你马上赶到分区司令部开紧急会议。"

曹万坤又骑着马匆匆朝分区奔去。

会议是关于储国荣肇事的处理与安排。

曹万坤对分区的所有安排都没意见，唯独不同意由一营营长刘峰兼任参谋长，他认为此人不好合作。分区接受了他的提议，由副团长陈凡东兼任参谋长。由五连连长罗开明任二营营长，二营五连二排排长曾辉任五连连长，储国荣到二营四连二排任排长。这是储国荣参加革命以来，第二次由团参谋长降职到排长。

新的任命在五七九团没有引起多大的波动。对储国荣而言，他觉得当排长也不错。在他的想象中，可能要把他的职务全部撤光的，没想到组织上任给他留了一个起码职务，也就是干部序列里最小的职务。在他曾经下级的下级那里当了个排长。他没有任何的意见，相反他对罗开明任二营营长是很高兴的。

吃完饭大家都还在外面聊天，周小娃就回到屋里，又拿起那支枪在那里擦呀看呀，获得一支好枪后的那股高兴劲还没有消失。睡觉吃饭他心里都是营长给他地这支枪。

"周小娃——周小娃——"伍坤德站在一连门口大声喊着。

正坐在那里欣赏自己枪的周小娃，拿着枪就跑了出去。当周小娃跑出门看见伍坤德拿着他以前那只破枪，站在那里时，一切他心里都明白了。周小娃笑了笑问："什么事伍班长？"

"把你这破枪拿去，把我的枪还我。"伍坤德气势汹汹地说。

周小娃站在那里想着，他知道因为储国荣的营长职务被撤了，现在没人为自己说话了。想到这里，周小娃在心里对自己说，今天我就要为老营长争口气，这枪决不还他。

"我什么时候拿过你的枪？"周小娃往前走了一步问伍坤德。

"唉，你这小子昨天的事就不认账呀？"伍坤德很生气。

"不管昨天前天，我和你就没发生过什么事，你还是老老实实地回去吧！"

"昨天储国荣排长把我的枪借给你了，今天我来取回去。"

"你错了，昨天储国荣不是排长而是营长，这支枪的确是储营长给我的。他如果亲自来取，我就会还给他，你小子来就休想。"

就在伍坤德和周小娃争执不休的时候，排长钟勇进来了："什么事？周小娃你在同伍班长争什么？"钟勇问。

周小娃把伍坤德来问他要枪的事给排长钟勇讲了。

钟勇转身望着伍坤德说："什么你的枪？这些都是八路军的枪，储国荣作为八路军的一位营长，这支枪他说给谁用，谁就有权用，你有什么权利来拿回去呢？这不是笑话吗！"

钟勇这几句话让伍坤德彻底失望了，他只得仍拿着那支破枪，灰溜溜地回营部去了。

命令宣布后，罗开明亲自帮储国荣把东西搬到四连，并把铺也为储国荣支好。来到红军队伍中，有这点小进步，他觉得与储国荣是分不开的。至于储国荣而言，很大程度上是他运气不佳。与他一同从上海来的大都当上团长或团政委了，当个营长对他来说都有些吃亏。可这下好了，连个营长都丢了。

"行了。明天就要行动了，你今天才上任，下午你还是到各连队去走走，同连排长们沟通一下，争取第一仗就来个开门红。我这里你就别操心，一个排我完全能领导好的。"

在离开时罗开明又找到曾辉，他小声地对曾辉讲，要多关心储国荣。

储国荣正在收拾东西时，曾辉走了进来："老营长，有什么需要我帮忙的吗？"

储国荣抬起头望着曾辉："以后就别叫我营长了，俗话说到那个坡就唱那个歌，从此我就是你手下的一个排长。另外请连长帮我找个人，把我这把大刀磨一下，我看全连的大刀都磨得亮晃晃的，就我这把没磨。"

"三班长——三班长——"曾辉站在那里大声地喊道。

"连长有什么事？"三班长孙泽光问道。

"你的刀磨得最好，帮老营长把这把刀磨一下。"

半个小时后，孙泽光提着寒光闪闪的大刀回来了："老营长，你这把刀可能是我们全营最好的一把刀，砍鬼子的脑袋会像切萝卜一样。好刀，真正的好刀。"

"这是我准备上前线前，请人从西安专门买来砍日本鬼子的脑袋的。"储国荣对孙泽光讲。

储国荣从孙泽光手中接过已磨好的大刀，拿在手中看了看，又向刀面吹了一口气，然后用耳朵听气流在刀面上的回响。然后他向孙泽光说："磨得好！孙班长不愧是曾连长认可的磨刀高手。明天我拿着这把大刀，不砍四五个鬼子的脑袋下来，就对不起我们孙班长为我磨这把刀。"

"能得到我们老营长如此高的评价，我真是有些不敢当呀。"孙泽光笑说道。

一切准备好后，储国荣把全排的人喊到了一起，所有人的武器他都拿在手中看了一遍，特别是第一次参加战斗的四个新战士："你们四个不要乱冲，要躲在边上等时机，对那些惊慌失措，或背对着自己的敌人，果断出手，这次行动，每人都争取消灭一个日本鬼子，争取每人为自己夺一支枪回来。"储国荣这样对四个新战士讲。

晚上九点，五七九团突然包围了日军的汤家河据点，二十支冲锋号同时吹响。星星点点的手榴弹投向据点。这时，最忙的是几个参谋，他们要很快掌握各射击点的火力情况，这是对敌人火力进行试探。

一营营长刘峰带着三个连长和一个参谋，摸到距大门二百米左右的地方，观察大门周围敌人火力的配置。但是敌人似乎并没有上当，只有大门外的几个射击点在零星地射击。

这时刘锋调来了两挺机挺。指着大门吊桥的吊绳射击，并组织一个班进行试探性进攻。这时让大家都没想到的一件事发生了，大门吊桥的绳子被打断，吊桥掉了下来。为了把吊桥重新吊起来，伪军进行了反扑，就在这混乱中，刘峰派出班的炸门突击队，想趁乱把大门炸掉，但没有成功。大门前二十米处有一个隐蔽的射击点，六人牺牲在那里，四人退了回来。

罗开明这个刚上任一天的营长也不轻松，他带着四个炸炮楼突击队队长们围着据点转了几圈了，他们想找出一个炸掉炮楼的最佳方案。他们想在大门被炸开后冲进去，二十分钟内炸掉炮楼，但让大家有些担心的是，今天据点里的敌人，很冷静，好像他们一切都准备好，就等你攻击的那种势态。

另外三个团的兵力已埋伏在十五公里的路上，在距离据点五公里处的一座七米长的小桥已被八路军炸毁。上村宁次联队的三千多人已向这里开来。八路军四六八团、四六二团、五七三团为上村宁次联队准备了一千把大刀、一百挺机枪，二万枚手榴弹。当然上村宁次的装备远超八路军。八路军要让上村宁次联队的一百多辆车，全部堵在这十多公里的乡村小路上，才开始动手，首先向车上下来的人群投手榴弹，然后再用机枪，最后就用大刀。这些东西日本人也有，但不知他们先用哪些。

一贯精明的一营营长刘峰，这次又抓到个烫手的山芋，一个多小时过去了，已牺牲了二十多人，他还没把大门炸开，急得曹万坤离开指挥所，跑到阵地前来了。就在这时，闲不住的储国荣给曹万坤提了个方案："做一个四十斤重的炸药包，放在敌人的第一道封锁线处引爆，爆炸产生的强大冲击波会让大门周围隐蔽射击点里的敌人不死也昏了，同时爆炸后所产生的大量烟雾，使隐蔽处的射手看不见射击目标，就在这一两分钟内突击队冲上去，朝每个射击口里丢进一棵手榴弹，一切就好办了。"

刘峰对这一方案也认可，很快就准备好了一个五十斤重的炸药包。

就在这时，储国荣又对刘峰讲："冲上去的突击队员事先要分好工，自己应该往那个射击孔丢手榴弹，心中大概要有个数，因为当时雾很浓，看不见射击孔的。"

刘峰马上叫来了突击队员，按储国荣的方案进行了分工。

就在爆破手准备出发时，储国荣又走过来对爆破手说："拉燃引线后，你一定要退到一百米外，不然你会受伤的。"

爆破手感激地说："谢谢参谋长！"

这时，来汤家河增援的上村宁次联队的车全部堵在路上了，车停下不久，突然从黑夜里冲出不少八路军，往日军的车里扔手榴弹，日军下车后又遭到八路军机枪的射击，那些运气好没丢小命的日军，就趴在地上等天亮。他们知道自己的武器好，子弹多，天亮后他们就不怕八路军了。

让上村宁次没想到的是，驻地又遭到一股八路的袭击，一百多留守人员，全部丢了命。这是保南军分区四八二团三营的人干的。他们多次吃了村宁次的亏，这次来端他的老窝，就是报仇来的。

上村宁次趴在冰冷的地上。他极其愤怒，手紧紧地抓住腰间的指挥刀，心里一遍又一遍地说，明天我要砍掉中国人的脑袋。可是上村宁次不知道，就在他周围八路军准备了一千把大刀，都是用来砍日本人脑袋的。等到天亮后不知谁把谁的脑袋砍下来。

就在上村宁次感到愤愤不平时，趴在他身边的参谋跟他一样愤怒，但这位参谋比他勇敢，他抬起头来，想找个中国人出出气。但这位参谋先生运气有点不佳，他还没找到中国人时，中国人的子弹找到了这位参谋的脑袋，这下他老老实实地躺下了。上村宁次用力地拉了几下这位参谋，却没有任何的反应，一切就这么结束了。上村宁次觉得这里很危险，他是身经百战的人，他已判断清楚了，八路应该在他的左边，他应该往右边移动，等到天亮时就晚了。他把头微微地抬起，他不敢把头抬得太高，看到不远处有一个四五十米高的土包。他目测了下与土包的距离，有二百米左右。他小声地给身边另一位参谋人员说了几句后，两人一同往那个土包爬去，明天他就要把指挥所设在上面。

八

这时储国荣又回来找到罗开明："在一营的大炸药包爆炸后，在浓雾中炸炮楼的突击队应该迅速冲进去，在剧烈的爆炸后，趁敌人的恐慌和混乱，迅速炸掉炮楼是完全可能的。这是一个很好的时机。"

罗开明根据储国荣的方案，马上组织炸炮楼突击队在大门被爆破后的突击。

刘峰那个五十斤重的炸药包似乎比想象中的效果还要好，撤退到一百五十米外的突击部队，都感到强烈的震动和冲击，在爆炸点周围隐蔽处射击点里的敌人，估计也不能动了。这时最高兴的应该是刘峰营长。

就在爆炸后浓烈的烟雾中。罗开明的炮楼突击队冲进去了。应该说储国荣的判断是非常准确的，剧烈的爆炸让炮楼上的射手也感到非常的恐慌。就在这些射手还没有从恐慌中清醒过来时，罗开明的炸楼突击队就冲了上来。一切就这样结束了。罗开明的第一个任务完成得干净利落。

站在指挥所里看见四个炮楼被炸掉，曹万坤高兴地说："这个罗开明就是不错！"

看到四个炮楼被炸毁后，储国荣带着二营的大刀突击队冲了进去。但是他们面对的毕竟是日本人，储国荣带着大刀突击队，冲进大院后在拐角处，遇到了日本人顽强的抵抗，两三挺机枪不停地向他们射击。前进的道路完全被堵死。已经有四五个战士倒在地上了。前面是一座楼房，日本人就躲在里面射击。房屋前是一个完全没有障碍物的平坝。突击队就被挡在这里。罗开明组织了两次强攻，都被敌人强大的火力压了回来，而且牺牲了好几名战士，更让突击队无计可施的是。前面的楼房，没有任何大的窗户，只有很多的射击孔。

这时储国荣与罗开明商量，让罗开明继续在这里与敌人对峙。并不停地用机枪射击作出准备强攻的姿态。并搞几次小型的爆破，吸引敌人的注意力，储国荣带领十个人的突击小组，绕到房屋的后面，看是否有进入房屋的通道。储国荣带领突击小组离开后，罗开明想到刘峰用大型炸药包，炸毁大门的经验。他马上准备了一个五公斤的炸药包，在机枪和手榴弹的掩护下，爆破手把炸药包放到房屋的墙角引爆了。房屋的墙角被炸出了一个小洞。这时，引起屋内的敌人一片慌乱。

隐藏在房后门外的突击小组，趁屋内敌人的慌乱。冲进了屋子，让突击队员没有想到的是。房内有很多个屋子，敌人分布在各个屋子内。因为是夜间，外面是一片漆黑，日本人没有想到中国人已经进入他们的屋子了。储国荣给突击队员们做了一个手势，意思是一人进一个房间。

日本人不会想到中国人敢在这个时候，冲进他们的指挥所。

储国荣选了一间有灯光，听到里面有多人说话的屋子。储国荣突然一脚踢开了门，里面五六个人正在看地图，储国荣的突然出现，让屋子里的人非常的惊慌。他们有的在拔枪，有的准备抽刀，但似乎都晚了一些。储国荣没有任何犹豫，他的冲锋枪对着屋里的日本侵略者发出了复仇的咆哮，瞬间六七个侵略者倒在了屋里。突然，有个倒在地上的日本人，从地上爬起来举枪准备朝储国荣射击，但他已有些晚了，储国荣的枪很快就响了，这个日本人又一次倒在了地上，估计他已无法站着回日本了。

储国荣双眼注视着屋内的一切动静，他慢慢地往前走了两步，他似乎觉得屏风后面有人在动，他果断地对着屏风开了两枪，效果很好，躲在屏风后的人中弹倒下了。这时储国荣意识到，冲锋枪弹夹里的子弹打光了，他用最快的速度换上了一个装满子弹的弹夹。储国荣又往前走了两步，他感觉到左边门的后面，是否还藏着一个人，就在这时储国荣看见，门的上边有一个刀尖在晃动，他的心里突然明白了。他把冲锋枪往后背的同时，从刀鞘里拔出大刀，同时他往挂着地图的墙边退了两步。

看着储国荣把冲锋枪背起来后，藏在门后的日本人，觉得机会到了，他突然推开门，举着刀，朝着储国荣扑了过来。早已做好准备的储国荣，挡回日本人的第一回合后。顺势一刀，日本人就躺倒了。

　　储国荣环视了一下整个的屋子。他觉得屋内应该没有危险了，他把躺在地上的七个日本人胸前的衣包都搜寻了一下，其中四人的衣包里搜出了装有少女阴毛的小布袋。储国荣望着手上的四个小布袋说："姐妹们，今天我为你们报仇了！"

　　储国荣提着大刀走出房间时，在房间的走道上遇见五班长郭乾峰。

　　"排长，这里不能用大刀。敌人都藏到了黑暗的地方，我们已经有两个同志牺牲了。"

　　"怎么搞的？"储国荣问。

　　"敌人藏在隐蔽射击处。"郭乾峰对储国荣讲。

　　"其他队员呢？"储国荣问。

　　"他们上二楼了，我怕你有事，过来看看。"郭乾锋讲。

　　"指挥所以被我打掉了，里面有七个人，被我全部消灭，屋子里挂了好几张地图，我估计是他们的指挥所。"储国荣给郭乾峰讲。

　　"手榴弹效果最好，推开门就扔个手榴弹进去。听到里面有反应再射击。"

　　"排长，注意这个屋子里藏得有人，张成礼就这里牺牲的，我扔了两棵手榴弹都没解决问题。屋子里太黑，无法找到目标。"

　　"怎么我去的那屋子没关灯呢？"储国荣说。

　　"那是你进去得太突然，他们无法关灯。"

　　"我想我们不能撤走，我们如果撤走了，天亮后，敌人在这门口架两挺机枪，我们就上不来了。"

　　"你们发现几个黑屋子里藏有人？"储国荣问。

　　"有五个。"郭乾峰答。

　　"包括前面那个吗？"

　　"对。"

　　"从现在起，每个有人的黑屋子，派个人悄悄地守在门外，要藏在门的旁边，让屋里的人感觉到我们已经撤走了。只要里面有人出来，马上开枪击毙他。要大家节约子弹。我们还有两个人，作为机动。我到下面去看看罗营长那里的情况。另外你告诉守门的人，不要有任何响动，给敌人一个错觉，这样他们就有可能出来。"

　　回到下面后，罗开明他们已经把射击点炸掉了，问题同储国荣他们在楼上遇到的一样，敌人藏在黑暗的地方，你没发现他，他早看见你了。

　　听储国荣讲敌人的指挥所被打掉后，罗开明很高兴，他的想法基本与储国荣相同，只要怀疑藏有人的地方，都派两个人守着。

"楼内还有没有需要守的地方？"罗开明问储国荣。

"派一挺机枪架在门口，如果里面有强行冲出的，这一关就解决他们，总的一点，我们这里决不允许有一个日本人活着跑掉。"

"你这里日军伤亡的有多少？"储国荣问。

"大约有三十六七个。"

"你上面解决了多少？"

"他们九个解决了八个，我解决了七，我们上面有十五个。"

"老领导真不错，第一次与日本人对阵，就是个大丰收。"

"争取天亮后再解决两个，不亲自杀几个日本侵略者，我心头这个愤怒，就很难消呀！"

"还有一个多小时天就亮了，我们这次行动应该算是完成任务了，我就怕出现上次的情况。"罗开明有些欣慰地说。

"如果牺牲再少几个，就更完美了。"储国荣道。

应该说今天刘峰的一营也打得很不错的，只是进门的这一关拖延了时间，使性格本来就有些急躁的曹团长直接冲到了前面来。让本来就紧张的气氛更加的紧张了。

今天刘峰输不起的是，一个刚当了一天营长的人，与他这个当了两三年营长的人相比，如果输给了罗开明，以刘峰那争强好胜的性格他会难受几天的。

为了弥补破门拖延的时间让曹万坤团长不满，大门周围的隐蔽射击点被炸毁后，刘峰举着大刀带领全营官兵，像发疯了似的，朝伪军军营奔去，他见人砍人见物砍物，他的士兵也学着营长的样子，乱砍乱杀地冲了过去。在那里抱着机枪射击的伪军士兵。从未见过如此玩命的军队，吓得丢下机枪就跑，二百多人的伪军与刘峰带领的一营官兵经过一个多小时的厮杀，死的死伤的伤，最后有五十多人举手投降。

而一营也付出了伤亡五十多人的代价，取得了胜利。

为了表明自己的战斗已结束，刘峰派通信班长去指挥所请示曹万坤团长，需不需要他派部队去增援二营？

曹万坤团长让通信班长回去转告刘峰营长："祝贺一营胜利结束了战斗，二营目前无需要增援。原地待命，等天明后打扫清理战场。"

上村宁次带领的参谋们，爬到了距土包还有一百多米的地方就停了下来。因为月亮出来了，整个的夜朦朦胧胧的，在一百米左右移动的东西都能看见了。他怕中国人发现他，他现在也要学中国人，把自己藏起来等到天亮，天亮后他就有绝对的优势。他已通知各中队小队，尽量藏起来不让中国人发现。

其实八路军也怕日本人发现自己。在战场上谁能把自己隐藏起来，谁就是最后的胜利者，八路军是最会使用这一原则的。这灰蒙蒙的月光又让八路军兴奋起来，他们不但看见有人正在往远处的土山包上爬，他们还看见了一堆一堆地爬在地上的日本人。不过日本人同样看见了八路军，但他们希望等到天亮后再向中国人发起进攻。

就在这时，八路军各连排都接到向日军开火的命令，瞬间无数个手榴弹落到日军的隐藏处曝炸，接着就是机枪的扫射，愤怒的日本人从地上爬起来与八路军对打。

在朦胧的月光下，一场混战开始了，这是八路军专门为日本人设计的战场，因为夜里日本人的飞机没用了，再就是有利的地形早被八路军占领，这就让日军手中的优质武器发挥不了很好的作用。他们不想夜战，八路军非要把日本人堵在那里夜战。上村宁次愤怒暴跳如雷，但没用，这是战争不是体育场上的比赛。

愤怒的上村宁次带领一个小队朝对面的土山包冲去。对他来讲，最重要的是把指挥所建立起来，这样他才能更好地指挥控制好整个联队的战斗。像现在这样混战，只有对八路军有好处。但让上村宁次没想到的是，他们刚刚跑到土包边上，就遭到机枪和手榴弹的攻击。原来土包上面早就有八路军了，更让上村宁次头痛的是，他三千多人的部队，分布在十五公里的道路两旁。有参谋向他报告，回撤的路已被八路军炸毁。

让上村宁次不可思议的是，八路军在长达十五公里的路段上，全线发起了进攻，一千多举着大刀的八路军战士，在朦胧的月光下冲向日军，上村宁次完全丧失了对整个联队的控制指挥作用。他完全搞不清各大队现在所在的位置和情况。

上村宁次的士兵和八路军战士，完全处在各自为战的状态下，在灰蒙蒙的夜空中。上村宁次听到他的士兵与八路军士兵刺刀和大刀的撞击声，还有就是受伤后的惨叫声，他不敢想象天亮后展现在他眼前的是怎样的景象。

对八路军而言，这是筹划多月，经无数次推演的结果，好不容易才把日军一个成建制的联队，牵到这条路上来的，既然所有假设的条件都出现了，八路军是不会放过这难得的好机会的。

"……够了，够了，哈哈——妈、爸，还有我的大姐。今晚我砍掉了十一个日本人的脑袋，我给你们报仇了……我……"这是四六八团三营一连二排四班十九岁的白小华，躺在班长怀中断气前的几句话，他没有眼泪，微笑着闭上了双眼，他走向抗日战场的唯一目标，就是为被日本杀害的全家报仇，他举着大刀冲向日本人的目的是如此简单而纯洁。他来至上海苏州河边的松隐镇，上海沦陷后，白小华的全家被日军残暴杀害。

天完全亮了，储国荣带着人从三楼开始清理，让他和罗开明都没想到的是，大部分的房间都有一个秘室，楼上的日军大部分是干部，他们很多都是受特殊训练的。

"小心，里面似乎有人。"郭乾锋对后面两个战士说。这时里面又传出了敲击墙壁的声音。

"出来，不出来，我就开枪啦。"郭乾锋喊道。

这时前面的一位战士准备进入房间："不能进去，他敲墙，是引诱我们的。"郭乾锋，把那位战士拉了出来。

这时郭乾锋对着有声音的地方开了两枪。

里面的日本人，说了两句什么，两人都听不懂日语。让郭乾峰他们没有想到的是。暗室里的敌人，突然冲了出来，并拿着冲锋枪扫射。有多年战斗经验的郭乾锋瞬间躲到敌人的后面，并朝这个日本人开了数枪。敌人倒下了。幸运的是跟随郭乾锋的那名战士，倒地后顺势滚到侧面墙角处，他只受了点轻伤。

"曾老三——曾老三——受伤没有。"郭乾峰大声地喊道。

"班长，我没事儿。"

"能站起来吗?"郭乾锋问。

这时。曾老三从地上爬了起来，并上前把已倒在地下敌人手中的冲锋枪拾来背到自己的背上。

"哎，把我吓惨了。我以为你小子已经完蛋了。"郭乾峰激动地说。

"消灭日本人的任务我还没有完成，不会死的。"曾三娃笑着说。

储国荣带着两名战士在清理三楼的密室，在清理第三个密室时，他们遇到了困难，敌人在密室里不停地向外射击，储国荣投了一颗手榴弹进去，但没有起任何作用，敌人仍然在向外射击。屋子里的光线很暗，看不清楚敌人射击孔的具体位置。

储国荣小声地对身边的战士说："你就藏在这里，千万不要动，我们去清理前面的几个密室，外面没有声音后，他就会悄悄地出来。只要看见他出来，马上开枪击毙他。"

"里面有没有动静?"储国荣问守在另一密室门外的士兵。

"里面，从来没有发出过声音。"士兵回答。

储国荣小心地摸进了密室，这时他发现密室里还有一个更小的密室，里面只能坐一个人，放一挺机枪，枪的射击孔设在密室的门上，门是用十五厘米厚的木板做的。一般的枪弹无法射穿。储国荣把密室里的机枪拿到手里，边走边说："真是密室套密室啊，日本人真是用心良苦呀。"

啪啪！这是传来了三声枪响。

"什么事——?"储国荣问道。

"排长——，排长——，他出来了，我开枪把他打死了。"

"快去把他的枪收了。"储国荣又喊道。

储国荣走上前，用手拍着小战士的肩头问："怕了吗?"

"没有怕，你们走不久。我就看到里面有一个人在晃动，我把枪瞄准了他，他正在探头往外看时，我就啪啪地开了三枪，那小子就倒在地了。"

"参加八路多久啦?"储国崇荣问。

"快八个月了。"小战士回答。

"多大啦。"储国荣又问。

小战士回答："下一个月就满十六岁了。

听到小战士这一回答，储国荣的心感到有些酸酸的，他缓慢地说："哎，你还是个孩子啦。"

"排长，今天算起，我就打死三个敌人啦。"小战士有些不服气地回答。

"好，当八路就一定要勇敢。你不怕敌人，敌人就会怕你。"储国荣用手拍了拍小战士的肩膀说道。

"你这里清理得怎样?"罗开明上来问道。

"结束了，最后一个顽敌也被消灭。"储国荣答道。

"团长来了，叫下去马上开个干部会。"罗开明望着储国荣说。

曹万坤满面春风地站在那里，望着全团的排以上干部。

"陈凡东，你把队伍整理一下。"曹万坤对副团长兼参谋长的陈凡东说。

"好，集合啦，一个营排一列。"陈凡中喊道。

"立正，向右看齐，向前看。"

"报告团长，全团干部集合完毕，请指示。"陈凡东道。

"第一件事，祝贺大家，这次打了个胜仗，大家辛苦了！第二件事，把大家集合起来，主要是分个工。虽然这次我们打的仗不很大，但估计缴获的东西还是可以的，有用的，能拿走的统统拿走。我负责枪械方面的物资清理。

政委负责粮食油料财务的清理。

副团长陈凡东负责到付近村民家借一百匹骡马，把所有缴获的粮油都运回去。

一营清理伪军的缴获物资。

二营清理日军的缴获物资。

今天中午十二点前一切清理结束离开这里。

马上行动。"

曹万坤把事情宣布完后，走到储国荣面前："这次把仗打得那么轻松你是有成绩的。"

"都是大家的功劳。"储国荣笑着说。

"别的不说，就进门那一关，不是你给我讲的那个办法，他刘峰不知还得死多少战士呀。"

"同伪军拼杀的时候，看他那架势，还是可以的。"储国荣道。

"他就那么一下，不要命地冲。战士可以，干部就不完全行了，干部就要有点谋略。他就想当这个参谋长，分区领导都问过我一次，我实话实说。"

"战斗结束后，我给分区司令员汇报战况时，顺便说了你的事，他同意我的想法，下周你还是回团部当参谋长，你看行不行？"

"团长，只要你看得起，当什么都行。"

"那好，我现在就给你布置工作了。"曹万坤笑着说。

"仗也打结束了，现在就是清理战场呀。"储国荣道。

"写战况总结报告，这次就你来执笔，就这工作我们团找不出一个好手，你写的东西在长征中我就看过，写这个没问题。"

"好！我试试。"储国荣回答。

九

天亮了，上村宁次站在一个稍微高一点的土包上，举目望去，上下左右全是八路军的大刀队与日军士兵在拼杀。他的心里得到了一丝的安慰，他认为战场的局面没有失控，天亮后就应该是日本人的天下了。他准备调二十架飞机先进行大规模的轰炸，看你中国人手中的大刀能把我天上的飞机怎样？

很快飞机来了，但顺着战场飞了一圈就飞走了，上村宁次愤地问空军，为什么不轰炸八路军的前沿阵地？空军地回答是，现在日军与八路军完全混战在一起，领航员无法分清敌我，飞机除返航外别无他法。

在上村宁次感到失望的时候，他的作战参谋们从电话里找到在前线与中国人厮杀的四个大队的指挥官。这是天亮后最让上村宁次高兴的一条消息，四个大队长都还在，战胜八路军就完全有希望。

"战胜八路军，完全有希望！完全有希望！"上村宁次站在他的几个作战参谋中间，狂暴地吼叫道。

他要求他的作战参谋们，尽快接通四个大队指挥官的电话，他要作新的战斗部署。

参谋们首先接通的是第二大队长及川次郎指挥官的电话。但让上村宁次失望的是，他还没有开口下达战斗命令，及川次郎："我的大量士兵都已战死，现在我们已被八路军包围，希望立即派兵增援，电话断了。

上村宁次放下电话，向远处望去，仍看见远处有他的士兵在与八路军的士兵在拼杀，看着这些场景他想，至少自己的部队还没有丧失战斗力："他们仍在战斗……"他自言自语地说着。他拿起望远镜想看看更多的战斗场景。

啊！看着望远镜里的情景，上村宁次有些惊呆了，他不敢相信镜头里的事实，怎么会有这样的事呢？他问自己，他在心里说，这……这有悖于日本大和民族的精神呀？

他把镜头移到另一个方向，这个情景让上村宁次彻底绝望了，四个日本士兵倒在一起，有的只有半个脑袋、有的被砍掉了一支胳臂，当然旁边也躺着一个被日本人用刺刀刺死的八路军士兵。上村宁次又换了几个方向，没有一个镜头里的情景能让他恢复信心，他拿着望远镜呆呆地站在那里。

就在这时，他的作战参谋来告诉他，第一大队指挥官小龟海岸被八路军大刀队砍死，第四大队指挥官田中阿布为天皇自杀，而第二大队指挥官及川次郎、第三大队指挥官小泉晋三都失去联络。前方作战日军已出现严重混乱状态。

紧接着他的警卫指挥官报告，八路军已朝他们包围过来。

上村宁次让参谋们展开地图，经过反复地思考，他选了一条离师团最近的一条路突围。

八路军保南军分区四八二团一营二营接到阻击围捕上村宁次逃窜的任务。

四八二团一营二营，没有参加战斗，作为预备队在一公里外待命。现在要他们追击带领三百多残余兵力，逃窜的上村宁次，士兵们个个精神抖擞。对付日军，八路军从不轻敌，他们将一营在上村宁次逃窜方向前三公里处，一字形排开，张网以待，二营在后面仍一字形排开进行拉网似追击。

这都是分区领导的要求："这次战斗绝不允许上村宁次的人逃走一个。"

侦察人员向上村宁次报告，前方已有八路军一个营兵力阻击，后面追兵众多，数目不详。问是否可向八路军投降？

历来自诩武士道精神的上村宁次，要求所有人为天皇自裁，他自己颤颤巍巍地举起战刀朝自己胸部刺去，但因上村宁次胆怯又有些不想死，战刀刺进皮肤，他就倒在地上再也没有力气自杀了，他大声地喊道他的警卫队长："小泉君，请帮我一下。"

警卫队长听到上村宁次的呼喊后，走过来从地上捡起上村宁次的战刀，用力刺入了上村宁次的胸部，帮上村宁次完成了武士道精神的演义。不过，在中国人看来，这不算自杀，只能算他杀。在几年的抗日战争中，日军的指挥官用这样的武士道精神自杀的也不少。所谓的日本的武士道精神，不过是一种残酷虚伪的表演而已。

上村宁次在中国的罪恶使命，在他的警卫队长朝他的胸部刺入那一刀就结束了。

上村宁次死后，残余的三百多日军自由组合地分成了三个阵营，有二十多人举枪自杀，或在别人的帮助下自杀。有二百多人在警卫队长的带领下，端着枪殉葬般地朝八路军冲去，没多久他们都倒在八路军的机枪和大刀下，算是完成了他们对天皇的效忠。

还有二十多人举着白旗朝八路军走去。

有着三千八百多人，不可一世的上村宁次联队，就这样算彻底覆灭。日本人不可战胜的传说，从来没有在八路军面前发生过，但这次与上村宁次联队的作战，也让八路军付出了死伤一千二百多人的代价。

对曹万坤来讲，基本实现了翻身仗的目标。前两次行动都以失利告终，受到分区领导的批评，这次他下了狠心。让他进一步地体会到，要干事必须有两个得力的人。他认为能有今天这一战绩，与他坚持要储国荣参谋长兼二营营长是分不开的。如果当时政委王树光反对储国荣兼参谋长自己妥协了，今天的战果可能就没现在这么理想。王树光有私心，一营长刘峰是他从五七三团弄来的，他就想让刘峰来当参谋长。

"团长，我给你汇报一下这次缴获的财物。"王树光来办公室对曹万坤说"

"好，我这里有些东西也要告诉你。"曹万坤道。

"小麦五千斤、白面九千斤、大米一万两千斤。猪肉六百斤，菜油四百斤、猪肉罐头十箱、咸鱼十五箱、银元九千六百个、煤油五百斤、骡马三十五匹。有些零碎的东西就没有算上。这些。"王树光说。

"机枪二十五挺、步枪二百六十支、手枪三十支、炮十一门、子弹九万余发、望远镜四个。就这些，我这里没你那里复杂。"

"这翻身仗打得非常漂亮，特别是一营，干得干净利索。"王树光道。

听到王树光这些话后，曹万坤知道他又要同他谈刘峰当参谋长的事了。

"刘峰这次的确起到了冲锋陷阵的作用。他举着大刀带领战士们，直接冲进伪军军营，我都为他有些担心。一个半小时左右，就解决了战斗。这还是让人惊喜的。"

王树光如此夸奖刘峰，让曹万坤有些反感，他冷冷地说："哎呀。每次打仗他就这么一下，干部光有猛打猛冲是不够的。一个多小时的战斗，牺牲了四十多个战士，这事他要负责的。我们八路军，不是国民党的军队，作为八路军的指挥员，时时要想到战士的生命。牺牲的那些战士，大都只有十六七岁，我们不感到痛心吗？"

王树光没想到曹万坤给他来这一套，真把自己的口堵死了。

"团长说的这事我没想到了，的确牺牲的人多了些。"王树光为自己找了个台阶下。

"你看这次这个战况总结报交给谁来完成呢？"曹万坤望着王树光问。

"刘峰的笔杆子怎么样？如果能写也可让他来当这个参谋长。我们团就缺个好的笔杆子。"曹万坤再次把底牌亮了出来，意思就是不想让他到分区领导那里去东说西说的。

"这方面他可能不行，我可以去问问他。"王树光回答。

"哦，该吃晚饭了，走我们吃晚饭去。"曹万坤对王树光说。

储国荣回到驻地后，第一件事就给他父亲写信，因为曹万坤团长要他写战况总结报告，给父亲的信他就写得很短，他准备写一份像样的战况总结报告。下面是他写给父亲的信。

父亲大人在上！

　　近段时间来，伤恢复得如何？离开延安来到八路军后，每天事情都较为繁忙，所以没有及时给你老人家写信。当然还有一个重要原因，我虽然来到八路军快一个月了，但我还没有真正上过抗日的战场，还没有与日本人面对面地拼杀过，没有杀掉一个日本侵略者，不好意思给父亲大人写信。昨天我们团去端了一个日本人的据点，儿子第一次站到了日本人的面前，与日本人展开了决死的拼杀。当我想到日本人那些卑劣无耻的行为，当我想到日本人的狂暴野蛮，我的心中就升起了无限的杀敌勇气。我要把家仇国恨，填在我的枪膛里，挂在我的大刀上。为国雪耻，为家报仇。

在这里我要告诉父亲一个好消息，在昨天的战斗中，我一人击毙了九个日军，是我们团个人击毙日军最多的战士，我想这只是我个人抗战的开始，不把日本侵略者赶出中国，儿子决不离开抗日战场。好今天就谈这些，还有很多事等着去做。

儿国荣

五月十四日于八路军抗日前线

天还没有完全黑，王树光就躺到床上了，下午他与曹万坤的谈话，让他很不舒服。他想把刘峰推到参谋长的位置，可是曹万坤就是阻拦着。在团里，他没有一个自己的人，说什么话都被曹万坤否决。这一次，他决心一定要把刘峰推上去。

"谁说，参谋长一定要会写战况总结报告呢？很多团都是安排参谋们写的，这些我还不知道吗？曹万坤，这次我坚决不给你妥协。"王树光躺在床上，小声地对自己说。

吃完早饭后："小王，你告诉团长一声，我到分区去了。"王树光对通信员说。

走进分区司令部的办公室："高参谋好！"王树光望着高飞龙道。

"王政委请坐。"高飞龙给王树光拖了一个凳子过来。"

"万参谋长今天在吗？"王树光问高飞龙。

"在，他去给司令政委汇报工作去了，半个小时就回来。"高飞龙回答。

就在高飞龙与王树光聊天的时候，万向坤走了进来："参谋长你好，今天有点小事来找你。"王树光握着万向坤的手说。

"你讲嘛，有什么事？"万向坤笑着对王树光说。

"我们准备推荐刘峰当参谋长，陈凡东还是管它的后勤。现在让我来管后勤，我不懂那些，管不好。"王树光对万向坤讲。

"我们司令部是不管人事提拔的，这些事你要去找政委司令。"万向坤说。

"这不是提拔只是兼任职务，刘峰现在是一营营长。"

"你的意思是让刘锋兼团参谋长？"万向坤望着王树光问。

"就这个意思！"王树光笑着说。

"你说的这件事，曹团长的意见怎样？"

"他基本没有意见。"王树光有些含糊地说。

听了王树光的这句话，万向坤说："有意见就有意见，没有意见就没有意见，怎么说基本没有呢？过两天，我要到你们团里来，我再问问曹团长，如果他也是这个意思，分区司令部备个案很简单。王政委你看这样行吗？"

听了万向坤这些话，王树光有些尴尬，觉得万向坤不太信任他。他在心里想，到了这一步，再说下去就没有意义了。

"万参谋长能来我们团，那就更好，到时，我和曹团长一起跟你汇报这件事。"王树光最后望着万向坤说。

万向坤望着王树光意味深长地说："对，这才是解决问题的办法。"

王树光骑着马往回走，心里很不是一种滋味儿。他觉得自己今天这事儿，做得有点莽撞，事没有办成，反把自己套起来了。他准备将计就计，直接与曹万坤摊牌，我作为团政委怎么在团里一点权力都没有呢？在回团的路上，王树光就想着这些心事。

十

储国荣正在把那些他认为有收藏必要的小东西装进前天他在打扫战场时，捡回来的　个日军装子弹的铁皮盒子里。铁皮盒子是方形的，内径二十厘米，高二十五厘米。储国荣装进铁皮盒子的第一件东西，是留有杜志强高玲玲血迹的那本《共产党宣言》和一份手抄本的《共产党宣言》。这份手抄本的《共产党宣言》，是他爱上何晓秋后，作为爱的信物送给何晓秋的。任何时候，只要看见这手抄本的《共产党宣言》，他就觉得何晓秋正微笑着朝他走来……第二件就是那些从日本人身上搜出来的装有中国少女阴毛的那些做工精细的小布袋。他希望抗战胜利后，把这些东西放进中国抗日战争博物馆，让所有中国人都记住日本人残暴无耻的行为。和落后、忍让、后退、给全民族带来的耻辱和伤痛……

"储排长，团长让你尽快地到团去，他在办公室等你。"储国荣还没有把那些东西收好，团里的通信员就来通知他。他只好又匆匆地去了团部。

"团长，你找我吗？"走到曹万坤办公室门口储国荣问。

"进来吧。我把一营在这次作战中的一些情况和数据搜集起来了，这些都是你在写战况总结报告时要用的。"还没有等储国荣坐下曹万坤就这么说。

"你们二营的情况，你自己收集。有些数据你找罗开明问问，他是你的老部下，会全力配合你的，我已经跟他谈过此事了，给你三天时间全力以赴，把这个总结写好。我已经跟连长营长都打了招呼，他们会全力支持你的。"曹万坤对储国荣讲。

储国荣拿着曹万坤给她的那些材料，走出曹万坤的办公室就遇见王树光往里面走。

"王政委好。"储国荣笑着望着王树光道。

王树光有些莫名其妙地问："储排长，有什么事吗？"

虽然到五七九团时间不长，但储国荣对政委王树光也有所了解，他笑着说："有件小事来问问团长。"说完就转身匆匆地走了。

"团长，这么早。"王树光站在曹万坤面前问。

"万参谋长打电话问，战况总结报告写得怎样了？我就忙这事。"曹万坤对王树光讲。

"你问刘峰的事怎样了？"曹万坤问王树光。

"哦，他说他写不了。"王树光，这样回答曹万坤。

"团长，有几件事想同你商量一下。"王树光讲。

沉默了几分钟后，曹万坤说："你讲吧。"

"后勤上的那些事情，还是让陈凡东去管吧，我不懂，管不好。团参谋的事可以让刘峰来当。很多团的参谋长，都不会写战况报告，照样把参谋长当得好好的。其实，大部分团里的战况总结报告，都是参谋们写的，我们团为什么非要参谋长写战况报告呢？俗话不是说，寸有所长，尺有所短。对干部的要求，我们不能面面俱到，应让他们发挥自己的长处。"

曹万坤终于明白王树光的意思了。他沉默了许久后问："我什么时间阻拦了刘峰去发挥他的长处呢。就是猛打猛冲，上一个星期，不是在战场上让他发挥了嘛，哪还不够吗？你的认为只有让他当团参谋长，才能发挥他的长处是不是？"

面对曹万坤咄咄逼人的问话，王树光用了另一种方式对付他。听完曹万坤的问话后，王树光冷冷地笑一下说："我这个政委，已经没有意义了，说什么话？都没有用，哪我这个政委还当来干什么呢？组织把我派到五七九团来是工作的，不是来悠闲的。我不能吃了饭，什么事都不做呀！"

曹万坤在心里想，老是这样争下去，也没有意义，也解决不了问题。大家想不到一块儿去，浪费精力。

"王政委，我们俩不要在这里争了，昨天你不是到分区去找领导了嘛？分区的领导怎么说我们就怎么做，如果分区的领导让刘峰当参谋长，就让他来团里当参谋长，我个人完全服从组织的安排，这样该行了吧！"曹万坤望着王树光问。

"你这话道说得好听，分区的领导，不也是要听你团长的一句话吗？"王树光说。

听了王树光的话，曹万坤有些无可奈何地摇了摇头。他在心里想，如果这个问题不解决，王树光是安宁不下来的。他决定用快刀斩乱麻的方法把问题解决了。

"老王。那我们俩今天就把这事情定下来，领导来了，我们就一个口径。刘峰要么当一营营长，要么当团参谋长。他没有能力身兼两职。这一点你的脑袋要清醒。你说，让刘峰当团参谋长？还是一营营长？"

曹万坤的这一招，的确把王树光难倒了，王树光坐在那里犹豫了很久问："刘峰当团参谋长后。谁当一营营长呢？"

"这由分区领导来定。他们定谁，我们就指挥谁。当然你也可以给分区领导推荐人选。"

"就让他当团参谋长吧！"王树光有些犹豫的说出了这句话，他意识到，曹万坤逼着他走了一步险棋。

曹万坤从座位上站了起来。他走到门外对通讯员说："你快去把副团长陈凡东叫来，我们开个会。"

几分钟后，陈凡东回来了，他还没有坐下曹万坤就给他说："把隔壁的张干事和何参谋都喊过来。"

大家坐下来后曹万坤望着大家说："叫大家来开个短会，内容是讨论王政委提议让刘峰任团参谋长一事。"

几个人坐下来后，你望望我，我望望你，总觉得有些奇怪。这类的事情以前从来没有讨论过，都是由组织定的。怎么今天拿来让大家讨论呢？

曹万坤看出了大家的心事，就说："这件事要大家讨论，的确有些不合常理。王政委提出后，我们俩作了商量，我同意了王政委的建议。让大家来只是见证一下这事。司令部的何参谋、政治部的张干事，你们俩各自做一个简要的纪要，表示这件事我们是慎重地讨论过的。如此而已。大家明白了吗？"

"明白了。"几个人齐声回答。

"好，各自回去忙自己的事吧。"曹万坤宣布。

所有的人，都站起来走了，包括曹万坤也出去了。屋子里唯独坐着王树光，他的目的完全达到了。但不知为什么。他坐在那里显得有些犹豫和徘徊。他似乎感觉到一些无法预知的未来……

王树光往一营走去，他要把这个消息告诉刘峰，他相信刘峰知道这个消息后，会很高兴。但不知怎么的，他自己却怎么也高兴不起来。

"政委你好！"刚走到一营门口，就遇到了营的通信员。

"你们营长呢？"王树光问通信员。

"他到一连去了。"通讯员回答说。

"把他叫回来，说我找他有事。"王树光对通信员说。

刘峰听说政委找他，就一路小跑回来了："你在那里搞什么啊？"看见刘峰后王树光这么问。

"同那帮小子们玩玩刺杀。"刘峰气喘吁吁地答道。

"以后你可能就这样玩不成了。"王树光带着一种不很自在的笑容说道。

"怎么？战士们刺杀都不需要练啦？"刘峰不在意地说道。

"今天政委来，又给我带来什么好消息？"刘峰嬉皮笑脸地问王树光。

"我也不知道是好消息还是坏消息，总之，你要我帮你办的事，马上成了。"

"还是营长兼参谋长？"刘峰望着王树光问。

"你小子不要做这些梦，人家认为你两个职务干不下来。不过我也这么想的。你能把参谋长当好，不要给我丢脸，就够了！"

"好，先当着参谋长再说。天天跟这帮小子玩儿，也的确玩腻了。"刘峰高兴地说道。

"不要到处去张扬，呆在营里老老实实的等消息。我回团里了。"

王树光慢慢地往回走，他不知道自己怎么的，明明是击退了曹万坤，却始终高兴不起来。他反复地想把刘峰推到团参谋长的位置上，究竟有多大风险？他最终的结论是，没有任何风险。但他心里总是高兴不起来。甚至他怀疑自己有恐曹症。王树光还在想着那些乱七八糟的事，却已走到团部的门口。

吃了早饭，刚走到办公室门口，"王政委，分区的万参谋长来电话，说他今天来不了我们团。"张干事望着王树光说。

"那万参谋长说什么时候来我们团呢？"王树光问张干事。

"电话里，万参谋长没有说什么时间来。"

听了张干事的回答，王树光点点头，转身朝办公室走去。

走进办公室，王树光看见曹万坤坐在那里就说："万参谋长来电话说，他今天不来我们团了。"

曹万坤低着头看着手中的《汤家河据点战况总结报告》，嘴里说道："张干事告诉我了。"

"你把这个看看，没有意见，我们就上报分区。"曹万坤把《汤家河据点战况总结报告》递到王树光面前说。

"哦，这么快就写出来啦？我们团还是有人才嘛！"王树光感慨道。

"认真看看，明天上午我们两个交换意见，如果你认为有需要修改的，请写成文字交给我。"曹万坤对王树光说。

天黑了，有的战士还在外面树林里练刺杀，有的已准备上床睡觉了，储国荣却正抓紧时间在昏暗的灯光下，看各战区的战报。当看到武汉三镇沦陷的消息后，他愤怒地在床上狠狠地砸了一拳头。储国荣的心里又是阵阵的酸痛。又有多少无辜的百姓会遭到日本人残酷无情的屠杀？又有多少少女被强奸杀害后剪去阴毛，又有多少个日本人用中国少女的阴毛，做了护身符呢？

在四个多月的会战中，日军先后投入兵力三十多万。飞机四百余架、军舰一百一拾艘。

国民政府，先后投入四个集团军，一百二十个师，总兵力达七十五万。各种舰船四十一艘。飞机二百余架。

当储国荣看到简报上写着，在武汉会战中日军伤亡九万余人时，他站了起来，走到黑乎乎的房间外，望着南方的夜空自言自语地说，国军的兄弟们，你们干得也不错。搞掉日本人九万多人，这是个大数字，是让人振奋的。为此国军付出了十八万人的伤亡。

天蒙蒙亮，五七九团早操的军号响了。

立正，向右看齐，向前看。

"同志们，告诉大家一个好消息，在武汉会战中，国军击毙击伤日军九万多人。在此我们全排以鼓掌的方式表示祝贺。同时我们也要为国军十八万人的伤亡，感到惋惜和痛心，全排在此为在武汉战场为国捐躯的将士们，默哀一分钟！"

储国荣带头脱下帽子，为武汉战场牺牲的国军将士们默哀。

"两个人一组练刺杀。"默哀结束后，储国荣大声地喊道。

王树光早早地就来到了办公室，等着曹万坤，王树光把曹万坤给他的《汤家河据点战况总结报告》反复的看了几遍，他总想找几个缺点出来，让曹万坤去修改，但想了很久，觉得自己说的那几个缺点，有些牵强附会，不太站得住脚。他怕提出来后，曹万坤说他吹毛求疵。

"怎么样？有没有需要修改的地方呀？"曹万坤走进办公室，看见王树光坐在那里，就这么问。

"你叫我认真看一遍，我认真地看了几遍，很想找几个问题出来，但是，就没有找出来。这个报告写得太好了，写报告的人的确是个高手，你在什么地方找来的这一奇才？"王树光说。

"没有意见就好，我们马上上报。"曹万坤道。

"曹团长，我得问你一件事。"王树光认真地说。

"什么事啊？你说吧。"

"这个报告究竟是谁写的？我很想知道这位高人。"王树光望着曹万坤问。

"储国荣写的，长征时期我就看过他写的战况总结报告。"曹万坤边收拾乱糟糟的桌子边这么说。

听到曹万坤的回答让王树光有些吃惊，他万万没想到储国荣还有这套本事。如果在团里储国荣和曹万坤合作，自己可能说话的余地都没有呀？王树光在心里这么想着。

"的确有点工夫，让他当两年排长，调到团里来当参谋。"王树光想用这话来套曹万坤的想法。

曹万坤心里明白王树光怕他把储国荣调到团机关来。在事情没有办成之前他不想让王树光有更多的想象空间，听了王树光的这些说话后："他这人就是这错误犯得太大了些，我们也不太好为他说话。"

"作为领导干部，怎么能如此情绪化呢？这次还让他下去当排长，我觉得处分轻了些。"顺着曹万坤的话，王树光发了这么一番议论。

"那天讨论储国荣的处分你怎么不开腔，今天你在这里说处分轻了？"曹万坤有些不留情面的又这么来了一句。

听到曹万坤这句话，王树光有如当头挨了一棒，他马上反驳到："你一开腔就说让他到连里当排长去，我还说什么啦。"

"在会议上我想怎么说是我的意见，与你说的有什么关系呢？你这就是毛主席批评的那种，会上不说会后乱说的自由主义。"

"我是自由主义，你永远正确。"王树光生气地站了起往门外走去。

曹万坤对王树光的愤然离去，并没感到有什么了不起的事。有时他就故意说些气王树光的话。在他的心目中王树光是个不合格的政委，喜欢拉帮结派，走到那里都想拉一帮人在自己周围。

"团长，你的电话。"何参谋手拿着电话对曹万坤说。

"万参谋长你好，上午九点准时，完了要去五七三团。那些人参加会议。好的，明天见。"

放下电话曹万坤对何参谋说："你去通知王政委、一营长刘峰明天早上参加会议、机关全体人员参加。"

电话里万向坤叫通知让储国荣也参加会议，曹万坤没有叫何参谋去通知储国荣。他怕这事提前让王树光知道后，他又到处去煽风点火，他懒得为王树光做解释。

王树光正在看近几日的报纸，何参谋就来通知他明天早上开会的事："参加会议有哪些人？"

"全体机关人员，一营营长刘蜂。"何参谋答。

"怎么没有储国荣呢？"王树光故意这么问。

何参谋觉得王树光提这样的问题有些无聊，但他这个级别又不好直接反驳王树光："这事你要去问曹团长吧，他叫我通知的就这些人。"

王树光现在有些后悔，他觉得曹万坤一定会让储国荣去一营当营长，如果是这样，全团的三个营就全部被曹万坤死死控制在手中，再把只知道猛打猛冲的刘峰这草包架空，自己这个政委就完全成了摆设。

王树光早早地就来到会议室，他认为今天储国荣一定会参加这个会的。曹万坤让他写战况总结报告就足以说明他早有这些打算。只要今天分区没有储国荣当营长的命令，而曹万坤让储国荣代理一营营长，自己就要直接去找分区的政委。一个受了严重处分的人，半个月后就恢复职务，这太不严肃了。王树光的心中总是在想着这些。

开会的人全部来齐了，就是没有看见储国荣。这稍微让王树光的心放平静了些。

就在这时万向坤他们四人骑着马来了，曹万坤和王树光都从座位上起来，到门外去迎接万向坤他们。

"这些天都在研究下一步的行动，所以推迟了两天下来。"万向坤一面同曹万坤和王树光握手，一面这么说。

大家刚坐下万向坤就问："储国荣怎么没来呢？"

"他排里的战士今天早上抓到一个刺探情报的人，他去配合侦察排的人审问这人去了。"曹万坤回答。

听到万向坤问储国荣的事后，王树光内心那平静的湖水，又起了些波澜："他妈的，又在给老子搞什么鬼名堂。"王树光在心里骂道。

"今天把大家招来开会有三件事：一、这次在拔除汤家河据点中，你们团打得很好，分区提出了通报表扬，文件政治部的同志很快会送下来。二、刘峰同志调任五七九团参谋长。三、恢复储国荣同志营长职务，任五七九团一营营长。"

"万参谋长，我提个问题行吗？"王树光问。

"你讲吧。"万向坤笑着对王树光说。

"恢复储国荣职务的事，我们团里从未讨论过这件事。"

听了王树光的问话后，万向坤笑了笑说："树光政委可能有些误解，恢复储国荣同志的职务是分区领导定的，你们是没有上报。另外我简单地谈一下储国荣同志的事。他是南京水产学院的大学毕业生，参加过上海工人运动，到苏区后从班长干到了团参谋长，长征时期部队缩编我从副团长降为连长，他从团参谋长降为排长，而且就在我手下当排长。长征结束后，他的老师非要把他弄去抗大当刺杀教官，如果他像我们一样长征结束后，直接到抗日前线，说不定职务比你王政委还高呀。现在大敌当前，我们要团结呀。"说到这里，万向坤就站了起来，他望着曹万坤和王树光说："曹团长王政委，我们就去五七三团了。"

"大家不要走，我把万参谋长送走后，回来有几件事还要安排。"曹万坤对在场的人讲。

曹万坤回到座位上后说："明天刘峰与储国荣交结工作。现在你是专职参谋长，要把下个月的工作理个头绪出来。现在是大敌当前各部门要做好一切准备，有任务马上就能把队伍拉出去。下星期三我和政委到各部门检查备战情况。

王树光慢慢从座位上站起来，今天是他心情最糟的一天。他觉得所有事都像事先安排好了一样，努力了半天搞得自己里外不是人。看见曹万坤春风得意的样子，自己像木偶一样，曹万坤想把自己放在那里就放在那里。而自己还无可奈何，你说可悲不可悲呢？在往回走的路上，王树光就这么想着……

十一

"站住，不准动，干什么呢？"流动哨兵对来人喊道。

"你们这里是八路军五七九团吗？"韩玉军问。

士兵并没有回答韩玉军的话，枪口指着韩玉军问："问你来这里干什么？不回答我的问话，我开枪了。"

"我是来找八路军五七九团二营五连的储国荣排长。"韩玉军回答。

"你找他干什么。"士兵又这么问？

"我也想参加八路军，像你们一样打日本人。"

"你把他带回连里，我在这里巡逻。"两个士兵这样说着。

"走吧，到我们连那里去问问，我也不认识什么储排长。"

"排长，这里有一个人，要找什么储排长的？"

"带过来我看看。"

"排长，就是这个人。"

"好，你去吧，我来问他。"排长马胜路对士兵说。

马胜路把韩玉军上下打量了一番："是刺探情报的吧？我们团就没有什么姓储的排长。"

韩玉军从包里摸出储国荣父亲给他的那个信封时："马排长请你看这是储排长给他父亲写信的信封。"

马胜路从韩玉军手中接过那个信封看了看："就一个信封能说明什么问题呢？"

"我和储国荣排长是小时候的同学，又住在同一条街上。我来找他主要是想参加八路军，同他一起打日本人，我不是什么刺探情报的。"韩玉军辩解道。

"我们全团三十多个排长我都认识，就没有一个姓储的排长。"

"你们这里是不是五七九团？"韩玉军又这么问。

"在没有弄清楚你的身份前，你问什么？我都不会回答你。"

"那我就在这里参加你们八路军，和你们一起打日本人，行不行呢？"韩玉军这样问。

"在没有弄清楚你身份前，谁也不敢收你当八路军。"马胜路仍然这么说。

"我是北京大学学桥梁工程的，我的老家在南京，我的父母姐妹全家五人，全被日本人杀害了。二十天前我在日本南京领事馆的饮用水中投下剧毒，毒死了二十多个日本人。我来这里找储国荣就是想和八路一起再杀日本人。"

"听你这么说，我还很感动的，这样吧，我把你带到我们团里，让他们对你的身份进行鉴定，然后看他们收不收你当八路军。"马胜路这样对韩玉军说。

马胜路带着韩玉军来到团部时，团长、政委都到分区开会去了，只有参谋何伟在家。

"何参谋，这里有一个北京大学的学生想参加八路军。"马胜路对正坐在桌前写着什么的何伟说。

转身望见站在马胜路旁边的韩玉军："你怎么随便把陌生人带到团部来呢？"何伟生气地问。

"我看他不像坏人，我就把他带了过来。"

"如果你一眼就能认出坏人，好人。那就不会在那里当排长了。"何伟不客气地说。

"你认为我们当排长的都是一帮笨蛋吗？你当个小参谋又有什么了不起呢？你杀了几个日本鬼子？"

"团里有纪律有规矩，你怎么不按规矩办呢，出了事谁负责？"何伟问。

"只有你懂规矩，你懂制度，我们都是傻瓜。一说就是这样负责那样负责。团里出了那么多事，你负过责吗？不要用负责来吓唬我们这些人。老子不吃你那一套。我认为这位先生不是坏人。"

"什么事啊？你们吵成这样。"路过的张干事问。

"张干事，我们团里有没有一位姓储的排长呢？"马胜路问。

"没有姓储的排长，有一位姓储的营长。"张干事回答。

"张干事，请问，这位姓储的营长叫储什么名字呢？"韩玉军上前问道。

"他叫储国荣。"听到张干事的这一回答后。韩玉军大吃一惊。他觉得储营长，应该就是他的同学。

"张干事，请问储营长今天在家吗？"韩玉军又这么问？

"他到分区开会去了，下午就回来。"张干事这么回答韩玉军。

"我想起来了，一个多月前。储国荣不是当过几天排长吗。"

"对了，别人也没有说错呀。"马胜路高兴地说。

"对真心来参加八路军的人，我们是欢迎的。主要是这段时间日军派了很多人上山找八路军的驻地，我们这些同事比较警惕，在这方面我们有些教训。"张干事对韩玉军解释道。

这时曹万坤和王树光骑着马回来了："团长，储营长没回来？"张干事问曹万坤。

"他回营里去了。"

"储营长的老家来了个人找他。说想参加八路军。"张干事对曹万坤说。

"你把他带到一营去找储国荣吧。"曹万坤对张干事说。

"张干事带你去，我就回去了。"马胜路对韩玉军说。

"今天就谢谢你了马排长。"

韩玉军跟在张干事后面默默地走着，张干事问他："你从南京到这里找了多少天了？"

"快二十天了，你们这里真不好找啊。"

"最后怎么找到这里来了呢？"

"我在县城里遇见一个曾经帮你们抬过伤员的农民，他听说我是来参加八路军的，就主动给我带路。带到前面沟口的地方，他指着你们这些营房说，前面那些房子都是五七九团的，你上去慢慢问。"

"团部到一营有多远呢？"韩玉军问。

"有一公里多一点，二营和三营离团部都近，就是一营要远一些。"

"白灵，你们营长呢？"张干事问通信员。

"营长刚回来，在那里洗脸。"

"储营长，贵客来了！"张干事站在坝子里喊着。

"什么贵客呀？"储国荣边问边走了出来。

"国荣，你还记得到我的名字吗？"韩玉军走到储国荣的面前这么问。

储国荣站在那里想了想，突然说："韩玉军，你怎么跑到这里来啦？"

"我和你一样，来打日本人。"

两人热烈地握着手。

"这是伯父推荐我来找你的信。"韩玉军把储国荣父亲写的信交给了他。

看完信后储国荣问："我们俩分开多少年啦？"

"快十二年啦！"韩玉军感叹道。"

"还在练咏春拳吗？"储国荣问。

"没有间断过。"

第二卷　精诚团结　·

201

"好，在抗日的战场上，这东西非常有用，有了这东西作基础，其他的军事技能，就很好办了。"

"你运气好，前不久我们打了个胜仗，缴获的那些东西还没吃完，今晚我们俩好好喝一杯，平时，我们经常饭都吃不饱呀。跟着八路军打日本人，要做好饿肚子的准备。"

"我在你写给伯父的信中看到，你第一次上去一下就干掉九个日本人，我真高兴，高兴得一夜没有睡觉。从此，我决心投奔八路军，同你一起去战场上为国雪耻，为家报仇，不把日本侵略者斩尽杀绝，决不下战场。"

夜静悄悄的，两个儿时在一起练咏春拳的伙伴，今天却在抗日前线的油灯，谈论如何向日本人发起攻击，如何用大刀砍下日本人的脑袋。他们都生长在长江边。看着奔腾咆哮的江水长大。有着为民族振兴情怀的韩玉军，高中毕业后考的是北京大学建桥专业，他希望将来在长江上建一座大桥，方便两岸的人们自由来往。而充满着浪漫色彩的储国荣，读的却是南京水校，他学的是造船专业，他想将来造一只不惧任何狂风巨浪的大船，在长江上自由航行。他们的理想都是纯洁的，没有残暴，没有屠杀。

但凶恶残暴无耻的日本人，残酷无情地杀害了他们的父母姐妹，抢劫了他们的家产，破坏了他们的家园，迫使他们拿起大刀，去砍下一个个日本侵略者的脑袋。

"这些年，我都基本生活在书斋里，我整天就是研究大桥，思考大桥，设计大桥，总盼望着有一天，在长江上架起我设计的大桥。一九三八年四月我回到了南京，回到了你我生长的鼓楼区金陵新村，回到了坤师傅教你我练习咏春拳的那块小平地上。但一切都没有了，所有的亲戚，朋友，家人，都没有了。我在那条街上像乞丐一样游荡了十多天，我想总会找到一个我认识的人的。到处是趾高气扬的日本人。所有的中国人，都只能低着头走路。幸运的是有一天，我看到了伯父，我上去喊他时，他感到非常的惊喜，他告诉我，你在延安。后来他把我们那条街发生的一切都讲给我听了。我整整一周没睡好觉，闭上眼就是日本人屠杀的场景。我不敢想象我父母死时的那种恐惧与愤怒。"

韩玉军望着储国荣问："不知你还记得不，我们那条金陵街口子上有个方家旅社。"

"记得，小时候我们还经常在那旅社门口玩。"储国荣道。

"我在方家旅社整整躺了六天，我想这一生我最应该做的是什么？我一遍遍地问自己，如果我继续躲在书斋里。将来我一定会成为一个桥梁专家，成为一名学者。对这一点，我绝不怀疑自己的，我相信我的努力，相信我的头脑和天赋。但又这样呢？现在我们不也有不少这样那样的专家吗？又如何呢？走在大街上抬头望去，满眼都是愁眉苦脸，失望彷徨，忧郁无助的同胞。其次就是手握长枪，满脸骄横霸道，凶恶残暴的日本人。

我的父母姐妹亲人，被日本人杀害后，埋葬在哪里？我都无法知道。难道我们的子子孙孙，都要生活在日本人的刺刀下吗？我为什么不投生到改变现状的战斗中去呢？民族的存亡才是今天中国人的主题，我决定走出书斋，到战场上去当一名与日本侵略者拼杀的战士。

我在各种报纸上去收集，前方将士如何与日本侵略者拼杀的消息。当我从报纸上看到一九三七年七月八日，二十九军三十七师二一九团二营，一名十九岁的大刀突击队员，在永定桥上的突击作战中一口气砍下十三个日军士兵的脑袋。

一九三七年十月二十六日在娘子关附近的七亘村八路军一二九师三八六旅七七一团十二连战士杨绍清，面对七名包围他的日军，面无惧色冷静沉着，他前杀后挡左挑右刺，将七名包围他的日军刺死六名刺伤一名。

这些前方勇敢战士的事迹就是我的精神食粮，我要像他们一样拿起枪勇敢地冲上前。我决定在无数乡亲惨死的阴灵仍在漂浮的家乡南京，在我的父母被日本人残酷杀害的地方，进行我人生中向日本人发起的第一次攻击。

我的目标选在南京日本领事馆，我找到距日本领事馆不远处的一个'维持会'。我做着低三下四的样子，希望他们给我找一个吃饭的工作，他们首先要我做各种保证，我说只要有饭吃，多少保证我都可以做。他们放心了，让我领了'良民证'，然后他们问我有没有文化，读过书上过大学的，可以安排轻松一些的工作，我说没读过书最多能写几个字。他们给我安排的工作是，给日本领事馆里干各种体力活动。比如下车、挑水、给厨房拖煤，这份工作我非常满意。

我告诫自己，千万不能轻举妄动，我就是埋伏在前沿阵地上的一名战士，我要做好一切战斗准备，要等到最佳时机出击，力争获得最佳的战斗成果。

做好一切准备后，我去看望伯父，把我的计划悄悄告诉了他，他为我高兴，并再三叮嘱我一定要选择好撤退路线。并把你近期写给他的信给我看，我才得知你们打胜仗了。

我告诉伯父准备来你这里参加八路军时，他就把这个信封给了我，并马上写了一封信让我带在身边。"

十二

一星期后的一天下午，大家准备下班回家时，突然要我们把厨房和餐厅打扫一遍，说明天有一个日本的高官要来这里吃饭，随从和陪同的大小官员加起来有三四十人。

在打扫厨房是我故意把水池中放掉了？本来我是最怕挑水的，因为我的体力不太好。但第二天早上我早早地就去给厨房挑水，而且担得很高兴。我到厨房后的第一件事，就把厨房里厨师们用的一个大保温桶换上了刚挑回的新鲜水。厨房里的人很高兴，以为我想向他们讨点什么吃的，并主动给了我两个馒头，我在心里对自己说，我要让你们损失的远远不是两个馒头。

一切完备后，我把事先准备好的剧毒药悄悄地投到了水池里。到这时，本来我可以溜之大吉的。但这是我作为战士的第一次冲锋陷阵，没有看见我的敌人倒下之前，我的心里有些不踏实。我又去找了些乱七八糟的事做。

十一点半左右，笑容满面，彬彬有礼的客人们，陆续走进了日本领事馆的餐厅，他们谈着笑着，相互攀谈着，相互问候着。相互祝福着。

应该说，在这一时刻，我比他们任何一个人，从内心来讲，算得上是真正高兴的。再就是我的这一行动，明天通过电台，通过报纸，能看到，能听到的中国人都会像我一样高兴，和我一同分享胜利的喜悦！当然这个胜利是很渺小，也是的可怜的。

让我惊喜的场面出现了。餐厅里突然有人说，得急病倒下了，接着又有几个人倒下了。

这时我悄悄迅速地离开了日本领事馆，到邮局投出了一封我事先写好的，给日本领事馆的信。

南京日本领事馆的混乱场面还没结束，我已按事先设计好的路线离开了南京。

前几天，我在山西的一张报纸看到：南京日本领事馆投毒事件死亡人数上升至三十八人。

"好！老同学干得好，对日本人不能有半点手软。"听到这里储国荣激动的抓着韩玉军手说。

"不过，以后你在战场上面对的敌人就比这些凶恶得多啦，瞬间就有可能要了你的老命。在战场上不但要比拼意志和勇气。也要比拼体力和技能，单兵军事技能是一个战士在战场上求得生存的重要条件。"

"国荣到了这里，一切听从你的指挥和安排，我争取用一至两个月学会士兵在战场上所需的基本技能。"

"今晚你把这几句话背诵下，一定要背得很熟悉。"储国荣把刺杀的要领与十六个分解动作，全部写在纸上交给韩玉军，要他一晚上把它们背诵下来。

韩玉军拿着储国荣交给他的刺杀要领和分解动作。看了一遍后："没问题，我一晚上把它背熟。"

"老同学呀。你说一至两个月把部队的基本知识学到。我没有那么多时间给你呀，有可能下个星期我们就要出去执行任务，到时，我们面对的是，手拿真刀真枪凶恶残暴的敌人。到时你怎么办？"储国荣对韩玉军说。

"我相信老同学，有办法一个星期把我训练出来的，一切我都听从你的安排！"

"从明天早上开始，早晚，练习刺杀、上午，练习各种武器的使用、下午，练习步兵单兵战术要领。你有练咏春拳多年的基础，学这些都容易。"

"另外老同学你要牢牢记住，战场上，特别是与敌人面对面对抗的时，没有半点犹豫思考的时间和空间。瞬间就决定你我的生死。战争就是这么残酷。"

"你一个人在这里坐坐，我去找个人来。"储国荣出门了。

"营长你好！"班长石中全望着储国荣叫道。

"你们连长呢？"储国荣问。

"他到三营他们老乡那里去了。"石中全回答。

"我交个任务给你，你一定要给我认真完成。"储国荣对石中全讲。

"什么任务请营长讲。"石中全回答

"有一个在书斋里待了多年的书生，突然想起要参加八路军打日本人，我把他交给你，你要一个星期给我把他训练出来。"

"营长你这任务太艰巨了，我可能完不成呀。"石中全摇着头说。

"别的不教，就教他三件事，一、刺杀，二、你们连里几种枪的使用。三、步兵单兵战术。这一周内你只管这件事，班里的事叫副班长管。连长排长那里我明天给他们讲。"

"这是韩玉军同志，以后就是你班里的战士了。"储国荣指着韩军对石中全说。

韩玉军马上把手伸过去说："石班长你好，以后就听你指挥了。"

"我们都听储营长指挥。"石中全握着韩玉军的手说。

"连队所有的行动都是统一的，每个人都必须遵守。每天晚上十点钟睡觉。早上六点钟起床。"在回连队的路上石中全对韩玉军讲。

韩玉军默默地走在石中全后面，他的心里一直在背诵刺杀的两个要领和十六个分解动作。

走到一个用树枝和草搭起来的简易棚里，班长石中全就指着墙边一个木板说："这个就是你的床，上面的一切，现在都归你了。这是我们班张三云同志的床，他在上一月的战斗中牺牲了，他是长征途中从贵州参加革命的，在抗日前线他为革命流尽了最后一滴血。今天由你来继承张三云同志的一切，希望你像张三云同志那样，英勇顽强，不怕牺牲，为革命尽职尽责。"

韩玉军轻轻地打开床板上那块叠得像豆腐块一样方正的布包，让他没有想到的是，里面只有两件破旧的单衣，一床非常破旧而且很单薄的棉被。另外一个小布袋里装着针和线，让韩玉军意外的是里面还有三个银元。

韩玉军拿出那三个银元，递到石中全面前说："班长，里面还有三块银元，这钱我不能要呀。"

"你是读书人，这样想我是理解的，但这是我们连党支部的决定，谁来到张三云同志的床上，谁就继承他的全部遗产。他是孤儿老家没有任何亲人，今天你来到了他的床前，你就是他的亲人，理应继承他的遗产，当然五年多来张三云同志流血流汗，冲锋陷阵英勇杀敌。牺牲后的遗产只是两件破衣和三块银元。这实在算不上什么遗产，但是在这国难当头，野蛮凶恶残暴的日本侵略者横行在大江南北，残酷杀害我无辜同胞的时候，张三云同志跟随八路军，举着大刀冲向日本侵略者的勇敢精神，是一万块银元也买不来的。"

石中全转过头来，望着已激动得满脸泪水的韩玉军问："我说对吗？"

"班长，你说得很对，以后我像张三云同志那样，勇敢杀敌，绝不后退。"

"好的，现在我给你讲第一件你必须要尽快做到的事，早上听到起床号后，必须在五分钟内穿好衣服叠好被子跑到外面集合。"

"现在我给你做一个示范，你看时间。"

石中全脱光了衣服睡到在床上。他对韩玉军说："你看时间我开始。"

石中全的动作，让韩玉军看得眼花缭乱，让他不可思议的是，石中全，只用了两分钟时间，就把衣服穿好被包打好，并背着背包跑到了门外。

"看清楚没有？"石中全，回到屋里望着韩玉军问。

韩玉军回答："看清楚了。"

"现在你照着我的样子，你做一遍，第一次，不计时间。"石中全对韩玉军说。

韩玉军照着石中全的样子，穿衣服，打背包，全班的同志都站在周围看，有的在那里发笑。石中全对全班同志讲，大家不要笑。韩玉军同志是大学问家，现在不在屋子里做学问了，来我们八路军打日本鬼子。他今天才到部队，很多东西都不懂，大家都要帮助他。

韩玉军用了八分钟时间，但背包打的像一个没有发好的馒头。他自己都有些不好意思地说："哎呀，这太难啦。"

"没关系，我们所有的人，开始都这样笨手笨脚的，练个几十遍，就好了，毛主席都说，实践出真知。"石中全用这些话来鼓励韩玉军

石中全又从旁边拿起一支步枪，递给韩玉军："这是张三云同志身前用来杀敌的步枪。今天我就把这支枪交给你，以后你就用它去对付那些凶恶的日本人。"

韩玉军双手接过步枪说："绝不辜负班长和同志们的期望。"

韩玉军准备再打一次背包，但是石中全对他讲："今晚就不练穿衣服和打背包了，对你来说还有一件重要的事情，今晚你要把刺杀的两个要领十六个分解动作的名称背下来，明天早上我们俩就要练习刺杀，这个比打背包穿衣服重要得多。这是储营长给我们两个的硬任务。

"石班长。今晚你能把刺杀的全套动作，给我做一遍吗？让我心中有一个概念。"韩玉军望着石中全问。

"可以，好把步枪给我，我做每一个动作，全班同志一起说出这个动作的名称，韩玉军同志，你就注意听，注意看？"

"第一个要领。"石中全说道。

"快——"全班大声说道。

"第二个要领。"石中全问。

"狠——"全班人大声说道。

这时熄灯号响了。

所有的人都睡了，外面是一片漆黑，韩玉军躺在冰冷的门板上，他从来没有睡过这么硬，这么冷的床，他没有想到八路军战士的生活是这样的

艰苦。他不停地在流泪，他想在民族危难的关头，在日本侵略者嚣张横行的关键时刻，他们不计个人得失，拿着简陋的武器，冒着生命危险，与侵略者拼杀，不少人在战场上流尽了最后一滴血倒下。却很少人知道他们生活得如此艰苦。想到这些，韩玉军总感到心中有些酸楚和悲伤。

不过他又这样想，今天自己也是其中一员了。荣辱与共，酸甜苦辣。他都决心坚持到底。一切只为国雪耻，为家乡几十万无辜惨死的阴灵报仇。

早上起床后，石中全没有跟着连队去出操，而是带着韩玉军在操场上练刺杀。

"进步很快，我们再来一遍。"石中全说。

就在这时，储国荣走了过来："怎么样？受得了吗？"他望着韩玉军问。

"既然来了，受不了也得受啊。"韩玉军这样回答储国荣。

"这与你以前坐在书桌前，研究问题。完全是两个概念呀。"储国荣笑着说。

"老同学，你放心，再苦我也不会退却的。"

"营长。韩玉军同志进步很快，他的领悟能力很强，一教就会。一个星期后，就可以上战场了。"石中全对储国荣说。

"这是石班长夸奖我的，没有那么快。"

"几种武器的使用怎样？"储国荣问石中全。

"使用武器只能讲些要领，作些瞄准练习。"石中全说。

你以前使用过几种枪？"储国荣问韩玉军。

"我从未使用过任何枪。"韩玉军回答。

"你们再练个两天。每种枪，我给你们五颗子弹，你们找个地方去打一打。不要等到都上战场了，还没有使用过枪，这是多危险的事呀！现在形势很紧，随时都有拉出去的可能性。"储国荣望着韩玉军说。

"储营长——储营长——"通信班长汪国良匆匆忙忙跑了过来。

"营长，团长通知你，马上到团部开会。"

"你们抓紧时间练，我明天再来看你们练的情况。"说着储国荣转身离开了。

"可能有任务我们要抓紧时间练。"石中全对韩玉军说。

"现在我们来背一下，几种枪的射击要领。"石中全对韩玉军讲。

手枪的使用要领：一握枪要领、二瞄准要领、三击发要领、四击发时的呼吸要领。

步枪的使用要领：一击发时控制呼吸要领、二充实抵肩要领、三准心与照门要领、人的眼睛需要像照相机一样对焦要领。

"韩玉军同志，你不愧是读书出生的人。一下就全部背诵下来了，真能干，你这样的人好教。"石中全高兴地说。

十三

曹万坤面无表情地坐在那里，对王树光讲的不作任何回应。就在这时刘峰走过来递给他几张纸："团长，按你的意见修改的作战计划。"

"一个作战计划搞了几天，还是这个样子，真让人难以接受，打仗不是儿戏，一出动就是人命关天的事。一个错误的计划要多少人付出生命的代价？何参谋，你当了几年的参谋了，怎么这个计划搞得如此乱七八糟？如果下次再这样，你到连里当排长去，不要占到茅坑不拉屎。"

何参谋低着头，灰溜溜地坐在那里。因为他是按参谋长刘峰的意见做的计划，当时他也对刘峰讲这样的计划可能不行。但刘峰说做出来让团长看后再按他的要求修改，可团长看后就大骂一顿，当场他又不好说他是按参谋长的意见做的计划。只好坐在那里哑巴吃黄连，有苦说不出。

其实曹万坤心里也知道这个计划是刘峰的意见，表面上他是骂何伟，实际上他是骂刘峰和王树光。他也知道刘峰搞不出作战计划，但曹万坤就是想为难刘峰。

曹万坤看完刘峰递给他的作战计划后："严格讲，你们这个计划仍然无法实施，漏洞百出，让各营连，实施起来，困难重重。"

闷闷不乐地坐在那里的王树光，心里非常清楚，这是曹万坤为难他的人。以前的作战计划，是大家讨论好以后再让几个参谋和参谋长做计划。而这一次，开完会，曹万坤就直接叫刘峰他们做作战计划。对于没有经验的刘峰来说，就上了曹万坤的当。王树光在心里想着。

全团的营连级干部全部到齐了。

坐在下面的营长连长们，望着一脸愁容的曹万坤，知道这次五七九团接受的任务非常重。曹万坤是个性情中人，很多事他都容易表露在脸上。所以他的部下们，看了他的表情，就猜到事情很难办。

"叫大家来，开个短会。主要是布置下一步的行动计划。"曹万坤望着全团的营长和连长们有些信心不足的神情。

"这次分区交给我们五七九团的任务是拔除和炸毁阳全至定西五十公里范围内的三十个据点和二十个碉堡，限时二十天。"

说完这句话后，曹万坤静静地望着大家不说话，下面的营长连长们感到有些莫名其妙，他们从来没有看到过，自己的团长有这样的神情。

过了几秒钟后，曹万坤突然问："对完成这些任务，大家有信心吗？"

"有！保证完成任务！"营长连长们齐声回答。

"看来大家比我勇敢，接到这些任务后我两三天没睡好觉！"

同志们，最难的是炸碉堡呀。有些碉堡三四个连在一起互为犄角，他们用火力相互保护。我说这些并不是我已被吓得不敢动了，今天向大家提出这个问题就是要大家回去想办法。我想别的团都能完成任务，我们也能完成。"

拔据点的战斗打响了：

第一天：一营三营拔据点，二营在一公里外作监视。

第二天：三营二营拔据点，一营在一公里外作监视。

第三天：二营一营拔据点，三营在一公里外作监视。

每个连每天至少要拔除一个据点。

团里干部安排：

政委王树光跟随外围监视营行动；

参谋长刘峰跟随三营行动；

团长曹万坤跟随一营行动；

副团长陈凡东保障后勤工作。

"另外告诉大家，我们的兄弟团七五三团的任务是拔除阳泉至定西五十公铁路上的铁轨枕木并炸掉桥梁隧道，这个任务不危险但非常辛苦。"

"大家回去动脑筋想办法，看你们哪个营哪个连把任务完成得又好又快，行动时间等待总部命令。散会。"

接受任务后，储国荣匆匆地回到营部，把三个连长九个排长召集到营部开会，同时他让人把韩玉军通知到场坐在旁边旁听。

"现在任务已明确，要大家找出最佳地拔除据点的办法？"储国荣开门见山地讲。

"我们现在要去拔除的这些据点，大都在村口和铁路旁，里面驻守的日军一般只有二三十人。对付这样的据点用晚上偷袭的方式，来得最快成功率最高，偷袭的办法有很多种。"三连连长武成文讲。

大家讨论的结果都认为夜间偷袭是成功率最高的一个办法。

"大家回去后以排为单位，组织对拔除据点的作战方案进行充分讨论，对每个战士的想法都要充分加以重视。在长征中我们遇到的好几个难题，都是十多岁的小战士想出的办法解决的。今天晚上大家就讨论这个问题，明天上午在这里集中，我听取全营讨论的情况，好，大家回去分头行动。"

"文排长，你等一下，要给你交代个小事。"储国荣望着三连一排排长文先兵说。

储国荣拿出一个纸包递给文先兵："这是二十棵子弹，你回去后安排石中全找个地方，让韩玉军对我们常用到的这四种枪都打上几发，他这人从未使用过枪，让他有点体验，到了战场上，在紧急情况下捡到支枪才知道怎么使用。"

接过储国荣递过来的那包东西后文先兵回答："好的！回去后我亲自陪韩玉军同志去试枪。"

望着文先兵离开后，储国荣对站在他身旁的梁尚武说："教导员，开始行动后你就跟随一连行动；团长来后就跟随二连行动；我就跟随三连行动，有什么新情况我们马上会面商量，你看这样安排如何？你还有什么其他建议？"

"要每个连一天拔除一个据点难度大呀。"梁尚武有些担心地说。

"这是上级的要求，我们就尽最大的努力去干吧，多拔掉一个据点，就多消灭几十个个日本侵略者，这本来就是我们应该努力的方向，也是我们每个八路军干部的责任。"储国荣答道。

"努力和决心是一回事，我们有没有这种能力去吃掉敌人又是一回事呀。"梁尚武再次解释道。

储国荣历来反感这种多愁善感的解释和忧虑，他对梁尚武的顾虑不屑一顾地说："干着再说吧，只要我们发动广大官兵动脑筋想办法，我认为没有拔不掉的据点，没有炸不毁的碉堡。"

回到连队后文先兵就找到韩玉军石中全，带上一支手枪、一支步枪、一支冲锋枪和一挺轻机枪，到营房背后的一个山包前。

"我和石班长就站在这里，你根据这几天背诵的这四种枪的射击要领，从装子弹到射击都由你自己完成。"文先兵对韩玉军说。

"你把这张报纸放到那坡上去，用几块小石头压着，作为他的靶子。"文先兵把报纸递给石中全后说。

韩玉军先拿起手枪弹夹，他把五棵子弹压进弹夹后，把弹夹推到弹舱里，这时他默默地在心里回忆了一遍手枪射击的要领，接着他就打出了第一发子弹，他停了下来回味击发后手枪在手中的感觉。接下来他又举枪把四棵子弹打了出去。

"好！好！五棵子弹都打在了靶上。"文先兵在旁喊道。

接下来韩玉军完全按以上程序，把步枪、冲锋枪、轻机枪从装弹到射击完整地做了一遍。让文先兵和石中全感到惊奇的是，通过这几天的训练，韩玉军完全掌握了这四种枪的射击要领。

"韩玉军同志，这下你可以让储营长放心了！"文先兵握着韩玉军的手说。

转过身文先兵又问石中全："韩玉军同志的刺杀练得怎样？"

"比那三个新战士的进步快，跟我们的普通战士差不多了。"石中全回答。

"好，这下就看战场上的表现了。"说到这里文先兵转过身对韩玉军说："对日本人一定要狠，不能有一丝一毫的犹豫。要把刺杀的十六个分解动作用好，这一点我们的储营长算得上是全团的表率。"

刚走出门准备去三连看看韩玉军的储国荣，看见团部通信班长白林骑着马朝一营飞奔而来，储国荣停下步来，站在路边等着白林。

"储营长——"白林望见储国荣站在那里就大声喊道。

"你们营的任务下达了，团长叫我告诉你，今晚你们要抓紧研究部署。"

白林上马离开后，储国荣展开从白林手中接过信封："我们营这么多个据点。"储国荣自言自语地问。

"汪班长，通知全营连排干部马上到营部开会。"

汪国良离开后，储国荣找到梁尚武："教导员任务下来了，我们营分了十个据点。"

边对梁尚武说他边在地图找这十个据点的位置：昔阳河据点、洪水沟据点、武相村据点、泽州路据点、垣曲湾据点、赵庄村据点、相曲沟据点……储国荣把十个据点一一标在了地图上后，转身望着梁尚武问："三天内拔完怎样？"

"难，五天能拔完就算好了，不能轻敌呀，中央再三要求我们不能轻敌"梁尚武道。

"不能轻敌是对的，中央的要求更是正确的，但我们也不能恐敌啊，如果几个据点就把我们吓倒了。那二十个碉堡怎么办？真正的难点是炸碉堡。"储国荣道。

储国荣正在看分区侦察科送来的情报，关于十个据点内部火力布局时，三个连长和九个排长整整齐齐地站在他和梁尚武后面。储国荣转身望着他的连排长说："先把任务分配给大家，我们再看地图。这次团里交给我们的任务是十个据点，这十个据点守卫人数最多地是相曲沟据点为四十人，其他都是二十五人左右。现在我就把任务分给各连：一连垣曲湾据点，赵庄村据点、双沟村据点。二连武相村据点，泽州路据点、向弯村据点。三连昔阳河据点，洪水沟据点、白家岩据点。剩下的相曲沟据点最后全营来共同解决。现在大家来地图前看看，我已为你们标好了。"

"完成任务的时间为三天，每个连每天必须端掉一个据点，另外进入据点后，特别要注意隐蔽的射击点。这是造成伤亡的重要因素，下面由教导员讲几个问题。"

"我只讲一个问题，就是大家一定要控制伤亡，我们去端掉一个二三十人的据点，结果我们伤亡五六十人，这还有什么意思呢？这次我们营，绝不允许这种情况发生，好，我就说这点。"

储国荣终于忙完了一切，当他躺到他那又冷又硬的床上时，他又看到了床边的那个红布袋，他突然感到有些内疚，他用手轻轻地拍了拍那红布袋说："别生气哈，这些天忙着打日本人的事，把你全忘了。打败了日本人，我就送你回南京。前不久我做了个梦，梦见我们两一同回了南京，可是怎么也找不到我们的家。我们的家全部被日本人占领了，只有把日本人赶走后我们才能回去。你就乖乖地在家等着，我去打日本人，前不久在汤家河据点，我一口气干掉了七个小日本，明天我们又要去打日本侵者了，打了胜仗回来再给你讲。我已从早到晚忙一整天了，我太累了，我准备睡了。不然，明天我没有力气拿大刀砍鬼子的脑袋。好了，我睡了……"

十四

储国荣与连长陈建昌商量先派一个班由排长文先兵带着去对洪水沟据点进行骚扰，查清他的火力点，等到昔阳河据点这边彻底拿下，留下一个排的人清理战场，其他人全部过来，一口气拿下洪水河据点。

文先兵带着一个班的人出发后，储国荣和连长陈建昌也带了一个班，摸到距昔水河据点五六百米的地方，他们看到有一个日本兵在据点门口游荡，储国荣马上让狙击手向那个游荡的日本兵开了一枪，那个游荡的日本兵被打倒后，有十多个日本人出来查看情况，他们围着据点转了一圈又回去了，但据点里没有响起任何枪声，储国荣他们判断，敌人没有随便打枪，就是防止八路军侦测到他们的火力位置。

为了减少伤亡，储国荣采取了上次端汤家河据点的办法，让二排长钟国文带一个班炸掉大门两边的隐蔽射击点，让三排长周来友带一个班，在大门被炸开后冲进去炸掉院内的那一个小炮楼。

连长带领三个班三挺机枪冲进去。储国荣带领二十个大刀队员冲进去。韩玉军也参加了大刀队。他很想用大刀砍掉两个日本人的脑袋。

但让储国荣没想到的是，据点门口的两个射击点始终压不下去。第一个爆破手强行冲过时，倒下牺牲了。为了避免不必要的牺牲，储国荣同团长曹万坤、连长陈建昌商定，让所有的人全部撤退到右侧的山坡下，让爆破组的人完全趴在地上不动。等到凌晨四点左右，隐蔽射击点里的敌人疲惫后，爆破手突然冲进去，引爆炸药包。

夜静下来了，还有微风在轻轻地吹，似乎天下太平了。

储国荣叫陈建昌带着人慢慢地往据点大门方向移动，他慢慢地往潜伏在据点大门外的爆破队爬去，他去通知爆破手在凌晨四点钟准时冲过去，拉下导火线后立即返回。

储国荣终于爬到了钟国文身边告诉他可以行动了。

二班长马友华抱起四十斤重的炸药包飞一般地冲到了大门前，拉下导火线后又飞一般地安全返回，让人觉得奇怪的事，直到马友华那四十斤重的炸药包，震天动地的爆炸声响起，敌人射击点上的机枪也没有响起。

就在巨大的爆炸声响起之时，储国荣陈建昌带着人就冲了进去，又因爆炸后的大量烟雾，日本人还没看清射击的目标时，八路军已冲到了他们面前，双方又是在黑夜中展开一场混战。在机枪和其他重武器发挥不了作用时，敌人很快退到了房屋里。初生牛犊不怕虎的韩玉军，竟然举着大刀冲进了一间有三个日本人的屋子里，一个日本人向他开了一枪，但韩玉军躲开了，他挥起一刀送走了那个日本人。就在这时，两个举着刀的日本人向韩玉军逼来，练了十七年咏春拳的韩玉军心里笑了。这时韩玉军发现一个日本人想朝他的后侧面移动，两个日本人准备用刺刀前后夹击他，他在后退半步的瞬间，他的刀就砍到了那个日本人的脑袋。这下他放心了，一对一他就没什么怕的了，他很快把背转向有墙的方向，这样可避免偷袭，这个日本人没有马上向他进攻，似乎在等待什么，韩玉军马上举着大刀朝那个日本人逼去，日本人感到左右都没有退路时，将刺刀直着朝韩玉军刺来，看来这位日本人的刀功实在一般，韩玉军顺势挑开了日本人的刀后，挥刀砍向日本人的脑袋。

韩玉军举着刀刚走出房间，就看见一个日本人正在与一八路军士兵拼杀，他上前一刀帮那个战士结束刺杀。

"怎么样干掉了几个？"

韩玉军认真一看，才认出是与他同班的牛小华在问他。

"干掉了四个。"韩玉军高兴地回答。

牛小华给他竖了个大拇指说："好样的!"

储国荣提着刀从三楼上下来："不要站在走道上，有敌人藏在暗处，上次就这样我们牺牲了三个人，每层楼，口子上站两个人，天亮后，一个房间一个房间的清理。"

储国荣来到楼下找到曹万坤和陈建昌。

"陈连长，你和三排留在这里，等天亮后清理战场。我带着一排二排去洪水沟据点，看文先兵他们那里进展如何。"

"好的，你们走吧，这里算我的。"陈建昌说。

"团长，你留在这里还是同我们一同过去?"储国荣问。

"当团长的，战场在那里人就应该在那里!"

"一排二排集合。"

"立正，向右看齐，向前看。报告营长，一排二排集合完毕，请指示。"二排长钟国文说。

"向洪水沟据点出发。"储国荣说。

储国荣有意走到韩玉军身边，他小声地问韩玉军："今晚感受如何?"

"谢谢老同学给我提供这些机会，今晚的感受非常好，我亲手砍下了四个侵略者的脑袋。我的父母姐妹如果九泉有知，他们会为我高兴的。另一个让我高兴的是，所谓日本的武士道也不过如此而已，今晚有两个是用刀与我对砍的，不管是基本功还是技巧，日本人都只能算一般。通过今晚的这一仗，对打日本人我更有信心了。"

"没想到老同学旗开得胜哈。今晚，我都才砍掉两个日本人的脑袋。你就一个人砍了四个，祝贺你!"储国荣对韩玉军说。

"你让我背诵的那十六个刺杀分解动作太有用了。在使用大刀上也用得上。

"明年给你一个连的人，带着好好去教训日本人。"

一个半小时后，储国荣他们来到了洪水沟据点。

很快他们就同文先兵带的那个班会合了。

"团长、营长，这个据点有三个机枪火力点，有两个小炮楼，我投了两个手榴弹试探他们，出来了三个人，在据点周围看了看就算了，估计人力有限。"

"好的，大家抓紧吃点干粮喝点水，天亮我们就开始攻击。文先兵你带一个班想办法突击进去把炮楼炸毁;钟国文你带一个班想办法把三个机枪射击点打掉；我带领其他四个班等待机会冲进去。"

天仍是黑乎乎的，周围的人仍在熟睡中，储国荣带着人摸到距据点二百米左右的地方，敌人仍没反应。

"钟国文，行动。"储国荣小声地说。

这时文先兵的人也站了起来，他给储国荣做了一个手势，意思是准备行动了，储国荣点了点头。

储国荣又叫一班长带了三挺机枪，摸到距大门不远的地方等候，一旦两个突击小组，出现什么危机，三挺机枪同时进行火力支援。

文先兵的炸楼小组竟然神不知鬼不觉地进了大门，就在炮楼上的机枪预警式的刚射出几发子弹，一声巨响，东面的炮楼被炸毁。就在这时敌人的三个火力点被炸掉一个。

"一班长——赶快火力支援钟排长，他那里非常危险。"

这时围墙内又一声巨响。储国荣高兴地喊道："第二个炮楼被炸毁了!"

"上刺刀——"储国荣大声喊道。

天刚亮，储国荣就带着四个班的人冲进了洪水沟据点。这时据点里的二十多个日军全部冲到院内，院内顿时就展开了一场混战，炸炮楼的，炸火力点的人都转入了混战中。

韩玉军从未见过如此惨烈的混战，他忘记了一切，举着大刀只顾到处寻找日本人。这时有个日本人突然从左后方朝韩玉军刺来，早有防备的韩玉军用刺杀中的"转身突刺"，在千钧一发的瞬间，转身将日本人砍翻在地，嘴里骂道："这就是想偷袭老子的下场。"

储国荣举着大刀也加入了这场混战中，这样的混战对他来说，早已是家常便饭，在长征的湘江阻击战中他是出了名的大刀王。在混战中他决不像有的战士那样，举着大刀横冲直撞，见到敌人就乱砍一通。储国荣是使用大刀的老江湖，他很少冲进混战的中央，他总是在混战的边缘游动，一旦发现机会，飞步上前一刀解决问题。战斗结束时他往往是杀敌最多的。

在混乱中左顾右盼寻找战机的韩玉军，突然看见牛小华在前面被一个日军纠缠住了，就在韩玉军冲上前准备助牛小华一臂之力时，抢先韩玉军十分之一秒钟时间的一名日军，将刺刀从背后刺进了牛小华的体内，也就在这一瞬间，韩玉军飞起一刀砍下了刺杀牛小华的日本人的脑袋。韩玉军一只手挥舞着大刀，一只手抱着牛小华冲出了混战的人群。

"卫生员快，这里有个伤员。"韩玉军大声喊道。

"韩玉军同志，不要管我，快上去把那几个日本人解决了! 快! 快上去!"牛小华吃力地说着。

看见卫生员过来后，韩玉军举着大刀冲进了人群。

"所有敌人基本被消灭，请大家马上把敌人的枪收起来，各班排清理自己的人数，马上把牺牲和受伤的统计起来报到我这里。"

"这小子死了都把枪抱着。"一排一班的周小娃边说边拖，被敌人尸体压着的一支步枪，他哪里知道这是个装死的敌人，当周小娃去拖他的枪时，他突然用双手狠狠地卡住周小娃的脖子。

就在这时周小娃大叫了一声："排长——"就在旁边的储国荣，转身拔出手枪对着这个日本人的脑袋开了一枪。被日本人卡得半死的周小娃躺在地上半天说不出话来。

"给你们讲过多少次，在收日本人尸体旁的枪时，一定要防到日本人装死的事，经常发生类似的事，真是不该呀。"储国荣道。

望着躺在地上不动的周小娃："怎么样？严不严重？"储国荣问。

"让我躺躺吧营长，我的气都差点被那小子卡断了。"周小娃说。

"请各班排注意，清理战场按如下安排进行，必须在一个半小时内完成并离开这里。"储国荣宣布。

一排长文先兵清理各种物资。

二排长钟国文清理各种枪械。

三班长马友华带领你的班去挖几个坑，把牺牲的人埋了。

听完储国荣的安排后，韩玉军突然想起受伤的牛小华，他跑到大门外一个平地上停放了六个伤员，他们班只有牛小华，伤也是最重的。

牛小华闭着眼躺在那里，嘴里呼呼地出着气，两眼含着泪水，看着这一情景韩玉军感到心里酸酸的，泪水不停地往下流。牛小华睁开了眼，看到韩玉军后，他痛苦的脸上微微地显出了些笑容。并小声地说："我知道你会来送我的，你到我们班后，你对人很亲切，我就在心里把你当成我的亲人了。我的父母很早就死了，我也没见过他们。对我好的人我就把他们当成我的亲人，排长班长对我都好，但现在他们都忙，我知道今天他们是无法来送我的，但我想你一定会来的，你不是真的来了吗？"

"今年我已杀了七个日本侵略者了，是我参加抗战以来最多的一年，本来今年我是准备至少也得杀他个十三四人的，可是老天爷不给我这个机会，也够本了，够本了！"

听到牛小华这些话后，韩玉军的眼泪不停地往地下滚落。他想，在抗日前线一个十九岁的孤儿，当他被敌人刺伤后，在他的生命即将结束的时候，他想到的却是还没有完成自己定的杀敌任务，而遗憾惋惜……可是今天大都市里的那些人在想什么呢？特别是那些手中有权有钱的人，想的却是如何跑到香港美国去躲藏起来，等战争结束后又回来赚取国人的血汗钱。

就在韩玉军的思想天马行空般乱飞的时候，牛小华微微地抬了抬手，然后他又看了看韩玉军："韩玉军同志我要送件礼物给你，在我的手里你拿吧，我没有力气把手抬起来了。"

韩玉军握着牛小华的右手时，发现牛小华的右手里握着一个汤圆大小黑灰的小石头。韩玉军把那块小石头拿在手里给牛小华看，牛小华点了点头说："我没有任何贵重的东西，只有这块石头是我心爱的，今天我要把它送给你。这块石头是我的老家贵州乌江河里的石头，十五岁那年我参加红军时，我怕再回不到我的家乡贵州的乌江河畔，我就捡了一个乌江里的石头揣着，这些年来，当我想家的时候，我就把这个石头拿出来摸一摸，看一看，我就想到了我的老家在贵州乌江边上，我就想起了汹涌澎湃的乌江水，想起了高耸入云的乌江峡谷，现在我多么想回到乌江边呀。可是，我知道我回不去了，我回不到我的乌江边了，回不去了，回不去了……"

"牛小华同志——牛小华同志——"韩玉军就这样守着牛小华死去，他拿着那个小石头不停地流泪。这是他在大学里，在书本中永远没有看到的，一个平凡伟大的八路军战士。

在埋葬牛小华的时候，韩玉军把自己的一个铜制的小烟斗，放在牛小华的手边后说："牛小华同志，这里我没有什么可以送你的东西，我们俩都抽烟，我就把我那个铜烟斗送给你吧，请你收下。你那个乌江里的石头，我将传给我的子孙后代。让他们永远记住，在民族危难的关头，有一位名叫牛小华的贵州乌江边上的青年，在前线与日本侵略者的英勇拼杀，为了把日本侵略者早日赶出中国，为了广大民众不受凶恶残暴无耻的日本侵略者的压迫和凌辱，他流尽了最后一滴血，死在了抗日前线，没有回到他日思夜想的贵州乌江河畔。"

就在二班长马友华带领全班正在掩埋七位牺牲的战友的时候，三营的通信班长郑林山骑马飞奔而来。

郑林山下马后直奔储国荣面前。

"报告储营长有紧急情况。"

储国荣打开通信班长郑林山递给自己的信封。

一股约八九百人的日军正朝你方向奔来，目前距你处约二十公里左右。消灭洪水沟据点日军后快速离开。

王树光

十六日十二时二十五分

"通知其他连队没有？"储国荣问通信员郑林山。

"只通知到营部，下面的连队由营部去通知。"郑林山回答。

"好，知道了，你回去吧。"储国荣对郑林山说。

"汪班长，赶快去通知二连三连！"储国荣将情报复抄了一份交给通信班长汪国良。

"一连长他们怎么办？"汪国良问。

"由我去通知，你赶快去。"储国荣催促汪国良快走。

"钟国文、文先兵，你们各自的工作进行得如何？"储国荣有些着急地问。

钟国文、文先兵回答："基本好了。"

"拖着东西，带上你们的人马赶快离开这里，敌人离这里只有十多公里了。"储国荣说。

储国荣骑上马往前走了几步后，他突然又下了马，他把马拴在一棵小树上，转身跑向埋葬几位牺牲战友的地方，他围着七个小坟包转了一圈后说："战友们对不起呀！本来我准备把两个排的同志都叫来与大家道个别的，但敌人追过来了，我们必须赶快离开，这样的情况我们以前以经历过很多，你们是清楚的，现在我带表全连给七位战友敬个军礼！你们辛苦了，就在这里安息吧！再见了战友们！"

储国荣转身拖着沉重的步子离开了，每次战斗结束让储国荣最难受的就是离开这些牺牲的战友。他们十五六岁离开家，跟随八路军转战数年，吃不饱穿不暖，多年与敌人拼杀，今天他们倒下了，从此就长眠在这里，他们十八九岁美好的人生，就这样结束了。在抗日的战场上，有多少这样的青年为民族的存亡而倒下，已经无法统计。但这些无私无畏勇敢地与日本侵略者决死拼杀的青年，他们的精神永垂不朽。

储国荣骑上马朝昔阳河据点奔去，让储国荣没有想到的是，因昔阳河据点缴获的东西较多，连长陈建昌骑着马到十多公里外的乡村去向村民租借骡马还没回来，排长周来友正在清理各种东西。

"周来友，现在有多少骡马？"储国荣问。

"只有二十一匹。"周来友回答。

第二卷 · 精诚团结 ·

219

"全排紧急集合。"储国荣喊道。

周来友把全排人集合完备后。储国荣给他挥了一下手，就走上前说道："两个人负责给一匹马上东西，必须在二十分钟内完成，马上行动。"

"周来友，什么东西重要的需要带走，由你来定。"储国荣望着周来友说。

这时陈建昌带着五十多匹骡马和二十多人回来了。

"陈建昌，你混账东西，这么长时间你在干什么？你知道吗敌人马上到了！你不配当八路军的干部！从现在起，你就不是一连的连长了，你想去干什么都可以！"

"各位师傅，我请教大家一个问题，两个人给一匹马上东西要多少时间？"储国荣问。

"我们的马背上什么都是齐的，十五分钟就够了。"一位马夫这样答道。

"好，马上行动，争取在四十分钟内把五十匹马的东西上好。"

"一班长林中信，你马上跑步到东面高地上观察周围是否出现敌情。"

"二班长王光和，你马上跑步到西面高地上观察敌情动态。"

储国荣走到周来友前面说："周排长，这里的一切由你指挥，结束后马上向我报告。

三十五分钟后，周来友跑来报告："只有一挺重机枪没马驮了。"

"把它绑在我那匹马上。"储国荣回答。

看见周来友有些犹豫时。"其他连已经在返回的途中了，我不需要去二连三连了，我跟着大家一起走路回去。有一挺重机枪对我们营多重要呀。"储国荣对周来友讲。

"三班长，你带队提前走着，每个人负责牵两匹马。"储国荣说。

在三班长何三强的带领下，长长的马队出发啦。

储国荣给站在东西两个高地上观察敌情的林中信和王光和，招了招手，两人看见储国荣的手势后飞一般地跑了回来。

储国荣找到周来友问："怎样，重机枪带走了吗？"

"带了，就绑在你那匹马背上。"

"现在还有什么事？"储国荣又问。

"一切全好了！"周来友回答。

储国荣拿出怀表看了看时间，"刚好四十分钟。"他自言自语地说。

储国荣跟在马队后没走多长时间，文先兵就骑着马接他们来了。

"我们怕你们遇上敌人，二连三连早走远了。"文先兵说。

"今天我如果再来晚些，一连非被日本人包围在这里不可。"储国荣愤愤地说。

"二营三营离这里有多远？"储国荣问文先兵。

"大约有五六公里。"文先兵回答。

储国荣把文先兵带到周来友面前说："有事你们两商量定，要把马队安全带回营里，我骑马先回去看看二连三连今天怎样，我非常不放心。"一头雾水的文先兵望望周来友又望望储国荣。

储国荣骑上文先兵骑来的马提前走了。当储国荣追上二排三排后，他下马给二排长钟国文说："你们在这里等到一排到了一起走，他们今天缴获的东西多，有七十多匹马驮东西。另外他说我已把陈建昌的连长职务撤了，有事你们三个排长商量定。"

储国荣骑着马飞奔回到了营里，回到营部后，他先去了二连三连，两个连各拔了一个据点，损失也不很大。

"团长，你必须马上给我找个连长，今天我已把陈建昌的连长职务撤了。"

"这些天任务这么紧，我那里去给你找连长呀。"曹万坤说。

"今天早上我们攻击昔阳河据点，冲进去后，一个小时就把大部分的敌人消灭了，在整个战斗中我总感到他是缩头缩尾的，我对他很不放心。这些我都没有同他计较。我给他留了一个排，让他在那里打扫战场，收拾清理缴获的东西。我带着两个排去解决洪水沟据点的事。"说到这里曹万坤插话问。

"一连今天不是端了两个据点吗？"

"这么好的成绩你怎么要撤陈建昌呢？"

"我就不客气地说吧，如果没有我他半个据点也端不了。"

"团长，你让我把整个过程讲完，你来定陈建昌这个连长的事，好不好？"

"你讲吧！"曹万坤笑着说。

"我带着二排三排把洪水沟据点解决了，打扫完战场，这时收到政委派人送来的情报，说追过来的日军离我们只有二十多公里，要我们打扫完战场及时离开。我想陈昌建带着一排应该早离开昔阳河据点了，但我有些不放心，就骑着马到昔阳河据点，让人不解的是，我到昔阳河据点后，他们连战场都还没打扫完。最让人愤怒的是陈建昌去找村民借骡马驮运缴获的东西还没回来。一排长周来友说陈昌建已经出去两个多小时了，我带着一排二排走后，近六个小时的时间里他在干什么？团长这样的人我怎么用？"

"这个人我早就知道他会出事，你那里有没有能胜任连长这个职务的人？"曹万坤问。

"我看文先兵是个苗子，是个可塑之材。"

"好，我们去找政委，按规定干部由政委管。"

"政委——休息没有呀？"曹万坤边敲门边问。

"就是休息了，你团长来找也得起来呀，而且这是什么时候呀，端据点，炸碉堡。"王树光边开门边这么说着。

"我们的工作有些落后了呀，五七三团今天拔了十二个据点，而我们团才拔了七个。"走进王树光的房间曹万坤就这么说。

"是六个怎么又多出一个呢？"王树光说。

"我们团的干部作风呀，就是不如五七三团呀，今天就在一营发生了一件让人不能接受的事，储营长，你把事情经过讲给政委听听。"

储国荣把整个事件又讲了一遍。

"这么说一连也拔了两个据点？"王树光问。

"政委我们一连的确拔了两个据点，但这与连长陈建昌没任何关系。"储国荣这样回答王树光。

"政委你看像陈建昌这件事如何处理？"曹万坤问。

"让他写检讨。"王树光生气的说。

"还让不让他去拔据点呢？"曹万坤问。

"当然要拔。"王树光坚定地回答。

"他拔不下来，或者造成大量人员伤亡谁负责？"储国荣问。

"储国荣你这是什么意思？你手下的连长出了事难道还要我这个团政委负责？"王树光不能容忍他的下级这样向他问话。

曹万坤没有说话，出现这种局面也只有他才能化解僵局。

但让人不解的是曹万坤保持沉默，这让已经被王树光逼在死角里的储国荣非常生气。

"你是管干部的，陈建昌是你提拔的，他完不成任务难道你没责任？"储国荣这一问话让曹万坤也有些吃惊。

王树光狠狠地在面前的木板上拍了一巴掌，说："你还没资格给我说这话，等你当了分区政委再来给我谈这些。"

王树光这话的意思很清楚，那就是，像你储国荣这样只知道成天打鬼子的人，永远当不了我的上级。

应该讲王树光对储国荣的认识是准确的，一心只想着打日本人，端日本人的据点，炸日本人的碉堡，不学会搞点人际关系，关键时候谁为你说话呢？

坐在那里沉默不语的曹万坤，这时心里才是乐滋滋的。他就是要让储国荣这样什么都不顾的人，把王树光搞得暴跳如雷。一个时时被下级置疑的领导，显然不是个好的领导。一个不受下级爱戴的领导，他永远享受不到权力给他带来的快乐！在这一点上，应该说曹万坤比王树光高明。你看他手下的营长、连长、排长谁置疑他？谁又把他搞得暴跳如雷呢？都没有。你看他走到那里，都是一帮人簇拥着团长前团长后的。而他永远是乐呵呵的。

严格地讲，在权力运作方面，王树光应该拜曹万坤为师，可惜的是，他永远没有意识到这个问题，而一概地想建立一个自己的权力体系，但这一点又被聪明的曹万坤早给识破。

到这个环节，曹万坤觉得应该收场了："哎，储营长，你怎么这样给政委讲话呢？不过政委呀，你也应该站在储营长的角度去想想，现在大敌当前，各营连的任务那么重，像陈建昌同志这样拖拖拉拉的连长，怎么去端日本人的据点？怎么去炸日本人的碉堡呢？任务完不成谁负责？储营长的这些顾虑应该说都是合理的。储营长，你回去就按政委说的办，叫陈建昌同志对今天这件事作深刻检讨，另外我建议由文先兵排长暂时代理一连连长的职务，这件事，你回去后在全营会上宣布，我们要把事做得名正言顺的。好吧，就这样，你回去做些安排，明天还得继续去端日本人的据点。"

储国荣站起来匆匆地就走了，也没给政委团长打个招呼。

曹万坤这番话，又让王树光耿耿于怀，他的意思是让陈建昌写个检讨后继续当连长，却被曹万坤解释为停职写检讨，还让储国荣在全营宣布是他这个政委的意思，又建议让文先兵代理连长职务。这不是得罪人的事都是我王树光？你曹万坤永远是好人？想到这里，王树光抬起头望见曹万坤仍默默地坐在他对面："还坐在我这里干什么呢？明天你也不想去打日本人了吗？"

曹万坤站了起来，边往外走边自言自语地说："睡觉去了，明天早点起来带着小兄弟们，仍去端日本人的老窝……"在迈出王树光住处的门时，曹万坤还唱起了："大刀向鬼子们的头上砍去……"曹万坤就这样回住处睡觉去了。

"嗨，这小子还自在嘛，明天小鬼子的子弹飞一棵来贴在你小子的身上，我看你小子还如何逍遥。"王树光躺在床上骂道。

十五

四天时间，五七九团把三十个据点全部拔光，虽然算不上提前完成任务，但也没拖分区的后腿。消灭小鬼子六百多人，全团的伤亡也达到了一百三十多人。接下来的任务就是如何炸毁二十个碉堡的任务。

对如何炸毁小鬼子碉堡的事，曹万坤历来没其他团的人乐观，他认为炸碉堡的难度超过拔据点十倍。有人提出一个月内，八路军可以把小鬼子的一万多个碉堡，全部炸掉被。曹万坤认为是吹牛皮，被人骂他是胆小鬼。其他团的口号是，每连每天炸毁一个碉堡，而曹万坤对他手下的三个营的要求是："每个营每天炸毁一个碉堡，就算完成任务。"

储国荣带领一连把东桥头碉堡包围了。让储国荣没有想到的是，碉堡外围还有三个与碉堡配合的隐蔽暗堡，他们的火力互相配合又互相支持，找不到任何死角。他用两挺机枪对碉堡的火力进行强制性压制，并让二排长钟国文带领一个突击小组进行强攻，但强攻失败，六名战士牺牲。

一天中，储国荣组织了各种形式的数次强攻，但除了炸毁一个暗堡外，别无所获，并牺牲了十一名战士。

一天下来，储国荣带领的一营，三个连攻击三个碉堡，一个也没炸掉，并且牺牲了十九名战士。

团里对储国荣轻敌冒进行为进行了批评，他自己提出辞去营长职务，但曹万坤团长没有同意他的辞职请求。

"储营长，怎么样？"曹万坤站在那里问坐在他对面苦思冥想的储国荣。

储国荣坐在那里想着碉堡三个火力口，每个火力点控制一百二十度，圆柱形的碉堡就被控制完了，而下面三个与碉堡对应的暗堡，位置低而且体积小，完全在碉堡火力的保护之下，从任何一个角度去进攻暗保，都会受到碉堡火力的打击，如果你进攻碉堡的火力点，那么你就受到碉堡和暗堡火力的双重打击。日本人的碉堡设计得真可为煞费苦心呀。

储国荣坐在那里并没有想团里对他的批评，他认为就算是一个营去攻击一个碉堡，无非使用人海战术去拼命？如果能找到一个死角，投两颗手榴弹进去。就解决问题了。

储国荣忘掉了曹万坤在他面前，他突然想到二营营长罗开明办法多，他们营今天也炸掉了一个碉堡，他准备去找罗开明学点经验。

"储国荣你小子把我丢在这里，去那里？"曹万坤望着转身离去的储国荣喊道。

听到曹万坤的喊声后，储国荣才恍然大悟地想起团长要找他谈什么问题。他马上转身望着曹万坤说："团长对不起，今天我被敌人搞糊涂了，突然想起今天罗开明他们打得好，想去找他学学经验，却把你这个大团长都忘了。"

"这话可能是真的，我看你不是糊涂，而是有些疯癫。你去找罗开明，你忘了呀，我今天就是在二营，他们的整个攻击办法，都是我和罗开明商量定的。你问他和问我有什么差别呀？

"看来我真有些糊涂了。"储国荣站在曹万坤面前道。

"我告诉你，小日本的碉堡都是那么设计的，火力配置也差不多，谁说他炸碉堡多能耐，都是吹牛皮。五七三团彭团长，上次开会就说他准备每个连，每天至少炸毁一个碉堡。怎么样呢？一周过去了嘛，他那个团炸毁了几个碉堡呢？"

"昨天我们的二营三营各炸毁一个碉堡，都是有些偶然性的，就说罗开明的二营吧，我们把部队刚开到距碉堡三百多米的树林里埋伏起来，发现碉堡外有一个日兵在那里游荡，我们派了三个人去。把那个人秘密地抓了回来，让我们都感到意外的是，碉堡里竟然不知道他们的人被我们抓走了。原来这个日军士兵生病了，他在外面等来接他回师团治病的车。从这个日军士兵的口中，我们得知十点钟左右，有两个附近的农民要给碉堡送两筐蔬菜。我们找到了这两个农民，并在一筐菜下放了一个二十斤重的炸药包，并把引爆的拉线接到菜筐的外面。送菜的农民只能把菜送到碉堡的门前，菜由日军士兵抬到碉堡内。"

"一切准备好后，由一个班长和排长穿着农民的衣服，给日本人送'菜'去了，第一筐菜是没有炸药包的，由排长背着，第二筐菜是装有炸药包的。没有炸药包的那筐菜先交给日本人，然后借口上厕所马上离开。第二筐菜交给日本人后，等日本人把菜筐移进碉堡的瞬间，拉响引线，飞身离开，一切都进行得非常的顺利。一声巨响后，埋伏在碉堡周围的两个排，马上冲进了碉堡。结果，碉堡内的十二个敌人全部被炸死。"

冲进碉堡内的人，直接用碉堡里的重机枪对着三个暗堡射击，三个暗堡里的敌人也很快被消灭。

"这就是罗开明那里的情况，有你学习的地方吗？"曹万坤问储国荣。

"哎，罗开明这小子运气真好，湘江血战中他才从国民党军中跑过来，现在都当上营长，在过乌江时，我就发现这小子很能干，是个好苗子。"储国荣说。

"明天你就从已经炸毁那个暗堡动手。用两挺机枪压制碉堡上的火力，搞一个炸药包能从那里塞进去，就成功了。"曹万坤对储国荣讲。

"对，我也这么想，其他找不到突破的地方。"储国荣对曹万坤讲。

天刚亮，储国荣就带领全营突然将东桥头碉堡包围。可是让他没想到的是，昨天被他们炸毁的那个暗堡，日本人连夜把它修复好了。

储国荣让每个连负责用机枪火力压制和封锁碉堡上的三个射击孔的火力点。然后让三个连用步枪各负责一个地堡火力点的压制。

这时储国荣发现东南角上的那个碉堡火力点，射击总是断断续续的，掌握到这一情况后他找到三个连长共同商量，然后由储国荣任组长组织了一个五人爆破小组，隐蔽在东南角上，当碉堡射击点停顿的一分钟左右，爆破小组对东南角的暗堡进行爆破炸毁。

遗憾的是，第一次爆破没有成功，不知为什么炸药包没有爆炸。储国荣和连长文先兵同爆破组的人进行分析，引起炸药包没有爆炸因素有哪些？

在这期间东南角敌人的射击火力仍同以前一样断断续续的，而最长的停顿时间达到两分钟。这让储国荣更增强了信心。

在第二次爆破时，他们做了充分的准备，当射击点上的枪声刚停，爆破组的人就冲向暗堡射击点，就在爆破手拉下引信，飞身离开的瞬间，碉堡上的射击手似乎看见了八路军的爆破手，突然朝八路军的爆破手射击，但他似乎还是晚了些，随着爆破手的飞速离开，紧接着就是一声巨响。东南角上的暗堡被炸毁了。让储国荣极为担心的爆破手一连二班班长马友华也安全返回。

当东南角的暗堡被炸毁后，储国荣对拿下东桥头碉堡就有了信心。他又把三个连长九个排都叫到一起。

"让大家说说如何能尽快消灭碉堡内的敌人？"储国荣问。

"现在能让我们发挥作用的，只有东南角那个射击孔，我们只能从这里想办法。"文先兵说。

"东南角射击孔离地面四米高，射击孔见方二十厘米。稍大一点的炸药包塞不进去，小了发挥不了作用，这是最让人头痛的事。"三连长侯文举讲。

"搞一个四米高的梯子。把两棵手榴弹绑在一起，只要能把两棵手榴弹扔进射击孔，机枪射手就完蛋。然后把手榴弹四个绑成一捆，我想扔上五六捆进去，一切就结束了。如果还不行，就拿挺轻机枪，指到里面扫他个二十分钟。"二连长曾加礼讲。

"曾连长的这个方案很有操作性，首先试试，现在分工如下。"储国荣讲。

一连：负责搞一个四米高的梯子。

三连：去找绳子四个手榴弹一捆，绑十捆。

二连：组织一个突击队，负责实施这一方案。

一连三连全力配合二连的行动。

一小时后，二连长曾加礼带着他的十个突击队员到场。

这时储国荣通知对另两个射击点进行火力压制，减少他们对东南角射击的支持。

让人没想到的是曾加礼的这个方案非常有效，他只扔进去了六捆手榴弹，其他两个射击孔的机枪就哑了。

紧接着储国荣又组织了一连三连，对另两个暗堡和进入碉堡的门进行爆破炸毁。一切进行得非常顺利，一小时后，碉堡的门被炸开，两个暗堡被炸毁，标志着东桥头碉堡彻底炸毁。

当储国荣和一连长文先兵走进碉堡内时，经历过湘江血战的他们两人，仍被眼前的景象惊得目瞪口呆，在三十个平方米的碉堡内，横七竖八地躺着十七具日军的尸体。旁边仍放着大量的手榴弹、子弹、军用食品、面粉和大米。

就在人们高兴地清理着缴获的各种物时，团通信班长骑着马飞奔而来。储国荣意识到又有什么紧急情况，他往前走了几步，去迎接飞奔而来的白林，还没等白林下马，储国荣就迫不及待地问："有什么情况？"

"不好了，有几千日军向我团包围过来。"白林回答。

白林没有下马，只是把装有曹万坤团长紧急命令的信封递给储国荣后就勒马转身，但是就在这一刻，他大声地对储国荣说："团长要你们抓紧时间！"

储国荣马上打开信封：

据各方情报，一个联队约四千余人的日军，朝我团包围过来，现距你营十公里左右，务必快速向团部靠拢。

"一连长、二连长、三连长，马上过来开会。"储国荣站在那里大声喊道。

三个连长马上跑到了储国荣前面："发生了什么事？"文先兵问。

储国荣把团长送来的情报递给了文先兵后，另两个连长也围过来看了团长送来的紧急情况，三位连长神情都紧张起来。

"清理了些什么东西？"储国荣问三位连长。

"有四万多发子弹，一千五百多枚手榴弹，八挺机枪。两门小炮。"曾加礼连长回答。

"我那里有十一袋大米，八袋白面，五桶食用油，有几十公斤用食品。"文先兵答道。

"侯连长你那有些什么？"储国荣问。

"十公斤一桶的柴油十二桶，煤油六桶，小型发电机一台。"侯文举回答。

"全营带来了多少骡马？"储国荣望着三位连长问。

"有三十来匹。"文先兵回答。

"各位现在情况非常紧急，但这些物质对我们来说也非常重要，现在的工作安排如下。"

"曾连长，你负责把子弹和手榴弹分发给全营官兵，子弹每人二百发，手榴弹四枚。"

"文连长，你负责把所有能吃的东西绑在马背上驮走。"

"侯连长，你协助他们两位连长，如果有多余的骡马把煤油全带走。争取在四十分钟撤离。带不走的武器、机器，砸烂后烧掉。开始行动。"

储国荣在安排这些是，韩玉军就站在旁边听着，这并不是他自己跑在这里来的，而是储国荣叫通信员把他叫来的。本来曹万坤准备让韩玉军到司令部去当参谋，因为韩玉军文化高理解问题快。但韩玉军说，他来参加八路军就是想在前线真刀真枪的与日本人干，不亲手杀一二百日本侵略者，他心头的恨解不了。根据韩玉军的这一愿望，作为老同学的储国荣，希望韩玉军尽快熟习部队的作业程序组织管理和指挥调动。通过这两三次拔据点，炸碉堡，韩玉军的表现，储国荣认为韩玉军完全可以通过短期的实战段练，带领一个排，甚至一个连去作战都完全有可能的，储国荣叫韩玉军来站在那里就是这个意思。

给各位连长分配完工作后，储国荣就在人群中到处走动，看那些问题需要马上解决。

"报告储营长，所有马匹的东西都已捆绑好。"文先兵说道。

文先兵刚离开曾加礼就跑来："报告营长，子弹、手榴弹已分发完毕。"

"把你的连队集合起来马上出发。"储国荣说道。

"通信员，快把一连长文先兵叫过来。"储国荣叫道。

"营长有什么事？"文先兵跑来问。

"马上把你的连集合起来，快速离开。"

"营长——敌人来啦——营长敌人来啦——"在山坡上观察敌情的士兵大声喊道。

储国荣马上跑到一个较高的地方去观察，看见几百个日军朝他这个方向奔来，距离不到二三公里。

十六

"各连，必须迅速离开这里，敌人马上到了。"储国荣大声喊道。

三个连长带着各自的连队，飞一般地离开了。就在这时，曹万坤派来接应的人也到了，二营已经转移到另一方向了，原来的地方已经被敌人占领。储国荣和来接应他们的那人骑着马追上了一二三连，原来曹万坤已带领二营三营到了龙关山。龙关山三面斜坡，有面悬崖。储国荣带着全营奔跑了一个多小时就到达了龙关山。

"储国荣，你什么时候学到，拖拖拉拉的呀，为了等你们营，我们差点被日本人包围，你再晚到半小时到我就撤你的职。"刚到曹万坤就愤怒地骂开了。

"主要是缴获的东西有点多，我想多带点总会有好处的，没想到敌人来得那么快，幸好今天我在山坡上派了几个哨兵，不然今天全营只有同日本人血拼了。"

"有些什么东西嘛？"曹万坤问。

"十一袋大米、八袋白面、五桶食油、四万发子弹、一千五百颗手榴弹，三挺重机枪带不了就丢了。"储国荣回答。

"很好！我正愁没子弹呀。"曹万坤的火气消了些。

"团长，这些东西怎么处理？"储国荣问。

"粮食和油交给副团长陈凡东处理，你的营马上到东面山头修工事挖战壕。"

"一营跟我走。"储国荣大声喊道。

"储国荣，不能三个连同时投入战斗，留一个连作预备队。"曹万坤大声地说道。

"知道了。"储国荣回答。

"一营各连注意：一连在东侧二连在西侧，一字形排开，马上开始修工事挖战壕。三连派一个班到后山监视敌人的偷袭。其他待命。"

战士们紧张地开始挖战壕，远处已不断地有枪声传来。储国荣围着山头转了一圈，让他有了些担心。

储国荣找到曹万坤设在二百多米外的指挥所："团长，我有一个建议。"

"讲。"曹万坤一面看着地图说。

"我查看了一下后面的山坡，虽然说是悬崖，但是人还是能爬上来的，今天来围攻我们的敌人很多，他们完全有可能派一支突击队，从后面爬上来偷袭我们。我建议作为预备队的三个连，一字形排开，把后面整个山坡都视监起来。"

曹万坤抬起头望着储国荣说："你这建议很好，我马上落实。"

储国荣转身离开后，曹万坤对站在他旁边的团参谋长刘峰说："刚才储国荣的建议你听清楚没有？"

"清楚了。"刘峰回答。

"你马上去各预备连，按储国荣的建议部署，告诉他们如果发现有偷袭我们的敌人突击队，不要马上开枪，等他们走近后，一举歼灭。"

回到阵地上，储国荣马上对两个连挖的战壕进行了检查。他站在战壕上大声说："现在的战壕还要往下挖一尺，我们在这里可能要同日本人对抗几天，现在这个深度还不够安全。"

说完，储国荣就从二连的战壕走到一连的战壕，当他走到一连三班的战壕时，他看见韩玉军正在吃力地挖着战壕，左手的手掌已打起了一个血泡。干这类的活，对读了十多年书的韩玉军来说，的确是一件比较困难的事，但为了在与敌人的拼杀中求得生存，你非干不可。这就是伟大的生物学家，达尔文进化论中，的核心观点，"适者生存。"

"来，我帮你挖几分钟。"储国荣对弓着背正在挖战壕的韩玉军说。

韩玉军抬起头望见储国荣时，有些激动地说："营长，我自己慢慢挖，你忙你的吧。"

储国荣从韩玉军手中拿过锄头，挖了起来，没过几分钟就挖松了不少的泥土，然后用铁铲把已经挖松的泥土铲到战壕外，铲完挖松的泥土后，储国荣对韩玉军说："不管是挖还是铲，都不能把锄头和铁铲的把子握得过紧，握得过紧了就容易把手打出血泡……"

"对，什么都得学，什么都要有好的方法。"韩玉军回答。

这时曹万坤来到了一营的战壕前，他望着储国荣说："一定要让敌人冲到三十米左右才开枪，要节约子弹，没有我的命令不准开枪。"曹万坤朝二营的战壕走去。

"你们班怎么只有三把大刀呢？还有一把到哪里去了？"储国荣走到三连四班时，发现四班只有三把大刀，就生气地问。"

四班副班长伍学海走过来说："报告营长，大刀是在往这里赶的途中，我牵的马受惊后跑了，我去追马时，把背着的大刀跑掉了。"

"怎么不报告呢？"储国荣又问。

"我向连长报告了。"伍学海有些委屈地说。

这件事提醒储国荣，他对全营三十个班的大刀都检查了一遍，让他欣慰的是只有三连四班少了一把。

战壕里的士兵出现了一些小的骚动，敌人已经出现了，储国荣站在一连和二连之间的战壕里，这就是他的战斗位置，他把冲锋枪拿来放在面前战壕的土台上，然后他又把他那把心爱的大刀从刀鞘中拔出来看了看，这时他突然想到了一件事。

"汪国良——。"储国荣大声地喊道他的通信班长。

"营长，有什么事。"汪国良问。

"你马上去找侯连长，告诉他这里少一把大刀，把他那把大刀拿到这里来。"储国荣道。

天空中出现了十多架飞机，在飞过五七九团阵地的上空时，丢下了几十棵炸弹，二营三营都有死伤，一营运气稍好。

"营长，大刀拿来了。"汪国良对储国荣说。

"去把大刀交给三连四班的伍学海，告诉他再把大刀搞丢了，我就枪毙他。"储国荣道。

约有两千多日军朝五七九团的阵地上冲来。他们是复仇来的，他们的三十多据点被五七九团端掉，好几座碉堡被五七九团炸毁。这段时间，死在五七九团手下的日军，也有上千人了。曹万坤的名字他们已听到很久了，今天他们是有备而来，可是曹万坤却是准备不足呀。

六个连，六百双眼睛，紧紧地盯着一步步向他们逼近的两千多日本人。

站在前沿战壕里的曹万坤，更是咬牙切齿地说："给老子再走近些。"可是敌人还在五十米左右的地方，他突然改变了主意。大声喊道："开火——"

瞬间，近六百枚手榴弹飞向敌群，然后掉入敌群轰然爆响。接着是敌人倒下了不少，可是有不少的敌人已冲到了战壕边，个别的已冲进了战壕。

这时储国荣大声喊道："大刀队上！"

与储国荣同时飞出战壕的是韩玉军，他挥舞着大刀冲向敌群，他忘掉一切地冲向敌人最密集的地方，横砍竖杀，瞬间七八个日本人倒在韩玉军的周围。他继续追砍着冲到战壕前不远处的日军，就在这时，一个日军端着刺刀飞快地朝他刺来，他闪躲过日本人的刺刀后，顺着一刀，砍去了日本人的半个脑袋的。嘴里还骂道："同你的武士道精神一起见鬼去吧。"

储国荣举着大刀冲向敌群的时候，他早忘掉了自己是一位八路军的营长，他面前闪现的全是母亲和妹妹被日本人强奸后杀害的悲惨场景，他砍下的每一刀都是雪耻和复仇。纵横在日本人的刀枪之间，有如在舞台上表演由艺术家早已编排好的话剧。但储国荣的所有行动都不是表演，而是积压在他心灵深处仇恨的爆发，所表现出来的巨大胆略和勇气，这是日本人不能理解的，但他们必须接受的现实。

站在二营和三营之间指挥作战的团参谋长刘峰，看见三营的大刀手连续几个被日军刺倒在地，刘峰无法忍受了，他抓起大刀飞身跳出战壕，嘴里骂道："小日本，老子来啦。"就在这时一个朝他冲来的日军士兵，被刘峰一刀砍翻倒地，在刘峰的横冲竖撞带领下，二营三营二百多人的大刀队员，像发疯似的追砍着日军，在潮水般的八路军大刀队员的追砍下，用所谓武士道精神武装起来的日本军人，似乎也并没那么想象中强大，在旋风般飞舞的八路军大刀面前，日本人的意志也动摇了，他们丢下四百多具尸体退下去了。

遗憾和痛心的是，在举着大刀与日军拼杀中，八路军的大刀队员也有二十多人倒下。

让储国荣感到欣慰的是，他的一营只有两人牺牲三人受伤。

全身血迹的韩玉军，抱着他那把大刀坐在战壕里闭目养神。他觉得心里暖洋洋的，他很久没有这样的心情了。他写的论文，在美国的杂志上刊登出来的时候，他也没这么高兴过。他像小孩子一般反复地算着消灭了多少个日本侵略者。他给自己的任务是，砍下一百个日本侵略者的脑袋后，就回到大学继续研究他的桥梁设计。今天他怎么算也只有十五个加上前两次的四个，已经有十九个了，他心里想，还有几次战斗，力争这一仗打完，达到二十五个。

储国荣跟着连长到每个班的战壕里，对战士们讲如何展开与敌人拼杀，同时也听听战士们杀敌的经验。

"战壕前敌人丢下的那些武器捡回来没有？"曹万坤问储国荣。

"全部捡回来了。"储国荣回答。

"敌人又上来了，这次敌人很分散，我们的方法也要变了，在二百米就用单发瞄准射击。你马上把这一办法传达下去。"曹万坤对储国荣讲。

"好的，团长你一定要注意安全。我马上去传达你的命令。"储国荣望着曹万坤说。

敌人的第二次冲锋又上来了，敌人也在吸取教训和改变策略，这次敌人冲锋不但分散了人员，而且增加了火力，所有冲锋的人都改用冲锋枪。

敌人爬行到距八路军战壕五六十米远时，一面用强大地冲锋枪射击，然后飞一般地扑向五七九团的战壕，这就使曹万坤的大刀队发挥不了威力，虽然敌人冲锋的人分散了，但他们采取了持续不断地朝五七九团的战壕里冲，只要每个连的战壕里冲进一个日军，就会造成十多人，甚至是数十人的伤亡。

"敌人冲上来啦——赶快——"二营长罗开明大声喊道，有数十支枪的射击阻拦下，仍有两名日军士兵手持冲锋枪冲入了二营的战壕前，造成九名官兵的伤亡。

二营四连三排排长兰峰，从战壕里飞奔出去扑倒了一名奔向战壕的日军士兵，但排长兰峰身中数弹而牺牲。

这样惨烈的场景反复在五七九团的阵地前上演，这让生经百战的曹万坤也有些胆寒。

"报告团长，后山已遭到敌人的多次偷袭。"曹万坤派去查看后山情况的白林回来告知。

十多名日军士兵集中朝三营战壕扑去，在两挺机枪的阻击下仍有两人冲进了三营的战壕，在这千钧一发的关头，九连长朱万平把冲进战壕的日军士兵扑倒在战壕里，日军士兵引爆了一枚手榴弹，九连长壮烈牺牲。

虽然冲上来的日军士兵，都被打死在战壕前，但往往会造成多名战士的伤亡。日军的这一套，让兵力本来就少的曹万坤感到了危机。

就在曹万坤焦头烂额的时候。他听说一营很少有冲到战壕前的日军士兵。

"白林，去把储国荣给我叫过来。"曹万坤说。

团通信班长白林，迅速地来到一营找到储国荣。"储营长，团长叫你过去一下。"

"什么事呀？"储国荣问白林。

"他没告诉我，只是叫你过去。"白林回答。

"团长我来了。"储国荣望着曹万坤说。

"你们营伤亡情况如何？"曹万坤问。

"死亡三个，伤九个。"储国荣回答。

"全营吗？"曹万坤有些怀疑地问。

"三连一个死亡都没有。"储国荣答。

"二营三营伤亡都超过了二十好几，你那里那么少，你是怎么防的？"曹万坤问。

"敌人搞分散进攻，我就给他来了个分散防御。我在战壕前一百米左右的地方，派了一部分人埋伏在那里，当敌人冲过那里以后，他们就从后面射击，有一半以上的敌人就在那里被消灭，冲上来的量不多，他们很难冲到战壕前。"储国荣讲。

"这是个好办法。白林，通知二营长三营长到这里来。"

"储国荣你可以回去了，一定要把你的营看好，让冲上来的日本人，一个也别让他回去。"

"储国荣这办法还真管用，今天的伤亡就没昨天大。"曹万坤对身边的政委王树光说。

"团长，我们在这山上已经三天了，刚才副团长陈凡东报告，只有一天的粮食了，增援我们的部队什么时候能到？"王树光担心地问曹万坤。

"这是刚收到的电报，这次日军下了狠心，全面向我们八路军进攻，派来增援我们的五七三团，在八十公里外被日军围困，现在他们正在激战中。天亮后，我就派了特务连出去侦察，找个敌人防守薄弱的地方，今晚突围去。政委你去告诉陈凡东多挖些坑，把牺牲的人提前埋了。"曹万坤对王树光讲。

"团长，敌人又采取密集的进攻了。"参谋长刘峰报告说。

"走，带我去看看。"曹万坤跟在刘峰后面朝战壕前走去。

刘峰把望远镜递给曹万坤后说："东南面正在集结。"

"白林，马上通知营连长到指挥所。"曹万坤说。

九个连长三个营长围着曹万坤和王树光站着："告诉大家，今天日本人准备同我们决战了，他们估计两天多来我们的伤亡可能过半，现在他们正在集结部队，今天他们肯定是要冲破我们的战壕的。大家注意，根据新的敌情变化，我们对作战方式作一些调整：敌人进入三百米左右就用步枪瞄准射击；敌人进入五十米左右后所有枪都开火，进入混战时一定要发挥大刀和刺刀的作用。我们团有三百五十多把大刀，一定要发挥好作用。后山现在只留一营的三连防守，其他两个连到前面来。团里的干部直接到第一线指挥：参谋长刘峰到三营，政委王树光到后山一营三连，我本人到二

营。马上行动。"听完曹万坤的分工，九位连长和三位营长马上朝自己的
岗位奔去。

十七

储国荣与侯文举一同朝后山奔去，他们对防守后山的三连有些不放
心，储国荣跟随侯文举查看了所有容易被敌人突破的地方。储国荣对侯文
举的防守还是认可的。

"侯连长，从现在起，你必须注意两个问题：一不管发生什么情况，
你都要随时把全连的人集中在一起，我估计今晚我们必须突围，等到明天
就没有机会了，会全军覆灭。二如果敌人冲上了山顶，敌我进入混战，你
们连要想尽一切办法向一二连靠拢。在混战中，尽量把敌人往中间推，因
为中间的人面临四个方向的攻击，拿大刀的人稍靠前，用刺刀的人稍靠
后，这样就能达到相互保护互相支援。这件事你要给全连讲清楚，好，我
还得去给其他们两个连长讲这事。"

回到战壕前，看见两个连长正在给战士们讲刚才团长的部署。

"汪班长，你赶快去把连长和排长通知到这里来。"储国崇对通信班长
汪国良说。

就在储国荣给两个连长和几个排长讲他已给侯文举讲过的那两件事的
时候。

"敌人上来啦——"有人在喊。

"马上回到各自的位置上。"

回到战壕前，看见黑黑压压的敌人，朝山上爬来。储国荣顺手拿过身
边一位战士的步枪，向还在三四百米外的敌人瞄准，然个打了一枪，大家
看见敌群中的一个敌人倒下。这时所有拿步枪的战士都瞄准向敌人射击。
敌群出现短暂的骚乱后，蜂拥般朝五七九团阵地冲来，虽然不断地有敌人
倒下，但是并没有影响敌人的冲锋。在五七九团阵地上，已经倒下了很多
的敌人，但是敌人的冲锋依然没有减弱。

很快五七九团，战壕前又是一片地混战，大刀刺刀的撞击声，让人胆
颤心惊。

在储国荣和韩玉军，这两位大刀高手的带领下。很快在五七九团一营
的战壕前，就摆满了日军的尸体，虽然战况如此惨烈，但日军仍在源源不

断地往山上冲来，这是让人最担心的，从现在的情况看，一场持续不断的混战已经难以避免。

韩玉军在解决了两个与他纠缠的日本兵后，突然发现班长石中全被两个日军追到一棵大树下，他冲上前在两个日军没有防备的情况下横竖两刀，两个日本人倒下了。但此时班长石中全已倒在了血泊中，他把石中全抱在大树后，石中全是被日军用刺刀刺伤的。

"不要管我，快去把前面那几只疯狗给我干掉，快去呀。"石中全喊道。

韩玉军又投入了混战中，这时他看见教导员梁尚武受伤倒在地上，而储国荣一面与日军砍杀一面想把梁尚武移到安全的地方。韩玉军马上冲过去一手提大刀一手把梁尚武抱了起来，韩玉军把梁尚武抱到一个大石头后放下，梁尚武说："好了，就把我放在这里，快去把围着营长的那几个混账干掉。"梁尚武对韩玉军说。

经过一场激烈的混战后，有少量日军跑到树林里藏了起来。战场又平静下来。这时韩玉军想起自己的班长石中全，他提着血迹斑斑的大刀往那棵大树跑去。

石中全静静地躺在树下，两眼微微地闭着，鼻孔里仍有呼吸的声音，卫生员对石中全的伤口作了包扎。

"班长，我是韩玉军。"

石中全慢慢地睁开眼，小声地说："我想可能见不到你了。"

"不会的，班长你的伤会好的。"韩玉军含着眼泪说。

"我的右腿的绑腿里插有一把匕首，你帮我拔出来，我要告诉你一些事。"石中全小声地对韩玉军说。

韩玉军低下头，在石中全右腿的绑腿上看见了一把匕首的手柄，他伸手把匕首拔出来，拿给石中全看："是这个吗？"

石中全看见韩玉军手里的匕首后，点了点头说就是它，接着石中全说："这是我从一个日本人手中缴获的，在二年多前的一次战斗中，连长在打完枪里的子弹后，把一名冲过来的日军扑倒在地上，被连长压在地上的日军，拔出腿上的匕首刺死了连长。我冲过去用大刀砍死了杀害连长的日本人，缴获了这把匕首。后来我也把这把匕首放在绑腿里，有两次我突然被日本人扑倒在地，等他们正在找东西砸我的头时，我拔出匕首刺死了扑倒我的日军。"说到这里石中全把话停了下来，嘴角露出一丝让人不解的笑容。接着他又说："我们用日本人造的刀，日本人的方法去杀日本人。这对日本人来说，不是极大的讽刺吗，你说是吗？"

"我把这把日本匕首送给你，你也把他放在绑腿里。关键时候。它会救你的命的。"

过了几分钟，石中全又说："我是河北秋林县东庄人，前年春天日军扫荡了我们村，全村老小五百多人，被日本人残酷杀害，那种残暴的场景，无法让人忍受，我向天发誓，要为全村人报仇，但很遗憾，到今天为止，我只消灭了九十一个日本侵略者，心有所不甘呀！你有勇有谋，拜托你，为我多杀几个日本人，我在九泉之下，就安心了！"

满脸泪水的韩玉军，紧紧地握着石中全的手说："班长，你放心，我同你一样是满怀对日本人的仇和恨走上抗日战场的。我的家乡在南京，全家大小都被日本人残酷杀害。我们到抗日前线拿起枪，没有别的目的，那就是为国雪耻，为家报仇！"韩玉军激动地对石中全说。

听到这些话后，石中全微微地点了点头说："很好！你去吧，树林中还藏有不少日本人。把他们找出来统统消灭掉。"韩玉军把石中全给他的匕首插进了自己右腿的绑腿中，提着那把还沾有日本侵略者血迹的大刀离开了石中全。

储国荣正在清理各连的伤亡人数时，团通信班长白林跑了过来。

"储营长，团长叫你带着三个连长马上到二营开会。"

"好的，我们马上就到。"

在几年前的湘江血战中被称为大刀王的曹万坤，当团长后，就再也没有拿过大刀。今天，在日本人连续不断冲锋下，又逼迫着曹万坤拿起大刀，冲进敌群。

在五七九团二营的战壕前，营长罗开明是刺杀高手，两个日军士兵同时朝罗开明冲去，他左右开弓，瞬间两个日军士兵就倒在了血泊中。他又冲去解救一个被日军士兵围困的战士。

混战的局面已经到了让人难以想象的程度。曹万坤虽然多年未用大刀，但他本是习武出生，基础好悟性高，举着大刀冲进混战的人群人，左闪右躲，几刀出去三四个日本侵略者就没命了。真是个名不虚传的大刀王。

在曹万坤带领下二营九十把大刀，横冲直闯，旋风般追来杀去，一百二十九名侵略者，被二营击毙。

但全营已有八十九名官兵牺牲。四连三排排长牺牲、五连副连长牺牲、六连三个班长牺牲。

三营是厮杀得最为惨烈的，大刀队在团参谋长刘峰的带领下，到处解救被日军包围着或按在地下打杀的士兵。到处是八路军战士抱着日军士兵死在一起的场面，有一个五七九团三营九连的士兵手还抓着日军士兵的头发，嘴里含着一只被他咬下的日本士兵的耳朵，他的背上有两个被日军用刺刀刺的伤口。

经过两个多小时的厮杀，三营九连连长牺牲、七连一排排长牺牲、八连二排排长牺牲，全营一百四十九名官兵牺牲。日军有一百零九人被三营击毙。

"各营汇报一下你们的伤亡及击毙敌人数目。"曹万坤说。

储国荣："一营牺牲四十一人，受伤八人。击毙敌人一百八十五人。"

罗开明："二营牺牲七十九人，受伤十人。击毙敌人一百二十九人。"

林中武："三营牺牲一百五十一人，受伤七人。击毙敌人一百一十九人。"

"明天我们就一粒粮食都没有了，今晚我们必须突围出去，突围路线，特务连已经选好。现在我们的当务之急是把树林中藏着的几十个敌人消灭掉，不然我们就走不掉。大家马上回去吃点干粮喝点水，一点半准时进树林搜查，力争做到一个不留。"曹万坤讲完后大家马上就散了。

"报告团长，敌人全部从后山逃走了。"特务连连长周邦龙前来报告。

"那么险的路，几十个人怎么逃呢？马上进行核实。"曹万坤讲。

"整个山头我派人都搜查了一遍，没有发现敌人。"周邦龙回答。

"白林——"曹万坤喊道。

"团长什么事？"通信班长白林跑过来问。

"马上把一营营长储国荣叫过来。"

半小时后储国荣跟着白林来了："团长什么事？"储国荣走到曹万坤面前就问。

"特务连侦察到山上的敌人全逃走了，你怎么看？"曹万坤问。

"从敌人的角度讲他们逃走是对的。"储国荣说。

"你估计下午他们会不会再进攻？"

"今天下午他们肯定不会进攻，明天他们会有比今天更大的行动，今晚我们必须突围出去。"

曹万坤找到副团长陈凡东问："怎么样？"

"报告团长，所有牺牲的同志都全部安葬完毕。"陈凡东答。

"把能吃的东西都放在锅里煮上，让大家吃饱后晚上突围。"

天还没有黑，曹万坤就把全团剩下的六百多人集中起来，作突围前的动员，如果等到明天，就是全军覆没了。在他的心目中。只要能冲出去二三百人，突围也算成功。全军覆没这个词，对他来说，永远是不可接受的。

曹万坤站在那里，望着眼前六百多双期待的眼神，他知道作为一团之长，他的一言一行会影响，眼前每个人的决心和意志。

"大家都很清楚，我们周围是三千多，穷凶极恶，残暴无耻的日本人。我们留下与他们作战，成功的可能性很低，我们唯一的路就是突围。在这里，我向大家表明，我曹万坤，生死都和大家在一起！决不自己逃走！"下面一片热烈的掌声。

"现在我宣布突围方案，由我和储国荣营长带领一百人的突击队，在前面杀出一条一血路。政委王树光，带领卫生队、担架队、伤员队、跟随后面快速通过；副团长陈凡东带领十个炊事班、骡马队，跟随在卫生队后面。在突围部队的右边，由团参谋长刘峰带领五十人的阻击队，对攻击突围部队的敌人进行阻击和消灭；在突围部队的左边，由二营长罗开明带领五十人的阻击队阻击和消灭，从左边攻击突围部队的敌人；在突围部队的后边，由三营长林学军带领五十人的阻击队，对尾随攻击突围部队的敌人，进行阻击和消灭。听清楚没有？"

下面几百人齐声回答："听清楚了！"

在人们静静地等着天黑的时候，韩玉军又悄悄地来到了石中全的坟墓前。因牺牲的人较多，挖的坑不够，在埋葬这些牺牲的人时，陈凡东副团长安排每个坑里埋四至五人，韩玉军自己单独为石中全挖了一个坑，他觉得这是他的责任。来到八路军后，他就被储国荣安排在石中全的班里，石中全早晚教他刺杀，白天教他单兵战术动作，可谓是全心全意地教他，所以他的军事技术提高才会有这么快。在这几次的行动中，他能痛痛快快地杀几个日本人，说真话与石中全教他的这些军事技术分不开的。中国人的传统是一日为师，终身为父。本来韩玉军还想送一件什么东西给石中全的，但他身上什么带有纪念意义的东西都没有，想了半天，他把已经穿了几年的一件毛衣靠领口的两棵骨头做的衣扣，拔下来放在石中全的手里。把石中全埋到土里后，他在石中全墓旁的树上，用石中全送给他那把日本匕首刻下了"八路军五七九团一营三连一班班长石中全之墓"。

韩玉军在整个墓地转了一圈，三百多个两天前还是生龙活虎的战友，现在就永远地留在了这里。这些在民族危难关头，勇敢地拿起枪，与日本侵略者血战到最后的青年们，是他心目中最敬佩的人，他就是以这些勇敢的青年为榜样走上抗日的战场的。

最后韩玉军跪在墓地前："战友们，今晚我们又要在曹团长的带领下突围了，可能也会有不少像你们这样流尽最后一滴血倒下的战友，但请大家放心，我们哪怕还剩一个人，也要与敌人同归于尽。"

夜静悄悄的，五七九团已全部转移到突围的前沿，曹万坤的意见是，只要敌人没有发现我们，就必须等到凌晨两点才发起攻击。在五七九团突围的正面，有一栋房屋里的灯始终亮着，曹万坤和储国荣估计那是敌人的一个指挥所，可能他们正在里面部署明天的作战方案。他们俩商定，由储国荣带领十个人摸进亮着灯的屋里，里面的枪声一响，外面就全线进行突围。

时间到了，储国荣带着十个人朝亮灯的屋子摸去，储国荣发现在亮灯屋外不远处，有两个流动哨兵，储国荣派出两人很快解决掉了两个流动哨兵。就在这同时，储国荣、韩玉军、特务连连长周邦龙闪电般冲进亮灯的屋子，屋内有五个人正围在地图讨论什么，冲进屋后储国荣他们三人的冲锋枪同时开了火，五人瞬间倒在了地上。

认识日文的韩玉军，给储国荣说："营长这里写的是'秋田次郎联队指挥所'。"

"很好把老窝给端了。周邦龙，你检查五人有没有装死，这些都是指挥者，一个也不能让他们活着出去指挥。韩玉军你把所有地图收起来带走。"

特务连长周邦龙拔出手枪对着躺在地上的每个日军脑袋开了一枪，嘴里骂道："老子看你怎么装死。"

当储国荣他冲出屋子时，全线的突围攻击已经打响。储国荣观察后发现，有四个火力点非常猛烈，如果不炸毁是冲不过去的，他先派出了两个爆破组，半个小时后就炸毁了靠他这边的两大火力点，但曹万坤那边的两个火力点，始终没有被炸毁。部队仍不敢往前突击。

就在储国荣他感到有些困惑的时候，团部通信员白林跑了过来："团长叫你马上过去。"

"怎么回事？"储国荣问。

"开战才几分钟，团长的腿就被飞弹打伤，由政委代他指挥，对前面两个大火力点没办法。"白林回答。

"团长你怎么啦？"储国荣问。

曹万坤没有回答储国荣的话而是："白林马上把王树光政委喊过来。"

"副团长陈凡东在这里没有？"曹万坤又这么问。

"团长，我在这里，有什么事情吩咐！"陈凡东说。

就在这时，王树光跟着白林过来了。

"王政委，陈副团长，如果我们不找一个很得力的人出来，指挥这次突围行动，今晚我们五七九团会在这里全军覆没。"

"我一切听从团长的决定。"陈凡东回答。

"你看谁能在这危难时刻，拯救我们团，你就提谁，我坚决服从他的命令。"王树光说道。

"现在我命令储国荣同志代表我全权指挥这次突围，白林你马上把我的命令转告刘峰参谋长和罗开明营长。"

"把团长抬到卫生队去。"储国荣说。

这时曹万坤含着泪把手伸得长长地望着储国荣。

储国荣马上冲过去抓着曹万坤的手："这几百人的生命我就托付给你啦！"曹万坤万分无奈地说。

"团长，我会尽全力，请相信我！"

曹万坤点了点头："去指挥突围吧，我相信你！"

储国荣跑到阵地前找到在现场的文先兵："马上停止强攻！"

"你这边伤亡情况如何？"储国荣问文先兵。

"有十一人牺牲。"文先兵回答。

"你的连里不是有几个爆破高手吗？"储国荣问。

"他们都在政委组织的两次强攻中牺牲了。"文先兵回答。

"你在这里注意敌人的动向，我去那边找马友华。"

"储营长，我派出去观察的人刚回来给我报告，增援这里的敌人大约一小时后就会到，我们必须马上突围出去，不然就没机会了。"周邦龙对储国荣讲。

"如果马上强攻至少要死一半人。"储国荣对周邦龙讲。

储国荣把马友华等四五个在一营的几个爆破高手领到左侧进行观察。

"储营长，你组织四挺机枪，从两个方向对两个火力点进行火力压制，我组织两个爆破组同时进行爆破。"

"阻击火力到位没有？"马友华问储国荣。

"到位了。"

"马上进行火力压制！"马友华喊道。

四挺机枪疯狂地向敌人的两个火力点射击，这样的强度压制敌人已经习惯了，没有做过多地反制，他们还不知道，他们的指挥所和长官都被炸掉了。

大约过了十分钟时间，突然出现两声巨响，敌人的两个最大的火力点被马友华带领的小组炸毁了。

所有的武器同时开火，储国荣带领突击队首先冲出了敌人的封锁线。

紧接着王树光带领的卫生队、担架队和副团长陈凡东带领的十个炊事班以及骡马队，全部冲了出来。冲出封锁线后，大家整整跑了一个小时才停下来。

突围成功后，储国荣就跑进了卫生队，去看望曹万坤，储国荣抬着曹万坤的担架跑了一段路。他对曹万坤说："人是带出来，但损失有多大还不清楚。"

"有现在这一状况，我已满意了，你已完成了我交给你的任务，五七九团没在我手中，全军覆没了，你有一大功呀。"

部队停下来清理人数，各单位清理后总人数少了五十一人，曹万坤听到这个数字后说："一切都比我想象的好！"

但就在这时，团通信班长白林跑来报告："参谋长刘峰不见了。"

"到各营连，去问问。"曹万坤说。

"我把全班人派出去全问了。"白林回答。

曹万坤望了望漆黑的夜空，忍着腿上的伤痛说："我们为参谋长和所有的牺牲的人，默哀吧！"

"储营长，继续带领全团加快速度往驻地赶，这里不是久留之地。"曹万坤对储国荣讲。

十八

五七九团在第二天上午回到了驻地，曹万坤的腿伤较为严重，送回了后方医院，部队在修整期间得到二百多新兵的补充。在曹万坤的推荐下，储国荣当上了五七九团团长。

为了适应作战需要，储国荣对各营连干部做了相应的调整，并加强了部队的训练工作。韩玉军当了两个月的排长后，已被提拔为连长了。

忙完了一天的事情后，储国荣在昏暗的油灯下，翻看近些天的报纸，这是他的生活习惯。当他看完《中国抗战史上最耻辱的一战》时，愤怒地在桌上拍了一巴掌，嘴里骂道："国民党这帮饭桶，这帮无能之辈。"然后他站起来，在昏暗的屋子里来回的走动。作为军人，他不能接受如此的失败，他也不理解，国民党军队有如此的败仗。

报纸上写的是，由第一战区司令长官卫立煌指挥的中条山会战，会战的结果是：国民党军战死四万两千多人、被日军俘虏三万五千多人、负伤近八万人。更让储国荣愤怒的是，日军伤亡数字。在整个会战中，只有六百七十三人，负伤两千二百九十二人。两军之战，伤亡如此的悬殊，谁能接受呢？

"你们掌握着国家大量财力物力，把仗打成这样子。国民党呀，你们对得起全国百姓吗？你们不感到羞愧吗？"储国荣不停地自言自语得这么说着。

夜静悄悄的，储国荣熄了灯躺在床上，他的眼前总晃动着三万多被日军俘虏的国民党士兵，那是多么庞大的一个队伍啊，他们低着头忧郁失望地，朝着无法让人预知的方向走去。

三个营长，九个连长和几个参谋都坐在那里了，就等着储国荣。他通知大家今天早上在团部开会，就在大家议论纷纷的时候，储国荣走了进来，进门他就自言自语地说："哎呀，国民党打个败仗，让我一夜睡不着觉。"

"昨天，我对全团九个步兵连的训练，全部看了一遍，让我担心的还是那两件事：一是战士们对单兵战术动作的运用还不够灵活，二是战士们对刺杀的十六个分解动作掌握得不精准，这两个单兵技能是在战场上求得生存的重要技能，一定要战士们反复地练，不能只停留在把动作比划像了就完事。"

"团长，分区的紧急电报。"报务员把手中的电文递给了正在讲话的储国荣。

日军高桥孝英联队在城阳县赵家峪烧杀抢夺，一千多村民有被日军杀害之危险，命令你五七九团立即奔赴赵家峪解救村民。

储国荣马上站起来走到地图前在地图上找到了城阳县赵家峪："何参谋，马上查一下这里到城阳县赵家峪多少公里？"

"到城阳县赵家峪九十五公里。"何参谋很快算出。

储国荣把分区的电文念了一遍："大家马上回去准备，带四天的口粮，战斗连队由我和政委带领一小时后准时出发，后勤、炊事班、卫生队由陈凡东副团长带领两个小时后准时出发。"

"司号员，马上吹号紧急集合。"这是韩玉军回到连队后做的第一件事。来到八路军后，从士兵到连长，只有一年半时间，在战斗中他个人消灭日本侵略者九十多人。他没有参加过任何军事学习，他的一切军事知识都是在储国荣的指导下，从身边的战士身上学的。他自认为算是学得好的，但能不能带好一个连，他心中没有数，所以团里的任何要求他都非常严格地执行。

"各排报数。"韩玉军用火一般眼神望着全连说道。

"一排：应到二十七，实到二十七。"排长龙淮科道。

"二排：应到二十六，实到二十六。"排长柯中钱道。

"三排：应到二十四，实到二十四。"排长钱文书道。

"有紧急任务，马上做好出发准备，等待出发。"

十分钟后，他又对每个班的准备进行了检查，这是他当连长后第一次带连队出去执行任务，他就怕有什么疏漏。他是一个学者，做事非常的谨慎。他把做学问的作风，也带进了连队。同时他也非常珍惜八路军这个平台，他觉得，只有靠着八路军，才能完成他心中对日本人的复仇和雪耻。他没有想过去指挥千军万马，他只想手下有三二百人就够了。

储国荣带着全团战斗部队朝城阳县赵家峪奔去，九十五公里徒步行军，对五七九团来讲也是一段辛苦的路程。经过十五小时的奔袭，储国荣带领的五七九团，在凌晨三点钟到达了赵家峪。但天一片漆黑，什么也看不见，储国荣命令部队在村口停下休息。

"你带领侦察排进村摸一下村里的情况。"储国荣对身边的特务连长周邦龙说。

周邦龙带着侦察排很快消失在黑夜中。

村子里死一般的寂静，让储国荣感到有种不祥的预兆。在夜晚的微风中夹杂着浓浓的血腥味儿，这样的味儿，只有在六七年前湘江血战中他才嗅闻过，这是一个让他胆战心惊的信号，他不敢继续往下想。

虽然已是深夜，但三四千人的高桥孝英联队，怎么会一点动静都没有呢？而村里还有一千多人呀！

难道他们把全村人杀光后逃跑了吗？储国荣作出了这样一个假设，但他又多么不希望是这样的结果？

天慢慢亮了，赵家峪村依然是死一般的寂静，早晨的微风也不清晰，只有那浓浓的血腥味儿，这更引起了储国荣的不安和担心。

周邦龙匆匆地回来了："报告团长，全村老少都被日军杀害，东南角的凹地里大约有几百具尸体。村内到处是尸体和血迹，敌人已全部撤离。"

听完周邦龙的报告后，储国荣无限惋惜的长长叹了一口气说："我们来晚了！"

储国荣对三位营长说："全村人都被杀害，敌人早已撤走，你们把各自的连队带进去看看吧。"

走进村口不远的一个土台上，横七竖八的有九具三四岁儿童的尸体，他们有的是用刺刀刺死的。有的时用棍棒敲击头部致死。真让人不忍目睹这些惨绝人寰的场面。

在村后的一个山沟里藏着的三十多位妇女儿童。被日军搜出来后，他们有的被日军用石头砸死，小孩被扔到山崖下摔死。

这就是日本人在中国制造的人间地狱之一。

最惨烈，最让人触目惊心的是，在村庄的东南角的一块凹形的地上，层层叠叠地堆着几百具尸体。这是日军把全村人驱赶到这里，进行集中枪杀的地方。日本人的残暴凶恶无耻，是全世界独一无二的。

五七九团的全体官兵，看到日军在赵家峪村制造的人间地狱。无不感到愤慨。战士们个个摩拳擦掌，决心为赵家峪村，的乡亲报仇雪恨。

在五七九团的官兵中，韩玉军内心受到的冲击，是最震撼最激烈的。对日本人的残暴和无耻，以前，他都是从报纸上看到的，虽然他的全家，也被日本人杀害，但他没有看到那个些血淋淋的场面。今天，在赵家峪村，他亲眼看到了日本人是怎样制造人间地狱的？日本人的无耻暴行，已经到了无法用文字和语言来形容的程度。他决心带领他的连，为赵家峪村的乡亲们报仇雪恨。

就在那几百具尸体旁，储国荣擦去脸上的泪水："大声喊道，全团集合。"

"报告团长，全团集合完毕请指示。"团参谋长罗开明道。

"我们全团为赵家峪村遇害的村民们默哀三分钟。"储国荣。

"赵家峪村的全体村民们，昨天我们来晚了，没有把高桥孝英为首的这邦日军暴徒消灭掉。大家放心，从今天起，我随时盯着这个高桥孝英，只要有机会我就彻底消灭高桥孝英及其联队，争取早日为赵家峪村报仇雪恨。"

"现在我们对受害的村民进行清理和安埋，一定要搞清楚这次受害的准确人数。这笔账我们迟早是要找日本人清算的。"

就在这时那些外出的村民，开始陆续赶回赵家峪村，整个村子沉浸在一片哭嚎声中，有些村民看到全家被残酷杀害的悲惨景象，当场晕倒过去，所有的八路军战士与村民们一样悲痛万分。整个赵家峪村，沉浸在悲伤，痛苦和绝望的恐怖中，犹如世界末日的来临。

储国荣用双手擦去脸上的泪水，带着哭声喊道："参谋长，全团集合。"

依然是满脸泪痕的团参谋长罗开明，用哽咽地声音："报告团长，全团集合完毕。"

储国荣站在列队完毕的全团官兵面前，大声喊道："全体村民，请大家过来，请大家过来。"

听到储国荣喊声的村民们，陆续地来到五七九团列队的地方。

"村民们，同志们，我们光有悲痛是不够的。我们要牢牢记住日本人在赵家峪村犯下的罪行。现在我们的任务是，找个地方，把所有被伤害的村民，埋葬起来。然后，我们再去找高桥孝英这个畜生算账。我储国荣向全体村民保证，我带领我的团，一定要将制造这次惨案的高桥孝英的头，亲手砍下，挂在赵家峪村头，向被他杀害的赵家峪村一千多村民谢罪。"

"现在我宣布，我们马上要做的事："一营，帮助村民挖坑；二营，帮助村民抬那些被杀害的亲人埋葬；三营，到全村各处搜集那些零星被杀害的村民。"

"另外，大家一定要数清楚，这次高桥孝英联队在我们赵家峪村，残暴杀害了多少个村民。"

经过一整天的忙碌。在一块一千六百多平方米地方，埋下了一千二百三十一名被日军残酷野蛮杀害的村民。其中儿童三百八十二人；老人五百九十五人；妇女二百五十四人。这些妇女，全部被日军扒光衣裤，强奸后杀害的。

就在储国荣整顿队伍准备返回驻地时，赵家峪村二十三岁的赵嘉伦带着二百多赵家峪村的青年，跑到储国荣面前。

"储团长，我们要求参加八路军，跟着你们一起杀日本侵略者，为全村被杀害的村民报仇雪恨。"

望着黑压压一片准备参加八路军的青年，储国荣又是激动又有些茫然。

"你们有多少人？"储国荣问。

"有二百多人吧。"赵嘉伦回答。

"带上你们要用的简单生活用具和被盖，马上集合。"储国荣大声地对站在他面前的人群说。青年们都回家拿东西去了。

"一营一二三连的副连长带上你们的全部副班长出列，由你们组建一个新兵营。过来的副连长就是新兵连连长，副班长就是新兵班的班长。每个班十个人，一个连九个班，新兵班的每一个班长要负责把这十个人一个不丢地带回驻地，连长要负责九十个新兵一个不掉队。听清楚我讲的没有？"储国荣站在那里大声问道。

很快，新兵营就组建好了。这是一个特殊的新兵营，说他们特殊，主要是在这个新兵营用里，士兵之间的年龄跨度很大。最小的只有十六岁，最大的达到了三十五岁。

"新兵营集合——。"罗开明大声喊道

立正，向右看齐，向前看。

"新兵各连报数。"罗开明道。

"新兵一连应到九十人，实到人九十人。"

"新兵二连应到九十人，实到人九十人。"

"新兵三连应到九十九人，实到九十九人"

"报告团长，新兵营三个连，二百七十九人，全部到齐。"团参谋长罗开明向储国荣报告道。

"出发。"储国荣朝罗开明挥了挥手说。

十九

在往回走的路上，储国荣一直在想，这么多的兵，回去怎么训练？现在战斗任务重，命令一来马上就要出发。在战斗中，牺牲最多的就是那些训练时间短，单兵战斗技能差的新战士。他自己认为，把那些没有训练好的新战士，拉到战场上去送死，是一种极其不负责任的行为。从某种意义上讲，这应该算是一种犯罪行为。怎样在较短的时间内，让新入伍的战士，熟练地掌握，单兵战斗技能。

"白林，你去把罗参谋长给我叫过来。"储国荣对通讯员说。

罗开明跟在白林的后面，匆匆地过来了。

"团长，有什么事吗？"罗开明问。

"叫你过来，肯定是有事。"说着储国荣把手中的马缰绳交给了白林。

"罗参谋长，我想问你一下，这么多新兵，回去怎么训练？"储国荣望着罗开明问。

"团长。这个问题我还真没有想过。"罗开明回答。

"作为团里的参谋长，对这个问题你必须尽快地拿个方案出来，不能等到回到团里再去慢慢想这个问题。二百多个青年人，突然来到团里，对我们来说是好事，也是压力。你的任务就是，让这些普通的农民青年，尽快地成为能与日军作战的战士。"储国荣带着一种忧郁的表情对罗开明说。

罗开明理解储国荣的忧虑，老实说这个问题，他也想过，只是没有想出一个好的办法来。

"团长，我认为，要把这二百多个青年，尽快训练好。投入到战斗中去，成为我们团重要的战斗力量。我个人认为要找一个懂训练，会训练的人，去当新兵营的营长。这样才能尽快地提高这些新战士的单兵实战技能和刺杀技能，这些都是战士必须具备的技能。"

"你说得很对，那就你去兼任新兵营的营长吧。"储国荣说。

"团长，我认为，当新兵营的营长，有一个人比我更合适。"罗开门明对储国荣说。

听了罗开明的话后，储国荣抬着头望着远方想了很久后说："我们团哪有这样的能人呀？"

"团长，我认为在我们团有一个人，有这种能耐。"罗开明望着储国荣说。

"你说的是何参谋吧？他这人有理论知识，但魄力不够。"储国荣摇着头说。

"对何参谋，我和你的看法相同。我说的不是何参谋是韩玉军。"

"韩玉军他行吗？"储国荣望着罗开明问。

"他这人很有一套，虽然到部队时间短，但他特别会训练人。现在的二营五连，以前战斗力比较差，这你是清楚的。经过他两个多月的训练，现在一切都变了。没有点本事，是无法做到这些的。我一直在观察他这人，我的结论是，他是个人才。"

"罗参谋长也成了伯乐了！"储国荣半开玩笑地对罗开明说。

"叫韩玉军去当新兵营的营长，王政委同不同意呢？上次我提名韩玉军当连长，他都有些看法。"

"他有意见。就叫他去，看他有没有那个胆量。"罗开明说。

"你错了，参谋长，你叫他去他绝对会去。但是肯定把事情办不好，到时候又怎么办呢？"

"这不是正式任命，是临时安排，可以不需要讨论，直接安排就行了。"罗开明给储国荣这样建议。

"五连离我们远不远？如果不远的话，把韩玉军叫来，我们就把这事定了。"

"不远，就在前面。"罗开明回答。

"开明呀。虽然新兵营的营长让韩玉军当，但是，你必须随时去，帮他解决一些实际问题。因为他到部队时间短，很多事情没有经验。这件事，虽然韩玉军当营长，但责任还是你的。你给我听清楚哈，没有把事情办好，我要找你。出了事，我也得找你。"储国荣望着罗开明说。

"团长你放心。部队的训练。本来就是我参谋长的责任，有事你该找我，我也应该负责!"

"有你这句话，我就放心了。"储国荣用手拍着罗开明的肩膀说。

从赵家峪来回，三天的折腾，让储国荣感到非常劳累，回到驻地，他上床就睡了。当团长以来，储国荣一直在忙部队的军事训练，他总想把营连排的军事素质再提高一些，他始终相信那句"平时多流汗，战时少流血"的真理。

储国荣认为，只有严格而科学的军事训练，部队的军事素质才能提高。

突然间，储国荣发现两名日军正在追赶何晓秋。储国荣端着冲锋枪，飞一般的追赶，但不知为什么，他怎么也追不上敌人。枪里的子弹打光了，他换上弹夹继续追赶。不知怎么的前面的几个日军始终打不死，他们拖着何晓秋继续在他前面奔跑。储国荣心急如焚，他扔掉了手中的冲锋枪，拔出背上的大刀冲了过去。这一次，他冲到了两名日军的面前，储国荣挥起大刀，砍向日军的脑袋。两个日军被砍倒后，储国荣抓住何晓秋的手就往回跑。

"你为什么要跑到这里来呢？这里是战场呀，我不是叫你在家里面待着吗？这些残暴无耻凶恶的日军，什么事情都干得出来呀。"储国荣生气地问。

让储国荣生气的事，何晓秋什么也不回答他，只站在那里傻傻地笑。

储国荣狠狠地打了何晓秋一耳光后骂道："你懂吗？这是你死我活的战场？"

这时，窗外响起了起床号。

储国荣睁开眼，转过头望着床边的那个红布袋，喃喃地说："哎，晓秋，我又梦见你啦，我们的相会永远在梦境里和思念中。这就是我们革命者特殊的爱情吧。"

"团长，今天是新兵营集训结束的时间，分配到各营连去。你去不去看一下？"团参谋长罗开明问团长储国荣。

"要去看一下，还得给他们讲几句话嘛。"

"全营集合——"韩玉军大声地喊道。

"各连报数——"

新兵一连，应到人数九十人，实到人数九十人。

新兵二连，应到人数九十人，实到人数九十人。

新兵三连，应到人数九十七人，实到人数九十九人。

储国荣望着他面前整整齐齐地站着的，二百七十九名战士高兴地说：

"祝贺同志们集训结束，从今天开始大家就是一名真正的八路军战士了。作为一名合格的八路军战士。必须遵守纪律；服从命令、听从指挥、勇敢杀敌、爱护群众，努力学习。"

"另外，我要告诉大家一个好消息。我们团已经被分区正式命名为：赵家峪复仇团。今后，我们除了完成上级交给我们的各项战斗任务外。我们要派人，随时跟踪监视高桥孝英联队的行踪，一旦时机到来，我们将完全彻底地消灭高桥孝英联队，为赵家峪无辜惨死在日军屠刀下的一千二百三十一名村民报仇雪恨。"

听到这些话后，战士们鼓起了热烈的掌声。

储国荣挥了挥手，让战士们静下来。储国荣继续说道："过几天，我们就要出去与日本人拼杀了，在战斗中，希望大家要充分利用在这次集训中学习的单兵战术技能与刺杀技能。这些技能都是在战场上消灭敌人，求得生存的重要技能。虽然新兵训练结束了，但对一个战士来说，你们的学习才刚刚开始，只有随时随地都不忘，训练提高自己的战术技能，才能在战场上战胜凶恶的敌人……"

看完韩玉军写的新兵训练总结报告后，罗开明陷入一种深深地思考和危机之中。他觉得韩玉军对部队训练的思考理解和教程的设计实施，都让他大开眼界。而且文字的表达非常清楚流畅。他觉得韩玉军才是当团长参谋长的最好人选。

罗开明忐忑不安地走到储国荣的办公室："团长，韩玉军的这个总结你看了吗?

"看了，你有什么想法吗?"储国荣问罗开明。

罗开明开门见山地说："看完韩玉军这个报告，感到非常的惊奇，一个来到军队不到两年的人。对部队的训练，有这么深刻地理解。另外就是感到很羞愧，觉得团参谋长这个职务，应该有韩玉军来承担。"

"有什么羞愧的呢，你有你的长处，他有他的特点。你们两个的差别在于，他读书多写报告写总结他很轻松，在这方面你肯定是不如他的。但是，这些年你在部队的经验，他是欠缺的。你能这样想，我很高兴，说明你看到了自己的不足，愿意向别人学习。韩玉军是一个非常有天赋的人，顺着这条路走，他是有发展的，但现在他还缺乏很多经验。他必须在营连干上几年积累些经验，这也是他本人的愿望。"

二十

储国荣韩玉军和团通信班的两位通信员，骑着马朝分区医院奔去。他们去看望在那里住院的团参谋长罗开明。在前段时间的反"扫荡"战斗中，团参谋长罗开明负重伤住院，医院打来电话说，罗开明病情加重，他希望见见团长储国荣。

下马后，储国荣和韩玉军，就把马的缰绳交给两位通信员，两人匆匆地朝病房走去，一个星期前，他们俩也来看过罗开明，这几天他们都在忙着马上要进行的反"扫荡"战斗的准备。

医生看着储楚国荣和韩玉军走进病房，就向他们俩摆了摆手小声地说："他刚刚睡了，让他休息一下。"

"唐医生，罗开明的病情怎么样?"储国荣小声地问。

"很危险，主要是那颗子弹就在心脏边上，本来我们想等他的病情稳定后，就把他转移到好一些的医院去，但这些天，他的病情一天比一天加重。"唐淮君医生对储国荣和韩玉军讲。

过了一个多小时，罗开明醒来了，他躺在床上小声地问："医生，我们团里有人来吗?"

听到罗开明的问话后，储国荣和韩玉军，轻轻地走到罗开明的床前，储国荣小声地说："罗参谋长，我们刚刚到，你的病好些了吗?"

突然望见，储国荣和韩玉军出现在自己的病床前，罗开明激动的流着热泪说："团长，今天能看到你，我非常的高兴，我的伤肯定是好不了，但我无怨无悔。这些天我都在想，在这几年与日军的战斗中，我个人消灭的日本鬼子，应该早超过了百人。虽然我没有看到最后的胜利，但在国难当头的今天，作为堂堂七尺男儿，为国为党，我都尽力了!"

储国荣握着罗开明的手，不知道应该说一些什么，看到罗开明现在的情景，他的心都碎了，在罗开明的身上，他曾经寄托了很多的希望。罗开明虽然读书不多，但是，他的领悟能力和判断能力，都是非同一般的。不管是罗开明当营长，还是当参谋长，干的工作储国荣都非常满意。他忍着内心巨大的痛苦安慰地说："不要悲观，伤一定会好的! 今天，王政委有其他事来不了，过两天他来看望你。"

罗开明把头转向韩玉军："韩营长，这两年我在你那里学了很多东西，感谢你的帮助呀！"

"我来部队时间短，一切都是向大家学习的，特别是刚来的那一段时间，得到了参谋长的很多照顾和关怀。"韩玉军望着罗开明这么说。来到八路军后，韩玉军才深深地体会到，在战场上人们那种纯洁真诚的特有的情感。

"团长，我这里有一件东西，我想送给你，不知你是否还记得这件东西的来历？"罗开明把一枚被枪弹打了一个凹陷的银元递到了储国荣的手上。

看到这枚特殊的银元后，储国荣激动地说："这不就是在湘江血战中，你哥哥牺牲前给你的那枚银元吗？"

罗开明微微地点了点头说："我们弟兄俩，都在你的手下为革命献身，以后革命成功后，请团长把这枚特殊的银元送到中国革命博物馆，作为我们兄弟俩献身革命的一件证物吧。"

"好！我收下，请你相信，我不会辜负你们弟兄俩的期望。"

罗开明是否有些累了，他轻轻地闭上眼，但没过两分钟，他就睁开眼说："团长，你们赶快回去吧。团里还有很多事等着你们处理呀，今天能看上到你们一眼，我就心满意足啦，你们走吧，快走吧！"

储国荣站起来，紧握着罗开明的手说："开明，那我们今天就走了，过两天再来看望你！"

罗开明吃力地，挥了挥手说："你们要保重！"

离开罗开明的病房时，储国荣内心像刀绞一般，在他的记忆中，像罗开明这样聪明能干的很多人，在国难当头，侵略者残暴杀害无辜百姓之时，他们毫不犹豫地走上抗日战场上，与侵略者的决战中，他们流尽了最后一滴血，倒下了……

骑上马后，储国荣边走边对通信班长白林说："回去后，你到周围的乡村里去问问，哪家有棺材卖的，给罗参谋长准备一个，他已经不行啦。他对革命是有功的，我们不能太亏待他了。"

回到团里，刚跨下马，政委王树光就走过来问："参谋长的病情怎样啦？好些了吗？"

储国荣长长地叹了一口气："哎，不行啦，最多还能活几天。"

"那我明天还是去看望他一下吧。"王树光望着储国荣说。

"行，去看他一下吧。"储国荣答道。

储国荣望着王树光手中拿着的东西问："是今天到的报纸吗？"

"是的，团长你看看这篇，国民党这帮人在干些什么名堂，让人无法理解。"王树光把报纸递给储国荣后说道。

储国荣伸手从王树光手中接过报纸，当他看到《衡阳守军总指挥刘觉先命令部队放下武器向日军投降》，储国荣感到有些不解，看完报纸后，储国荣坐在那里自言自语道："苦战了四十多天，部队伤亡九万多人，消灭日军近六万人，这在国民党军队与日军的作战中，也算是好成绩了。在这样的情况下，放下武器投降日军，真是不应该呀！"

"哎，刘觉先做了一个非常糊涂的决定，他将永远被后人怀疑和唾弃。"看完报纸后，储国荣站在那里，自言自语地说。他为刘觉先的决定，感到惋惜，在储国荣看来，刘觉先在国民党军队中，应该还算是一个有血性的军人，怎么在关键时刻，在大是大非面前，做出如此让全国民众失望的行为？

不知为什么，几天来刘觉先的这件事，总是萦绕在储国荣的脑海里，他总在想这件事情，但始终没有想清楚。

……也许，刘觉先的这些行为，证明了国民党的流行文化——只忠于某人，不忠于事实，不忠于国家，不忠于民族……历史将证明他们的无知。

"报告团长，我们把罗参谋长接回来了。"连长曾加礼站在储国荣对面道。

储国荣马上站了起来，跟着曾加礼走到门外的坝子上，他直接走到拖罗开明的马车旁："罗参谋长，今天团里的事情多，我没能来医院接你，请你谅解！在这里我代表全团官兵，欢迎你回到五七九团来！"

罗开明紧闭着双眼，穿着一身八路军的新军装，静静地躺在马车上。他是昨天晚上在医院去世的，团长储国荣得到消息后，马上派连长曾加礼带领一个班到医院，为他洗澡，换上八路军的新军装，然后把他接回团里。

储国荣抬起头来，望了望身边的人，然后他对王树光说："政委我们就为罗参谋长入殓吧。"

"好，入殓吧。"王树光回答道。

听到储国荣王树光的这些话后。曾加礼指挥着几个战士，把罗开明的遗体放进了储国荣为他准备的一口大棺材里。这时储国荣走了上来："罗参谋长，你喜欢手枪，这是我缴获的一支日本人的手枪，今天我就把这支手枪赠送给你。"说着储国荣就把手里拿着的手枪放到了罗开明的手边。

储国荣走到韩玉军的面前说："全团集合。"

很快，三个营的部队，整整齐齐地站在了储国荣的面前。

"报告团长，全团集合完毕，请你指示。"韩玉军道。

储国荣往前走了几步，望着全团一千多官兵："同志们，半个月前带领我们冲出敌人包围圈的罗参谋长，昨天去世了。大家很清楚，他是在带领我们冲出敌人的包围圈时负的伤。很遗憾，医生没有挽救回罗参谋长的生命。对罗参谋长的牺牲，我和大家一样悲伤。大家一定要学习罗参谋长英勇无畏，勇敢杀敌的精神。在这五六年的抗日战场上，罗参谋长亲手消灭的日本侵略者，早已超过了百人。如果我们每一个人都像罗参谋长那样，抗日的胜利就会早日到来。现在我们全团将士为罗参谋长静默三分钟。"

全团一片静默，士兵们都悲伤地含着眼泪，他们为失去一位兄长般的参谋长感到非常的悲伤，但是，每天都面临着流血牺牲的战士们，对人的生死已非常的淡漠。没有像市民百姓那样悲天悯人地哭嚎，他们的悲伤与痛苦早已深深地藏到了心底。

全团官兵抬着罗开明的棺材，朝着驻地外的一个小山包走去。储国荣和王树光抬着棺材走在最前面，全团一千多人簇拥着，有的在前面拉，有的在后面推，没用几分钟，就到了山包的顶上。储国荣早已安排人在这里挖好了，放棺材的坑，棺材放进去后，大家七手八脚，不到一小时坟墓就砌好了。

"罗参谋长，你为革命奔波了七八年，从此就在这里好好休息吧。我带着全团回去了，消灭高桥孝英联队的机会到来了，这是你和我多次谋划没有完成的事。你就等着我们凯旋的佳音吧！"储国荣站在罗开明的坟墓前道。

"同志们，就在原地，向罗参谋长鞠个躬，就回各自的连队。"已被任命为五七九团参谋长的韩玉军大声地说道。

储国荣小声地对身边的通信班长白林说："马上通知政委和参谋长回作战室有要事研究。"

周邦龙和储国荣正在看地图时王树光和韩玉军进来了。

等到韩玉军和王树光坐下后，储国荣说："现在我们就来听听周连长他们监视高桥孝英联队的情况。"

"我们已经跟踪监视高桥孝英联队整整五天了，对高桥孝英联队的基本情况有了充分地了解和掌握，对我们最有利的是，高桥孝英联队处在整个后撤部队的最后，而且与前面的部队有五十多公里的距离；有一百五十多伤员；在长衡会战中他们伤亡了一千五百多人；目前能参与战斗的只有两千二百人左右；汽车五十六辆；骡马三百一十二匹；每天往前推进的速度大概是一百公里左右；后天进入山西境内。我们掌握的情况就这些。"

周邦龙讲道。

"周连长，你们这次掌握的情况很仔细，很好！这次我们一定要下决心，全歼高桥孝英联队。"储国荣望着三人这么说。

储国荣又问："这次监视高桥孝英联队，分区侦察科派人参与没有？"

"有，侦察科的王参谋，全程参加了监视。"周邦龙回答。

"周连长，明天你派人继续监视高桥孝英联队，但你要同我们一起去给分区领导汇报这件事，看他们有没有别的想法。"储国荣对周邦龙讲。

"三位，明天早上七点出发，今天太累了，都回去休息。"储国荣道。

回到屋里，储国荣饭也没吃就睡觉了。这些天他非常的劳累，团里大大小小的事情都得要他过问，不然就办不好，甚至出问题又得要他出面解决。这是他更加的怀念罗开明，在罗开明当参谋长的这一两年里，他是过得比较轻松的，很多事情罗开明就帮他解决了。虽然，现在他把韩玉军提拔为参谋长，但韩玉军到部队的时间短，很多事情他不清楚，他也就没办法解决。

躺在床上，储国荣就想着这些事。

孙科文手提一把大刀问钱斯美："你看见储国荣吗？"

"储国荣就在前面，你找他干什么呢？"钱斯美问孙科文。

"他是个不讲信用的人，我要找他算账去。"孙科文提着大刀怒气冲冲地回答。

"等着我，我也要去找他小子。"钱斯美喊道。

储国荣在前面没命地跑，钱斯美孙科文在后面提着大刀追。"不讲信用的家伙给老子站住。"孙科文大声地喊道。

前面是一座大山，储国荣再没地方跑了，他停下来，抓起地上一根木棍与孙科文对打起来，打了半天，谁也没有战胜谁。都累倒在地上。

"孙科文，我们两个无冤无仇的，你凭什么拿大刀来砍我？"储国荣问。

"你小子不讲信用，七八年前我叫你给我家里面带的信，为什么到现在还没有带到？"孙科文愤怒地问。

"老乡呀，真对不起，国民党没有打完，日本人就来了，现在我们正在打日本人，我还没有回过家呀。"

"你小子骗我嘛，我爸妈都看到你，带着何晓秋回去了。"孙科文说。

"孙科文呀你误会了，我和何晓秋只是梦里回了一次南京。"

"我不管这些，你梦里回也算回，怎么不把信交给我的父母呢？"孙科文依然是怒气冲冲地问。

突然，孙科文把手中的大刀甩在地上，哭诉着说："你们还能梦里回家，我们连梦里都回不去啦！"

"科文呀，你放心，等把日本人打完了，我一定回南京，把你写的信交给你的父母！"

窗外响起了起床号。

储国荣睁开双眼，脑海中仍是梦中的那些情景。孙科文那句："我们连梦中都回不去啦。"的话，像刀一样绞着他的心，从长征，到今天的抗日前线，每天有多少人倒下？他们真的是，梦里也回不了自己的家乡了。想到这些，储国荣的泪又流了出来。虽然，储国荣天天扛着刀枪，与日本人血战，严格地讲，其实他不是一个真正意义上的军人，他多愁善感，也常常感情用事。他在战场上忘我的与敌人是厮杀，完全是心中那份民族的情结，和家乡几十万被日本人杀害的冤魂的驱使鼓动。他的心中永远只有为民族雪耻，为乡亲报仇。

"哎，快七年了，孙科文的那封信什么时候能交给他的亲人呢？"储国荣，边穿衣服边自言自语地问自己。本来他可以通过邮局寄出的，但由于南京大屠杀。储国荣不清楚，孙科文的父母还在不在世？他决定，以后回南京时亲自去找找，如果他的父母还在，他就亲自把信交给孙科文的父母，并告诉他们，湘江血战中孙科文牺牲后埋在什么地方。

突然间，储国荣又想起了梦中出现的另一个人，那就是钱斯美，他是个天生的军人，在任何情况下，不管有多么紧急，他都不会慌乱，都会把事情安排得妥妥当当。钱斯美和罗开明这两人，性格和能力，都非常的相似，和他们一起工作，轻松愉快。在储国荣的革命生涯中，钱斯美和罗开明是他遇到过的两个难得的人才，他非常的留恋他们。

储国荣王树光他们，骑着马飞一般地朝分区奔去……

大家都还在休息，赵嘉伦就早早地起来磨他那把大刀。之后，他又跑到每个班去，对从赵家峪出来的几位战士说："团里正在准备消灭高桥孝英联队，这是为我们赵家峪村报仇雪耻的事。凡事从赵家峪村出来的人，这次必须每人砍掉两个以上日本人的脑袋，为我们赵家峪村被日本人杀害的一千二百三十一名亲人报仇。"

"赵嘉伦我支持你，男人就要有这种血性和勇气！"排长龙淮科竖着大拇指对赵嘉伦说。

"报告连长，我有个想法想对你讲讲。"赵嘉伦跑到连长柯中前屋里说。

"赵班长，有什么事呀？"连长柯中前问。

"连长，马上就要打高桥孝英联队了，我想把从赵家峪出来的二百多名战士，组成一个大刀队，为我们死去的一千多乡亲报仇。"

连长柯中前听完赵嘉伦的话后："赵班长，你这种勇气，我们是鼓励的，但是消灭高桥孝英联队是全团的统一行动，一切都要听从团里的统一指挥，谁也不能乱来，懂吗？"

"连长，我懂啦。"听完连长的话后，赵嘉伦有些失望地回到了班里，但他还是有些不死心，他想去找找团长。

储国荣回到团里，刚下马，赵嘉伦就走了上去。

"报告团长，我是一营三连的赵嘉伦。我有个想法，想对团长讲讲。"

储国荣望着赵嘉伦，笑了笑说："你是赵班长嘛，我知道你，有什么事到办公室说吧。"

到了储国荣的办公室，还没来得及坐下，赵嘉伦就激动地说："团长，我想把我们从赵家峪出来的二百多人组成一个大刀队去杀高桥孝英联队，你看行吗？"

储国荣听完赵嘉伦的话后，笑了笑问："你都是玩大刀的，你知道玩大刀队的人要些啥条件嘛？"

赵嘉伦一时不知如何回答团长的话："团长，这个问题我没想过。"

"你说，要把你们赵家峪村入伍的二百多战士，组成一个大刀队，我告诉你，这是不现实的。你们二百多人中有很多人不适合使用大刀，这你知道吗？使用大刀最少要两个基本条件，一要灵活，二要力气大。你们两百多人都具备这两个条件吗？"储国荣望着赵嘉伦问。

赵嘉伦傻笑着，摇摇头。

"另外，你们想要给死去的一千多乡亲报仇。我们把全团都改成了赵家峪复仇团，你赵家峪的仇恨，也是整个八路军的仇，这叫国仇家恨。我们要团结起来对付日本侵略者，这样我们的力量才够，才能战胜凶恶残暴的日本帝国主义，你说对吗？"储国荣又这么问。

赵嘉伦点了点头说："团长你说得很好，我们听你的。"

"回去好好练练你的大刀，争取多砍几个鬼子的脑袋下来。"

储国荣回到自己住的屋子时，天完全黑了，有一件昨晚他就想做，但因太累他没做，今晚他下决心一定把它做了。

这件事就是把这两次战斗中牺牲的人，不管是干部还是战士，把他们的名字全部抄在一个专用的本子上，在红军中他当排长那年开始就这样记了。现在上面已经记有两千多人了。

另一件事是，他要把罗开明给他那个被枪弹打了一个凹槽的银元放进那个铁盒子里，所有他认为有收藏价值的东西他都放在这个铁盒子里，包括这个记有两千多牺牲烈士名字的笔记本。

二十一

全团的营连级干部全部到齐了，王树光对储国荣说："人全部到齐了，开始吧。"

储国荣抬着头望了望在座的营连长："我们对高桥孝英联队的跟踪监视已经很久了，我们等待的机会今天终于到了，分区给我们的任务是全歼高桥孝英联队。虽然高桥孝英联队现在能参战的人员还有两千二百多，而我们全团共计能参战的只有九百五十人。但高桥孝英联队已经是在长衡会战中拖了四十多天的疲惫之师。我们完全有能力全歼此敌，不要有半点畏难情绪。现在由韩参谋长给各营分配任务。"

"请大家注意，这次的阻击战场设定在中太路文家庄大桥以下五公里内，二营埋伏在中太路西侧距路一百五十米处顺路一字形排开；三营埋伏在中太路东侧距路一百五十米处顺路一字形排开；一营一连埋伏在东侧文家庄大桥桥头阻击敌人逃跑；一营二连埋伏在南侧距文家庄大桥五公里处，任务是阻击敌人后撤；一营三连，作为机动分队，随时听从指挥部调动；特务连工兵排，在日军除高桥孝英联队外的其他后撤部队全部通过文家庄大桥一小时后，炸毁文家庄大桥；特务连侦察排，继续对高桥孝英联队进行沿途监视，并随时向指挥部报告监视动态。"

"预计敌人到达文家庄的时间大约在上午十至十二点，各部队必须在上午八点前到达指定位置，并埋伏好。"

韩玉军讲完后，储国荣又站了起来，他望着大家说："大家要注意。我们这次打的是伏击战，敌人在思想上没有任何准备，我们要等到敌人全部到齐，成堆地在那里等着通过的时候。突然发起攻击，要充分发挥机枪和手榴弹的威力，而不是大刀，这一点大家要清楚。不要让敌人分散开，要尽量把敌人压缩在一个很小的范围内，这样我们全团八十多挺多机枪。就会发挥出巨大威力。只有这样才能在短时间内把大量的敌人消灭掉。大家明白没有？"储国荣问道。

"明白了！"下面的营连长们齐声回答。

"好，马上回去做准备。"储国荣道。

时间刚刚九点，指挥部就接到侦察排的报告，敌人已经进入到十公里范围内。这时，文家庄大桥还没有炸掉。

"周邦龙，敌人已进入到十公里以内，命令你半小时内，必须把文家庄大桥炸掉。"储国荣在电话里急切地对周邦龙说。

"一切准备完毕。"周邦龙回答。

几分钟后，文家庄大桥发出了一声巨响。

让储国荣感到有些意外的是，今天高桥孝英联队，汽车和马队相距非常的远，前后相差二十五公里左右，走在最前面的是那几十辆汽车。只有九百多人的五七九团，要在二十五公里内全歼高桥孝英联队，是有些困难的。

这时，储国荣把机动的一营三连派去监视高桥孝英联队的骡马队，一旦前面的战斗打响后，后面的骡马队向别的地方逃窜的话，三连就马上追击歼灭。

很快高桥孝英联队的车队开到了文家庄大桥处，看见大桥已被炸毁，高桥孝英联队的工兵分队，马上开始搭建临时便桥，让储国荣没想到的是，半个小时左右日本人就把临时便桥搭建起来了。

但他们还没有准备过桥时，储国荣开火的命令下达了。瞬间，从地里冒出很多八路军。紧接着雨点般的手榴弹，就落到日军车队的周围和人群中。接下来就是几十挺机枪围着日军扫射。特别是由赵嘉伦带头的三十多名从赵家峪出来的战士，他们端着轻机枪冲进正在组织反击的敌群，就是一阵射击，赵嘉伦边打边骂道："小日本，没想到你们也有今天吧！乡亲们——我正在为你们报仇！"也许是天意吧，赵嘉伦端着机枪在敌群里冲进冲出，有几个日军举着刀枪朝他扑去，都被他打翻在地，而他却毫发无损。

让其他机枪手受到极大鼓舞的是，团参谋长韩玉军也端着一挺轻机枪像他们一样在敌群里冲进冲出。而对韩玉军来讲，他觉得只有举着刀枪与日本人面对地厮杀时，他才感受到自己是一名八路军战士，是在抗日前线。

储国荣希望把敌人压缩到一个小的范围内的愿望没有实现，有少部分的敌人，已冲到了外围。

看到大势已去的高桥孝英，偷偷地从车上牵下了一匹马下来。这是他的战马，随时随地都跟在他身边的，就是坐车，他也是把马拖到车上，为的就是遇到今天这样的情况。在无可奈何的情况下，他可以骑马逃跑。他是一个警惕性非常高的人。看见周围都杀得难解难分的时候。趁人们不注意，高桥孝英悄悄地骑上了马，飞一般地冲过了赵家庄大桥。

"高桥孝英逃跑了，快点追呀。"有人在这么喊。

"不要管他，他逃不掉的，前面有一个连等着他去。"韩玉军大声地说道。

一连在这里布置了一个小型的口袋阵，看到高桥孝英骑着马冲过来后，连长钱文书对大家说："大家注意，不要伤着马，把它缴回去，让我们团长骑。"

看见前面的路障，高桥孝英知道无路可逃了，他勒住了马，警惕地左右望着。

"大家注意，只要他摸枪，立即开枪击毙。"连长钱文书大声对周围的战士说。

钱文书，用手枪比画着，要高桥孝英下马投降。

不甘示弱的高桥孝英，突然把手伸进了腰间的手枪套。就在这时，十几支早已瞄准高桥孝英的各种枪支，也在瞬间开了枪。高桥孝英还没把手枪拔出枪套，就滚下了马背。

就在这时，从赵家峪村集体入武参加八路军的，五班长唐坤武举着大刀冲上前，一刀砍下了高桥孝英的脑袋。

经过两个多小时的激战，高桥孝英联队的有生力量基本被消灭，有很少一部分日军有的跑到农民的庄稼地里，有的跑到山坡上的草丛里藏起来的。

这时储国荣让韩玉军带领二营火速增援正在与骡马队激战的一营三连。跟随马队前进的日军是一个中队，有一百八十多人，当他们知道前面的部队遭遇阻击时，马上停止前进，并选了一个有利的地形。

当韩玉军带着二营赶到时，双方都僵持在那里，韩玉军让两个连在正面组织强攻，另两个连迂回到背面。经过一个多小时的两面夹击，全歼了骡马队的武装。

韩玉军又把缴获的二百多支枪和三万多发子弹，平均分给每个战士带着，然后每人赶一匹骡马，飞快地离开了战场。

当韩玉军带着三百多匹骡马赶到文家庄时，这里的战斗也结束了。最遗憾的是没有人会开汽车，缴获的五十多辆汽车，分区派师傅来选了十辆开走外其他全部放火烧毁。

"政委，我建议派几个战士到分区去跟着那些开车的师傅学开车，这样我们以后缴获的汽车就可以开回来了，这是一笔巨大的财富呀。"韩玉军望着王树光说。

"参谋长这建议很好，这个问题我也想了很久，就是没想出个好的办法来。"王树光说。

"哎，穷人就是这样呀，东西多了拿不走，平时又没有用的，今天烧掉的很多东西，都是有用的。但拿不起走，没办法，只有烧掉。"储国荣感叹道。

"团长，把高桥孝英联队歼灭后，从赵家峪出来的那些战士，都想回去报信，这能不能准他们几天假呢?"王树光问。

"全部回去是不可能的，他们的人太多，我想每个排回去一个，是可以的，但时间只能是两天，他们在家住一晚上。你们俩看这样行不行呢?"储国荣望着王树光韩玉军问。

"这样处理很好，又满足了大家的情绪。连队也不会显得那么空虚。"王树光说。

"参谋长，你的意见呢?"储国荣问韩玉军。

"很好! 就这样执行吧。"

"缴获这么多马匹，让他们每人选匹马骑回去吧。明天早上出发，后天下午必须归队。参谋长，回去后，首先到各营去安排这件事。"

"好的。"韩玉军回答。

"现在我有些担心，日本人会不会来报复我们? 这段时间我们已经搞了他们三四次了，而且，这三四次基本是他吃亏的。"储国荣对王树光和韩玉军说。

"你就是不搞他，这帮豺狼也不会饶恕你的，这一点我们要随时准备好。"王树光说。

"今天，在文家庄那场面还是有些震撼人心的，我大致数了一下，有两千一百多人躺在那里。"储国荣说。

"下面还有二百多呢。"韩玉军补充。

"我们自己的损失出来了吗?"王树光问。

"我大致了解了一下。牺牲二十一人受伤三十八人。"韩玉军回答。

"这样的场面，以后，每年我们要给日本人搞儿个。"储国荣晃着拳头，对王树光和韩玉军说。

经过六个多小时的奔跑，赵嘉伦唐坤武带着二十多名同乡，骑着从日本人手中缴获的马，回到了城阳县赵家峪村。所有的人都没有回家，直奔埋葬被日本人残暴杀害的一千二百三十一人的坟场。大家把马拴在树上后，全部跪在墓地前大声地说：乡亲们，亲人们，爸爸妈妈们，昨天，我们把杀害你们的两千多日本人全部消灭了，你们就安息吧!

已经在八路军里打了两年多仗，对生死早已置之度外的二十几位铁血青年，想到两年前日本人在这里残暴杀害他们亲人制造的恐怖场面，个个仍是泪流满面，失声痛哭……

这是村里很多人来到坟场，看见眼前的场面，都激动得热泪盈眶。就在这时，唐坤武跑到他骑的那匹马前，从马背上取下了一个大布包，唐坤武解开布包后，在场的人都大吃一惊。他把从布包里拿出的那东西挂在一棵树上后："乡亲们，这是日本人高桥孝英的脑袋，就是他带人残酷杀害了我们村一千二百三十一人。昨天我亲手砍下了他的脑袋，偷偷地把它带回来，要他为我们村谢罪！"唐坤武望着父老乡亲们大声说道。

这时同唐坤武一同回来的二十多人都围了上来问："这件事你怎么没提前告诉过我们呢？"

"我这么做，是违反八路军的纪律的，如果我把此事提前告诉你们，这事就办不成了，另外所有人都会受到牵连。这件事，由我一人做，一人担当。团里营里给什么处分，我都接受。"

村里的人越来越多，他们都想来看看，这个罪恶累累的日本人的脑袋。狂妄自大的高桥孝英，可能永远没有想到，有一天，中国人会把他的脑袋砍下来，挂在树上。展示谢罪！

第 三 卷

再 生 波 澜

　　不管你有多么强大，不管你的手段有多么的高明，也不管你拉了多少外国势力为自己助威，正义终将战胜邪恶！

　　　　　　　　　　　　　　/ 摘自创作手记 - - - -

一

　　抗日战场的硝烟还没有散尽，蒋介石就开始打内战了。一九四五年八月十四日，日本天皇昭告天下，宣布无条件投降。九月九日中国战区的投降仪式将在南京中央军校大礼堂举行。

　　可是就在九月六日这天，国民党第七集团军副总司令彭毓斌和国民党第八集团军副总司令史泽波，在蒋介石的授意下各带一万多人马嚎叫着："上党必争，长治必保"，朝着上党地区的八路军根据地奔来。

　　天完全黑了，储国荣在屋外的草地上来回地走着，今天他刚从分区接受任务回来，后天他们就要去攻占潞城。这是一个难啃的骨头，城内驻有十九军一个团，另外还有刚从日军手中接过来的伪军改编的民团。城外有碉堡壕沟。虽然上级没有规定必须在多少时间完成任务，但周围五六个县城都由其他团攻打，五七九团也不能拖得太晚。明天开连以上干部会，他准备听听大家的意见，再最后来定攻打方案。自从离开家乡南京。天天都同国民党打打杀杀的，不知有多少革命者死在蒋介石的枪口下。现在想起，也让人感到胆战心惊的。八年抗战刚结束，日本人在中国制造的人间地狱的血迹未干，一切，仍历历在目。蒋介石又迫不及待向共产党八路军拔出了屠刀。

　　大家都想日本人投降后，该好好休息一段时间吧。为了抢地盘，蒋介石却是那么的急迫，再过去几天，日本人就要在投降书上签字了，这点时间他都等不及。在中国历史上，像蒋介石这样下流无耻的政治流氓，真还找不出几个。站在黑夜里，储国荣就想着这些。

　　就在团参谋长韩玉军组织全团干部讨论作战方案的时候，储国荣接到电话，要他带上参谋长和政委，到分区开会，任务有变。

　　储国荣带着部队，突然把潞城包围了，第二次到分区开会时，分配给五七九团的任务就是攻打县城。县城周围的碉堡据点交给五七三去肃清。

　　让储国荣没有想到的是，守城部队的火力非常的猛力，三百多挺机枪把整个县城围了起来，不到半小时，就有几十个战士倒下了。

　　"马上停止进攻。"储国荣在指挥所里对着电话大声地向营连长们喊道。

　　"照这样打下去，没把敌人消灭，却把自己消灭了。"储国荣自言自语地说着，他从步话机里把三个营长团参谋长叫了回来。

这时，有几个国民党的兵站在城墙上喊道："小八路，怎么退回去了呢？冲呀，怎么不冲呢？看来八路军也是他妈的胆小鬼啊！"

听到这些话后，储国荣走进指挥所，拿了一支步枪出来，丢给通信班长汪良明说："你不是神枪手吗？去给老子把他干掉。"

汪良明接过储国荣丢过来的步枪后，往指挥所外走去，这里距离远了，枪的射程不够。在距离城墙大约五百米远的地方，汪良明靠在一个石头旁，突然，砰砰地两枪。三个站在城墙上的敌人，倒下了两个，那一个飞一般地逃了回去。从此，再也没有人敢爬到城墙上来吼叫了。

"我认为，还是应该找个缺口冲进去。根据以前的经验，国民党的兵和伪军，都怕拼刺刀，更怕我们的大刀。给这帮人干，还是要用这些老办法。"一营营长文先兵说。

"问题是，什么地方有让我们冲进去的缺口呢？你看，到处都是机枪眼！"三营长侯文举道。

"看来还是只有用两个老办法，一个是挖地道。另一是，今晚用云梯翻墙进去。"参谋长韩玉军说。

"走，我们去看看，什么地方可以挖地道？什么地方可以搭云梯？"储国荣望着四个人说。

"我们必须在六百米外，不能靠得太近了，敌人随时都在打冷枪，五七三团，今天有四个人被冷枪打死了。"韩玉军说。

五个人围着整个县城转了一圈，找到了三个搭云梯翻墙入城的地方，最后储国荣决定，晚上搭云梯翻墙进入城。

回到指挥所后储国荣说："今天晚上两点，一营从东南角搭云梯翻墙进入；二营从东北角搭云梯翻墙进入。每个营准备三十挺机枪，六十把大刀。三营在一、二营准备搭云梯翻墙时，你们在西北角和西南角大量投掷手榴弹，吸引敌人的注意力。一旦一营、二营搭云梯翻墙成功，三营应马上退守东南西北四门，在门前架上六挺机枪，不能让一个敌人逃走。王政委参与三营行动；我参与二营行动；韩参谋长参与一营行动。好！各自去做好准备，今晚只准成功，不准失败！"

文先兵和曾嘉礼把各自的部队撤出阵地后。又带着三个连长，九个排长，对自己的营要搭云梯翻越的位置，反复地拿着望远镜看，然后讨论分析，折腾了两三个小时，直到他们觉得心中有把握了才离开，在这过程中储国荣跟着二营，韩玉军跟随着一营。

然后就选机枪手大刀队。

让大家有些意外的是，韩玉军今天没扛大刀，在这些年的抗日作战中，只要是近距离的肉搏战，团长储国荣、参谋长韩玉军都是扛着大刀冲在前面的，凡是想与他们俩一搏的小鬼子，个个都丢了小命。在五七九团全体官兵的心目中，储国荣和韩玉军是团里并列的两个大刀王。特别是团里那些喜欢玩大刀的战士，只要闲下来，他们聊的全是某次我跟着参谋长举着大刀冲进敌群，他在左边砍，我在右边砍……

正在磨刀的一连五班班长唐坤武，听他班里的王三娃说："今晚，参谋长扛三八大盖与敌人拼刺刀，参谋长不扛大刀了。"

唐坤武提着大刀走过去，用手抓着王三娃的衣服说："你小子在胡说八道些什么呀？参谋长都不扛大刀，我们团没有人有资格扛大刀！懂吗？"

"你自己去看嘛，参谋长正在营长那屋里选枪。"王三娃有些不高兴地推开了唐坤武的手。

听到王三娃的这句话后，唐坤武非常的吃惊，突然间他好像失去什么似的，磨刀的热情也没了，他站在那里呆呆地想了好一会儿，他准备去亲自问问参谋长，他放下手中的大刀往营长屋里走去。

唐坤武走到营长文先兵门前，看着韩玉军和文先兵真的在那里选枪，不知是从那里来的勇气，唐坤武走进文先兵的屋里望着韩玉军问："参谋长你真的不扛大刀了呀？"

唐坤武这突如其来的问话，让韩玉军感到有些莫名其妙，他笑着试探性地问唐坤武："有什么事吗？"

"你知道吗？当听说你到我们营，我们大刀队的人是多么高兴，我们个个都把大刀磨得寒光闪闪的，大家都觉得能跟着参谋长一起举着大刀追杀敌人，那是一种荣耀，我们在你的带领下举着大刀无数次冲进日军阵地，砍得日本鬼子鬼哭狼嚎的，你已经是五七九团大刀队的旗帜和标杆。你不扛大刀，我们就像失去了舵手的航船。"

"我有这么重要吗？"韩玉军望着唐坤武问。

"重要得很了，听说你不扛大刀了，正在选三八大盖，大家的心就冷了，刀也不磨了。"唐坤武激动地说。

听到唐坤武这些话后，让韩玉军有些为难了，他不扛大刀的理由是不能对士兵们讲的。犹豫了几分钟后韩玉军对唐坤武："既然大家这么相信我："今晚我仍同大家一起扛大刀，唐坤武你马上回去叫大家把刀磨好。"

听到韩玉军这些话后，唐坤武仍有些怀疑地望着韩玉军问："参谋长你真的还是跟着我们扛大刀吗？"

"是的，我也马上回去磨刀。"韩玉军望着唐坤武说。

唐坤武仍有些不放心地对韩玉军说："参谋长，你是我们五七九团大刀队的灵魂，你不能退却和躲避，我们只要看着你举着大刀在前面冲，我们的心中就有了勇气和力量。再凶恶残暴的敌人，在我们面前我们都不怕了！以前你带着我们杀日本鬼子，不是就这样的吗？现在蒋介石那帮混蛋与日本人不相上下，也非常的凶恶残暴，他们杀害了多少革命群众，上百万共产党员的头掉在蒋介石的屠刀下。抗日刚刚胜利，今天他又来抢夺我们的地盘，难道我们不应该勇敢地站出来，保卫我们的胜利果实？保卫我们的根据地吗？"

唐坤武的这些话，像机枪的子弹一样，打到了韩玉军的心里，让他感到有些不安和困惑。他不敢向这位思想敏锐的战士解释自己的内心想法。韩玉军有些无可奈何的摇了摇头："唐坤武呀，你比我们王政委还会做思想政治工作，我被你征服了啦，快回去磨刀吧。为了保卫我们的根据地，保卫我们用血和泪换来的胜利果实。明天，我一定带着大家，举着大刀去冲杀，好吗？"

这时，唐坤武才感觉到自己的话说多了些，他像一个做错了事的孩子一样，红着脸转身离开了。

站在旁边，看着唐坤武把团参谋长韩玉军问得有些尴尬的营长文先兵，为了缓解一下韩玉军的尴尬情绪："唐坤武这小子，你别跟他讲道理，他的道理比你深沉，你是说不过他的，你直接把他哄走就行了。我从来不跟他讲道理，只给他分任务，要听道理，你到政委教导员那里去听……"

韩玉军坐在那里摇了摇头对文先兵说："他们都是些单纯勇敢的战士，我们中国的老百姓，就是这么单纯的，我们要珍惜这些。"

韩玉军拿着那支他选的三八大盖，回团里去了，但今晚的行动，他最后决定还是拿大刀，他不愿意让那些崇拜他的战士们失望，他情愿自己做出一些牺牲。

"你拿一支这样的枪干什么呢？"在团部门口，储国荣看见韩玉军拿着一支日本三八大盖回来。

韩玉军把在文先兵那里选枪时，唐坤武班长，跑来给他上'政治课'的事讲给储国荣听了。

储国荣听后笑着说："你以为当偶像就那么轻松吗？什么都要付出代价的。"

"国荣呀说真话，不管有多深的仇和恨，要我举着大刀砍中国人的脑袋，我是下不了手的。"韩玉军认真地对储国荣说。

储国荣沉思了片刻说："一切都是被形势逼出来的，还是达尔文那句话呀，适者生存呀。很多人，包括我本人在内，曾经都有你这样的想法和情感。如果你经过四一二大屠杀、湘江血战，长征中经常被蒋介石的部队追得走投无路。可能今天你就不会有这样的想法了。"

"一营的准备情况怎样？"储国荣问韩玉军。

"应该说是很充分的，轻机枪三十三挺，大刀七十把，准备了两个云梯……"

"回去睡几小时，冲进城后可能就是一场残酷的血战，里面有两千多人，我们两个营只有六百多人呀，一个要对付他们三个，难度有些大呀。"储国营对韩玉军说。

"我建议，冲进城后，就想办法把西门打开，让三营也进来，这样我们的力量就增加了三百多人。"韩玉军对储国荣讲。

"你这个建议很好，我马上通知政委要他们在外面做好准备。你们营进去后，就让一连往西门方向冲，到达西门后就想办法把西门打开，等三营进到城内后，一连想办法回到二营的位置上。如果有敌人开门逃跑，在谁的位置上谁负责追击。好！就这样快回去休息。"储国荣对韩玉军说。

二

夜静悄悄的，储国荣和韩玉军带着各自的营已经距城墙不远了，他们在等待三营发起攻击。储国荣看了一下表，离三营发起攻击的时间还有三分钟，对三营来讲，他也不敢提前发起攻击，他们怕一二营还没做好翻墙的准备。

突然间西门方向响起了猛烈的手榴弹爆炸声。听到西门方向的爆炸声后，一二营马上接近了围墙的位置。让他们没有想到的是，一二营翻越的这位置敌人根本没有防守，两个营的人都站到围墙上了，才有敌人跑来。这时两三挺机枪同时向冲来的敌人开火，很快就把敌人压了回去。三百多人用云梯翻越九米高的城墙，两个营前后花了近一个多小时。翻过围墙后，根据周围的敌情，韩玉军决定全营朝西门进攻，攻下西门后把三营接进来，为了不被敌人分割包围，翻过墙的二营也向西门冲去，在两个营的攻击下，敌人在西门的防卫很快就崩溃了，打开西门后三营也冲了进来。

这时，储国荣突然下令停止进攻："现在天还没亮，城内暗堡很多，为了减少人员伤亡，等天亮后才展开进攻，现在加强防卫原地待命。"

储国荣对身边的通信班长汪良明说："去把白林给我找来。"以前的团通信班班长白林，现在已是团特务连连长了。

"报告团长，白连长到了。"汪良明道。

"你带人到这城里侦察过吗？"储国荣望着白林问。

"来过几次。"白林回答。

"有没有能把全城看完的地方，我想找个设指挥所的地方。"储国荣说。

"潞城是比较大的，没有任何地方把全城看得完。"白林对储国荣说。

"你认为我的指挥所设在什么地方好呢？"储国荣问白林。

"我认为，团指挥所就设在西门的城楼上，我们的部队从西往东进攻，指挥部有什么新的作战方案和命令，随时可以传达出去。"

储国荣转身望着王树光问："政委你看如何？"

"我认为白林连长的这个建议可以采纳。"王树光说。

"好，就把团指挥所设在西门的城楼上。"储国荣望着王树光和几个参谋说。"

一直站在那里沉默不语的韩玉军往前走了几步，望着储国荣和王树光说："团长政委，我有一个想法说出来供你们参考。"

"好！听听参谋长的看法。"储国荣说。

"潞城是个带状形的地形，长二公里，宽近一公里，而我们的部队只能一字形地从西往东进攻，这样带来的问题是，指挥所离战斗部队越来越远，指挥员不能随时掌握战场的变化状况。对于今天这样的战斗，我认为团指挥所应设为流动形指挥所，随着进攻部队前进，这样便于随时掌握前方战斗的情况。"

听完韩玉军的话后储国荣点了点头说："有道理，有道理。"

天快亮了，县城里随时都在响起枪声，特别是五七九团攻入西门后，敌人正在进行紧急部署，储国荣在夜幕下来回地走动着，天亮后他带领的五七九团面临的是三倍己的敌人。

"汪班长。通知三个营的营长来这里开会。"储国荣说。

望着匆匆赶来的三位营长储国荣说："叫大家来，主要是对天亮后的战斗方案有些小的调整，现在的情况是我们三个营都攻入了城内，天亮后的战斗更多的是城内的巷战，和对付碉堡与隐蔽的暗堡。另外我们不能有半点的轻敌思想。大家一定要清醒地认识到城内敌人的兵力是我们团的三倍，我们一个战士面对的是三个敌人。希望各位营连指挥员一定要明确这一事实。"

"新的作战方案是：一营在南面由西往东进攻，团参谋长韩玉军同志到一营协助指挥战斗；三营在北面由西往东进攻，副团长曾辉同志到三营协助指挥战斗；二营作为预备队跟着团指挥所随后跟进。一营和三营排成一字形平形往前推进。"说到这里储国荣抬起头望了望灰蒙蒙的天空说："天快亮了，各自回去准备吧，今天肯定是一场恶战，每营都应组织一百人的大刀队。"

散会后，储国荣又特地叫到二营长曾加礼："你的预备队，特别要组织好大刀队，一旦某个地方出现重大险情，你的大刀队就得马上冲上去，扭转战机。"

天刚亮，还没等五七九团进攻，大批敌人就往西门扑来。那种气势和威风，就是准备把五七九团赶出城门，或者说消灭在西门处。对面黑压压扑来的敌人，储国荣告诉各营："把所有机枪一字形排开，等敌人到五十米左右才开枪。"储国荣下达了第一道战斗命令。

在一千米左右的断面上，储国荣架设了一百多挺机枪。

战斗打响了，两千多国军朝五七九团占领的西门扑去，但让他们没想到的是，等待他们的是一百多挺机枪，三百多把大力和数千枚手榴弹。

不到二十分钟的战斗，敌人的第一波进攻就被压了回去，阵地前还留下了近两百具尸体。随着敌人的后撤，五七九团紧跟着逼了上去，让储国荣和他的团队没想到的是，在他们的紧逼下，敌人并没有无限制的后撤，而是在后撤中组织起了反冲锋，而且反攻的方法也是利用大量的轻机枪和手榴弹，这给储国荣的五七九团造成了大量的伤亡。

在敌我双方完全进入混战时，五七九团的三百名大刀队上了，虽然敌人也组织了大刀队进行反击，但在五七九团的大刀队面前，完全没有招架之势。在五七九团大刀队的横冲直闯之下，敌人的进攻阵势大乱，但这并没给五七九团带来战场势态的转机。

没被击毙击伤的大量敌人很快逃进了早已准备好的碉堡和地下的隐蔽暗堡里。这给五七九团带来了更多地麻烦。虽然经过一十午的激烈战斗，整个县城已被五七九团所控制，但整个县城有个六大型碉堡，上百个地下隐蔽射击点和地下暗堡。这些碉堡和地下隐蔽的射击点，都是曾经日本人占领这里时修建的，修得非常的坚固。

"汪班长，通知连以上干部，马上到团指挥所开会。"储国荣边看地图边对汪良明说。

很快九名连长三名营长，团参谋长和副团长都回到了团指挥所。

储国荣望着那些从阵地上匆匆赶回来的连营长们，笑着说："没想到战局转变得这么快，看来打国民党是比打日本人轻松些，大家有没有我这样的感觉呀？"

听了储国荣的这些话后，在座的营连长们都笑了。可是坐在旁边的政委王树光说："团长你要求大家不能轻敌，你讲这话算不算轻敌呢？"

"我负责任地讲，我这话不算轻敌，以前日本人控制着一座县城，我们要想拿下来付出的牺牲是难以想象的，而今天国民党用三千多人守一座县城，我们一个团只用了半天时间，就把整座县城的控制权夺了过来，虽然现在还有大量敌人躲避在碉堡和隐蔽的暗堡中，但对我们来讲那只是瓮中捉鳖而已。"

"时间紧，不讲费话了，根据目前敌我状态，对作战方案做如下调整：

一、一营抽出一个连，对六个碉堡进行监视，在每个碉堡的出口方向，架上两挺机枪，如果敌人走出碉堡就开枪击毙，如果他们在碉堡内，就不管他们。

二、特务连，要尽快查清城内各个隐蔽暗堡的位置，并做好明显的标志，以便各排班进行清除。

三、除监视六个碉堡的连队外，其他各连队，全部参与清除暗堡和隐蔽射击点的战斗中，原则上每个排至少要清除六个暗堡或隐蔽射击点。具体地清除任务，由营连分配并监督完成任务的情况。

四、对清除暗堡和隐蔽射击点的任务，必须在今天下午八点前完成，明天我们就集中力量炸碉堡。"

布置完任务后，储国荣望着营连长们大声问道："有没有不清楚的地方？"

"清楚啦。"营连长们齐声答道。

"好，马上回到你们的岗位上去。"储国荣说。

在往回走的路上，韩玉军对营长文先兵说："你带领各连对已经暴露的暗堡和隐蔽射击点，进行清理炸毁。我带一个排，对我们任务区内那些还没有暴露的暗堡和隐蔽射击点，进行排查清理定位。等特务连来排查可能就有些晚了。"

"我也在这么想，现在在我们任务区内已经暴露的我算了算，有二十多个，首先每个班负责炸毁一个。"文先兵说道。

"要给班排讲清楚，尽量减少伤亡。伤亡过多的连排班不能参加立功评奖。"

"参谋长，你这办法很好，现在各排班都存在为了完成任冒险蛮干的行为。"文先兵这样回答韩玉军。

　　整个县城到处都响起了爆炸的声音，暗堡里的敌人有些惊慌失措，开始毫无目标的开枪射击，这为韩玉军带领的清查暗堡的人提供了很多方便。一个暗堡一旦查清它的位置后，要清除它实际是件很容易的事，因为它们已经失去了地面上的支持和保护。

　　不到两个小时，韩玉军他们就在一营的任务区内，查出了三十五处暗堡和隐蔽射击点。

　　"报告团长：一营任务区内的六十七个暗堡和隐蔽射击点，已全部清除炸毁。"储国荣接完文先兵的电话后，看了看时间，他自言自语地说："五点四十，一营干活真来得快！"

　　紧接着储国荣又接到二营三营的电话，都向他报告说任务区内的暗堡和隐蔽射击点全部被清除。

　　"时间还早，让每个营再去炸掉一个碉堡。"王树光对储国荣建议。

　　"部队已经很辛苦了，让战士们休息一晚上，明天十一个碉堡一起解决。"储国荣对政委王树光说。

　　就在这时电话又响了，"报告团长：我是曾加礼，有几个碉堡里的敌人举出了白旗，要求投降。"

　　"哎呀，今天的日子怎么这么好呢？好消息一个接着一个！曾加礼你给我听清楚：凡是在碉堡里要求投降的敌人，必须要求他们，把一切武器都放在碉堡里，得到我军的允许后，举着手走出碉堡，没有我军的命令，擅自走出碉堡的开枪击毙。一定要给他们讲清楚。"储国荣在电话里对曾加礼说。

　　储国荣正在同王树光商量处理上千俘虏的事时，一营三营也来电话，说的仍是碉堡里的敌人要求投降的事。

　　储国荣马上命令每个营负责包围四座碉堡，凡是要求投降的，必须得到我军的允许后，才能举着手走出碉堡。

　　全城十一座碉堡里的敌人，都举出了白旗。

　　让五七九团的人不明白的是，为什么十一座碉堡里的敌人，突然间争先恐后地要求投降，就怕我军不接受他们的投降似的。原来，一座五六十平方米的碉堡，里面挤进了一百多国军的人员，碉堡里空气不流通，水电已被五七九团断掉，他们除了投降再没别的路可走。

　　各连排做好一切准备后，下达了让敌人举着手走出碉堡的命令。两个班持枪站在碉堡进出口两边，警惕那些不愿投降的极端分子，把武器藏在衣裤里。另一个班站在出口的中央对走出碉堡的每个人进行搜查，凡是带有凶器的人，除没收凶器外，单独关押。

就在这时，一营二连负责接收的五号碉堡，走在最后一个俘虏，背着手走了出来。

"举起手来！不然我开枪了。"一班长方中勇端着枪逼近了此人，就在此时，站在旁边观察情况的二连连长朱平发现此人手中拿着一颗手榴弹，他飞身上前扑倒了此人，但就在此时，这个俘虏拉下了手榴弹的引信，并紧紧地抱着二连长朱平。一声巨响后，两人都被炸得血肉横飞。二连长朱平就这样牺牲了。

二连的战士们，听说连长朱平被俘虏用手榴弹炸死。端着各种武器冲向刚刚从碉堡里走出来的一百多俘虏。就在这千钧一发之际，韩玉军冲到二连的战士们中间，拔出手枪，朝天开了三枪后大声说道："同志们，炸死朱连长的是个别俘虏的行为，我相信与这一百多其他俘虏没有直接关系，我们共产党人不能滥杀无辜，要说心疼我比你们任何人更心痛，告诉你们，我当兵时的第一个排长就是朱连长，但我们不能把这个仇恨发泄在无辜人的身上呀，我们针对的是那些拿着枪与我们对抗的敌人，放下武器不与我们对抗的人，就不是的敌人了，大家一定要明白这个道理。现在二连的连长由我接任。"

"立正——向右看齐，向前看。"把队列整顿好后韩玉军问："刚才那个班在这里监视俘虏？"

"报告参谋长，是我们七班在这里监视俘虏。"七班班长钟释义站出来说道。

"好，七班继续留在这里监管俘虏。八班九班马上去收拾现场。由三排长在这里现场指挥。"

"一排长，你带领你的排到碉堡里清理各种武器；二排长你带领你的排到碉堡里清理各种物资弹药。各排马上行动。"

一切安排妥当后，韩玉军才叫身边的通信员，去告知正在九号碉堡带着一连接收敌人投降的营长文先兵，二连长朱平牺牲的事。

"报告团长政委，告诉你们一件不幸事，二连长朱平牺牲了。"韩玉军在步话机里对储国荣说。

"所有敌人都投降了，怎么二连长还牺牲了呢？是枪走火了吗？"储国荣问道。

韩玉军不知如何对储国荣解释此事，他想了想后说："等把这里的事情处理完后，我亲自来向你和政委说明情况。现在现场很乱，我得去监视着。"

"报告参谋长，文先兵营长叫我转告你，一连和三连的接收工作很顺利，八号九号碉堡的接收工作已结束，现在他们已经准备去接收七号碉堡的投降俘虏。"

"好的。"韩玉军回答道。

韩玉军马上回到炸死朱平的现场，朱平的两条腿都炸飞了，上身还比较完整，战士们正在把那些炸飞的肉捡来装进一个布袋里。

"朱连长，韩玉军看望你来了，抗日战争中日本人那么凶恶残暴你都没有事，蒋介石打内战，让自己人把你打死了，这是让人最痛心的事呀，我会带领战士们去为你报仇的……"

"参谋长，团长的电话。"通信员大声喊道。

"团长你好，我是韩玉军。"

"你们那里的工作必须在两小时内结束，俘虏和缴获的物质，交当地的民兵来管理，你们集合好队伍，准备好弹药原地待命，马上有新的任务。"储国荣在电话里对韩玉军讲。

"储团长，文先兵营长距我处有一点五公里，是你通知他，还是我通知他？"韩玉军问储国荣。

"我通知他，你就在原地待命，他把事情处理完后，把两个连带到你处待命。另外由二连三排的唐坤武排长接任朱平的连长职务，由团通信班长汪良明接任唐坤武的排长职务。汪良明马上到你处报到。"

放下电话后，韩玉军马上跑到正在清理物资的碉堡里，他大声地说："大家注意，这里有个团里的通知，三排长唐坤武现在任二连连长，三排排长由团通信班班长汪良明来接任。好大家继续干活。"

韩玉军又匆匆跑到正在收拾现场的三排，他找到三排长唐坤武把团里的决定告诉了他并对唐坤武说："你带几个人马上去找一副棺材，把朱平连长埋了，两个小时后我们要去执行别的任务。"

唐坤武带着几个人离开后，韩玉军又找到九班班长方坤山："你带领九班的人，马上在对面那棵白杨树下，挖个埋朱平连长的坑，排长他们找棺材去了，旁边再挖一个小些的坑，埋那个与朱平连长一起炸死的国民党兵。"

就在这时一位三十多岁的男人带着三十多人跑步来到韩玉军面前："报告韩参谋长，我是吴城县民兵五团三连一排排长游西中，奉命前来接管俘虏和缴获的种各物资。"接着那人递了一张储国荣亲笔写的纸条，内容同他本人报告的基本一样。

韩玉军接过纸条看后说："先去接管俘虏吧。"

走到一大片俘虏坐着的地方，周围有七八个持枪看守的士兵。韩玉军对朝他走来钟释义说："七班长，把这些俘虏交给当地的民兵管理，我们马上有新的任务。"

钟释义马上把两张写名满字的纸交给游西中："这是俘虏名单，共一百一十七人，我已把他们编成了十个班，最前面的那个就是班长。"

就在这时俘虏营里一个高个子的人站起来，他大声吼道："你们不是说优待俘虏吗？出来这么久了水都没喝到一口呀。"

"所谓的优待俘虏，就是我们共产党的军队不打骂俘虏，不没收俘虏身上除枪支以外的私人物品。你以为你是共产党的贵客？你以为自己是民族和国家的英雄？日本人才投降几天，你们就开始打内战，请你不要忘了！你们是民族和国家的罪人！俘虏！马上给我坐下，不然老子把你拖出去枪毙了！"那位持枪的战士这样训斥那名吼叫的俘虏。

唐坤武他们抬着个大棺材回来了，大家七手八脚地就把朱平装进了大棺材，韩玉军还搞了些水来为朱平把脸上的血迹洗干净，然后把他那两只炸断了的腿也放进了棺材，韩玉军又从缴获的物资中找来了一条新毛毯，给朱平盖在身上，然后就盖上了棺材盖子，全连的战士一起把朱平抬在那棵白杨树下埋了。

"立正——向右看齐，向前看。"韩玉军把全连八个班的战士全部列队站在朱平的墓前。

"朱连长，全连的同志除守俘虏的七班外，都送你来了，你就在这里好好休息吧，今天晚上我们还有打援的任务，所以你这件事我们办得有些草率，请老排长谅解韩玉军吧！"说完这些话后，韩玉军用手擦去脸上的泪水。

"全连脱帽，为我们的朱平连长静默三分钟！"韩玉军大声说道。

"参谋长，团长的电话。"营里的通信员喊道。

"团长你好！"韩玉军接过电话后道。

"你们那里的情况如何？缴获得有子弹和手榴弹吗？"储国荣在电话里这么问着。

"所有的情况都基本处理完了，刚刚把朱平连长埋了，战士们正准备吃晚饭；缴获的子弹有十箱，手榴弹有二十一箱，其他就是些乱七八糟的东西。"韩玉军这样回答储国荣。

"叫战士们抓紧时间吃饭，吃完饭后马上把缴获的子弹和手榴弹平均分给每个战士带上。"

放下电话后，韩玉军就把储国荣所讲地告诉了唐坤武，因为唐坤武现在是二连的连长了。

"唐坤武把缴获的子弹和手榴弹全部分给了战士们，每人四个手榴弹，一百三十发子弹。"

吃完饭在唐坤武整理队伍的时候，韩玉军又去看了看埋在白杨树下的朱平，对朱平的牺牲，韩玉军的心里总是非常的难受，除了他们之间的私人情感外，他对朱平的人品和个人情感是非常崇敬的。朱平是广西兴安人，父母双亡，家中只有一个姐姐，他日思梦想的就是抗战胜利后，回老家看望自己的姐姐，可是日本人投降后，还没在投降书上签字，蒋介石就开始打内战了。朱平倒在蒋介石内战的枪口下，这是最让韩玉军痛心的事。

"排长，部队马上就要出发了，我们又要奔赴新的战场。你是知道的，现在不是去打日本人了，现在我们要去打的是发动内战的蒋介石。你可能还不知道我们这几天的战斗成果吧。在这三天的战斗中，我们歼灭了蒋介石近两千人，俘虏了一千八百多人，遗憾的是你没看到这些。现在三排长唐坤武接替了你的工作，他正在集合队伍，如果打败蒋介石解放全中国的那一天，我还活着的话，我一定去广西兴安，代表你去看望你那日思夜想的姐姐，我会告诉她，你长眠在太行山里一棵白杨树下！……"

"朱排长，唐坤武已集合完队伍，我们每人只有一百多发子弹，四个手榴弹，去迎接蒋介石派来的两个师的援军，我们五七九团和其他三个团的兄弟部队，埋伏在他们经过的路两旁，你是知道的，玩这一套把戏，对我们八路军来说，是轻车熟路，你就在这里等待我们胜利的消息吧！"

韩玉军依依不舍地离开了朱平的坟墓，朱平的牺牲对韩玉军内心的冲击和震撼别人是无法想象的，在韩玉军的人生旅途中，他崇拜的三个人中，其中之一就是朱平。朱平虽然没有多少文化，所识的几百个字，也是到了革命队伍中才学的，但他内心的纯洁与高尚，是韩玉军在大学的教授和学者们中没有找到过的。在从军的路上，朱平也只教了韩玉军刺杀和单兵战术技能，但朱平的性格人品，对事业的忠诚和敬业随时都影响着韩玉军。

韩玉军跟在二连后面走了，离开牺牲的朱平。对韩玉军来说是那么的难分难舍，生离死别。让韩玉军没有想到的是，抗战胜利后才几天时间，就发生了如此激烈悲壮的战斗，从民族情感，到国家利益都是不应该发生这类事的，但蒋介石就明目张胆地指挥他的部队干了这件事。这让全国人民感到吃惊和意外。

天黑沉沉的，储国荣带着他的五七九团正匆匆地赶到指定的伏击点，指挥这次伏击战的是五七九团的老团长曹万坤旅长。因到伏击点只有二十多公里的路，储国荣没有骑马，他谈笑风生地走在队伍中间，他对副团长曾辉和参谋长韩玉军说："从湘江血战以来，就想找机会狠狠地揍国民党这帮家伙一顿的，没想到日本人投降才几天，他们就来了。三天的战斗，我们团牺牲了三百三十一人，却歼灭了老蒋两千一百多人，另外还俘虏了一千八百多人。"

"打伏击，我们每个战士手上才只有一百多发子弹，这很难打呀！"

副团长曾辉对储国荣说："你放心，阎锡山想在蒋介石那里立头功，他派来的增援部队，绝对是带有大量的弹药。我们不帮他用点，他们怎么用得完呢？"

"参谋长，副团长，你们俩在一线，这次要给连排干部战士讲讲，一定要抓几个国民党的军师级干部回来，要活的，这样好让蒋介石看看，我们是如何打败他的军队的。"

"团长，你安心要气死我们的委员长吗？"曾辉这么问。

"蒋介石不会因打败仗而气死他的，他除了杀共产党人外，什么本事都没有，抗日战争他与日军的三十七次会战，只有一次半胜利。打败仗是蒋委员长的专利。"

三

敌人仍在不断地涌来，战士们带的子弹，前两天就用光了。五七九团的官兵们，只有不停地从敌人手中去夺抢弹药来维持战斗，不过，让他们觉得欣慰的是，这次来增援长治的敌人，身上带的子弹特别的多，每人身上都是三五百发。几天来，储国荣就是这样带领全团把战斗维持下去的。

原来的情报讲，本次增援长治的敌人是两个师，七千余人，结果敌人来了八个师两万余人，而且这些来增援的国民党部队，全部装备着日式步枪和山炮，弹药充足，火力凶猛。这就把打援的部队搞得手忙脚乱的，加上参加打援部队的弹药都非常紧缺。所以，部队前几天的战斗，都在给敌人兜圈子，消耗敌人的有生力量和战略资源。

开战以来，韩玉军带领突击队不断袭击敌人的薄弱环节，让敌人整天处于疲于奔命的应付中。慢慢地，国民党八个师的增援部队，全部被压缩包围在漳河北岸的狭窄地带，而储国荣的五七九团，就处在漳河北岸的中段。漳河里到处漂浮着国共两军战死士兵的尸体，在漳河两岸的空气中总是弥漫着让人胆战心惊的血腥味儿。对储国荣和参加过湘江阻击战的老战士们来说，他们最熟悉这种味儿的含义。

随着战斗的不断推进，漳河里的水也慢慢变成了猩红色。可见战斗的激烈和残酷已达到了白热化。

最后的总攻开始了。

敌人的反冲锋也非常的凶猛，双方不断地展开肉搏战，储国荣带领一营、韩玉军带领二营、曾辉带领三营，他们带领大刀队完全与敌人混战在一起。在一浪高过一浪的喊杀声中，敌人的势气慢慢地开始减弱。在第二天上午的九点钟左右，战场上的枪声，喊杀声停止了。国民党八个师的增援部队全军覆灭。总指挥彭毓斌自杀身亡，四个师长被击毙，四个被俘。

就在大家欢庆胜利之时韩玉军突然跑来："团长，曾营长中弹身亡。"

"敌人都全部消灭了，哪来的子弹呢？"储国荣惊愕地问。

"我俩和三个连长正在清理全营的伤亡人数时，不知从什么地方飞来一颗子弹击中了曾加礼的头部，当场就牺牲了。"韩玉军解释道。

"他在哪里？我去看看。"储国荣问。

韩玉军带着储国荣朝二营的休息地走去。

曾加礼静静地躺在那里，几个战士正在为他洗脸上的血迹。储国荣望见曾加礼后，远远地就说道："小弟呀，你的运气怎么这么差呀？敌人都消灭完了，飞颗子弹来把你打死了。真是让人为你感到惋惜呀。"

储国荣走到曾加礼躺着的地方，他蹲下来，拉着曾加礼的手说："小弟呀，在你的老家贵州，是我把你收进红军队伍中的，你还记得吗？长征，打日本人，你为革命干了不少事，我一定给你买口大棺材，让你舒舒服服地躺在里面休息。我们还要去追击那些从长治逃跑的敌人，没时间多陪你了，我叫两个民兵兄弟，为你办后事，你就安息吧！"

储国荣站起来望着韩玉军说："这肯定是藏在周围的狙击手干的。"

"我当时就这么想的，马上派了一个连的人到周围搜查，但没查到人。"韩玉军说道。

"这些人开枪后就会马上离开的，你很难把他们抓到。"

储国荣找到两个帮助打扫战场的民兵："这是我们团二营的营长，请帮我们买口棺材，找个地方把他埋了。"

"储团长你放心，我们一定把曾营长的后事办好。"两个四十来岁的农民非常真诚地对储国荣说。

"这二十五个大洋，你们拿去给曾营长买口棺材吧。"储国荣把二十五个大洋塞进了一个农民的衣包里。

"储团长，我们不收钱，棺材的事我们去想办法。"那民兵把钱掏出来准备退给储国荣。

"这次战役死了那么多营以上干部，你们那里去找钱买棺材？拿着，本来我准备多给你们点的，但我包里只有这点钱，如果不够，你们就想点办法吧。"储国荣对两个民兵说。

"团长，指挥部电话。"通信班长方坤山把步话机递给储国荣。

"储团长，你们团马上从西面直奔下去，堵住从长治逃出来的十九军的去路，一定要堵死！"

"好的，我们马上出发。"

"韩参谋长，二营营长就由你暂时兼着吧。"储国荣望着韩玉军说。

"好的，没问题。"韩玉军回答。

储国荣望着周围几十个战士喊道："大家马上站过来。"

士兵们马上围在了储国荣的周围。"同志们，脱帽，我们为牺牲的曾加礼营长，默哀！"储国荣首先从头上拿下了自己的帽子，低头为曾加礼默哀。

"方班长，通知一、三营到三乡口等待二营。"储国荣对团通信班长方坤山说。

储国荣转过头来望着韩玉军说："参谋长，你马上带领二营到三乡口与一、三营会合，我骑马去那里等你们。"

"好的。"韩玉军转身组织部队去了。

储国荣翻身上马朝三乡口奔去。仗已经连续打了二十多天了，战士们非常的疲倦，都想躺下来休息几天，但当听到史泽波准备带领他的十九军逃跑时，大家又来了精神。

部队陆续到达了三乡口，储国荣睁开眼从地上爬了起来，他也感到非常的劳累，在部队没有到达前，储国荣抓紧时间躺在地上休息了几分钟。

经过二十多天的战斗，全团只有七百多人了，四百多人在战斗中牺牲，但储国荣依然信心满满的，因为在这二十多天的战斗中，他们几乎是天天围着委员长的部队打，所有参与围歼的团营，都同储国荣带领的五七九团一样，觉得打得非常痛快。二十多天，硬生生地把委员长的八个师给灭了，总指挥自杀，四个师长被俘。看看这些战果，怎么不让人高兴呢？

三个营整整齐齐地站在那里，储国荣睡眼惺忪地走到大家面前，望着神情疲惫的官兵们："原地坐下。"储国荣望着官兵们大声说。

"这些天来实在太累了，在我讲话的时候，大家坐着休息几分钟。"坐下才一两分钟，有的战士就闭上了眼睡去了，旁边的人想推醒睡着的战士，储国荣摆了摆手说："让他们睡一会儿，我就是准备让大家在这里休息半小时的。"

"同志们，从长征开始，我们就被蒋介石追着打，我们人少，装备差，天天东躲西藏。从现在开始，我们要把事情反过来，让那些曾经追着打我们的人，天天挨我们的打！大家说好不好！"

突然官兵们大声回答："好！"

"史泽波带着他的十九军从长治逃出来了。指挥部命令我们五七九团，在沁河堵死所有十九军逃跑的路，好让其他部队瓮中捉鳖。我们要像歼灭彭毓斌指挥的八个师一样，同兄弟部队一起歼灭史泽波的十九军。请大家明白，现在轮到我们打歼灭战了。"

一天后储国荣带领他的五七九团，堵死了通过沁河的所有道路。四天后史泽波的十九军，被包围在沁河两岸被歼灭。史泽波和他的两位师长连同六千多人一同被俘。

日本投降后，蒋介石心急火燎地派大军进攻解放区，不到一个月时间，他的三个军十三个师，三万八千多人，被八路军歼灭。从此，他的几百万国军就开始慢慢地减少……

四

夜静悄悄的，来到汝河边，作为旅预备队的五七九团，在小雷岗北侧约六百米的野外休息待命。

地上，到处都是湿漉漉的，数月来都在连续不断的战斗，战士们非常的疲惫，坐在潮湿的地上抱着枪东倒西歪地就睡去了。储国荣坐在那里，有些心酸地望着那些蓬头垢面衣衫褴褛，很多人的衣服上还沾着与敌人厮杀时留下的血迹。连续不断的战斗，他们没有时间洗洗衣服，清理过长的头发和胡须。使储国荣更痛心的是很多他熟悉的面孔消失了。上党战役、平汉战役、定陶战役、豫皖边战役。四个战役中，五七九团有四十二个班长、十六个排长、六个连长、一个营长和四百一十九名战士牺牲。这些数字像针一样扎着储国荣的心。从蒋介石在上海的"四一二"大屠杀到现在，在储国荣的笔记本里，已记录了四千一百八十二名为革命牺牲的烈士。他们中有上至团长政委下至入伍才两三个月的新战士，只要是为革命牺牲的人，储国荣都把他们记录在自己那个笔记本上。并写上何处人，死于某处战斗中。

"团长，旅长的电话。"通信班长方坤山大声叫道。

储国荣马上从地上站起来，小跑到通信班接电话。

"旅长你好！我是储国荣。"

"储国荣你带领全团马上接替五七三团在小雷岗的阻击任务，保证野战军机关顺利渡过汝河，当野战军机关全部通过汝河后，你带领全团渡过汝河，炸毁浮桥后，马上向淮河进发。"曹万坤在电话里向储国荣下达了命令。

"是，保证完成任务。"储国荣坚定地回答道。

"这次你们的阻击任务非常的艰巨，现在向大小雷岗扑来的是敌人的三个整编师，从思想上你们要引起高度重视，不能有半点轻敌的思想。你们一个团面对的是一个半整编师的攻击，知道吗?"

"敌人离这里还有二十多公里，你们团接管小雷岗的阻击任务后，要抓紧时间挖战壕修工事……"最后曹万坤又在电话里这么嘱咐道。

储国荣没向曹万坤说什么，只是回答坚决完成任务之类的话。

放下电话储国荣马上找到政委王树光、副团长韩玉军、参谋长文先兵分配任务。

半小时后储国荣带领全团，从五七三团手中接过了小雷岗的阻击阵地。

"副团长韩玉军同志带领一营在东侧一字排开、参谋长文先兵同志带领二营在西侧一字排开、三营为预备队待命。"任务下达完后，储国荣转身对王树光和几个参谋说："我们就把团指挥所设在那个土包上如何?"

"团长说设在那里，就在那里。王树光笑着回答储国荣。

"政委，你带领他们收拾一下这里的一切，我去一二营看看他们挖战壕和修工事的情况。"

"团长你去吧，指挥所我来布置。"王树光望着储国荣说。

储国荣迈着沉重的步子朝阵地走去，随着蒋介石发动内战的深入，一批批的青年倒在中国人自己的枪口下，这让储国荣的心情越来越沉重。

来到近一公里长的小雷岗阻击阵地前，望着一营二营八百多名战士热火朝天地挖战壕修工事。面对即将到来的残酷战斗，储国荣没有看见任何战士脸上有半点大战前的胆怯和不安。战士们这种朝气蓬勃、视死如归的精神状态，给了储国荣极大的安慰。但储国荣思考的是，面对数倍于己的强敌，作为指挥员的自己，应如何尽可能地减少战士们的牺牲？

"四一二"大屠杀、五次反"围剿"、长征、抗战。战死的优秀青年太多太多，让储国荣不敢回首，不敢去翻看那些牺牲者的名单。一个生龙活虎生机勃勃的青年，在战场上突然倒在血泊中死去。每次战斗，这类的事都有发生，这是让储国荣最难受的。

"报告团长，我是二营五连三班的宋乾海，我想问团长一个问题。"

正在挖战壕的宋乾海看到储国荣时，突然站在战壕里给储国荣敬了一个军礼后这么说。

"什么问题？你说吧。"

"我们这些解放战士，立了战功就可以入党吗？"

宋乾海是上党战役中，从国民党军中俘虏后参加解放军的，他的老家在解放区，家中已分到九亩土地，得到这一消息后，他非常的高兴，看见团长储国荣后，就提出了这个不是问题的问题。

望着宋乾海那显得有些憨厚的神情，储国荣往前跨了一步，用手拍了拍宋乾海的肩头说："入党的条件对谁都是一样的，如果你真的立了战功，你的入党仪式我亲自来主持，你看行吗？"

听了团长这样地回答，让宋乾海十分的激动，站在储国荣面前的宋乾海不知说什么好。他傻傻地在那里待站了几秒钟后对储国荣说："团长，今天我会端起轻机枪狠狠地揍国民党那帮家伙！"

储国荣微笑着对宋乾海说："我等待着你的立功喜报！"

"团长，你相信我，我会努力的。"宋乾海边挖战壕边这么回答储国荣的话。

储国荣离开了宋乾海往前走去，挖战壕和修工事都进行得比较顺利，这让储国荣的心得到了一丝的安慰。就目前的情况而言，抵挡住国军的第一波攻击是没问题了。多年与国军打交道的经验就是，只要抵挡住国军的第一波攻击，以后就可以找到击退他们的办法了。

不过，让储国荣感到担心的是，一个团要抵挡住敌人一个师的进攻，压力还是很大的呀！储国荣在内心里反复地问自己。作为指挥员应该用什么方法，什么手段让自己的一个团顺利地完成阻击任务呢？储国荣的心里始终想着这两个问题。

三营，作为预备队的三营，如何让他们发挥更多更重要的作用？储国荣反反复复地问自己。天完全黑了，储国荣站在距离阵地约三百米远的团指挥所里，不停地在那里走动着，对明天的阻击战他心中没有完全地把握。敌人有飞机大炮和数倍于己的兵力。

"方班长，去把三营长侯文举叫到这里来，我要向他交代一件事。"储国荣对通信班长方坤山说。

很快方坤山带着侯文举来到了团指挥所。

"团长，有什么新任务？"侯文举小声地问储国荣。

"对明天的阻击战，我心里没有底呀，想听听你们的想法。"在黑夜中储国荣望着侯文举这么说。

"敌人一个整编师，又有飞机大炮助阵，这仗谁来也打不好呀！"侯文举摇了摇头，无可奈何地对储国荣说。

"这关系到我整个野战军能否顺利渡过汝河，进入大别山，这是一场不能输的阻击战呀！"储国荣背朝着侯文举望着漆黑的夜这么说。

"面对如此的强敌，我们只有尽力而为了。"侯文举说。

"不，我们不能有这样的想法，我们要想尽一切办法完成阻击任务！让整个野战军机关顺利渡过汝河，我们必须树立这样的决心和勇气！我们不能愧对野战军党委和领导对我们的信任和期望。"储国荣坚定地说。

坐在旁边的王树光一直沉默着没有开腔。

"侯文举，天亮前你带领七连在阵地前五百米左右的地方，埋伏起来，没有我的命令，绝不允许任何人出击。另外，你们要准备十挺机枪二十把大刀。明天注定是一场残酷恶战，我们在思想上要有所准备。"

"去准备吧。"储国荣望着侯文举说。

侯文举刚离开，韩玉军带着二营长龙淮科回来了。

"我正准备叫通信班来叫你们，你们却自己回来了。"储国荣望着韩玉军和龙淮科说。

"团长，明天最后阶段可能要用到大刀呀？"韩玉军望着储国荣这么说。

"不是最后阶段，而是只要敌人靠近战壕，大刀的作用就比步枪强。每个连必须组织二至三十人的大刀队。"储国荣对龙淮科和韩玉军说。

"每个连有那么多大刀吗？"王树光有些担心地望着储国荣问。

"我要求每个连至少保持三十把大刀。谁拿不出来，谁负责。"储国荣说。

"没问题，每个连三四十把大刀是有的。"龙淮科望着王树光说。

听到龙淮科的这一回答，王树光有些欣慰地说："有就好，有就好！"

"团长，我们回阵地了。"韩玉军望着储国荣说。

储国荣点了点头说："晚上多设几个流动哨，防止敌人的偷袭。"

"好的。"转眼间韩玉军和龙淮科就消失在黑夜中。

"湘江血战的那一幕，明天又要在汝河边重演了……"望着黑沉沉的夜，储国荣自言自语地说。

就在储国荣准备躺下休息时，他突然又想到了一件事。他站起来摸到了通信班："方班长，你马上派几个人去通知各营连，明天早上的早饭必须在天亮前做好，让战士们吃得饱饱地去同敌人厮杀。"

方坤山带着三个人，朝各营奔去。

五

敌人的飞机大炮对小雷岗进行了反复的轰炸，各营连都出现了伤亡。

敌人的第一波攻击开始了，两个团三千多敌军，黑压压地朝小雷岗奔来。储国荣放在小雷岗正面迎敌的实际只有两个营，约一千人左右。但国军想要拿下储国荣手中的小雷岗难度也是非常大的，首先储国荣为国军准备的礼物就非常的沉重，等待他们的是，随时可以吐出火龙的一百挺机枪，已磨得寒光闪闪的三百把大刀，八百多支步枪，上万枚手榴弹。国军要把解放军为他们准备的这些东西全部消耗掉，三千人的兵力似乎也不算多。当然，国军准备用来攻击小雷岗的兵力，肯定远不止三千了。

储国荣在步话机里对一二营喊道："必须让敌人走到五十米内才能开枪。"

但多年与共军打交道的国军也不是傻子，在接近阵地一百米左右，近三百挺轻机枪，两千多支步枪同时对着小雷岗阵地开火了，他们想用强大的火力首先压倒对方。

由于昨天五七九团挖的战壕较深，修的工事也较为牢固，敌人的第一波攻击，没有给五七九团造成较大的损伤。

"打——"储国荣在步话机里大声喊道。

瞬间，一百挺机枪喷出火龙，上千枚手榴弹飞向敌群。

这时，战斗才算真正打响。

阵地前，数百敌人倒在了血泊中。但让储国荣没想到的是，给敌人造成如此大的伤亡后，敌人却没有后退。那些没被枪弹击中的敌人，直接端着枪朝一二营的战壕冲来。在这万分紧急的情况下，副团长韩玉军、参谋长文先兵，带领大刀队冲进了敌群，在三百个大刀队员的砍杀下，敌人冲锋的势头才被压了回去。

敌人第一波的攻击，先后持续了近两小时，敌人在五七九团的阵地前丢下四百多人的尸体撤了回去。五七九团也有上百人的伤亡。这让储国荣感到有些惊讶和不安。

"第一波损失就这么大，还有数十小时，我们怎么坚持下去？"储国荣站在全团营以上干部前这么说。他这话既是问大家也是问自己。

坐在那里显得有些疲倦的韩玉军说："现在只有用曾经我们用来对付日本人的办法，来对付国民党了。"

"现在对我们来讲，最大的难题是，我们没有同敌人拖延的时间，敌人也明白这一点，所以他们同我们拼人海战术，我们那来那么多人同他们拼呢？"储国荣望着大家问。

"现在我们既要同敌人强硬对强硬，但不能同敌人硬拼，我们一人至少要顶他三人或四人用。要巧妙地同敌人周旋，然后消灭他们。"韩玉军讲道。

"我有这样一个设想，大家看有没有实现的可能性，把一部分兵力埋伏在阵地前四五百米的地方，像今天这样有大量敌人进攻我们时，当敌人进入到阵地前一百米左右时，我们就同正面和背面同时攻击敌人，这样就可以打乱敌人正面进攻的部署。"

"这个办法可以实施，如果前沿地带没办法隐蔽和埋伏，可以用穿插的方式进去。"韩玉军接着储国荣的话这么说。

"大家马上回去部署和安排，敌人的第二波攻击很快就会开始的。"

敌人第二波的攻击开始了，但让储国荣没想到的是，来的人比第一波还多，看那架势，非要把小雷岗踏平不可。储国荣放下望远镜给韩玉军和文先兵打了个电话。

"这次的人比第一波还多，要在混乱中发挥大刀队的更多作用。"

这一波没有等到敌人靠近战壕就开火了，因为有两个连穿插到敌人背后。前后夹击很快就打乱了敌人的部署。加之大刀队的乱砍乱杀，敌我双方完全处在混战中，这让大刀队占了不少便利。但因敌人在人数上占有绝对优势，指挥者又决心与我军拼个你死我活。有时五六个敌人围着一个大刀队员拼杀，结果有三十多个大刀队员牺牲。战斗持续了两个多小时。敌人完全占领了小雷岗。就在这时，储国荣带领预备队举着大刀冲了上来，这才把敌人赶下了阵地。敌人又丢下一千多尸体撤了回去，储国荣的五七九团伤亡也达四百多人，加上第一波的一百多人，五七九的伤亡也过了五百人，已达总人数的百分之四十。这让储国荣非常的痛心。

在打扫战场时，储国荣无意间看见昨天向他提问的宋乾海同一个国民党兵抱着死在了一起，储国荣查看了一下宋乾海的伤势，看得出宋乾海在同一名国民党兵扭打在一起时，另一名国民党兵从背后捅了他一刺刀。

储国荣皱着眉头，在宋乾海的尸体旁站了几秒钟，他望着宋乾海的遗体说："团党委已追认你为中国共产党党员。"储国荣往前走了几步，突然他停下来，从衣服包里摸出钢笔，然后拿出一个随身带着的小笔记本，翻到一张空白页上写上：宋乾海同志，你已被团党委追认为中国共产党党员。然后他把这一页撕了下来，交给身旁宋乾海的排长说："埋他时，把这句话念给他听听，然后把这个纸片放在他手里。"

"抓紧时间，把那些牺牲的都埋了，估计下午敌人还会组织两三次攻击。"储国荣对跟在他后面的参谋长文先兵和副团长韩玉军道。

"报告团长，敌整编四十八师也加入攻击小雷岗来了。"特务连连长唐坤武向储国荣报告。

"看来敌人是安了心，非吃掉我们不可呀！一个师没吃下我们团，又派来了一个整编四十八师，摆明了非要与我们五七九团决一死战不可呀！没什么可怕的，既然敌人下了如此的血本，要拖住我们五七九团，我们也下个决心，五七九团准备不过汝河了，与敌人来个鱼死网破。"

储国荣又回到他的指挥所，王树光和几个参谋正围在地图前，分析新到的四十八师攻击小雷岗的进攻路线。

储国荣却找出了他那把自己出钱在西安买的大刀。他轻轻地把大刀从刀鞘里拔了出来，一股寒气冲到了他的脸上，他用手轻微地晃动了一下刀把，刀面上依然是寒光闪闪的。在抗日战争中，他用这把大力，砍下了上百个日本侵略者的脑袋。抗战胜利后，他就把这把大刀收了起来，准备送给将来的抗日战争博物馆，让储国荣没想到的是，今天形势又逼迫他拿起这把大刀。

储国荣轻轻地把大刀插入刀鞘里，并把它放在他放步话机的地方。然后他拿起步话机："各营作好迎敌的一切准备，每个营一百人的大刀队，一人也不能少。"

储国荣拿着望远镜，静静望着阵地的前方，让他感到有些奇怪的是，两个多小时过去了，仍没出现敌人再次攻击的迹象，他转身走到铺开的地图前望着王树光和几个参谋人员问："这么久敌人没有发起攻击，你们想想敌人在给我们耍什么花招？"

"在这种势态下，敌人要想找出一种攻击我们的有效方式，只有增加攻击我们的兵力和武器。其他别无选择。"参谋李川说。

"整编四十八师刚到，估计他们正在评估战场态势，我们最担心的是他们把全师六千多人一起压上来，加上他们的武器优势，对我们团来讲，这是一场灾难呀！"李川又进一步地分析道。

听了李川以上分析后，储国荣点了点头说："李参谋的分析有一定的说服力。但整编四十八师，是在上党战役中被我们彻底击溃后，东拼西凑重新组建的师，全师虽有六千之众，但战斗力要打个大问号！"

"我们全团三个营，能投入战斗的只有九百多人，六比一呀，我们一个战斗人员，要对付六个敌人？"李川又这样对储国荣讲。

听了李川的话后，储国荣点了点说："湘江阻击战的最后两天，敌我双方兵力也是这个比例，可是敌人仍没把我们消灭掉。今天我们应该更有把握些。因四十八师曾经是我们的手下败将，另外，四十八师重新组建后还不到两个月。"

储国荣提着望远镜转身又去观察敌情去了，他刚把望远镜举到眼前，就发出一声长长的感叹："啊！他们真把全师压上来了。"

接着储国荣又自言自语地说："至少也有五千人，五千呀！"储国荣自己也感到有些吃惊，他转身望着王树光和参谋们说："敌人又开始攻击了，这次被李川言中了，至少有五六千人呀。"

王树光从储国荣手中拿望远镜去观察："上来了这么多敌人，对我们团是一次大考验。"王树光边看边自言自语道。

"这不是考验，这是生死存亡的事呀！"储国荣对王树光这一说法感到不满。

储国荣来回地在那里走动着，虽然他同李川分析敌情时，信心十足，但望着如此之多的敌人朝阵地扑来时，他也感到有些压力了。他拿着他那把寒光闪闪的大刀大声喊道："所有指挥所的同志，包括通信班，全部到这里来。"

王树光带着四个参谋迅速走到储国荣面前，方坤山把通信班的八名战士也带了过来。储国荣用他那布满血丝但仍发着火一般光芒的双眼望着大家："政委，同志们，现在全副美式武装的五六千敌人，正朝我五七九团阵地扑来，而我团只有九百多人守卫在那里。这次敌人是下了狠心，要吃掉我们的，我们五七九团从五次'反围剿'、湘江血战、四渡赤水、抢夺泸定桥，爬雪山过草地、与日本侵略者的八年拼杀，我们五七九团都没有倒下！"

储国荣长长地叹了一口气说："哎，政委，如果今天五七九团在你我的手中倒在汝河边，我们就愧对跟随我们奋战的数百官兵，愧对野战军党委对我们的信任！我们自己也会死不瞑目的呀！为此，我们必须下决心与强敌决一死战！我去带领三百人的大刀队，力争为五七九团砍杀出一线希望。如果我死在了战场上，你就把活着的弟兄们带过河去，估计到时野战军机关已全部过了河了。你炸毁浮桥就安全了……"

说到这里，储国荣就站了起来，王树光准备说几句安慰储国荣的话，但储国荣却扛着大刀转身朝阵地奔去。

到了阵地后，储国荣就作了如下的部署：

三百人的大刀队一分为二，一队由我储国荣带领从东侧插入敌群，进行砍杀、二队由副团长韩玉军带领从西侧插入敌群，进行砍杀。

四十挺机枪也一分为二，一队由参谋长文先兵带领，从正面攻入敌群进行扫射、二队由一营长科中辉带领，绕到敌人后攻入敌群进行扫射。

各连以排为单位，插入敌群，以进攻对抗进攻。

一营，从东侧插入群、二营从西侧插入敌群、三营绕到敌人背面插入敌群。我们要全部混入敌群中，让他们那些精心设计的方案队形全部失去作用，如果我们能把敌人五六千人的进攻队形搅成一锅粥，我们就成功了。

最后储国荣说："还有半小时左右敌人就会到了，各自按自己的分工去做准备。"

六

储国荣扛着大刀离开后，王树光在那里坐着沉默了许久。对储国荣的行为他从内心里是佩服的，多少次在战斗万分危机的时刻，只要储国荣提着大刀冲上前，都会力挽狂澜，转败为胜。但今天储国荣已是一个四十多岁的中年人了，也曾多次受伤。能否承受如此激烈残酷的战斗，他真为储国荣担心呀！

"政委，旅长的电话！"通信班长方坤山大声喊道。

"喂，我是王树光。"

"储国荣，你们团要想尽一切办法，坚持到下午六点，现在野战军机关正在渡过浮桥……"曹万坤在电话里急切地吼着。

"旅长，我是王树光，我们的阵地上冲上来五六千敌人，团长带着大刀队冲上去了。"

"什么，有五六千敌人？"曹万坤紧张地问。

"对！有五六千敌人呀！"

"阵地丢了吗？"曹万坤又这么问。

"现在敌我双方完全处在一片混战中。"王树光回答道。

"告诉储国荣，一定要把敌人堵在小雷岗，坚决不让敌人越过小雷岗半步，听清没有？不能越小雷岗半步……"

放下电话，王树光自言自语地说："敌人又不是幼儿园的小孩，叫他不过他就不过，我们八九百人要堵住五六千人的进攻，都是真刀真枪的厮杀，你在那里大吼大叫有用吗？"

王树光拿着望远镜，看着阵地上的厮杀场景。他心中也是胆颤心惊的，他很想看看储国荣与敌人厮杀的场面。但是韩玉军、文先兵他都看见了，为独没看见储国荣。他有些慌乱了，他怕储国荣被敌人砍死。

"老伙计，你不能死呀。"王树光在心里这样念了好几遍。

敌人设计的碾压战术，完全没有起到任何作用，九百多共军完全混入了五千多的国军中，已经没有前方后方，甚至国军的士兵们往什么方向开枪，都被共军搞糊涂了。有时按长官指挥的方向冲时，突然又有共军从后面朝他们开枪。在找不到前方后方的情况下，国军就胡乱地打了一通。

让国军感到莫名其妙的是，共军的大刀队时而从东旋风般地冲出来，时而又从南边砍杀进来。完全搞不清楚他们的进攻方式和策略。在无可奈何的情况下，他们也将计就计，胡乱地杀进杀出。

在混战了近三个小时后，敌人丢下近两千具尸体撤退了！

"敌人撤退啦——"参谋李川大声喊道。

王树光冲过来，从李川手中抓过望远镜："这仗打得太惨烈啦，怎么？我们的人全牺牲啦？阵地上一个站着的人都没看见。"王树光自语道。

"全部人员都到阵地上去抢救伤员，首先要去把团长找到。"王树光带着留在指挥所的所有人员和临时请来帮助抬伤员几十人，一起到了阵地上。

王树光跑上阵地后见到的第一个是三营长侯文举，他胸前被敌人用刺刀捅了两个洞，伤口还在往外流着血。从敌人手中抢过来的一挺轻机枪还紧紧地抱在怀里。满脸血迹，眼睛仍睁得大大地望着前方。

王树光上前从侯文举手中拿下那挺轻机枪，用手轻轻地拍了拍侯文举的头："侯营长我们胜利了，几千敌人都被你们赶下了阵地。"

在侯文举前面还有两个牺牲的战士，看伤口，都是在拼刺刀中被对方刺死的。敌人的尸体更是横七竖八地一个挨着一个。

赶快，把我们的人都抬去埋了。王树光对跟在他后面的两个请来帮助埋尸体的农民说。埋人的坑，王树光早就安排人挖了几十个在那里，像这样的大仗，一般都是十几个人埋一个坑。

当两个农民正准备把侯文举抬走时，王树光突然喊道："等一等。"

他走上前，用手揉了揉侯文举的额头说："三营长你就放心地把双眼闭上吧，敌人已被我们打败，全部撤走了，野战军机关也全部渡过了汝河，多少年来你为革命流汗流血我们都会记住的……"

神奇的是，听了王树光的这一番话后，侯文举的双眼就闭上了。

"他真的听到了王政委的话呀。"站在旁边的一位农民这么说了一句。

"看，那人有点像副团长韩玉军。"李川给跟随他的人说。

"过去看看，就是韩副团长，好像没死，肚子还在动。"

"韩副团长——"李川站在那里喊道。

"什么人——给我站住——"韩玉军突然神经质地从地上站起来举着大刀大喊道。

"韩副团长，我是参谋李川呀。"

"你跑到这里来干什么呀？遍地都是敌人！"韩玉军道。

"韩副团长，敌人被你们彻底打败了，现在阵地上一个敌人也没有了。"李川说。

"李川，阵地上没有敌人了吗？"韩玉军问。

"没有，一个也没有。"李川说。

"野战军机关过河了吗？"韩玉军又问。

"过了，全部过了。"李川又这么答道。

"过了就好，让我在这里好好睡一觉吧，我太累了，太累了。"说完韩玉军又倒在地上睡去了。

"政委，副团长韩玉军还活着。"李川对王树光说。

"怎么不把他抬过来呢？"

"他好像没受伤，他说他太累了，要在那里躺一躺。"

"三个多小时的拼杀，肯定非常的累，只要伤不重就等他在那里躺着吧。"

"有团长的消息没有？"王树光又问。

"没有。"李川道。

"抓紧时间去找，活要见人，死要见尸。"

李川离开后，王树光抬着头慢慢地往前走着，周围全是横七竖八的尸体，有敌人的，也有自己人的，人们慌慌张张地抬着自己人的尸体去掩埋，空气中漂浮着浓浓的血腥味儿："唉，已多少年没见过这样惨烈的场景了。"王树光小声地对自己说。在他的记忆里只有湘江血战有如此的惨烈，那时他只是个排长，没有想到能活到今天。

就在这时参谋长文先兵带着几个人朝王树光走来。王树光激动地跑上前拉着文先兵的手问："参谋长，你没受伤吧？"

"有几处轻伤不碍事。"文先兵轻描淡写地说。

"有团长的消息吗？"王树光问。

"我们也正在找他呀。"文先兵说道。

"他不会被敌人俘走吧？"王树光有些担心地问。

"应该不会，他是全团耍大刀的精神领袖，他带领的大刀队，在敌群里有如狂风暴雨，搅乱了敌人的进攻队形。"

"参谋长，我们团活着的还有多少人？"李川问。

"不知道，冲进敌群后，大部分人都是各自为阵，大家都抱着一定要多杀死几个敌人才能牺牲的念头，端着枪都在敌群里乱冲乱杀。我们的牺牲肯定是很大的，因为敌人太多了。只要把敌人赶下去了，总部安全顺利地渡过了汝河，就算全团只剩一人也是值得的。"

这是王树光又望着韩玉军带着几人朝这边走来，韩玉军远远地就给王树光挥着手，并用他那些沙哑的声音说："政委你为我们操心了吧？"

"你们与敌人拼命，我操点心又算什么呢！"说着就上前抱住了韩玉军，他流着泪对韩玉军说："现在还没有团长消息呀，生不见人死没见尸呀。"

"政委，团长一定还活着，敌人全部撤退后，我都见到过他，当时他对我说：'如果敌人再晚撤半小时，我就坚持不住了，一切都到了极限。'"

"敌人也到了极限，不然他们是不会后撤的。"我这么回答团长，说完我就倒在地上睡去了。

"我们团活着的至少有三百多人。"韩玉军对王树光讲。

"有那么多吗？"王树光有些惊奇地问。

"一定有那么多的，在战场上，我随时都在注视着我们的人的情况。

"政委，还有没有司号员？"韩玉军问。

"有。"王树光回答道。

"叫司号员，马上吹号紧急集合。"韩玉军对王树光说。

"方班长，通知司号员，吹号紧急集合。"王树光对通信班长方坤山说。

紧急集合的军号吹响了。

让王树光没想到的是，真有不少人从各个角落里往这边跑来。

"按一二三营顺序，马上清点自己的人数，三营长牺牲了，暂由七连长汪良明负责清理。马上清理，二十分钟后把人数报到我这里。"参谋长文先兵站在那里大声说道。

"司号员，再吹一次紧急集合号。"韩玉军对施号员说。

就在这时，储国荣拖着疲惫的身躯，带着十多个大刀队队员走了过来。

王树光看见储国荣朝这边走来，飞一般地跑过去，抱着储国荣说："团长你不知道，我派人到处找你，我们就担心你出事呀。"

"太累了，我躺在那里也朦朦胧胧地听到你们在喊我，但就是睁不开眼，两次吹号我都听到了，就是睁不开眼，最后是五班长把我拖起来的。他对我说：'团长，部队马要开过汝河了，如果炸毁了浮桥我们几人怎么过去呢？'听到这话，我才突然清醒过来。"储国营拉着王树光的手这么说道。

"战场打扫的情况怎样？"储国荣问王树光。

"营长牺牲一人、连长牺牲六人、排长牺牲十八人、战士牺牲五百二十六人。有伤员八十四人，其中四十一人要抬着走。"

"能战斗的人员还有多少呢？"储国荣又这么问王树光。

"一营：一百五十八人、二营：一百六十四人、三营：一百五十五人。"

听完王树光的话后，储国荣若有所思地说："还有四百多人，比我想象的要好得多，我原准备把这几百人一起给他拼进去的，最后他们承受不住我们的冲击，主动撤退了。我们司令员那句话是对的，狭路相逢，勇者胜。"

"还有多少牺牲的人没埋完？"储国荣找到文先兵问。

"收集到的全部埋下去了。"文先兵答道。

"通知担架队马上过河，担架队后是团机关，之后按一二三营的顺序过河。部队过河的事由你全权指挥，过河之后，马上要追赶上我们旅的其他部队，我们要争取同他们一起渡过淮河，国民党追击的部队很快就会来的，我们拼命也得往前赶。"储国荣这样告诉文先兵。

"方班长，你马上把唐坤武连长给我找来。"储国荣对通信班长方坤山说。

"报告团长，特务连连长唐坤武前来报道。"

储国荣给唐坤武挥了挥手说："今晚你们连还有一个重要任务，部队全部过河后，你们连负责炸毁浮桥，木桩都不能给敌人留一个。另外，你要安排一个班在这里督促各营连抓紧时间过河，必须全部人员过河后才能炸桥，如果有一人没过河你把桥炸了，我都要撤你的职，知道吗？"

"保证完成任务！"唐坤武又给储国荣敬了个军礼。

"好，马行动。"储国荣给唐坤武挥了挥手。

"团长，旅长的电话。"方坤山匆匆地跑来说道。

"储国荣来到电话班，他拿起电话说："旅长，差点听不到你的电话了。"

"我知道你命大，每次都会化险为夷的。"曹万坤在电话那头说道。

"人总是有倒霉的时候呀，俗话不是说久走夜路必撞鬼吗？"储国荣说。

"开始渡河了吗？"曹万坤问。

"担架队已经过去了，估计八点前全团都能过去。"

"过河后，要抓紧时间追上来，争取在今晚两点前全旅一起渡过淮河。国民党追击的部队离你们只有十公里左右，我知道你们已经非常疲倦，但除了跑没别的办法。"曹万坤无可奈何地在电话里说。

"请旅长放心，我一定准时把全团带到。"

"我相信你，这次汝河阻击战损失有多大？"曹万坤又这么问。

"整个小雷岗阻击战五七九团牺牲营长一人、连长副连长十二人、排长十八人、战士九百二十六人。伤员八十四人。"

"全团还剩战斗人员，一营一百五十八人、二营一百六十四人、三营一百五十五人。"储国荣说。

"国荣呀，这次你们的任务完成得很好，野战军总部也很满意，你们团的损失，争取在一个月内给你补上。"曹万坤在电话里对储国荣说。

放下曹万坤的电话，储国荣就催促着部队过了汝河，然后拼命地直奔淮河，在淮河边与旅部会合后，渡过了淮河进入到大别山地区。

在二十多天中，部队渡过了黄河、涡河、沙河、汝河、淮河，奔袭一千多公里。同时，每天都要同前来围追堵截的敌人进行厮杀。出发时全团一千八百多人，到达大别地区后，连同抬着走的伤员也算在内，只有五百多人了。就汝河一战，全团就损失九百多人。多年精心培养出来的战斗骨干，一场汝河阻击战，大部分牺牲，这让储国荣非常的痛心。

七

在大别山与国民党军周旋的半年多时间里，储国荣带领的五七九团，一直没有恢复元气。虽然储国荣让非常有培训经验的副团长韩玉军，专门负责对补充到团里的新兵进行集训，但时间短新兵多，效果也不很理想。曹万坤也不敢把那些重大的任务交给五七九团，常常让他们做预备队，他也怕造成不必要的牺牲。直到部队转出大别山。

当储国荣得知要调到旅部当参谋长时，他不是感到高兴而是一种失落，他最不愿离开的是韩玉军，这些年来他的副手或是参谋长，让储国荣最满意的，只有韩玉军和罗开明。不管是与日本人作战，还是打国民党，只要是他们一起制定的作战方案，韩玉军都会执行得天衣无缝。特别是抗日战争时期，储国荣的几次冒险计划，在韩玉军的组织带领下，都顺利圆满地完成了任务。有两次全团被日军包围，韩玉军配合储国荣，巧妙地突破日本人的重重包围，把全团带到安全的地方。

接到全旅被编入西集团围歼黄维的战斗命令后，曹万坤在屋子的来回地走动着，就在这时，储国荣推门进来，曹万坤忧虑地望着储国荣问："哪两个团先上呢？"

"面对今天的黄维，谁先上后上都一样，特别是我们西集团面对的压力和承受的牺牲，可能不亚于湘江血战。部队打完后，你回去当连长，我又给你当排长吧。"

"以后的事以后再说，今天的三个团如何安排？"曹万坤有些焦急地望着储国荣问。

"五七一、五七三上吧，五七九作预备队。"储国荣这么说。其实曹万坤也想这么安排，但他也曾是五七九团的团长，他怕别人说他偏心。

攻打小马庄的战斗进行了两天两夜，各旅团的战况都不理想，而且伤亡严重。纵队各旅的领导直接下到团营去指挥战斗。曹万坤去了五七一团，储国荣却派到五七三团去协助团营指挥作战。黄维曾是军事教官，他精通地面部队的各种战法，在双堆集周围，他设置了各种类型的暗堡地堡子母堡，为我军进攻部队制造了重重障碍。战斗进行到第五天时，五七三团伤亡惨重撤出了战场，五七九团投入了战斗，储国荣和韩玉军针对敌情，共同对五七九团的作战方案进行研究分析，制定了一个机动灵活的行动方案。战斗打得非常的激烈和残酷。在纵队的统一指挥协调下，韩玉军带领五七九团二营趁天黑的掩护突围进入到敌人的前沿阵地。但其他几个团的突击队没有突破敌人的阻击，进入到敌人的前沿阵地。孤军突入的五七九团二营，同众多敌人进行了数小时的周旋浴血厮杀，伤亡惨重，终因寡不敌众，在次日拂晓，全营十九名战士，抬着重伤的团长韩玉军撤了回来。其他官兵全部战死。

正在一营指挥战斗的储国荣，听说韩玉军团长受了重伤，大为震惊。他和营长钱文书作了简单的交代后，就跑到急救站去看韩玉军的伤情。储国荣在急救站见到了韩玉军，但韩玉军完全处于昏迷状态。储国荣对在场的五七九团卫生队队长说："要尽快把韩团长送到医院进行抢救。"

"正在等车，车到了就马上送医院，参谋长，我比你还急呀。"卫生队队长这样回答储国荣。

储国荣无可奈何地在韩玉军的担架旁站了一会儿后，又匆匆地赶回了阵地，过两天就要发起全面总攻了，各团都在为总攻做各种准备。

在往医院走的路上，韩玉军苏醒了，他痛苦地望着何建平问："何队长，我受伤的事储参谋长知道不？"

"知道，不久前他还到急救站来看过你，只是那时你还没醒过来。"

"他来急救站看过我？"韩玉军又这么问。

"来过。"何建平简单地回答。

"唉，不知还能不能见他一面呀？"韩玉军自言自语地说。

"能，你的伤不重，一两月就好了的。"何建平安慰地对韩玉军说。

韩玉军苦笑了一下，对何建平的话没作任何反应。从他的表情上看，他似乎不相信何建平说的。

在韩玉军受伤后的第三天，全面总攻开始了。总攻发起后，战争的推进比人们推测的要好一些，只用了一天多时间，就彻底把黄维军团解决了。至此，淮海战场最难啃的那块骨头，也被解放军熬成汤喝了。从精通军事指挥的黄维，到美国人从头武装到脚的十二万大军，在淮海战场上，不过如此而已。但对黄维被生擒活捉有两种不同的说法：其一，认为黄维被活捉是双堆围歼战的经典之作，锦上添花。其次认为黄维被活捉，是对美国人和委员长的极大嘲讽。

整个淮海战役，解放军的损失也不小，有八万八千多官兵负伤，两万五千多官兵阵亡。

战斗结束后，人们还在打扫战场，储国荣就匆匆地赶去医院看望韩玉军。

走进病房储国荣望见韩玉军在床上睡着了，他给上来同他打招呼的团卫生队护士摆了摆手，示意不要吵醒韩玉军。储国荣在韩玉军的病床旁坐下后，五七九团卫生队的护士高小光小声对储国荣说："团长一醒来就问你来过没有。昨天他叫通信班的人把他那些东西全搬到这里来，他说有些东西要交给你。"

"他每天都这样昏睡吗？"储国荣望着高小光问。

"是的，大部分时间都是这样，但今天早上醒来后，他给我聊了几句。"

"战斗还在进行吗？"韩玉军躺在病床上问高小光。

"听说昨天下午就结束了，而且捉到了黄维。"高小光对韩玉军说。

"黄维被活捉了？"韩玉军的脸上露出一丝高兴快乐的笑容问。

"是的，黄维被活捉当了我军的俘虏。"高小光这样回答韩玉军。

听了高小光地回答后，韩玉军微笑着闭着眼，嘴里嘟囔着："黄维被活捉，黄维当了俘虏……"

"参谋长，你看团长脸上现在还带着笑意。"

"是的，他知道了自己的血没有白流，我们胜利了。"储国荣这样回答高小光。

"王医生，这是我们旅的参谋长，他想了解一下韩团长的病情。"高小光对韩玉军的主治医生说。

"请坐吧，参谋长。"王科营医生往储国荣面前推过来一个方凳。

储国荣在王医生推过来的方凳上坐下后，有些忧心地问："看来韩玉军的伤情有些严重呀？"

"是非常严重，他的体内还有十三个弹片无法取出，其中两个就在心脏旁边。本来我们准备把他转到条件较好的大医院去，现在他这情况不敢动，一动就有可能有生命危险。"

"他这样躺在床上不动，可能坚持不了多久呀？"储国荣说。

"现在每天都在给他输液，情况稳定后，马上就送到大医院去。"医生说。

储国荣皱着眉头站了起来说："医生你忙吧。"

回到韩玉军的病床前时，韩玉军已醒了过来，他望着储国荣艰难地小声说："国荣你来了，我很高兴，我就怕看不到你一眼了。"说到这里韩玉军轻轻地闭上了眼，两颗晶莹的泪珠从他的眼眶里滚了出来，他非常的衰弱，没有力气说更多的话。

大约过了四五分钟，韩玉军又睁开了眼，他有些歉疚地望着储国荣说："我要休息下才能说话。"

"玉军你就躺到休息吧，不要说话，今天我就在这里陪伴你。"储国荣含着泪水望着韩玉军说。

韩玉军又吃力地说："唉，今天不说，以后可能就没机会了。"说到这里，他抬起手指了指旁边的床头柜。

储国荣马上拿起韩玉军放在床头柜上的三个笔记本，并举到他面前让他看了看。

韩玉军点了点头望着储国荣说："这三个笔记本，是我的作战笔记，凡是我参加的战斗，我都作了详细地记录，以后你想办法找个出版社，把它们出版了，对将来研究抗日战争的人，会有点帮助的。这就算我对国家的一点贡献吧。"

听到这里，储国荣望着韩玉军说："在抗战期间你干了很多对国家、对民族有益的事，这些大家都会记着的。"

"老同学呀，我是在你的带动下，走上抗日战场的，感谢你把一个文弱的书生，培养成一名勇敢的战士。作为中国人，在民族危难的关头，没有胆怯，没有后退。在抗击日本侵略者的战斗中，我只能说尽心尽力了。不敢说有何贡献。抗击日本侵略者，是我们每一个中国人自己分内的事……"他的思维有些混乱，他有些急，他想给储国荣讲些他的想法。说到抗日的事，韩玉军就有些激动，他又说不出话了。

没过多久，韩玉军又睁开了眼，他的精神似乎比上午还好些了："国荣你走时，把那三本笔记带走，五十多万字，就分上下部吧。"

"好的，全国解放后，我就马上找出版社出版。"储国荣顺着韩玉军的话答道。

"你快拿着那三个笔记本回去了，我们团和旅里都有很多事等着你处理，快走吧，我已经心满意足了，心满意足了……"说着韩玉军又闭上了双眼。

储国荣提着韩玉军那三个沉甸甸的笔记本，又匆匆地往回赶，是五七九团通信班的一个战士陪他骑马来的。曹万坤知道储国荣和韩玉军的关系。

储国荣向曹万坤请假时。曹万坤说："给你半天假，去陪他坐坐吧，人生难得一知己……"

回到旅指挥所刚下马，曹万坤就走上前来对储国荣说："刚接到医院打来的电话，你们离开半小时后，韩玉军就去世了。"

"什么？我们离开后半小时他就……"储国荣没把话全部说出口，他摇了摇头自言自语道："今天下午他断断续续地给我聊了近一小时，真是回光返照呀。"

"旅长，还是给韩玉军买副棺材吧，对革命他是有贡献的。"储国荣找到曹万坤说。

听了储国荣的话后，曹万坤点了点头说："我也这么想，真可惜又少了一个优秀干部，纵队正准备打完这一仗，就调他到纵队去当高级参谋。"

"韩玉军在小马庄负的伤，就在小马庄周围给他找个好点的地方，明天上午你争取把这件事办完，下午我们旅可能要开到别的地方去。"曹万坤对储国荣说。

"我马上找人去给他买棺材。"储国荣对曹万坤说。

"好的，抓紧时间吧。"

储国荣匆匆地出门，给韩玉军买棺材去了。

八

天还没有完全亮，旅部机关的船就靠了岸，储国荣作为旅参谋长，马上组织有序下船。他本人留在最后，跟随曹万坤和旅里的作战参谋们下的船。虽然抬头望去，到处还是一片灰蒙蒙的，但储国荣感到一切对他来说都是那么的亲切，那湿漉漉的空气，那些路人说话的声音，这些都是他二十多年来日思夜想的。二十二年前为了追求革命真理，他带着心爱的女人何晓秋离开了生他养他的故乡南京。今天，他只带着因多年征战留下的数个伤疤孤独地回来。他的脸上早已失去了，青年人那青春的活力和追求理想的决心和神情。二十多年的战争风云，像刀刻一样留在储国荣脸上的是对日本侵略者的仇恨和血战到底的决心。虽然日本侵略者投降了，但一切仍留在他的眼神里。

曹万坤带领的旅，共计三个团，任务是清理南京市及周边仍坚持抵抗的国民党残余势力。

上岸后，在离市区不远的地方，储国荣找到了一个较为宽敞的农家院落，把旅指挥所设到里边，然后就让作战参谋们马上与各团联系，报告各团所在位置和战斗情况。让所有人没想到的是，在南京周围，国民党军队根本没作任抵抗，就撤走了。

把旅里的日常工作安排好后，储国荣就向曹万坤请了半天假，回去看望父亲和把何晓秋的骨灰袋交给她的父母。

"二十二年后第一次回家，这对一个人来说应该有些少。但对这一时期的革命者来讲，储国荣是幸运的，有多少革命者，离开家后就永远没有机会回家了。我们大家都为你感到高兴，你明天早上归队就行了。"曹万坤激动地对储国荣说。

储国荣也激动得说不出话来，他含着热泪，提着他那把与敌人厮杀过数百次的大刀，走了。人们用羡慕的眼光望着储国荣的背影消失在远方。

在快到家时储国荣的步子突然慢了下来，二十二年过去了，他不敢想象父亲的样子，今年父亲已经六十六岁了。这时他已走到离家门不远的地方，突然间，储国荣望见父亲坐在家门外的小木凳上给他挥着手，他飞一般地朝父亲跑去，父亲拄着拐杖颤颤巍巍地从小木凳上站起来，朝他走了过来。

"爸，你怎么这么早就跑到外面来坐着呢?"储国荣问。

父亲激动地结结巴巴地说："我在这里等你呀!"

"你怎么知道我今天会回来呢?"储国荣又这样问父亲。

"你上次信上说可能这个月要回来，我就每天在门外等你呀。"老人这么说。

听到老人的这句话后，储国荣有些吃惊地问："今天是四月十五日，你不是在这里等了十多天了?"

老人想了想后说："我是三号以后才坐在这里等你的。"

"三号开始，那也有十多天啦。"储国荣望着老汉说。

"没关系，知道你要回来了，我心里非常的高兴。天天坐在这里等你，我好像年轻了几岁似的。我最大的愿望就是在有生之年，能见上你一面。你在抗日的战场上，与日本侵略者厮杀了五六年，亲手砍掉了二百多个日本侵略者的脑袋。我只要想到这件事，不吃不喝心里都是甜滋滋的。我天天都在为这件事高兴，为这件事而骄傲。在民族危难的关头，在侵略者残暴杀害我广大民众之时，我们储家也有人站出来，提着大刀去与侵略者拼杀，而且，砍下了二百多个侵略者的脑袋。这是为我们储家人光宗耀祖的事呀!"

望着越说越激动的父亲储国荣说："爸，对于抗日这件事，是全国人民共同努力的结果，而对我个人来讲，或者按你说的，对我们储家人来讲，我们只是尽力了，尽心了。在反击日本侵略者的战争中我们问心无愧。"

"我们回屋吧，回到屋里再说。"老人拉着儿子的手，一瘸一拐地进屋去了。

让储国荣感到欣慰的是，屋子里的陈设与他离开时没多大的变化，只是东西显得少了些。那张小木桌是他小时候读书写字用的。

储国荣刚在那小木桌旁坐下，老人就端上来一盘小点心。并说："国荣，这是你小时候最爱吃的点心呀，快吃吧，你信里说要回来，我就给你买来放着了。"

"爸，你身体有病，就不要为我操这些心呀！我现在在解放军中，一月就两三块钱，也帮不了你什么。"

"帮不了也没关系，我找些小事做，也能把自己的生活混过去。你是我心目中的抗日英雄，能回到我身边，让我好好看看，我就心满意足了。国荣呀，说真话，我对你没有任何要求。"

"最多一两年，新中国就成立了，到时候日子就会好过些的。"储国荣有些忧郁地说。

老人从盘子中拿起一个点心递给儿子说："吃一个，看味道还有没有以前好。"

"爸，我在信中叫你帮我打听的两家人，打听到了吗？"储国荣边吃点心边有些胆怯地问。

"何晓秋父亲被国民党害死了，母亲还在。孙科文父母都还在。孙科文当红军的事没人知道，国民党的人就没找他们家的麻烦。"老人这么对儿子说。

储国荣听了父亲地回答后，心里很高兴，多年来悬在他心头的两件事，今天都可以解决了。他在心里这么想。

"日本大屠杀时，他们是怎么躲过的呢？"

"那时他们两家都跑到外地去了，就躲过了那场灾难。"说到这里，老人伤心地低着头流着泪说："当时你妈都说要走，但我想国民党的那帮人历来是小题大做的，所以就没走……"说到这里，老人失声痛哭起来："国荣呀，是我害死了你妈和妹妹，如果当时听你妈的，我们去了安徽，我们全家人都不是还好好的吗。"

储国荣也流着泪握着父亲的手说："爸过去的事就不要去想他了，日本人也被我们赶出了国门，在侵略中国中他们也付出了惨重的代价。你身体有病，我又没在你身边，你要自己照顾好自己，等彻底打败了蒋家王朝，我就回来陪伴你。"

老人用手擦去脸上的泪水后说："你要在共产党的军队里好好干，新中国建立后还有很多事等着你们这些人去做呀。我老了，不能为国家干事

第三卷 再生波澜·

301

了。但我决不拖你们的后腿，你就放心大胆地去为党和国家干事，你这次回来看我一眼，我就心满意足了。"老人平静安详地望着儿子说。

听完老人的话后，储国荣从地上站起来，从他提的那个包上解下了，捆绑在上面的那把他使用了多年的战刀。

储国荣双手捧着战刀，恭恭敬敬地把战刀递到了老人面前："爸，这就是你在信中反复问道我那把战刀。"

老人的眼突然发光了，他从儿子的手中接过大刀，然后把战刀放在自己的大腿上，接着老人就轻轻地从刀鞘里拔出战刀，刀拔出刀鞘后，老人发现在刀面上用毛笔写了很多字，他戴上老花镜仔细看刀上写了些什么内容。

原来，储国荣为了让父亲知道他在抗日战场上，在那些战斗中他用大刀消灭了多少侵略者，他把每一次战斗的时间地点，总数消灭了多少敌人，他本人亲手消灭了几个敌人，全部用毛笔写在了刀面上。

看完刀面上储国荣写的那些内容后，老人又拿着那把战刀翻来覆去地看了几遍后说："你在上面还少写了一个内容？"

"主要的我都写上了，那些小战斗我就没写。"储国荣给父亲解释道。

老人摇了摇头，望着窗外若有所思地说："若干年后，这把刀就是一个珍贵的文物，同时也是我们全民族同仇敌忾反抗侵略者的物证。"

"那还应该写句什么呢？"储国荣望着老人问。

"应该写上：'八路军五七九团团长储国荣在抗日战场上使用的大刀'。"

"这应该让后人来写吧。"储国荣对父亲说。

"数十年后，谁还知道你储国荣呢？"老人说。

"这句话由我来把它写上去。以后，这把战刀就放在我们储家人的神龛上，要让我们的后人知道，对付任何侵略者，只有勇敢地举着大刀，砍向侵略者的脑袋，才是最后解决问题的办法！"

"爸，日本投降了，我就把这把刀放在家里，让这把战刀天天陪伴你行吗？"

"不是还要打国民党吗？"老人问。

"打国民党我们一般不用这刀，这刀我是买来专门砍日本人的。"

老人听了儿子这句话后，会意地点了点头，自言自语地说："对，是应该有所区别，打国民党毕竟是我们国内的事呀。"

"爸，我准备去看看何晓秋和孙科文家，他们都给家里带了些东西回来，我给他们送过去。我们晚上还有时间谈的。"

"这里到何晓秋家有点远，两公里多，而孙科文家就在前面西门天仙西街九十六号。"说着老人就递了一张纸条给儿子："我在上面给你写清楚了的。"

储国荣接过老人递给他的纸条提着东西出门了，他决定先去孙科文家。

很快储国荣就找到了天仙西街九十六号，但让他失望的是门紧紧地关着，他敲了几下也没人开门。就在储国荣准备转身离开时，门对面一块菜地里的女人站起来问："你找谁呀？"

"我找孙淮东，大姐你知道他们家的人晚上回来吗？"

"孙淮东到厂里干活去了，要晚上七点多钟他才能回来，你找他有什么事呀。"那女人问。

"他的儿子托我给他带了一封信回来。"储国荣回答。

听到这句话后，那女人神精质地在菜地里跳起来问："他的什么儿子呀？是不是孙科文呀？"

"对，就是孙科文。"储国荣回答道。

那女人丢下手中的锄头："科文呀，你终于回来了，妈妈找了你十多年呀。"她哭诉着朝储国荣跑来。

"我是孙科文的妈妈，他现在在什么地方？他还好吗？"冲到储国荣面前，那女人就这么急切地问。

储国荣不知怎样回答这位期盼了十多年儿子的母亲，他用颤抖的手把十四年前孙科文交给他那封信和三个大洋一同，递到了这位因思念儿子显得非常的苍老憔悴的女人面前。

"妈妈，这是十四年前在湖南的湘江边上，孙科文同志牺牲前交给我的，我背着它东征西战，今天终于有机会把科文的遗物交给你们了。"

女人有些紧张惊恐地问："我的儿子孙科文已经死了？"

储国荣不知如何回答她的问话，呆呆地站在她面前。她站在那里哭诉着，嘴里嘟嘟囔囔地说了些什么，储国荣也没听清楚。

过了一会儿，她抬起头问储国荣："我的科文是什么时候死的呢？"

"一九三四年十二月。"储国荣忧郁地说出了这个时间。

女人想了想又问："那不是都十多年啦？"

"对，已经十四年了。"储国荣又回到那不敢回首的岁月里，湘江血战，那是人类历史中少之又少的残酷战争。

女人有些生气地突然抬起头问："你怎么拖这么久才来告诉我们呢？"

听到女人的这句问话后，储国荣感到有些失望，但他知道，一般人是无法理解这些事的。他没有对她作任何的解释。转过身储国荣望着孙科文的母亲说："大妈，我还有其他事要忙，我就走了，你老人家要保重身体。"

女人还没有从失去儿子的悲伤中清醒过来，储国荣给她说的那些话，估计她并没有听进去。

储国荣走远了，但孙科文的母亲仍还呆呆地站在那里。为了中国革命，有多少人像孙科文母亲那样，永远没有盼到儿子的归来呀。

九

离开孙科文的母亲后，储国荣就朝何晓秋家走去。本来，他是想继续背着何晓秋的骨灰跟随部队走的，但是在围歼黄维的战斗中，韩玉军牺牲了，他很想给韩玉军买口棺材，但牺牲的人太多，有钱也买不到棺材，不得已，他只好用自己从日军那里缴获的军用毛毯，把韩玉军包起来就埋了。自己将来如何，说实话他一点信心都没有，单单围歼黄维、团级干部就牺牲了十一人，想到这些，他才决定把何晓秋送回南京，也算是落叶归根吧。

储国荣把何晓秋的骨灰抱在胸前："晓秋快到家了，你不是经常闹着要回南京吗？今天我们的部队打到了南京，我给旅长请了假专门送你回家，已经快到你家里了，这条路就是你小时候上学读书的路，你还记得吗？过几天我们就要向大西南进军了，现在不像以前我们在江西，天天被国民党追着打，事情反过来了，现在是我们天天追着国民党打。可能要不了多久国民党就会彻底失败，离建立新中国的日子不远了，革命快要成功了，我们曾经约定，革命成功那天我们就举行婚礼，革命快成功了，可你我早已在阴阳两界。这十多年中，我背着你打日本人，日本投降后紧接着就打国民党。从上海"四一二"大屠杀算起，我已整整地打了二十二年仗了，在这二十二年中吃的苦，流的汗都是不敢想象的，再就是为革命倒下牺牲的同志，更是不计其数，三个多月前的淮海战役，一仗就死了二万五千多人……"

"晓秋，今年我已四十五岁了，我最美好的青春年华都是在战争中度过的，可是，战争还没有结束，我希望五十岁后就再别打仗了，我是多么向往过几年平安的日子呀！"

"到家了，晓秋，我们已经到你们家的门口了。"

就在这时，一个三十多岁的男人从储国荣身边走过。

储国荣望着那男人问："先生，请问哪一户是李凤菊家？"

那男人抬头望了望储国荣那在他看来有些奇怪的装束后，用手指着左边的农房说："就那家。"

接着那男人又大声喊道："李大妈——有人找你。"

储国荣慢慢地朝那栋农房的门走去。过了一两分钟，屋里走出来一位满头白发，消瘦苍老的女人。

她站在门口，用沙哑而颤抖的声音问道："谁在找我呀？"

站在那里等待的储国荣，马上快步走向前望着老人问："你就是李凤菊大妈吧？"

老人点了点头，有些茫然困惑地望着储国荣问："你找我有什么事呢？"

储国荣又往前走了两步，他突然跪在老人的前面说："妈妈，我是储国荣，今天是送你的女儿何晓秋回家的。"

老人站在那里，忧郁一会儿后说："不是说她早就死了吗？"

"是的，十二年前红军过雪山时，因为高原缺氧，晓秋牺牲在雪山上。这十二年来，我一直背着晓秋的骨灰南征北战，打完了日本人打国民党。今天我们的部队打到了南京，我才有机会把晓秋送回家，也算是落叶归根吧。"

老人长长地叹了一口气，有些无可奈何地说："唉，晓秋算是有运气，遇上了你这个痴情的人，终于把她送回了家，快起来吧。"

储国荣从地上站起来，抬头就望见老人那淡漠失望的神情。他把手中提着的那个装有何晓秋骨灰的红布袋子，递到老人的面前说："大妈这是晓秋的……"他没有把骨灰两个字说出口，他觉得这两个字对老人来说太刺激了。

老人意识到了储国荣的意思，她上前从储国荣手中接过了装有何晓秋骨灰的红布袋。

"你从什么地方来呀？"老人望着储国荣问。

"我们的部队正在追捕国民党蒋介石，路过南京，所以顺便把晓秋送回家。"

"你和晓秋结婚了吗？"老人又这么问。

"没有，我和晓秋只是朋友。本来我们说好的，等革命胜利后才结婚，可惜她在长征路上就牺牲了。"

"这些年，你就背着她到处跑？"老人有些怀疑地问。

"我们天天都在行军打仗，很难有固定的地方，没办法，只有背着她到处走。"

"难得你一片痴心，还是进屋坐坐吧。"老人对储国荣说。

储国荣跟随在老人的后面进了屋，屋子里一贫如洗一，但看得出，老人是个爱整洁干净的人，屋子里收拾得井井有条，一个小木桌，两条木凳都擦得一尘不染的。

"你坐吧。"老人把储国荣让到一条长条凳边。储国荣就在那里坐了下来。

老人提着何晓秋的骨灰袋，在屋子里站着四处张望，她想找一个合适的地方放女儿的骨灰袋。因为在中国汉人的风俗里，人在外面死后是不能再进到家中的。既是有些特殊情况要进家门，也要放到一些特别的地方。

最后老人把女儿的骨灰袋放在屋子中央神龛下的一个土台上。从放女儿骨灰袋的位置可以看出，老人是非常爱她的女儿的。

老人默默地在何晓秋的骨灰袋前站着，许久后她说："晓秋呀，你看看你把这个家害成什么样子了呢？我们送你去读书，你却跑去参加什么红军。国民党的人知道你参加红军后，就把你父亲抓来关着，天天要他把你交出来，关了半年多，打了个半死才把他放回来，回家后五天就死了。家中凡是有点值钱的东西，都被国民党那些抄家的人拿走了。你的爷爷奶奶也在你父亲死的那年先后死去，一大家人就因你参加红军，搞得家破人亡。我是日思夜想地盼着你的回来，今天，我终于盼到你了，但让我万分失望的是，回来的却是你的一把骨灰。晓秋呀，如果你上天有灵，你就睁大眼睛看看妈妈满头的白发和满脸的皱纹吧。十多年来，我为你把眼泪都哭干了，现在听到你的一切消息，我都没有泪流了，我绝望了，彻底绝望了！"

听到老人这般悲凉地述说，储国荣的心也颤颤地发着抖，他除了对国民党那些无耻的行为感到愤怒外，他对何晓秋父母一家遭到的迫害，也感到非常的痛心和愤怒。为了中国革命牺牲的不完全是战场上的战士，还有无数像何晓秋父母这样的家庭也为中国革命作出了巨大的牺牲。

储国荣站起来，转身望着老人说："大妈，事已至此你就想宽些吧，明天我们的部队就要离开南京，进军大西南了。全国解放后，如果我还活着，我就再来看望你老人家。"

说着储国荣就走到了何晓秋的骨灰袋前，他用手轻轻地拍了拍何晓秋的骨灰袋说："晓秋，你经常在梦里给我吵，要回家陪伴妈妈，今天我把你送到了妈妈身边，从此你要好好陪伴妈妈呀。妈妈年纪大了，你不要经常惹她老人家生气。"

储国荣转身望着老人说："大妈，这十个大洋是我和晓秋的一点心意，你就收下吧。多少年我们都没有机会来看望你老人家，我马上就要回部队了。"

老人把储国荣送到门外的三岔路口，在储国荣将要转身离开时她说："感谢你背着我的女儿游走了十多年，今天你能送她落叶归根，这是她的福气。我向你表示真诚的谢意，在这兵荒马乱的年代，有你这分痴情和苦心，真是难能可贵。"

最后，老人伸出她那双瘦弱的双手握着储国荣的手说："一生平安，保重身体！"

储国荣被老人的这番话感动了，他流着泪水激动地说："妈妈，如果战争的最后一天我都还活着，我一定会再来看望你的！"

老人会意地点了点头说："我相信你。今天时间不早了，你走吧。"

储国荣走了，他已在路的尽头消失得无影无踪。但何晓秋的母亲依旧站在路口望着储国荣消失的方向。

回到家后，让储国荣感到意外的是父亲把他带回的大刀，挂在屋子最显眼的墙上，旁边用毛笔写着："此刀为储国荣抗日战刀，刀主在抗日战场上曾先后用此刀砍下二百三十二个凶恶残暴的侵略者头颅。报我家仇国恨。"

"爸，这样写着好吗？"储国荣有些疑惑地望着父亲问。

"我们自己做的事把它记录下来有什么不好呢？为什么多年来日本人得寸进尺，直到藐视中国人的一切。南京大屠杀就是中国人软弱到极致，日本人狂妄残暴无耻到极致。我们家国家太需大批像八路军这样勇猛无畏的战将和领导者……"

储国荣没有同父亲讨论这件事，他的父亲曾经是一名小学教员，亲身经历了南京大屠杀后，他对国家民族的生存发展有较多的思考和理解。有的真具有·定的独到见解。这些曾在给储国荣的信中也多次谈到。可是这次回家，储国荣没有时间坐下来同父亲讨论这类的事。他的思想和情感，不能像父亲那样平静地对某些事情进行透彻分析和理解。他的思想情感还在何晓秋、孙科文、特别是前不久在淮海战场上，在围歼黄维的战斗中牺牲的韩玉军和五七九团那几百个年轻的战士身上。他的耳边随时都还回响着孙科文母亲那失望的呼喊。因为思念女儿变得苍老消瘦满头白发的何晓秋的母亲，再就是何晓秋参加红军后，家庭被国民党迫害，家破人亡，她的母亲孤独地期盼着女儿的归来……数年后的一天，女儿归来了，但归来的却是没有灵魂，没有肉体的一把骨灰……作为女人，作为母亲，用什么样的情感去面对如此残酷的现实呢？

这些乱七八糟的东西，占据了储国荣的整个脑袋，阻碍了他更好地同父亲进行较多的交流。他只得静静地坐在那里听父亲讲，但父亲的很多话他并没有进入他的脑际。

天亮了，储国荣要离开父亲了，他在内心里感谢曹万坤旅长，给了他近一整天时间的假，让他整整地陪伴了父亲一整夜。父亲那被日本人迫害后残疾的身躯，走路时那一瘸一拐摇晃着的样子，总是在他的脑中挥之不去。就在这时他才突然明白，父亲为什么那么中爱他拿回来的那把战刀，又为什么长久地在那把战刀前凝神伫立。

"时间不早了，走吧。"父亲催促他。

储国荣站起来，把一小包东西放到父亲的手中，他的心里非常的酸涩，一个快到不惑之年的男人，竟然不能去养活残疾的父亲，他感到无地自容般地羞愧。

"什么东西呀？"父亲边问边小心翼翼地打开儿子给他的那包东西。

"国荣，这钱你自己带着，在外边跑手上没有点钱是不行的。"老人又把那包东西塞回到储国荣手中。

"爸，这三十个大洋你一定要拿着，多的我也没有。我们解放军，每月战士一个大洋，营连排级干部两个大洋，团级干部以上到朱老总都拿五个大洋。"

父子两为了三十个大洋，在那里僵持了好一会儿。最后还是老人把钱收下了。

走到屋外的路边，储国荣又在那里站了好一会儿。第一次离开家后，二十二年才归来，这第二次的离开不会是永别吧？储国荣在心里问自己。

老人用手拍了拍儿子后说："走吧，这里离你们的营地有七八里路，你得走一个小时呀。"

"爸，我走啦！"储国荣无限深情地再次望了望父亲后转身离开了。

儿子的背影完全消失后，老人才伸手擦去脸上的泪水而离开。父子两在这次的会面中，都小心翼翼地回避谈论母亲和妹妹，这件事对他们父子俩来讲，太残忍，太让人难以接受，怕这件事破坏了父子俩短暂而极其宝贵的时间。他们这么做，应该是明智地选择。

十

"参谋长，甘孜剿匪团电话。"作战参谋马小兵把电话递给储国荣。

"我是储国荣，请讲。"储国荣对着电话这么说了一句。

"报告参谋长，我们二营五连在今天上午的行动中，遭土匪伏击，三排排长、七班九班班长、十八名战士牺牲。全连还有十九位干部战士负伤。"五七九团团长龙淮科在电话里对储国荣讲。

"龙淮科，你这个团长是怎么当的？三天内两次被土匪伏击，你我都是大兵团下来的，怎么对付不了几个小毛贼呢？你团里肯定有内鬼，一定要好好查查，我把旅特务营给你派进来了，他们可能在今天下午或明天上午到……"

"几个土匪把一个地区搅得乌烟瘴气，不可思议。"放下电话储国荣自言自语地说道。

"参谋长，这帮土匪，不是一般意义上的土匪呀，胡宗南被我们击溃后有几万人逃到山里与土匪结合……"曹万坤走进司令部办公室接着储国荣的话说道。

"旅长，我正准备过来给你汇报五七九团二营五连遭伏击的事。"储国荣对曹万坤说。

"你接电话我就站在你后边，情况我都听到了，走到我办公室我给谈件别的事。"曹万坤对储国荣说。

"唉，这个龙淮科真让人失望。"储国荣走在曹万坤后面愤愤地这么说道。

"参谋长，别那么生气，他们这叫垂死挣扎。蒋介石手里五六百万军队，都被我们彻底打垮了，胡宗南几个残兵败将，想伙同土匪在西南地区搞事，那真叫白日做梦。"曹万坤坐在储国荣对面，微笑着平静地对储国荣这么说。

"就全国而言，形势的确如此，但全国都解放了，一次死那么多年轻的战士，还是让人有些心疼。"

听了储国荣的这句话后，曹万坤点了点头说："对，抗日战争，解放战争死去的年轻战士太多了。"

沉默了一会儿后，曹万坤抬起头望着储国荣说："参谋长，我安排政

第三卷 再生波澜·

309

治部的朱英华干事为你物色了一个对象，星期天你们见个面，如果双方都没意见，就把婚结了。你看怎样？"

听了曹万坤的话后，储国荣长长地叹了口气说："唉，如果是她就好了。"

"怎么？你自己找好啦？"曹万坤有些惊奇地问。

"没有。"储国荣马上否认道。

"怎么回事？是不是看中哪个女人呢？你说出来，我叫朱英华去给你了解了解。"

"有一个女人，但可能性不大。"储国荣好像是自言自语，又好像是在对曹万坤说。

"你说出来，我给你分析分析。"曹万坤大大咧咧地说道。

到旅里当参谋长后，储国荣就把自己的生活作了些调整，每天必须坚持的是，晚饭后独自出去散步，除了活动活动手脚外，对那些长时间没有搞清楚的问题进行思考。这是储国荣喜欢独自散步的目的。部队来到江雅市后，在部队驻地旁有一条叫青衣江的河，公路就顺着河边延伸，一年四季小河两岸都是青山绿水。每天晚饭后储国荣就在青衣江边散步。

储国荣背着手，望着前方毫无目的地走着，突然有个熟悉而神秘的背影在他的前面走着，他摇了摇头，又用右手擦了擦双眼，他在内心问自己我神经出问题了吗？没有，上午我还在调动部队，围歼土匪，神经出了问题还能干这些事吗。他又在心里这样安慰自己。

过了好一会儿，那个神秘的背影依然在储国荣前面走着，衣服、发式、身高甚至走路的姿态都完全与何晓秋一模一样。是何晓秋复活了吗？储国荣又在心里问自己。

储国荣实在控制不住内心的躁动，他小跑式地冲上前准备看看她是不是个真实的活人。让储国荣感到非常遗憾的是，他起步太晚了，就在他开始往前冲时，那神秘的背影就右转弯往一所学校去了。就在储国荣快要绝望的时候，老天爷又给他送来了一线希望的曙光，给这位痴情的汉子，再次留下了一片想象的天空。

当储国荣气喘吁吁地跑到那所学校的大门前时，门大大地开着，而他拼命追赶的那个神秘人物，正站在距大门不远处同另一位女人说着什么，而且她是面向外的，储国荣完全看清了她的容颜。

那天晚上，是什么时候回到房间的，储国荣记不清了，但有一点他是记得的，那天晚上他完全没有合上眼，睡一分钟的觉。

一天的时间多么难熬呀，今天储国荣是第一个走进餐厅吃晚饭的人，吃完晚饭后他连寝室都没回就出门了，他想去同那个长像完全同何晓秋一模一样的女人，说上几句话，但究竟对她说几句什么，他也没去想。他在昨天遇见那个女人的路上，来回走了十多趟，也没见到那个女人，他又到那个学校的门口去等了许久，仍没见到她。

天完全黑了，储国荣拖着疲倦的身躯回到了房间。

"参谋长，旅长在到处找你。"作战参谋李川对他讲。

储国荣站起来，无可奈何地往旅长的房间走去。

他敲了敲旅长房间的门后问道："旅长，你找我呀？"

"储国荣你在搞什么名堂，到处找你找不着。"曹万坤拉开门后有些生气地望着储国荣吼道。

"旅长对不起，我散步走远了一点。"

"这么晚了你还在散步，你不要命啦！不要以为解放了就万事大吉了，现在到处是国民党的特务。昨天的简报你没看？"

"看了，就是名山的两个征粮队员被杀害的事吧。"储国荣说道。

"你看这些人多胆大呀？光天化日之下，杀害我们的征粮队员。今天案子已经破了，是一个曾在胡宗南部队当排长的人，伙同两名土匪干的。明天开公审大会枪毙这三个人，压压这些人的嚣张气焰。明天你代表我们旅去参加这个公审大会，会上你要作十分钟的发言，你讲讲我们旅在甘阿凉的剿匪战绩。目的就是警告那些暗藏的特务、胡宗南的残兵败将，不要乱来，老老实实待着，只要你敢动，你的脑袋就保不住，好好看看你们这三个同伙的下场吧……"

"你就按这个思路回去准备吧。"曹万坤望着储国荣说道。

储国荣回到自己的房间后，根据曹万坤的要求，在笔记本上写了五个发言要点，就躺在床上睡了。

储国荣是个极具表演天赋的人，在任何地方场合讲话发言，他都不需要稿子，听他讲话是一种享受，他当团长的时候，每次在全体官兵面前的讲话，都会响起数次热烈的掌声。

在名山开完会往驻地走的路上，他不停地问自己今晚去不去？但直到回到司令部，他在心里仍没定下去与不去。他承认旅长讲的那些危险是存在的。但他又实在不想放弃再见她一面，与她说上几句话的机会。

最终欲望战胜了理智，储国荣仍是早早地吃了晚饭散步去了。今天他不准备在路上等，他直接朝那所学校的大门走去，在大门外找了个较隐蔽的地方坐着等待，进出大门的人他都看得清清楚楚，可是别人不一定看得到他，多少年前他当过特务连连长，干这些是他的老本行。

也许储国荣今天运气还算可以吧。他没在那里坐多久,那个在他心目中像神一样高大的人物,就款款地朝校门外走来。那姿态,那神情与当年的何晓秋没有半点的差别。储国荣差点没控制住自己。还好,在最后时刻,理智战胜了冲动。储国荣等她走出大门后,沿着路走了几十米,他就快步的跟上去,当走到距她还有四五米远时,储国荣就大声喊道:"何晓秋你什么时候来这里的?"储国荣连续喊了两声后,那女人转过身来,优雅地望着储国荣说:"先生,你认错人了,我不叫何晓秋,我是张丽华。"

"哦,真对不起。"储国荣向她表示了歉意。

女人有些好奇地问储国荣:"何晓秋是你什么人呢?"

"她是我大学的同学。"储国荣答道。

"她现在在什么地方呢?"女人又问储国荣。

储国荣抬起头望了望远处的青山犹豫地对她说:"十五年前在红军过雪山的时候,她死在了雪山上。"

听到这话后她用同情的眼神望着储国荣说:"先生,对不起,我不该问这事。"

"对不起的是我,我打搅了你,请你谅解。"

"没关系,我也有认错人的时候。"

就在储国荣正准备向她说出自己的想法时,后面有个男人飞一般地跑来说:"张老师,校长叫你马上回去,说有什么事要给你讲。"

两人一同跑回学校了。

天还没黑,储国荣迈着轻快的步伐,回到了自己的屋子。按他自己的说法,今天是圆满完成了任务。

十一

储国荣把他见到张丽华的整个过程给曹万坤讲了一遍,并向曹万坤提出,请组织帮他了解一下张丽华现在是否结婚,如果她没结婚他就非张丽华不娶了。

听完储国荣的讲述后,曹万坤摇了摇头说:"储国荣呀,你要清楚今天你已是四十三岁的男人了,不是二十来岁的小青年哦。你的要求我可以安排朱英华到这个学校去了解一下,但我估计希望不大。因你说这人在三十岁左右,又那么漂亮有气质,这样的女人还会少追求者?你我这些四五十岁的土八路，别人瞧得上吗？我的参谋长呀！"

"毛主席不是经常讲战略上要藐视敌人，战术上要重视敌人吗？"储国荣开玩笑地这样说。

"参谋长呀，找女人结婚和打仗是两码事。"曹万坤有些无可奈何地说。

"参谋长，电话——"作战参谋李川在屋外大声喊。

"就这样吧，我叫英华去了解一下这人。"曹万坤说。

储国荣站起来准备离开时，曹万坤又问道："哪女人叫什么名字呀？"

"叫张丽华。"储国荣回答。

曹万坤翻开桌上的笔记本，边在上面写嘴里边念道："张丽华，唉，你看这名字都起得多好。"

储国荣走后，曹万坤也马上去了政治处。他找到朱英华，把刚才他同储国荣谈的情况给朱英华讲了一遍，朱英华是他的妻子，他们谈起这些事也很方便。

"哪还去不去同那人见面呢？"朱英华问曹万坤。

"他小子把话都说到这程度了，就没必要去打搅别人了。婚姻这事必须是两相情愿才行呀，你去帮他把张丽华的这个女人了解一下，也了却他的一桩心事吧。"

"唉，这个储参谋长真是一个痴情郎呀，背着女友的骨灰打了十多年仗，现在遇见一个长相与前女友相似的女人，又非娶不可，真让人无法理解。"朱英华自语道。

"其实这是很好理解的，我们军队中的这些老男人们，从十多岁开始，就与国民党真刀真枪地干。后来是十四年抗战，抗战结束又接着打国民党。二十多年中他们都是在腥风血雨中度过的，很少接触男欢女爱的情感，一旦接触他们就非常珍惜。一部分思想偏激的人，就容易搞得自己难以自拔。储国荣就属于这类人。"

"储参谋长这人，他的讲话，写的文章很多人都觉得好，就是婚姻问题，始终没处理好，我都给他介绍四五个女人了吧。"朱英华望着丈夫这么说。

"他比着何晓秋编了一只筐，凡是别人给他介绍的女人他都拿他那个筐来对照一下，看符不符合他的标准，既可笑又荒唐。"

下班前，朱英华来到曹万坤办公室，小声对曹万坤说："我下午去了解了那人，的确是青江中学的数学老师，也没结婚，但她不愿找当兵的。"

曹万坤听后点了点头说："好的，我转告他。"

第三卷 再生波澜·

313

储国荣得知张丽华没结婚后，很高兴，他觉得这样自己就有机会同她接触。至于她不愿嫁给当兵的，他并不在乎这一点，他也不会强求她嫁给自己。只要每天能看到她一次他就心满意足了。

晚饭后储国荣又去了校门外等张丽华，而张丽华好像有意思想见见储国荣似的，她出了门不慌不忙地往前走着。而储国荣肯定是有备而来，他远远地就喊了一声："张老师你好，我在这里等你很久了。"

她转过身笑着望着储国荣说："你没说实话，我坐在办公桌前看你走过来的，最多五分钟，没错吧？"

"是的，只有五六分钟。"储国荣道。

他们并着肩往前走着，她把头偏向储国荣，像对她的学生一样问："在这里等老师有什么事呀？"

听到这句话后，储国荣感觉似乎全身都飘向空中一样，他没想到事情会如此顺利。但他没有慌乱，他悄悄地告诉自己，一切都按事先想好地说。

"昨天你有急事先走了，我没来得及问你，今天特地为此事而来。"

"究竟是什么事呀？你就直说吧。"她像对待那些反应迟钝的学生似的，把问题说一半，另一半由学生说出来。

"我想问问张老师，我每天来这里看看你，你不反对吧？"储国荣望着张丽华问。

"我实际上是没这个权利的。一个人在路上走，怎么可能允许某人可以看自己，某人又不能看自己呢？除非此人神经有毛病。"

"谢谢张老师给我这个机会。"储国荣道。

沉默了几分钟后，她用疑惑地眼神望着储国荣问："看我一眼对你来说就那么重要吗？"

"唉，我这么对你说吧，自己深爱的人死去十多年了，突然在你面前出现一个与她完全一模一样的人，这不让自己感到高兴呢？你会让她再次消失吗？"储国荣激动地讲着。

她听完储国荣的话后摇了摇头说："大部分的人不了解那些久经沙场，从烽火连天腥风血雨的战场上，走过来的人的情感思想和他们的爱恨情仇。经历了太多的生离死别，你们对情感的理解和珍惜就格外地让人觉得可信真实。"

"不过对你这样做，我还是有不少的疑惑，你这种年龄，和你对问的理解，我想你现在应该是师团以上的干部了吧。如果像我推测的一样，你们把时间花在这些小事上，值得吗？"张丽华望着储国荣问。

"在人的精神世界中，权力和金钱都是无法主导的，我们展望世界，有很多位高权重的人，在处理个人情感问题时，都显得那么的无知和幼稚，你想想不是吗?"储国荣望着张丽华问。

她点了点头，边往前走边若有所思地说："人的感情世界真是像深不可知的海洋呀。"

"有人说最浩瀚的是海洋，而比海洋浩瀚的是天空，比天空更浩瀚的是人的心灵世界。"储国荣接着张丽华的话说道。

"好了，你已陪我走得太远了，回去吧。"

"能陪着你走一段路是我的幸运和福分，你让我的人生，又一次春暖花开，我相信你会给我带来，机会幸运和美好的明天。"

听到这里，张丽华就完全停下脚步，用女人那种带有一丝俏皮和嘲讽意味的神情望着储国荣说："你应该是个演说家，我要问你一个问题，你必须诚实地回答我，行吗?"

"你提任何问题我都会诚实地回答你。"储国荣回答。

"以前有多少女人拜倒在你面前?"

"我感到非常的遗憾，一个也没有，因为在二十多年的革命生涯中，我周围全是血气方刚的男人，他们相信我崇拜我，追随我，可惜他们大部分的都为革命事业献出了年轻宝贵的生命。"

"那何晓秋呢?"张丽华问。

"她是我大学的同班同学，那时我是她的崇拜者。

她做了一个"鬼脸"，伸出手望着储国荣。储国荣马上握着她的手说："谢谢张老师给我的信心和机会。"

"不要气馁，来日方长会有机会的。"说了这句话后，张丽华就转身离开了。

储国荣站在那里久久地望着张丽华远去的背影。让储国荣没想到的是，就在张丽华的背影快要消失的时候，她却突然转过身来给他挥手，示意他赶快回家。

张丽华的影子彻底消失后，储国荣才转身慢慢地往回走，在往回走的路上，虽然储国荣走得很慢，但他的心里是很愉快的，从今天他与张丽华的交谈来看，要把张丽华彻底征服是有可能的。通过今天下午朱英华的了解，明确了他没有结婚，没有男友，这就是最有利的条件。至于她说不愿找当兵的，这有可能是真话，也有可能是假话。

刚走进驻地的大门，作战参谋李川就喊道："参谋长，旅长在找你。"他朝李川挥了挥手说："知道了。"

曹万坤是个工作狂，睁开眼他就谈工作。在他的心目中是没有上班下班这个概念的，他永远只记三件事，工作、吃饭、睡觉。

曹万坤办公室的门没完全关上，里面有几个人在说话。储国荣敲了敲门就进去了。两个副参谋长正坐在曹万坤对面。储国荣进门后，曹万坤就望着他说："参谋长来坐着，有件小事我们三个商量一下。"

十二

曹万坤抬起头望了望刚坐下的储国荣："晚饭前我已同政委商量了，决定派一个工作组到各团去看看，问候和看望一下前段时间在剿匪战斗中受伤住院的干部战士。了解一下各团目前存在的困难和问题。对这两个问题，每个团要写一份三至五百字的汇报材料，报给军里。这件事由参谋长储国荣全权负担。去的人员，司令部两个、政治处一个、后勤处一个，出发时间后天早上。去的人员由参谋长选定。"说到这里，曹万坤把话停下来望着储国荣问："参谋长，对这一安排有没意见？"

储国荣微笑着用眼光扫视了一下在座的三人："没任何意见，就按旅长的安排行动。"接着他伸手从放在桌上的信笺本上撕下一张纸，飞快地写上他选中的几个人的名字后递给曹万坤："旅长，你看这三人行吗？"

曹万坤从储国荣手中接过那张信笺纸看了看："没问题，会后你通知他们三人，做好出发准备。"

曹万坤把摆在他面前的，笔和笔记本收好放在右边的几本书上后说："另外我把旅里的工作做了一些小调整。"他又拿起刚收起来的笔记本，翻开后看着笔记本说："参谋长走后，由副参谋长柯中辉负责旅里的日常工作、副参谋长文先兵负责与各团剿匪部队的联络沟通和协调。"

曹万坤再次把他那笔记本收起来放在右边的书上后说："工作安排就这样，各位回去休息吧。"

三人站起来往外走去。

"参谋长你回来，我问你件事。"曹万坤仍坐在桌前喊道。

走在最前面的储国荣，转身又回到曹万坤的桌前坐下，他知道曹万坤要问他什么。

曹万坤用手梳理了一下他那比一般男人显得长些的头发后问："今天去见到她了吗？"

储国荣做着严肃的样子回答："见到她了。"

曹万坤从储国荣的精神状态看出，事情有向好的方向转的希望。他把身体往储国荣的方向靠了靠，做着有些神秘的样子问："有点希望吗？"

储国荣露出了一丝微笑说："只能说有一点进展，关键还是没把事情挑明。不知她是在给我开玩笑，还是对我有兴趣？"储国荣认真地说。

"吃饭的时候，我还在给英华讲，凭你那演说的才能，没有那个单身女人不拜倒在你面前。英华骂我说'就是你们这些廉价的吹捧，让储国荣脑袋膨胀'。"

听了英华的这番评论后，储国荣笑着说："应该说英华的说法是正确的，她是女人，最清楚女人真正需要什么。而我们这些男人却天马行空般胡思乱想一番。"

"明天再去同她见一面，最好把事情挑明。主要是你马上要走，这一去又是十多天，本来我是准备让文先兵带队的，但你知道他写不好材料，旅里就你这支笔能拿点像样的东西出来。没办法，最后还是只得让你出山。你看看，新来的几个年轻人中，那个文字功夫好，你要抓紧时间培养个写材料的人，不然你就永远脱不了身。"

"明天你去见了她回来，也把情况给我讲讲，看组织上能给你帮些什么？老兄呀，这件事不能再拖啦，半年内，不管什么女人，你都得把婚给我接了，这是军政治部给我下达的任务，你知道吗？"

储国荣望着曹万坤笑了笑说："如果这个成不了，下次英华给我介绍谁，我就和谁结婚。"

"好，我们一言为定。你回去休息吧。"

曹万坤的工作安排，打乱了储国荣的计划，他原计划一周内彻底征服张丽华，但这一走十多天，一切都无法进行。从曹万坤的办公室出来，储国荣就设想，用什么办法，一个下午把十个下午的事办完？他关着门，在他那九平方米的屋子里，来回地走动，几小时过去了，他没想出任何办法，精疲力竭后倒在床上睡去了。

夜黑沉沉地，汽车不知道开到了什么地方，好像离开了地面在水上漂着似的，张丽华紧张胆怯地抓着他的手："不要怕很快就会到岸边的。"储国荣安慰着张丽华。

突然间一个巨浪把储国荣和张丽华他们坐的车掀翻了，储国荣抱着张丽华在水中拼命地游了很久，但就是找不到岸，就在储国荣快要绝望时，突然储国荣从噩梦中醒来……

惊魂未定的储国荣，躺在床上望着窗外黑乎乎的夜，自言自语地说，

317

怎么做这样一个梦呢？

张丽华今天总有些心神不定的，几次在黑板上把数字写错，下午三节课，只上了两节她就准备放学了。所有学生都惊奇地问老师，今天只上两节课？她才从恍惚中醒悟过来。三节课后，学生们都回家了，张丽华坐在那里改学生的作业。她不停地在心里问自己，那个人今天怎么不来了呢？问了几次后，她总感到时间已很晚了，就到校长办公室去看时间。她站在校长办公室门外，望到墙上的时钟的时针才指着四点二十五，她摇了摇头，在心里骂道，今天撞鬼了！这时间老不走，老不走。

回到桌前，她用双手轻轻地拍着自己的脑袋，并警告自己说，坚决不准想他，四十个作业本没改完，不准想他，时间没到五点半不准想他，告诉你吧，每次他都是五点半到的，五点半前他是不会出现的。

"张老师，陪我上街买个东西。"语文老师站在门外喊道。

"不要来打搅我，不把这些作业本改完，今天我是坚决不会走出这门的。"张丽华对语文老师说。

语文老师是她的好朋友，她走到张丽华的身边，把嘴贴在张丽华的耳边小声说："今天你脑袋出毛病了。"

"就是出毛病了，你快给我爬远了，爬远点——"张丽华大声地对朋友吼道。

大部分老师都走了，张丽华的作业本也快改完了，就在这时她期盼的人出现了。这时她的心一下就安静下来，她对自己说不要马上出去，也让那小子在那里等等。她又站起来到校长门口去看时间，让她吃惊的是才刚刚五点。她又小声对自己说，看来他也有些急了，今天提前了半小时。

张丽华坐在桌前拿出小镜子，照了照自己，然后对着镜子用手整理头发，一切都满意了，她站起来，像昨天一样走了出去。

看着张丽华走出校门后，储国荣就走了上去，今天他就显得比前几天自然和大方。

张丽华先开了腔："今天怎么提前半小时就跑出来了？搞得我学生的作业本都没改完。"这话是说她本来还不准备出来的，是你不守时间，把她逼出来了。

储国荣却是老老实实地说："明天我要带几个人去甘孜检查工作，有十多天我们都见不了面，有些事想同你商量。"

"唉，十多天太长了。"在说这句话时，她偏着头用一种深情的神态望着储国荣。

储国荣从她的眼神中读懂了她的内心。他大胆地用了一个词去回应她的神情和期盼。

储国荣说："我的宝贝，十多天一晃就过去了。如果你真想我，就到我的司令部给我打电话。"

听到储国荣这句话后，张丽华感到有些吃惊。"他的司令部，他的司令部。"她在心里连续把这句话念了两遍。然后她用试探的神情望着储国荣说："部队的很多地方是保密的，我一个普通老百姓怎么进得了你的司令部呢？"

"你说得对，一般人肯定是进不了我们那里去打电话的。我的意思是如果你有这种愿望的话，我在出发前给我那些同事说清楚，他们是可以让你进来给我打电话的。"

"如果我真想给你打电话，我到你的部队找谁呢？"张丽华仍是用那种试探的神情望着储国荣问。

"如果你决定在这十多天时间里，一定要给我通一两次话的话，今晚我就带你去见一个人，到时你去找她，她会给你安排的。"

"就这么简单？"张丽华又这么问。

"这也不简单呀，你想想打个电话要通过多少人呢？"

"那你带我去见你们部队的那个人，需不需要什么条件呢？"她又这么问。

"这肯定是要有条件的，首先她要知道你是我的什么人？这是最重要的条件。"

"那你说我是你的什么人呢？"她又问。

"现在是我的朋友，将来我希望你成为我的妻子，我这要求不过分吧？"

"你希望我成为你的妻子，但你是什么人我都不知道呀。我不可能嫁给一个他是干什么的我都一无所知的人吧。"她低着头说道。

"那我现在就告诉你吧，我是南京人，一九二五年考入南京水产学校，一九二七年二月到上海参加工人运动，一九二八年到江西参加红军，走过二万五千里长征，打了八年日本人，又打了五年国民党，从排长当到团长，现在是我们这个旅的参谋长。"

"你为什么这么大了还没结婚呢？"

"从上海工人运动算起，打了二十二年仗，身边全是男人，同谁结婚呢？"储国荣对她说。

她低着头往前走着，好一会儿没有开腔。

"你不相信我说的是真话？"储国荣小声地问她。

听到储国荣的问话后，她抬起头用满含热泪的双眼望着储国荣说：
"从我们认识的第一天开始，你说的每一句话我都认为是真的，我只是觉
得你们为了民族的利益做出了太多的牺牲，而且你们对人的情感又是那么
看重和珍惜，这些都让我一次次地感动。"

"你觉得有没有必要去见见我们单位的人？"储国荣又这样试探张丽华
的决心。

张丽华转身抓着储国荣的双手说："你就不要再转弯抹角地试探我
了，我就明确地告诉你吧，从我们第一天在路上偶然相遇，我就决定嫁给
你了。第二天你们的人来找我，我对她说我不喜欢当兵的，后来我很后悔
说了这句话。我相信你一定会主动来找我的。我的判断是正确的，第二天
你果然来了。这几天我天天都在等你，不然怎么会每次都在路上相遇呢？
生活中不会有那么多偶然的。你说对吗？"

天还没黑，储国荣带着张丽华往驻地走去，他准备把张丽华介绍给朱
英华，有什么事她可以通过朱英华找到自己。

第 四 卷

落 叶 归 根

　　快到生命尽头的储国荣，看见自己两个月大的女儿挥舞着双手向他微笑时，他的心被融化了，多少天来他的脸上第一次露出了微笑。相信善良的读者，读到这里时，一定会为储国荣撒下两颗感激的泪，因为我们应该懂得感激革命前辈们的付出。

/ 摘自创作手记 ----

一

　　办公室的几个参谋，正在热烈地讨论着进军昌都的路线策略和攻击方式。收到军区《昌都战役的基本命令》后，各基层部队就展开了前期准备工作。

　　储国荣指着地图，对他的参谋们讲："就军事而言，藏军在近七百公里的战线上，只有七千多人的部队，无论他们的战斗力如何？这点兵力对我军而言，可忽略不计，对我们的真正考验，是那几座海拔四千以上的高山和数十条河流。走南线的部队要经过二郎山、折多山，高尔寺山、剪子弯山、海子山、巴塘对面的无名山、宁静与左贡之间的贡山。而河流有，大渡河、雅拉河、雅砻江、金沙江、多曲河、澜沧江、怒江，还有数不尽的小河……"

　　参谋李川走到储国荣面前小声地说："参谋长，旅长从兵团开会回来了，叫你马上过去一下。"

　　储国荣点了点头说："好的，我马上去。"他把桌上乱七八糟的文件简报地图，整理好后放在右边的文件筐里，站起来漫不惊心地往曹万坤的办公室走去。储国荣心里想，可能自己申请离开部队下地方工作的报告批下来了……

　　走到曹万坤的办公室门前，储国荣用手轻轻地敲了一下门。

　　曹万坤在屋里喊道："进来。"

　　储国荣含着微笑走进了曹万坤的办公室，曹万坤望着储国荣说："这次会议有很多新东西呀。"

　　储国荣在曹万坤的对面坐下后，有些迫不及待地问："我到那里？是地区还是省里？"

　　曹万坤无可奈何地摇了摇头说："军里不放你呀，估计要你去一七九师当师长，或到军里当参谋长，要你明天就到军里报道。"

　　坐在曹万坤面前沉默了许久后储国荣问："哪你的申请呢？"

　　"我到省委组织部。"曹万坤回答。

　　"好啦，这下你可以安定下来了。"储国荣有些羡慕地说。

　　"他们要我去军政治部当主任，我对他们讲，从上海工人运动开始，打打杀杀二十五六年啦，加之我的年龄明年就五十了，真想过几天轻松的日子呀。"

储国荣长长地叹了口气说："唉，什么我都无所谓，就是丽华已经怀孕八个多月了，这一走我觉得对不起她呀！"

沉默了几分钟后曹万坤说："这些组织会为你安排好的，现在形势紧迫，西藏的反动势力正在加紧同美英和印度勾结，想让西藏独立。我们不派点精兵强将，是不行呀！"

"他们那几个兵，还想独立，这不是痴人说梦吗！"储国荣道。

"他们把希望寄托在外国势力的干预上。"

"又是一帮无耻之徒！"储国荣用拳头在桌上重重地敲了几下后骂道。

储国荣坐在曹万坤对面沉默了几分钟后，自言自语地说了句："西藏的土地一寸也不能少！"

"毛主席和党中央的决心，就是如此。不过，毛主席和党中央是要用最大的诚意最大的决心，来和平解放西藏。昌都战役只是和平解放西藏的序幕而已……"曹万坤道。

储国荣坐在那里并没有听进去曹万坤的这些话，作为有二十多年党龄，参加了整个中国革命全过程的人，难道连这点道理都不懂吗？他觉得张丽华是他人生历程中，难得的一位女人。好不容易用了那么多花言巧语，才把她说服。现在她怀孕了，在她最需自己的时候，自己要带兵上前线打仗去了。储国荣总觉得这样做，对张丽华是不公平的。但现在自己是军人，服从命令是军人的天职。

储国荣也记不清自己是如何走出曹万坤办公室的。离开曹万坤的办公室后，储国荣没有回自己的办公室而是直接回了家。

他认为既然军里已作出了这样的决定，估计过一两天就会通知他去报到。从他内心讲，他不愿去当参谋长，他还是愿意带个师到前线，真刀真枪地把想分裂国家的那些混蛋彻底消灭掉。

快走到家门口时，储国荣突然想到全旅三个团转业老兵的名单，不是就放在自己的办公桌上吗？想到这里他马上转身回了办公室。拿着那一千五百多转业老兵的名单，储国荣自言自语地说："要把他们全部找回来，全部找回来，他们的经验是胜利的法宝……"

突然间储国荣又想到了他的妻子，他加快了步伐往家里走去。从妻子怀孕六个月开始，储国荣就没让妻子去上班了。他叫政治处的朱英华去给学校打了招呼，学校就同意张丽华在家休息。

到了家，储国荣推门进屋后，就望见张丽华正在缝制孩子的小衣服，并开玩笑地对储国荣说："快来试试，我做的这衣服你穿着好看不？"

储国荣把手中的提包丢在小饭桌上，就快步走到坐在床边的妻子身边。张丽华把一件用花布做的小衣服放在储国荣胸前问："好看吗？"

"储国荣高兴地望着妻子回答："好看，很好看。"

"你今天怎么这么早就回家了呢？"妻子有些不解地望着储国荣问。

"我早点回来陪你不好吗？"储国荣笑着对妻子说。

"对我来说当然高兴，但这不符合你这人的生活规律，你心里肯定有什么事提前回家的。"

"回家陪你是真话，但你说我心里有什么事提前回家也是事实。"储国荣认真地对妻子说。

"是什么事，让你提前回来陪我呢？"张丽华微笑着望着丈夫问。

"是因为我特别爱你。"储国荣认真地说。

"这我相信，但这不是促使你提前回家陪伴我的主要原因。"张丽华直接说出了她的看法。

"丽华，我马上要离开现在的工作岗位，去一七九师当师长。"储国荣显得有些忧郁地这么说。

沉默了几分钟后张丽华说："那应该是好事呀！"

"这件事的好与坏，是站在不同的角度看的。站在你现在的角度看，这件事就不是一件好事，我去一七九师后谁来天天陪你呢。生孩子的时候我不在你身边，我心里是特别难受的。"

"我可以把妈妈接来陪我。生孩子的时候，你请几天假不就行了吗？"张丽华望着显得有些无可奈何的丈夫这么说。

"对，把妈妈接来，到时我再请……请几天假回来。"储国荣顺着妻子的话说，但他在心里问自己，在西藏的昌都前线指挥着上万人同藏军打着仗，能请假吗？假肯定是请不了的，但这点他不想告诉妻子，他怕因她的情绪波动影响婴儿的生长发育。但储国荣觉得这样蒙蔽着妻子离开，他于心不忍，他怕战场上有个三长两短，给她造成终生的遗憾。他准备在适当的时候，把实情告诉妻子。妻子是非常信任他的，就是人们常说的"善意的欺骗"，他也不愿做。要去哪里，去干什么，他都准备给妻子说得清清楚楚，他相信妻子是能理解支持他的。他们夫妻间除了相互恩爱之外，他们还有共同的情怀，都希望为新中国干一些力所能及的事。特别是在新中国成立后的一年多里，人们都觉得新中国成立了，一切都好了，城市里的大街小巷，一到晚上，就是醉生梦死，纵情逸乐的男男女女。对这种茫然痴迷的生活方式储国荣极为反感，他觉得新中国虽然诞生了，但几十年不断的战争，国家早已是千疮百孔，百废待兴。为了改变新中国一穷二白的面貌，大家应该努力工作和学习，不应把时间浪费在醉生梦死中。让储国荣没想到的是，妻子非常支持他的这种想法。第二天她就在教室里给学生们讲这个问题。晚上妻子给他讲这件事时，他非常感动，他觉得妻子是个有大众情怀，有政治素养，有爱心的人。

晚饭后，储国荣又拉着妻子的手散步去了，他们沿着青衣江边的林荫道，慢慢地走了一个多小时。

"国荣，我们回去吧，我有些累了。"妻子对储国荣说。

"好的。"储国荣仍拉着妻子的手往回走，在穿过大路时，张丽华在一棵水桶大小的刺梧桐树下停着不走了。她望着梧桐树问储国荣："还记得这棵树吗？"

储国荣感到有些莫名其妙的，路边的树记不记得有何关系呢？他对妻子说："天天从这里过，怎么不记得呢？"

"别人这么理解是可以的，但你这么理解就是错误。"张丽华笑着对丈夫这么说。

"我怎么在你面前像一个新兵呢？有那么多不知道的事呀？"

"如果这件事你想不起来，你给我讲的有些事，就不是真实的，而是你编来蒙我的。"妻子有些不依不饶的。

储国荣笑着对妻子说："女人们为什么对这些小细节喜欢纠缠不放呢？"

"不管你怎么理解女人们，我提的问题你是没给我回答的，你前面哪些话都是狡辩？"

"老婆呀考我吗，要找个难一点的问题嘛，这幼儿园的题拿来考我，不是让我丢面子吗？"

"你要我回答的是：那天在这棵树下，我站在你后面喊，何晓秋你什么时候到这里的？对吗？"

听到储国荣的这些回答后，张丽华满足地靠在储国荣的胸前说："回答正确。"

天慢慢地黑了，储国荣扶着妻子往屋里走，妻子怀孕后他就这样，工作再忙他都要想尽一切办法，把时间挪出来去陪妻子散步。

"你可以把她母亲接来，晚饭后她就可以陪丽华去散步，这样你就可以多一点时间处理工作中的事。"在谈到时间紧时，朱英华这样给储国荣建议。

"英华呀，我理解问题，与你们刚刚相反，我是要争取更多的时间陪她散步，在丽华怀孕期间，陪她散步是我不可推卸的责任，我决不期待任何人代替我。我怕的就是有一天，我无法完成自己的这一光荣任务了。特别是像我们这样的军人，这样的可能性是存在的。我不想留下任何遗憾，我要珍惜今天，珍惜当下，而不是推卸自己的责任。"储国荣的回答让朱英华感动得热泪盈眶。

储国荣到军里报到后，马上就向军部提出了几个需要调换的干部。军部基本同意了他的要求。三天内储国荣把所要调换的干部换齐了。

紧接着储国荣就召开了营以上干部会，然后就组织各团，对已经转业复原的干部战士进行筛选，对那些军事素质好的干部战士马上召回，他要求三个团在一周内必须完成这项工作。

全师三个团，连以上干部储国荣都认识。其实就是以前旅里在三个地区剿匪的三个团，团里大部分的连排干部都是他当参谋长这几年中提拔起来的。

不到半个月时间，储国荣就按军里的要求，把各级干部配齐了，在就地训练待命。

储国荣觉得他还有一个最重要的准备工作没有完成。那就是他还不知道如何告知张丽华，自己要带兵去西藏昌都指挥打仗。他怕刺激到她，本来他准备让朱英华出面给她讲。但朱英华认为根据张丽华的性格，这件事最好由储国荣自己讲更好些。

"曹万坤不是经常夸奖你是全旅出了名的演说家，怎么到头来连自己老婆都说不服，这不是笑话吗？"朱英华半开玩笑地这样对储国荣讲。

屋外哗哗地下着雨，储国荣坐在妻子的对面："丽华我现在在工作中遇到一个难题，今天想听听你的建议。"

"我又不懂你们部队上的事，怎么提得出建议呢。"张丽华这样回答丈夫。

"我们旅改成师了，让我当师长，你看我当不当这个师长呢？"储国荣用这样一种方式问张丽华。

"这么简单的事你都要问我，是不是有些事你不敢给我讲的事呀？"

听了张丽华的这句话后，储国荣感到非常的吃惊，他觉得自己这老婆真不一般，他埋在后面的潜台词，被她一听就识破了。

"丽华你说得对，如果当了这个师长，就要我带着部队去西藏昌都打仗，我就得去呀？不去就是逃兵呀。"

"你打了二十多年的仗，重伤都没有一次，到了西藏昌都战场，我依然相信你毫发无损的。"张丽华望着丈夫坚定地说。

储国荣感动地上前抱着妻子说："没想到我的老婆是一个狂热的爱国

第四卷 落叶归根·

327

二

　　妻子含着微笑静静地睡在储国荣的旁边,她那悦耳动听的笑声,总是在储国荣的耳边回响。对自己将要带兵奔赴西藏昌都战场的事,妻子的态度让他有些吃惊和不解。但他知道,妻子的那些想法,是有一定社会基础的,报纸上都登了。藏军总兵力就七千多人,在强大的解放军面前可以忽略不计。但人们忽略了一点,天时地利都在藏军那一边,而且七千多人拿着刀枪与我们硬拼,我军官兵的流血牺牲,是难以避免的。还有,那些常人想都不敢想的困难和挑战,报纸上写得就极少了。

　　虽然夜已很深,窗外依然下着小雨,但储国荣却没有一点睡意,他悄悄地从床上爬起来,穿上衣服坐在床边,默默地望着熟睡中的妻子。虽然夜色中总是不太看得清妻子的面容,但他觉得这更让他对妻子产生了想象的空间。想象她肚子里的孩子,给他们带来的快乐和希望,想象他和妻子手牵着他们的孩子在林荫道上散步的情景。他等待着那一天,期盼着那一天,并向那一天努力着……

　　多少个夜晚,储国荣就是这样守在妻子的旁边度过的,他觉得夜晚守在妻子的旁边,静静地望着熟睡中的妻子,是一种享受,是夫妻生活的美景。

　　就在这时,储国荣突然想到,他那已经集结完备的全师官兵,训练场上杀声震天的万丈豪情。耳边又响起出发的军号声。就在这时他咬着牙,含着泪悄悄地低下头,亲吻了一下妻子的额头后,小声地对自己说:"出发!"

　　就在这时,妻子突然醒来,望着坐在床边的丈夫说:"深更半夜地不睡觉,坐在黑夜里干什么呢?"

　　储国荣把滑落在床下的被子,拉起给妻子盖好后说:"唉,你睡吧,我想起来坐坐。"

　　"八路军善于夜战,也不是守着老婆不睡觉呀。"听到妻子这样同自己开玩笑。坐在黑夜中的储国荣也会心地笑了。只是他那灿烂的笑容,完全被黑夜淹没,没被妻子看见。

　　转过身妻子又乎乎地睡过去了,妻子如此平和的心态,给了储国荣的内心极大的宽慰。使他在奔赴西藏昌都战场的前夜，少了很多的焦虑担心和不安。

窗外的夜依然是黑乎乎的，远处隐隐约约地传来了几声狗叫，使神秘寂静死一般的黑夜，有了一丝的生机。储国荣在心里对自己说："新的一天快要到来了？"

就在这黎明即将来临的时候，储国荣感到有些疲倦，他轻轻地躺在妻子的身边睡去了。

不知在什么地方，储国荣望见妻子抱着他们的小宝贝，朝他奔来，她嘴里似乎在喊："国荣，我和我们的小宝贝欢迎你来了！"而全师三个团，迈着雄壮的步伐走在储国荣的后面。让储国荣感到有些莫名其妙的就是，这究竟是奔赴西藏昌都前线还是从战场上凯旋归来？他问周围簇拥着他们的那些人，但他们都望着他笑而不答……

"……都快八点了，你今天不去上班吗？"张丽华拍打着睡在床上的储国荣问。

储国荣突然从梦中惊醒过来，他问妻子："这里是什么地方，怎么三个团都跑来了呢？"

张丽华摇了摇头说："你真的是睡糊涂了，这是家里，就我们两人，哪来你的三个团呀。"

储国荣又在床上躺了一会儿，才清醒过来，他边穿衣服边对妻子说："我做了个梦，梦见我带着全师的人回来了，你抱着我们的孩子，正在朝我跑来……"

"别讲你的梦了，快吃点饭上班去把，你不是说今天还有很多事吗？"张丽华给丈夫讲。

"唉，我怎么忘了今天上午要开会呢？"储国荣穿上衣服洗了脸，亲吻了一下妻子，就匆匆地离开了家。

到司令部后，储国荣正在同曹万坤就部分工作进行移交的事交换意见时，作战参谋李川匆匆跑来："师长，军司令部请你接电话。"

"我是储国荣，请讲。"

"储国荣同志，今天下午的会议取消，命令你于本月五日带领全师奔赴康定新都桥集结待命。"

"好的，知道了。"储国荣回答对方。

给储国荣打电话的是军参谋长肖正元。放下电话储国荣又回到了曹万坤面前。

"是出发的命令吗？"曹万坤问。

"是的，五日出发，全师到康定新都桥集结待命。"储国荣回答曹万坤。

"唉，时间有些紧呀。"曹万坤说道。

"是的，时间很紧，但基本的准备工作已经做好，现在只是一些家属的安置，和医院二百多伤员的移交。"

"这些都容易，地方政府也会主动配合的。"曹万坤说。

听了曹万坤的话，储国荣没有马上开腔，坐在那里沉默了几分钟后说："部队的事好办，只要分工部署下去，都会按时完的，全师的干部都比较能干。就是丽华的事我放不下心。你和英华又马上要离开这里去成都，政府里的干部不是外地来的就是当地人。没有我们部队的人，将来办个事，熟人都没一个。"

"国荣你放心，你说的这些事都好办，我在省里，有什么事叫丽华给我打个电话。我打个电话下来，那些书记县长不会不办的。"

储国荣望着曹万坤笑了笑说："以后就靠老领导多关照了。"

"国荣，你历来情绪都不太高昂，对形势的发展比较悲观，在我看来你操心的这些对你来说都是些小事。昌都战役一结束，解放西藏的事就基本完成了。这次的昌都战役，大的牺牲不会发生的，我估计营以上的战斗都很少，你们面前最大的敌人，就是那几座高山和大河……昌都战役结束后，你至少要分到分区当个司令吧，如果下地方也应该是地区的书记专员。那里存在你担心的那些问题呢？全国已经解放，天下是我们共产党人的了，一个扛着大刀，从血泊中走完中国革命全过程的老战士，只要他有能力，给他个省委副书记副省长当，谁也不会觉得过分……"

安排完所有的事情后，储国荣就匆匆地回了家……

"怎么？今天当逃兵了，这么早就溜回了家。"妻子望着储国荣这么说。

储国荣快步上前，抱着妻子有些怆惜地说："命令下来了，部队明天就开往康定的新都桥集结。"他深情地望着妻子，神情中表现出对妻子的万分歉疚。

张丽华拿出自己的手帕，为储国荣擦去脸上的泪水："不要过多地想着我，知道你要带兵出征西藏昌都，学校的领导，街道的支部都给我讲，有什么困难就告诉他们。有这么多人关心我，你就带着你的部队放心大胆地去西藏吧，我想等你们凯旋时，我们的小宝贝都会叫爸爸了……"

"把你妈妈接到这里来陪你，还是你回去娘家去？"储国荣拉着妻子的手问。

"把妈接到这里来，这件事我早已同她商量好，下午你去接她就行了。这里离医院近，同时也比老家安静，我也可以清静地看看书。"

"下午，我派两个战士去接她，我是不敢走的，上上下下随时都有人来找我解决一些问题，而且有些事必须我要签字同意他们才敢做。"

天还没完全亮，储国荣就起了床穿好了衣服。昨晚，他又静静地坐在妻子的旁边守了一整夜。妻子多次拉着他睡下，但当妻子睡去后，他又偷偷地坐了起来，他觉得在黑夜中朦朦胧胧地望着熟睡中的妻子，是一种享受和满足。这时，他就感受到和妻子完全融为一体，夫妻的爱这时又一次得到升华和提高。天亮后，他就要带着他的全师官兵，奔赴西藏昌都战场，与藏军进行一场你死我活的厮杀。这样的厮杀对储国荣来说并不陌生，二万五千里长征的一路血泊、十四年抗战与日本人的刀刀见血、解放战争中与国民党的恩怨情仇。二十多年的革命生涯，与敌人的厮杀，已成了储国荣的人生常态。人到中年的储国荣，才第一次体会到夫妻恩爱的情深意浓，他对妻子这份晚来的爱，倍加珍惜和呵护。

知道今天丈夫要带兵奔赴西藏昌都前线，张丽华也提前起了床，她告诫自己，今天不能流一滴泪，要用微笑送丈夫出征。

看着妻子起床了，储国荣过去帮她穿衣服，就在丈夫帮自己扣胸前的扣子时，张丽华用手轻轻地抚摸着丈夫的脸说："今天不准流一滴泪，要做到微笑着出门，微笑着回家。"

听到妻子的这句话后，储国荣感到有些震惊，但更多的是欣慰和鼓舞。妻子的勇敢和坚强也让储国荣少了一些担忧和挂念。

给妻子穿好衣服后，储国荣拥抱妻子小声在她耳边说："我们一起坚强。"

"军人的坚强才是真正的坚强，只有军人坚强了才能赶走和消灭那些想分裂国家的坏人，国家才有安全，人民才会有安居乐业。这些都是多少年来，人们的向往追求和期盼。"张丽华望着丈夫说。

储国荣笑了笑说："从西藏昌都回来后，我一定要为你重新规划一下你的工作，你应该从事政治方面的工作，至少你应该去党校作政治教员，教数学浪费了你的政治天赋。"

"我觉得教数学也很好，其实我的数学天赋也是很好的，初中高中我在全班数学都是第一名，数学给人无数的选择空间。同一个问题，数学教会你选择多种途径去解决问题……"

"丽华，吃饭了。"张丽华的母亲已经把做好的饭菜摆在桌上了。

三人坐上桌后，储国荣把煮好的三个鸡蛋拿来，在每人面前放了一个，然后望着张丽华的母亲说："妈妈，我走后丽华就全靠你啦!"

老人平静地说："你就放心地去，丽华是我的幺女，从小就很听话很孝顺，我们相处会很好的。你在外面一定要小心，注意安全。战场上，必定是真刀真枪的呀，平平安安地回来，我们就高兴了。"

储国荣从老人的话语中听出，对他此次赴西藏昌都作战还是有些担心的。

"妈妈，安全上你就放心吧，我这种年龄的人，一般都不在前面参加打仗了，大都在后面指挥。"

老人点了点头，似信非信地说："那就好，那就好。"

刚吃完饭，屋外就响起了汽车的喇叭声。储国荣望着妻子和老人说："他们来了。"

来接储国荣的吉普车停在门外，车上跳下一个年轻人："师长，出发啦。"

"给我放上去。"储国荣把他的背包交给作战参谋李川，然后转过身望着妻子和岳母："妈妈，家里就拜托你了!"储国荣对老人说。

老人迟疑了一下说："要早点回来。"

储国荣往前走了一步，拉着妻子的手："要说的话，这些天都说了，你就等着我们胜利的好消息吧。"

张丽华含着有些像哭似的微笑说："去吧，我和妈盼着你早日归来。"

储国荣点了点头，转身上了吉普车的副驾驶，然后探出头来，给站在晨曦中的母女俩挥了挥手。天还没完全亮，储国荣就座着车，朝着朦胧的远方奔去。他手下的三个团，在不同的驻地早已出发，奔向他们共同的目的地——昌都。

三

望着数公里缓慢朝山顶前行的部队，储国荣下了马。

"师长，有什么事吗?"警卫员何安问。

"没什么事，我想和同志们一起走走路。"

何安从储国荣手中接过马的缰绳，牵着马走在储国荣后面。所有的人都喘着气吃力地往前走着，储国荣问身旁的作战参谋李川："到山顶还有多少公里?"

"十公里左右。"李川道。

"通知各营连，这里海拔已经在四千米左右，不要走得太快，要大家注意保存体力。"储国荣对李川说。

李川转身去传达储国荣的命令去了。

"师长，你喘得这么凶，就骑马吧。"师参谋长文先兵对储国荣说。

"走慢点就没多大问题，要知道，这是我们翻越的第一座高山呀，还有更高的山在等待我们，长征中，我们翻越夹金山时，没经验，死了不少人。"话说到这里，储国荣突然就沉默不语了。

他想起了死在夹金山上的何晓秋，想起了他背着她的骨灰，走完了长征路，又同日本侵略者打了八年，渡江解放南京时，他才把她送回家，送到她母亲的手里。让他永远难忘的是，何晓秋的母亲见到女儿骨灰时的那一悲伤绝望和无奈的神情……

就在这时，储国荣看见路边躺着一个战士，旁边还站了两个人。他走上前正准备问时："报告师长，这是我们三排七班的战士肖正华，他高原反应有些严重，我们正准备找两个身体好的人扶着他走。"五连长周勇道。

"不要去找人啦，让他骑我的马。"储国荣对周勇说，

"师长，到山顶还有好几公里，马还是留着你骑吧。"

"我的身体没问题，不要耽误时间，马上把他扶到马背上去。"

"师长，我能走路，马还是你骑吧。"肖正华吃力地想站起来往前走。

"快上马，上了山顶，往下走就会好些的，你把身体拖坏了，到了昌都怎么去打敌人呢？"

"听师长的，把他扶上马。"周勇喊道。

下午一点过，储国荣同五连一起登上了折多山，他站在山顶望着前方茫茫的草原，对身旁的师参谋长文先兵说："我们就要在这草原上走六七百公里，力争再用十三天左右时间，到达指定位置，然后展开敌情的侦察和部队的部署。"

"不知什么时间发起总攻？"文先兵望着储国荣问。

"至少要在十月份后。我们到达指定位置，还要等待南北两面迂回穿插的部队到达指定位置才能发起攻击。而且，这两支迂回穿插的部队，不但是路程遥远，而且有数条江河的阻拦。"

熄灯号响了，储国荣正准备走进帐篷休息时，他突然望见对面的山坡上，燃起了一堆篝火。

"参谋长，你派人去查一下，那堆火是怎么回事？新都桥这地方是狠复杂的，五月份，一三五团在这里剿匪时，两个战士被暗杀，你忘了吗？"

第四卷 落叶归根·

333

"好的，我亲自带人去查看。"

"你再到各营去检查一下，每个连两个流动哨的执行情况，一定要大家提高警惕，我们在明处，敌人在暗处，要来搞我们一下是很容易的。"

"好的。"文先兵带着人走了。

望着文先兵带着几位特务营的战士消失在朦胧的黑夜里后，不知怎么的，储国荣望着山坡上那堆篝火，心情怎么也平静不下来，那堆篝火让他想起了十五年前，他在夹金山下焚烧何晓秋尸体的情景，望着何晓秋的尸体慢慢被大火烧掉，内心的悲伤绝望和无奈……常在他内心升起，特别是昌都战役结束后，就意味着，除台湾外，中国全境得到解放，这就是他和何晓秋曾经约定的结婚时间。让储国荣感到痛心的是，何晓秋没有看到这胜利的曙光……

"师长，那火是一三五团驮运物资的马队烧的。"文先兵回来后对储国荣说。

"马队有警戒吗？"储国荣问。

"有，团里派了两个班为马队作警戒。"

"好，你去休息吧。"

储国荣也回到帐篷里躺着睡去了。

"储国荣，你小子怎么躺在这里呀？"

储国荣听到叫声，转过头来就望见了杜志强。他有些吃惊地问："团长你也要参加昌都战役吗？"

"对，我也来参加昌都战役，昌都战役结束后，你就应该同何晓秋结婚了吧。"

对老团长提的这个问题，储国荣感到有些难为情："团长，你还不知道吗？何晓秋在翻越夹金山时牺牲了！"

"什么夹金山呀，我怎么不知道呢。"

"就是长征中翻越的那个夹金山呀。"

"那不是十多年前的事了吗？"

"对，都过去十五年啦。"

杜志强有些生气地说："那我送你们的那本《共产党宣言》不是白送了吗？"

"团长，没有白送，全国完全解放后，我将把你送我的那本《共产党宣言》，送到中国革命博物馆，作为革命文物永久性保存。"

"这件事，由你自己决定，因为我是把它作为你和何晓秋的结婚礼物送给你们的。"说完这话后，杜志强就突然消失了，储国荣正感到困惑时，起床号响了，储国荣从梦中醒来。

"十五年过去了，杜老师在自己心目中依然那样清晰。"储国荣边穿衣服边自言自语地说。

四

储国荣带领全师经过二十一天的奔袭，翻越二郎山、折多山，渡过了鲜水河、雅砻江在甘孜集结。根据军部的命令，副师长曾辉带领一三九团翻越雀儿山后到德格的格乌与秧达间待命。储国荣带领一三五团、一三七团及师直属到青海玉树与青海骑兵支队汇合后，渡过金沙江到囊谦待命。

在海拔四千多米的茫茫草原上，储国荣带领的部队，又艰难地行走了九天，他们才渡过金沙江到达囊谦待命。

"师长，一封你的私人电报。"机要参谋汪谦把译好的电文交给储国荣。

> 妻已分娩，女孩，母女平安
>
> 曹万坤
> 1950.9.22

看完电文后，储国荣控制不住自己的情绪，眼泪从脸上滚落下来，但可能他自己也没弄清楚，这是高兴自己有了女儿呢？还是感激曹万坤与他比血还浓的战友之情？也许两者都有之吧。在即将发起的战役总攻前，收到这样一封温暖的电报，让储国荣思念妻子的心得到了一丝的抚慰。在出发前，他再三为妻子许愿，昌都战役结束后，他一定回到她的身边，同她一起过平静的生活。

为了彻底歼灭昌都境内的藏军，根据军部的安排，储国荣让政委柯中辉带领一三五团在总攻发起后走内线，对沿途各县藏军进行歼灭，而自己带领一三七团及骑兵支队走外线，在歼灭沿途藏军后，用最快的时间占领类乌齐县，切断藏军败退西撤之路。

十月六日总攻开始了。

从云南的德钦县、四川的巴塘县、德格县、青海的囊谦县，从南、东、北三面七百五十公里的战线上，向昌都藏军发起了全面攻击。

储国荣带领部队首选渡过了郭曲河，接着又翻越了5175米的沟机果山，就在沟机果山下的加桑卡，一个营的藏军堵在了去路，让储国荣没想到的是，几十发炮弹，一个营的冲锋就结束了战斗，前后不到三小时。让储国荣他们头疼的不是藏军，而是那些翻不完的山淌不完的河。他们翻越了四座大山，淌了十一条河，在十月十日上午占领了类乌齐县，切断了藏军西撤之路，就在这时，储国荣他们得到消息，从东面进攻的部队也抢占了八宿县，切断了藏军的南逃之路。

两天后走内线的一三五团占领了昌都。从德格渡江的一三九团占领江达和贡觉，至此，昌都全境已被解放军占领，大部分藏军已被歼灭。

"参谋长，师长受伤了。"何安慌慌张张地跑来找到文先兵。

"严重吗？"文先兵问。

"有点严重，都站不起来了。"

"人在那里？"

"抬回驻地了"

"枪手抓到了吗？"

"没有，当时街上人很多，场面混乱。"

文先兵跟在何安后面，匆匆地回到了他们的一个临时驻地。

"师长，伤不重吧？"文先兵握着躺在床上的储国荣的手问。

"参谋长，这次我可能完了，两只脚都完全没了感觉。你马上把这事告诉军部。"储国荣有些悲观地说。

"师长，别那么悲观，伤可能没你想的那么严重。"

储国荣没有回答文先的话，静静地躺在那里流着泪，他担心连自己刚出生一个月的女儿都看不上一眼，就死在了昌都……

文先兵拉着身旁的钟桂海到屋外问："钟医生，师长的这伤严重吗？"

"非常严重，子弹打到脊椎上，脊髓受到了破坏，所以他的下肢才出现瘫痪。"钟桂海对文先兵说，

"你们准备怎么处理？"文先兵又问。

"子弹还在脊椎上，我们准备马上手术把子弹取出。另外，我建议明天就往成都送，留在这里一点希望都没有。"

"这里到成都，大约要一个月时间，他能坚持这么久吗？"文先兵望着钟桂海问。

"一路上都要给他打针吃药。加之他的身体素质较好，可能没大的问题。"

"好，我就按你这建议给军里汇报。"

刚吃完早饭，文先兵就带着柯中辉和几个干部来到储国荣的床前："师长，来告诉你一个好消息，今天正式宣告昌都战役胜利结束。"

储国荣点了点头，吃力地说："胜利结束就好了，现在除台湾外，全国都解放了，全国都解放了！那些牺牲的战友们，可以瞑目了！他们的血没有白流。"

"师长，军里的领导决定把你送回成都治疗，这里条件太差。一个班的人送你，还有一个医生跟着。到了甘孜成都就来自升飞机接你。"

听完文先兵的话后，储国荣又点了点头说："你代我感谢军里的领导。"

这时文先兵又把身边的一个年轻战士，拉到储国荣的床前："师长，这是一三五团一营三连五班班长付明学，他们全班护送你回成都。"

很快一切都收拾好了。

来的人一一上前同单架上的储国荣握手。

储国荣只是流着泪，什么话也没说。

战士们抬着储国荣匆匆地往成都奔去。

五

"储师长，给你测体温。"

储国荣艰难地抬了一下右手，小护士把体表放进了储国荣右手的腋窝。

"夹紧点，五分钟后我来查看。"护士对储国荣说。

"好。"储国荣用非常微弱的声音回答。

储国荣静静地望着雪白的天花板，眼眶里不停地往外滚落着泪水，他不停地哀叹着对自己说："看来，这一生无法见到她们母子俩了……能看上她们一眼，我就死而无憾了……"

"储师长，我来查看体温表哈。"护士的声音非常的温柔体贴，这给了储国荣一丝的安慰。

"护士同志，我在你们这里住了多少天呀？"

小护士抬起头看病历本上面的入院时间："哦，都住二十一天了。"

"都二十一天了，这些天我们部队的人来过吗。"储国荣问护士。

"这，我不知道，他们来看病人，是不需要给我们打招呼的。"小护士这么回答储国荣。

储国荣躺在床上有些失望地点了点头。嘴里念念有词地不知说了些什么。

这时外科主任黄文通带着一帮医生查房来了。

赵小安是储国荣的主治医生。他走到储国荣的病床前，弓着腰问："储师长，这几天好些了吗?"

"脑袋稍微清醒了些，但我感觉到随时都会死去似的。"储国荣这样回答医生。

"不要那么悲观，你会好的。"赵小安这样安慰储国荣。

赵小安抬起头望着黄文通主任和他的同事们："这个病人是因一颗子弹打到了他的腰椎上，脊髓受到严重损伤，现在腰部以下失去知觉，下肢全部瘫痪……"

就在医生们准备离开时："黄主任，我们部队在你那里留没留有电话号码?"储国荣问。

"有，有什么事呀?"黄文通问。

"那就请黄主任帮我给我们部队打个电话，说我有事要找他们谈。"储国荣讲。

"我回办公室后，马上给他们打。"黄文通走到病床前望着储国荣说。

储国荣微微地点了点头，作为对黄文通的回应，他似乎没有力气说话了，他又似睡非睡地闭上了眼。

李川悄悄地推开门，走到肖正元身边小声说："医院打电话来，说储国荣师长有事想找领导谈一下。"

"你准备一下，我们下午就去，医生给我讲，他可能活不了多，不要留下太多的遗憾。"肖正元对李川讲。

汽车打然火后，肖正元对李川说："你到卫生队去找一下张队长，叫他派个护士到医院守几天储师长，告诉他说是我安排的。"

过了半小时后，李川带着卫生队的护士姚思佳来了。到医院后肖正元先去了外科主任黄文通的办公室："黄主任好，我来了解一下储国荣的病情。"

"情况很不理想，昨天今天清醒了一些，但病情并没多少好转，你们去看看他吧，给他聊聊。"黄文通对肖正元讲。

当肖正元来到储国荣的病床前时，李川和姚思佳已和储国荣聊了一会了。

"参谋长你辛苦了!"储国荣按肖正元以前的职务称呼道。

"前段时间我来了两次，你都在睡觉，就没打搅你。"肖正元避开说在昏迷中。

"昌都战役结束后，这段时间都在同西藏噶厦政府谈判，估计以后不会再打了。"肖正元望着储国荣说。

"不打了就好，不打了就好!"听到肖正元说西藏没有战事了。坐下来开始谈判了，储国荣的脸上露出了一丝安慰的笑容。

"参谋长，我想请求组织帮我把我老婆和孩子接来这里，我想看他们最后一眼，了个心愿吧。"储国荣说话的声音很小。

"储师长你放心，我已经安排人去雅安接她们了。估计两三天就会到的。"肖正元说。

听到肖正元说已派人去雅安接张丽华她们来成都后，储国荣激动地流着热泪说："谢谢你呀! 参谋长，我就怕老婆孩子都没见一面就死了。"

"储师长，这些都是我该做的呀。你没忘吧? 我们一起在上海搞工人运动，只是那时我搞的马列主义宣讲，你是在工人纠察队，接触要少一些。后来又一起到江西瑞金。唉，我们这帮人都不多啦。"

听了肖正元的这番话后，储国荣欣慰地点着头说："这一生，能与肖参谋长这样有情有义的人一起工作，是我的幸运。"

"储师长，我把师卫生队在成都学习的姚思佳带来，让她陪你一段时间，有什么事你就告诉她，让她帮你办，这段时间她就住在这里。"

估计是储国荣有些累了，他边听肖正元说话，边就闭上眼睡去了。"

看着储国荣睡去后，肖正元又去找到黄文通主任，同黄主任商量让姚思佳住在储国荣房间里的事。黄说，他同护士长商量一下，应该没问题。

回到储国荣的病床前时，储国荣又睁开了双眼，他看见肖正元回来后就说："肖参谋长，你就回去吧，我的事你们都给我办好了，快回去吧。"

肖正元转过头望着李川说："我们就回去吧，让姚思佳在这里陪储师长就行了。"

肖正元和李川走后，姚思佳望着储国荣说；"储师长，有什么事你就吩咐。"

储国荣点了点头，就闭上眼睡去了。

大约过了半小时，储国荣又睁开了双眼，他望着姚思佳问："你会写信吗?"

"能写，我初中毕业后又读了三年医技校。我是四九年三月当的兵。"

"你能帮我写封信吗?"储国荣又问。

"能，是你讲了大意由我写呢? 还是你口述我记录?"姚思佳问储国荣。

第四卷　落叶归根·

339

储国荣想了想说："我口述你记录。"

"没问题。"姚思佳回答。

储国荣又闭着眼睡去了。

过了一会儿，储国荣睁开眼望着姚思佳说："你去找几张纸，我们慢慢写行吗？"

姚思佳站起来，到护士办公室找纸去了。

姚思佳拿着几张纸回来后储国荣问他："你在那里吃饭呢？"

"楼下食堂，他们给我联系好了的。"姚思佳回答。

姚思佳把床头柜拖到面对储国荣的方向，然后又找来一个方凳，坐在床头柜前，铺开纸后他望着储国荣问："师长我们开始吗？"

储国荣点了点头开始叙述。

曹部长你好！

今天我躺在医院的病床上，请人代我给你写这封信，当你读到这封信时，也许我已不在这个世界上了，现在我随时都有可能断气死去的危险。我多么希望在死去前看一眼我的妻子和女儿，不知老天爷给不给我这个机会。每天我都一遍又一遍地对自己说："要坚持，一定要坚持到妻子和女儿到达后。"今天肖正元参谋长来看望我时，他告诉我，他已派人去雅安接丽华和女儿，说两三天就会到成都，只要我还能活个三四天，见见妻子女儿可能没问题了。但再想活个十天半个月，估计都是十分困难的。我现在除了两手能轻微动外，其他地方都瘫痪了，每次只说三四句话就要闭上眼休息几分钟。一个如此脆弱的生命，想要让他活下去，那只是梦想而已。

过一两天，妻子和女儿就到了，我的内心是多么激动和高兴呀！但我想，当我面对我两个月大的女儿时，作为父亲应该给她留一点什么？当然是能供她生存的金钱，但我的金钱在哪里呢？十九岁参加地下党、上海工人运动、五次反"围剿"、万里长征、十四年抗战、解放战争、直到刚刚结束的昌都役，前后二十五年，其中，大部分时间连肚子都吃不饱，又从何去谈钱呢？

被我视为宝贝，从抗日战争一直背到现在的那个铁皮盒子里，装的几件东西，能为我两个月的女儿换多少钱呢？我问自己，但我自己也不知道，把它们拿出来看看，那一件是可以换点钱的呢？

第一件：是一本有些破旧，每一页上都还能清晰地看到人的血迹的《共产党宣言》，这是高玲玲杜志强两位烈士的遗物，他们俩都是先后揣着这本小书受伤牺牲的。留在这本《共产党宣言》上的血迹，就是杜志强高玲玲两位烈士的鲜血。

第二件：是一个小布袋，是八个被日本人强奸杀害后剪下她们的阴毛，做的护身符的小布袋。这是让我永远心痛的小布袋，我经常问自己，有多少中国少女被日本人强奸杀害后，剪下她们的阴毛拿去做护身符？我也常常问自己，今天还有多少日本人的衣包里，装有用中国少女阴毛做的护身符？回答是肯定的。

第三件：是我第一次从日本人手中缴获的一只手枪，在抗日的战场上，我用这支手枪二十一次将日本侵略者的脑袋打开花。这对日本人来说，多少有点讽刺意味。

第四件：是一本记录了四千一百三十一名革命烈士简单事迹的笔记本。这些人曾经都是我的领导、同事、部下和可爱的士兵，我亲眼目睹了他们倒在血泊中死去。

第五件：是厚厚一叠各时期战士们在上战场前，用歪歪斜斜的字迹写下的杀敌决心书。望着它们，我的耳边似乎就响起了，战士们排山倒海向敌人冲锋的呼喊声……

想着我这几件宝贝疙瘩，连我自己都失去了信心，指望用它们换些钱来养活我那才两个月的女儿，是无法办到的，其一，有谁愿意出钱买这些东西呢？其二，既是今天有人出点钱买这些东西，这点钱对养一个才两个月大的孩子，也只能是杯水车薪。

思考再三后，我准备将它们捐献给新生的共和国，我希望把那件装有八名中国少女阴毛的小布袋，和那只手枪，放在抗日战争纪念馆。百年来，我们受到日本人的侵略、敲诈、掠夺、欺骗，数不胜数，难以用文字叙述。百年来，日本人对中国人的屠杀、迫害，残忍和血腥的程度，是人类历史上从未有过的。虽然今天我们胜利了，虽然我们把日本人赶出了中国。但我们今后对我们东面的这个邻居，日本人，日本这个民族，永远不能抱有任何的幻想和侥幸心理。对他们的所有言行，都要有所警惕。

另外三件放入中国革命博物馆，我不敢说它们会有什么作用，我只希望后来的人们知道，在民族存亡的关键时刻，有那么一帮人，为了民族的生存，国家的未来，他们不计个人得失，忘掉了个人安危，顽强勇敢地投身到浩浩荡荡的革命洪流中，他们中的很多人，都没有看到革命的胜利，倒在了前进路上的血泊中。将来，这些物件能唤起那些有良知的人，对曾经发生在中国大地上，那场伟大的革命有那么一丁点认识，九泉下的那些革命者的灵魂，也许会得到一丝的慰藉。仅此而已吧。

曹部长，从抗日战争开始，我就是你的部下，多年来你对我的关心，照顾和培养，在此，我从内心深处表示对你真诚的谢意！妻子张丽华把那些东西交给你后，请你代我转交国家相关部门。

另外，在此向曹部长提一个本来不应该提的请求，按现在中学教师的工资标准，我的妻子张丽华是养活不了她和孩子的，加之孩子才两个月，不管放到育儿所还是请人带都得需要钱。请曹部长督促相关部门，在不违反政府政策和党的纪律的情况下，给予我的妻子张丽华一定的经济补贴和帮助。让我的妻子能更好地为党工作，让我的女儿能健康地成长。

曹部长，我作为一个一九二六年就入了党的老党员，本不该向党组织提出任何要求的，特别是新生的共和国现在到处都还存在着矛盾和困难的时候。但对我这个已经步入绝境的人，除了伸手向党组织求援外，实在找不到任何克服和战胜目前这些困难的办法。

另外，就是那三个厚厚的笔记本，那是韩玉军同志牺牲前的作战笔记。他把他参与过的战斗作了详细的记录。在整个抗日战争中，这样的记录少之又少，这是韩玉军同志为革命作的特殊贡献。请曹部长把它们转交给出版部门，它们是将来研究抗日战争最宝贵的资料。

这些年，跟着党，跟着曹部长，跟着同志们含泪奔跑了几十年，现在，我可能就要到此止步了。想着这事，心中总有些不甘。但想着倒在我前面那么多优秀的同志，我还是算幸运的，毕竟我看到了全国的解放，看到了新中国的诞生，看到我女儿的笑容，这就足矣。

曹部长，希望得到你和党组织的理解，宽恕和包涵。

曹部长，在此，你的部下储国荣就拜托你了！

祝：老领导，老同事，曹万坤部长，一切顺利！

最后，向曹部长致革命的敬礼！

老部下，储国荣

一九五零年十二月二十六日于成都病床上

六

说完最后一个字后，储国荣就闭上眼休息了，他的神情平静而又满足。姚思佳根据储国荣事前的吩咐，到护士长那里去找了一个信封，把写好的六页信纸叠好放进了信封，并用糨糊封了口。

"思佳，电话。"一小护士站在病房门口望着姚思佳喊道。

姚思佳到护士办公室接电话去了。

"储师长的夫人到了，你过来把她们接过去，我要开会。"电话是李川打来的。

回到病房后，储国荣已醒来，他望着姚思佳问："谁的电话？"显然小护士叫姚思佳接电话时，他听到了。

"师长，好消息，你的夫人和女儿到成都了，他们打电话来叫我去接她们。"

听到姚思佳的这些话后，储国荣的眼神里流露出兴奋激动的神情，他自言自语地说："终于等到她们了。"

储国荣有些紧张地问："小姚那封信呢？"

"我已经给你装好了。"说着就顺手将信递给了储国荣，他拿着已经封了口的信，翻来覆去的看了几遍后，他又把信递给姚思佳："写上，交曹万坤部长。"

姚思佳又在信封上写上了储国荣说的那几个字，再次把信还给储国荣。

"思佳，信还是你帮我保存吧，我怕忘。"储国荣对姚思佳说。

"千万不要搞皱了。"储国荣又这么叮嘱了一句。

"你马上去呀！"储国荣焦急地对姚思佳说。

"马上吃午饭了，我喂了你的饭就走。"姚思佳这样回答。

"你快去吧，别管我吃饭的事，你不走我饭都吃不下。"

储国荣催促着姚思佳去接张丽华她们。

储国荣静静地躺在病床上，两眼不停地流着泪水，妻子马上就要到了，他想象得出，妻子望着他现在的状态时，会绝望到何等的程度？他觉得自己辜负了妻子海洋一般的爱，虽然这件事主观上自己没有责任，但作为女人付出了全部的心血，最后看到的是一片荒漠，谁又能接受这样的现实呢？

脸上的泪水还没有擦，他就闭上眼睡去了，他的身体真的很脆弱了，不知他能否承受得了妻子绝望心碎的哭诉。

在下午两点左右，姚思佳带着张丽华她母亲和两个月的女儿，走进了储国荣的病房。

孩子是外婆抱着的，走进病房后张丽华就快步走到储国荣的病床前，望着储国荣近乎痴呆地面容，她抓着他的双手痛苦绝望地哭诉着问："国荣你怎么变成这样了呢？走前，你不是给我说，你在后面指挥，一般不会受伤吗？你怎么搞成了这个样子呢？"

让人意外的事，储国荣除了躺在那里流泪外，情绪上没有什么大的变化。对妻子这般心碎的痛哭他早有思想准备。

张丽华的母亲抱着孩子，沉默地站在那里，只有储国荣那两个月的女儿，舞动着双手到处张望着。

"妈妈，把女儿抱过来我看看。"储国荣小声地喊道。

储国荣的声音太小，老人没有听到他的叫喊声。

"婆婆，师长叫你把孩子抱过去，让他看看。"姚思佳对老人说。

老人有些恍然大悟地抱着孩子，绕到离储国荣的头最近的地方，她把孩子的脸对着储国荣后："叫个爸爸，叫呀，这是爸爸。"孩子舞动着双手。大家都知道她还不会喊爸爸。

"这娃娃特别爱笑。"老人又这么说。

"给爸爸笑一个，快，给爸爸笑一个。让爸爸高兴高兴。"老人快乐地催促着孩子。

就在这时，孩子似乎听懂了外婆的话，她挥舞着双手望着父亲咯咯——地笑起来，她笑得是那么灿烂。

听到女儿那快乐纯真的笑，储国荣陶醉了，这是他第一次陶醉在女儿的笑声里。这也是多少天来，他的脸上第一次露出笑容。

孩子继续在笑，继续在舞动她的双手。

"我的小乖乖，多可爱呀。"储国荣喃喃地，自言自语地说。就在这时，孩子似乎想扑到储国荣的怀中去似的。这让储国荣的心又颤抖起来，看到自己可爱的女儿，却没有能力去抱她一下，没有能力去爱她，去呵护她……

这是一个多么失败的父亲呀。他悄悄地骂自己。

到这时，储国荣又精疲力竭地闭上了双眼。

"他怎么啦？"张丽华有些紧张地望着姚思佳问。

"别紧张，他累了，闭着眼休息一会儿就会好的。"姚思佳对张丽华讲。

"他的身体这么虚弱呀？"张丽华望着姚思佳，有些惊讶地问。

"这几天好多了，前段时间整天都处于昏迷状态。"姚思佳这样回答张丽华。

张丽华抬起头望着母亲说："妈你带着孩子回招待所休息，今晚我就留在这里陪他。"

老人点了点头说："好。"

"小姚，你帮我把我母亲和孩子，送回招待所行吗？"张丽华问姚思佳。

这时储国荣又睁开了眼，他似乎听到了妻子她们说话的内容，他望着姚思佳说："小姚你把我那封信拿出来。"

姚思佳马上从他的挎包里，拿出了储国荣的那封他们花了近三天才完成的信。他把信递到了储国荣的手上说："我把婆婆和你的女儿送回招待所后，明天早上再来这里。今晚张老师在这里陪你。"

"那你们就去吧，时间可能不早了。"储国荣对姚思佳说。

姚思佳把张丽华拉到旁边小声给她说："给师长说话时间不能太长，一般就是三分钟左右，有时他说着说着就会闭上眼，如果遇到这样的情况，你别紧张，他睡几分钟就会睁开眼同你说话的。"

就在姚思佳带着老人和孩子走出病房的时候。储国荣给张丽华说："把孩子带过来，让我再看看。"

张丽华站起来跑出门，把孩子抱了回来。她把女儿抱来挨着储国荣，让孩子用手去摸储国荣的脸和鼻子，储国荣静静地躺着让孩子抚摸。一股暖流流向他的全身，这时孩子又咯咯——地笑了起来。

张丽华望着丈夫说："好了，让她们回去吧？"

储国荣点了点头，表示同意让女儿他们走了。

"张老师，今晚我就不来了，我明天早上八点钟赶到，晚上师长有什么情况，你到护士办公室去喊就行了。"姚思佳对张丽华说。

张丽华把女儿和母亲送下楼，回到储国荣的病房时，储国荣又闭着眼睡去了。张丽华在病床边的一个方凳上坐下来，她慢慢地平静下来，在到成都前，她没有想到事情有这么严重，她只想到可能会有残疾。当到了病房，看到了丈夫的状态，她就绝望了。事已至此，她也只好顺其自然了，想着储国荣有随时死去的可能，她决定趁丈夫脑袋还清醒，还能进行一些交流，她想单独地陪陪他，给他随便地聊聊，了却一些他心中的愿望，他走后自己心中少一些遗憾。毕竟我们夫妻一场，毕竟我们的结合相爱，是那么的特殊偶然。一切都是自己心甘情愿的选择，那么，现在我就应该勇敢地接受，这次选择的最终结果。也许这是天意，也许这是命运，不管什么我都认了。张丽华在心里反复地对自己讲。

这时，护士给储国荣送来了晚饭，因储国荣的病情特殊，医生希望他能吃些自然食品，输液时间长了，不能完全满足身体的需要。给储国荣送来的晚饭，是用肉汤熬的粥。

"你给他喂？还是我给他喂？"护士望着张丽华问。

"还是你给他喂吧，我从来没给这么重的病人喂过饭。"张丽华这样回答护士。

"储师长，吃点饭吧？"护士坐在储国荣病床边问道。

储国荣微微地点了点头，表示愿意吃。

护士开始给储国荣喂饭，大约吃了一两的酒杯两杯量的粥，储国荣就说吃不下了。

"是粥不好吃吗？"护士问储国荣。

"很好吃，可惜我吃不下，在长征的时候，有时每天我们只有一两炒面呀。还得参加打仗，不少人被饿死了。"

小护士一面用手帕给储国荣擦脸上的泪水，一面对储国荣说："现在好了，全国都解放了，全国人民都会感谢你们的！"

看着这个小护士这么亲热地对待病人，张丽华非常感动，在那个小护士站起来准备离开时，她上前对小护士说："小妹妹，你对病人真好，你是一个优秀的医务人员。"

"姐，储师长他们都是为了全国人民出去打仗的，他们受了伤回来，我们理应全心全意地为他们服务，我们不能让他们伤心、寒心才对。"

听完小护士的这番话，让张丽华更加感动："虽然你是为了工作，但我依然要感谢你。"

小护士听完张丽华的话后望着她莞尔一笑就离开了。

病房又恢复了安静，储国荣躺在那里，呆呆地望着病房的天花板，张丽华把凳子挪到离储国荣头部最近的地方。拉着储国荣的手说："你怎么不多吃点饭呢？"

"吃不下去，那一点，我都是强迫自己吃的。"储国荣这样回答妻子。

"我们的女儿真乖呀，她的笑都快把我融化了，今天听到她的笑声后，可能我都会多活几天。"储国荣对妻子说。

"今天坐汽车有些疲惫，在家时她比今天还爱笑，把她放在床上，她一个人都在笑。她外公找人给她算了一下，说她长大后是个读书的料。"

听了妻子这番话后，储国荣自言自语地说："能读书就好，人就是要有知识，知识可以改变人的命运……"

储国荣把那封信递到张丽华面前："你把这封信收好，回去后，你就拿着这封信和我放在衣柜上面，那个用白布包起来的小铁皮盒，（上面用毛笔写有'文物'两个字）。去省委组织部找曹万坤部长，你有什么想法可以直接给他说。"

张丽华坐在那里静静地听着储国荣断断续续的话，储国荣要她去找的那个曹万坤部长，她也认识，她同储国荣结婚时，曹万坤就是他们的证婚人。当时曹万坤是一七九旅旅长，储国荣是旅参谋长，他们两家关系很好，经常在一起吃饭。

"我生孩子的时候，曹部长的夫人都来看了我的。"张丽华对储国荣说。

"我单独去找他，他会接待我吗？"张丽华问丈夫。

"我没叫你单独去找，我是叫你带着这封信和家里那个小铁盒去。我在信中什么都讲了的，特别是我走后，你怎么养我们的女儿，养女儿的钱从哪里来，只要你把这信交给他，他会把一切都帮你办好的。"说到这里，储国荣又闭着眼睡了。

天黑了，张丽华站起来走到窗边，望着窗外的黑夜，她感到无限的悲哀和惆怅，充满希望的生活，像梦幻般地，刚开始就结束了，生活对自己如此刻薄和不公平。

不知怎么的，小护士给储国荣喂饭时同她的那番话，又在张丽华的耳边响起。

……不能让他们伤心寒心……

张丽华回到储国荣的病床边，她拉着丈夫的手，望着窗外的黑夜。心中那针刺般的悲痛让她有些无法控制，但她不敢哭诉，她怕自己的哭声和泪水让丈夫更伤心自责。

储国荣又睁开了眼，他有些吃力地问妻子，我的女儿走了吗？"

"她跟着外婆回招待所了。"张丽华回答丈夫。

"我总听到她的笑声，她在喊爸爸快抱我，我就跑回来了……唉，我连女儿都抱不了一下，我是个无用的人了……"储国荣又闭上了眼。

张丽华拉着仗夫的手说："不要这么想，你们都是为国家，为子孙后代的幸福受伤的。你们忍受的痛苦已经够多了，没有必要自责。"

尾声

　　窗外是绵绵的细雨，屋内有些潮湿而闷热，人们在陆续地往屋子里走。屋子的正面墙上，挂着用红纸黑墨写的横幅，"省县处级干部培训班结业座谈会"。

　　人们正在交头接耳地谈论一些街头巷尾的小道消息时，曹万坤手提着一个布袋，脸上没有任何表情地走了进来。培训班的班主任蓝佳迎了上去："曹部长你好，欢迎你光临！"曹万坤仍是毫无表情地点了点头，就走过去坐在早为他准备的椅子上。蓝佳站在那里偷偷地瞧了瞧曹万坤提来的那个布袋，心里想，这老头儿今天怎么啦？提个布袋来开座谈会。应该说蓝佳是比较了解曹万坤的，曹万坤在野战军当旅长时，他就是旅政治部的一名干事。

　　"大家欢迎曹部长讲话。"蓝佳望着全体学员说。接着就是一片热烈的掌声。

　　曹万坤举起右手晃了晃，意思是要大家安静下来。在座的都是些人精，一下就明白了部长的意思，会议室里鸦雀无声一片寂静，曹万坤面无表情地望着台下的人，好像台下的人欠他什么东西似的。

　　"明天，大家就要赴各地上任了，到时每一位都是一方诸侯，手中有权，袋里有钱，我不知道到时候各位会想些什么？蓝佳告诉我，今天开的是座谈会，既然是座谈会，我就想听听大家的想法，你如何带领全县人民搞建设？"

　　曹万坤的这几句开场白，话虽然只有几句，但里面暗藏的玄机，大家猜不透，谁也不敢先开腔。就是在他身边工作多年的蓝佳，也成了丈二和尚摸不到头。

　　这时，曹万坤从座位上站起来，望了望在场的人说："最近一位熟人去世了，留下了一个两个月的婴儿无钱抚养，他身前委托我帮他卖掉几件遗物，用来养他的女儿。"

　　曹万坤把储国荣的那五件遗物，从小铁盒里拿出来，摆在坐椅后的一个长条桌上。

　　"这些遗物我已摆在桌上了，你们五个人一组上来看，看完后，谁发点善心把它们买下？"

"从右边开始，五个人一组上来看。"蓝佳望着下面的人喊道。

每一组的人看完后，都是低着头走下去，他们的思想完全被曹万坤今天给他们摆的迷魂阵，吓倒了。面对储国荣的那五件遗物，有的人陷入一片茫然的沉思，有的人开始了新的思考，但也有个别麻木不仁者。

站在那里望着学员们翻看遗物的曹万坤，内心里更是翻江倒海难以平静。

会议室里没有任何人说话，人们的情绪完全被那五件遗物所吸引，心中有千言万语，不知从何开头？就是与曹万坤相处多年的蓝佳，也不知如何破解曹万坤设的这一迷局。

沉默了许久之后，曹万坤站起来在台上来回地踱了几步后，望着台下的人问："怎么没人出价？是嫌买来没用？还是觉得包里的钱不够？"曹万坤望着大家问。

这时坐在后面靠右的胡树明站了起来："曹部长已看了我几次了，我再不站起来表个态，就有些过不去了。"

"首先说孩子的抚养，如果这孩子真需要抚养的话，我工作的那个县十一万人，每人每年捐五角钱，保证把这孩子养到大学毕业。请曹部长把这孩子养父母的联系方式告诉我，明天我就去登门拜访。"

"我们这些人中，谁来买这几件遗物，我认为，没有谁敢买这些遗物，也没有谁买得起这些遗物。这几件革命文物，件件都是无价之宝，应该把它们放进中国革命博物馆，作为英勇顽强不怕牺牲的革命精神的物证永久保存。请曹部长把这位烈士的经历和他这五件遗物给我们详细作一些解释，让我们再次得到革命精神的熏陶和教育吧。"

听了胡树明的发言后，曹万坤沉默了一会儿说："大家听听他去世前写给我的这封信，然后我们再来讨论其他事情。"

当曹万坤念完信的第一页时，所有人都为储国荣流起泪来，屋子里一片地寂静，曹万坤流着泪念着，下面的人流着泪听着……